Yannik Mahr
Auf die Knie

Yannik Mahr lebt als Schriftsteller und Journalist in Hamburg. Sein Debütroman »Die Praktikantin« wurde von der Kritik hoch gelobt und soll verfilmt werden.

Daniel Stiller ist militanter Single, gefragter Womanizer und berüchtigt für seine Hass-Vierzeiler in Hochzeits-Gästebüchern (»Heut feiert ihr in teurer Kleidung und seid so unsäglich verknallt, in zwei Jahrn ist dann die Scheidung, auf Wiedersehn beim Rechtsanwalt«) und Abschieds-SMS an Freundinnen. Der Mittdreißiger kann sich mit Frauen alles vorstellen, nur nicht, sie zu heiraten. Auch wenn sich seine Mutter nichts lieber wünscht. Sein ausschweifender Lebenswandel erfährt erst eine radikale Wendung, als er bei Maxprom, einem Unternehmen, das sich auf die maximale Vermarktung von Prominenten spezialisiert hat, Partner werden soll. Denn dafür muss er heiraten, und zwar innerhalb der nächsten sechs Monate – so will es die gnadenlose Firmenchefin. Ein Schock für Stiller, und es wird alles nur noch schlimmer, als er von seinem engsten Vertrauten bei Maxprom erfährt, dass ihm keine andere Wahl bleibt, wenn er seinen Job behalten will. Es beginnt ein erbarmungsloses Rennen gegen die Zeit – natürlich mit überraschendem Ausgang.

Zu »Die Praktikantin«:

»Drei Geschichten in einer: eine klassische Lovestory, eine Skandalgeschichte und eine Mediensatire. Dieser kurzweilige Romanerstling zeichnet mit leichter Hand ein Bild der Generation Praktikum.« *Hamburger Abendblatt*

Yannik Mahr

Auf die Knie

Roman

aufbau taschenbuch

ISBN 978-3-7466-2588-1

Aufbau Taschenbuch ist eine Marke der
Aufbau Verlag GmbH & Co. KG

2. Auflage 2010

Umschlaggestaltung Mediabureau Di Stefano, Berlin
unter Verwendung eines Motivs von
© Christian Ammering/vario images
Druck und Binden CPI – Clausen & Bosse, Leck
Printed in Germany

www.aufbau-verlag.de

Für Sophie

Vorwort zur neunten Auflage

Dies ist eine wahre Geschichte. Auch wenn sie unglaublich klingt. Dieses Buch ist so frei von Lügen, wie mein Leben voll davon war.

Ich habe oft erzählt, wie es dazu gekommen ist, und wahrscheinlich haben die meisten von Ihnen die Geschichte schon gehört, es stand ja überall. Für alle anderen: Ich hatte nur einen Grund, dieses Buch zu schreiben, und nur ein Ziel. Und dieses Ziel war nicht, daraus einen Roman zu machen und damit Geld zu verdienen, auch wenn das am Ende ganz gut passte. Ich selbst hätte die folgenden Seiten niemals einem Verlag angeboten, und ich bin mir bis heute nicht sicher, ob es die richtige Entscheidung war. Aber böse sein kann ich deswegen nun auch niemandem, gerade ich nicht.

Ich schreibe diese Zeilen, dieses Vorwort zur neunten Auflage, in der Garderobe eines großen Kulturkaufhauses in Berlin. Ich bin auf Lesereise, angeblich warten da draußen fünfhundert Menschen und zwei TV-Teams auf mich. Mein Agent ist schon ganz aufgeregt. Es klopft an der Tür. Ich muss los. Das Glas Weißburgunder trinke ich wie immer zum Schluss. Es ist das Einzige, was ich mir für meine Auftritte erbitte. Jeder Schluck erinnert mich daran, wie schön es ist, dass ich endlich wieder Alkohol trinken darf.

Das verstehen Sie nicht? Dann fangen Sie an zu lesen.

Ihr Daniel Stiller

EINS

Für zweiundvierzig Prozent der Deutschen ist das entscheidende Kriterium für einen Heiratsantrag, dass Mann und Frau sich möglichst lange kennen, mindestens zwei, eher drei bis fünf Jahre, und am besten schon in einer gemeinsamen Wohnung gelebt haben. Noch mehr sind es in der Altersgruppe, zu der Sarah gehört. Von den Vierzehn- bis Neunundzwanzigjährigen haben fast zwei Drittel die obige Meinung, wobei ich klarstellen möchte, dass Sarah selbstverständlich lange volljährig ist und ich insgesamt an der Heiratsfähigkeit von unter Achtzehnjährigen zweifle. Meine Freundin war damals achtundzwanzig und damit – das als letzte, aber eben doch wichtige Zahl aus der Statistik – genau fünf Jahre vom durchschnittlichen Hochzeitsalter einer Deutschen entfernt.

Ich selbst lag unverschuldet darüber. Fast die Hälfte meines Lebens, etwa sechzehn von siebenunddreißig Jahren, hatte ich mich gefragt, woran ein Mann denn nun erkennt, welche Frau die richtige für ihn ist. Ich hatte dafür vor allem die Empirie bemüht, verschieden lange Experimente mit wechselnden Testpersonen durchgeführt, zwischendurch immer wieder die Versuchsanordnung überprüft und gegebenenfalls verändert und war doch immer zu demselben Ergebnis gekommen. Das Bedürfnis, statt eines neuen Autos ein geschmiedetes Stück Weißgold beim teuersten Juwelier der Stadt zu kaufen, blieb aus. Wenn ich mit einer meiner Freundinnen übers Heiraten sprach, dann ging es immer um andere und darum, wie grausam peinlich Hochzeiten sein können. Ich war bis zu diesem Tag im März so weit davon entfernt, um die Hand einer Frau anzuhalten, wie Berti Vogts vom Gewinn der Fußball-Weltmeisterschaft mit der Nationalmannschaft von Aserbaidschan.

Und andersherum war es genau so. Nur eine Freundin, nennen wir sie nach den ganzen Vorfällen um Maxim Billers Esra einmal, na ja, Esra, fragte etwas, was zumindest der Sphäre eines Heiratsantrags zugeordnet werden konnte. Es war in Venedig, wir standen auf der Brücke, die der Seufzerbrücke am nächsten ist, und sie sagte: »Daniel, wenn du mich jetzt fragst, ob ich deine Frau werden will, und dich nicht auf das Jahr festlegst, sage ich vielleicht ja. Und, was sagst du?« Ich habe mir eine Dose Bier geholt und mich nach dem Ende auch dieser Beziehung gefragt, ob die Geschichte von dem Moment, an dem Mann genau weiß, dass er vor SEINER Frau steht, nicht von miesen Scheidungsanwälten erfunden wurde.

Ja, ich gebe zu: Ich zweifelte, und nach der fünften Hochzeit im Freundeskreis *ver*zweifelte ich. Das ist die gefährlichste Phase, das, was der Volksmund Torschlusspanik nennt. Die ist zwar immer noch besser als die Torschusspanik von Mario Gomez bei der Fußball-Europameisterschaft in Österreich und der Schweiz, aber trotzdem tückisch. Wenn man der einzige unverheiratete Mann im Fitnessstudio, Rotary-Club oder gar in der Firma ist, neigt man dazu, die Frau zu heiraten, mit der man gerade zusammen ist. Ich flehe Sie an: Tun Sie das nicht!

Denn auch im fortgeschrittenen Junggesellenalter kann man auf die Natur vertrauen. Die richtet es selbst bei einem wie mir so ein, dass er bei eben jener Richtigen etwas empfindet, was er vorher nie empfunden hat, nicht einmal bei Andy Brehmes Elfmetertor zum 1:0 im WM-Finale gegen Argentinien 1990. (Das war der letzte Fußball-Vergleich, versprochen. Aber dies ist ja schließlich eine Geschichte für echte Männer!)

Dieses Das-ist-sie-Gefühl gibt es wirklich. Es hat den Nachteil, dass es so wenig zu beschreiben ist wie das Gefühl, ein Kind zu bekommen, und den Vorteil, dass man es genau erkennt, wenn es da ist.

Bei mir war das, kurz nachdem ich Sarah zum ersten Mal geküsst hatte. Das wiederum war gut vier Wochen, nachdem ich erfahren hatte, dass sie überhaupt zur gleichen Zeit mit mir auf diesem Planeten lebt.

Wenn ich Ihnen jetzt ehrlich und offen die Geschichte unseres Kennenlernens erzähle, dann nur unter der Bedingung, dass Sie sie wirklich für sich behalten. Nicht weitersagen! Auf keinen Fall! Niemals! Versprochen? Gut.

Denn irgendwie ist mir die ganze Sache peinlich, gerade in meiner Position, und ich möchte nicht, dass meine Klienten von dem kleinen Problem erfahren, das ich damals hatte. Die wenigen, die davon wussten, haben sich schon genug darüber lustig gemacht, verstehen Sie? Sie verstehen gar nichts? Dann muss ich wohl ein bisschen weiter ausholen.

Ich arbeitete seit gut fünf Jahren für eine Agentur, die auf die Vermarktung von Prominenten spezialisiert war. Sie hieß *Maxprom*, wobei sich der Name aus dem Unternehmensziel ergeben hatte, der »**max**imalen Wertschöpfung aus dem Potential **prom**inenter Persönlichkeiten«. Wir hatten Manager, Wissenschaftler, Sportler und viele Schriftsteller unter Vertrag, aus deren Popularität wir versuchten, so viel Geld wie möglich zu schlagen. Die Namen der Damen, zehn Prozent, und Herren, neunzig Prozent, kennen Sie alle, aber nennen darf ich sie natürlich nicht. Vielleicht nur so viel: Einer der bekanntesten deutschen Fußballer (er nimmt für jeden Auftritt 50000 Euro) war genauso dabei wie ein ehemaliger Boxchampion, der schon für etwa die Hälfte des Geldes über »den unbedingten Willen« und »die Pflicht, immer weiter zu kämpfen« sprach. Sein Vortrag »Nie aufgeben!« wurde damals oft von Investmentbankern gebucht. Bei *Maxprom* konnte man aber auch bekannte Schlagersänger für die Geburtstagsfeier von Opa bestellen, Ex-Politiker als Gastredner und Bestsellerautoren für Lesungen. Mit Letzteren machten wir ziemlich gute Geschäfte, wobei sich vor allem Sachbuchautoren vermarkten ließen, die über den Miss- beziehungsweise falschen Gebrauch der deutschen Sprache herzogen. Wir nannten es den »Bastian-Sick-Effekt«, auch wenn wir ausgerechnet dem seinen Verlag nicht davon hatten überzeugen können, mit uns zusammenzuarbeiten. Aber fast alles, was danach und darum kam, boten wir an. Ab 5000 Euro pro Abend aufwärts. Ich schweife ab.

Aus vielen dieser Beratungs- waren Managementtätigkeiten geworden, die für mich insbesondere eins mitbrachten: Reisen. Und damit wären wir bei dem bereits erwähnten Problem. Ich hatte Flugangst. Leider auch maximal. Während meine Klienten von Hamburg nach Wien und von Wien nach Köln und von Köln nach Zürich jeweils nur gut sechzig Minuten brauchten, saß ich stundenlang für die gleichen Strecken in den Zügen der Deutschen Bahn oder in meinem Golf. Weil das natürlich ziemlich uncool und feige für einen Topmanager in der Promi-Welt war, hatte ich ein ausgeklügeltes System entwickelt, meine Flugangst zu verbergen. Es fußte unter anderem darauf, dass ich mich mit meinen Klienten bewusst und wann immer es ging auf Flughäfen traf. Von einer Freundin ließ ich mir regelmäßig diese Klebebänder besorgen, die beim Check-in um den Koffer gemacht werden (ihr Bruder arbeitete bei der Lufthansa), von den gängigsten Fluggesellschaften in Europa hatte ich (gebrauchte) Tickets, und selbstverständlich ragte aus dem ersten Fach meines Portemonaies eine Miles-and-More-Karte heraus. Erst dahinter versteckte sich die BahnCard 100.

Das System funktionierte so lange, bis ich die Anfrage aus den USA bekam, ob wir uns vorstellen könnten, die Vermarktung eines ehemaligen Präsidenten in Europa zu übernehmen. Honorar pro Auftritt ab dreihunderttausend Euro aufwärts, fünfzehn Prozent Provision für uns. Ich mailte zurück, dass wir uns das sogar sehr gut vorstellen könnten, und erhielt daraufhin diese folgenschwere Antwort: »Dear Daniel, that sounds good. We would like to meet you as soon as possible. See you in New York next month!? Best regards, Bill Pennington.«

Weil die Bahnverbindungen von Hamburg nach New York starke Lücken aufweisen und eine Schifffahrt mich alles in allem fast zwei Wochen und unzählige Liter Körperflüssigkeit gekostet hätte (in unserer Familie ist zu allem Überfluss auch noch Seekrankheit erblich!), blieb mir nichts anderes übrig: Über den Bruder meiner Freundin, einer Freundin!, buchte ich ein Flugangstseminar bei der Lufthansa.

Und dort, dort traf ich Sarah. Womit wahrscheinlich all diejenigen unter Ihnen aufatmen, die schon gedacht haben, im falschen Buch zu sein. Nein, keine Angst, alles gut, das ist diese Hochzeitsgeschichte, von der Ihr bester Freund oder, noch besser, Ihre langjährige Lebensgefährtin Ihnen erzählt, hoffentlich vorgeschwärmt hat. Von jetzt an bewegen wir uns direkt auf das Ziel zu, versprochen. Es sei denn, Sie wollen kurz noch etwas über Sarah erfahren.

Ich konnte nicht anders, als mich im Seminarraum im Flughafen Fuhlsbüttel neben sie zu setzen. Ich kam zu spät, weil mit dem öffentlichen Nahverkehr. Die Begrüßung der Flugängstler hatte schon begonnen, und allein neben einer dunkelhaarigen, extrem schlanken Frau war noch ein Platz frei. Es war ein Original-Stuhl aus einem Original-Flugzeug, was reichte, mir Schweiß auf Stirn und Hände zu treiben.

»Guten Tag«, murmelte ich.

»Willkommen an Bord«, sagte der vermeintliche Flugangstvertreiber, der sich später als ehemaliger Pilot herausstellte, und es durchfuhr mich kalt. Vor Schreck versuchte ich mich anzuschnallen.

»Das müssen Sie noch nicht, Herr …«, sagte der Dozent.

»Stiller«, sagte ich und war damit immerhin der Erste, der sich vorstellte.

Den Rest des Tages erklärte uns der Lufthansa-Beauftragte die unendliche Sicherheit des Fliegens. Er begann mit dem Klassiker, um wie viel größer die Wahrscheinlichkeit ist, mit dem Taxi auf der Fahrt zum Flughafen zu verunglücken als »mit dem Aircraft selbst«, und endete mit einer immerhin einigermaßen beruhigenden Frage: »Was glauben Sie, wie viele Jahre man statistisch gesehen täglich fliegen muss, um einmal abzustürzen? Na?«

Ich tippte auf ein halbes, wenn man mit Aeroflot flog, die anderen Vorschläge lagen zwischen fünf und zehn Jahren. Nur die Frau neben mir, laut Namensschild hieß sie, Überraschung, Sarah, meinte: »Bestimmt hundert Jahre.«

Wir anderen schüttelten den Kopf ob derart ungesunden Zutrauens in eine dem Menschen so ferne und praktisch nicht zu begreifende Tätigkeit, als der Flugangstzerstörer nickte: »Sie sind am dichtesten dran, Sarah. Denn statistisch gesehen kann man fünfundzwanzigtausend Jahre jeden Tag einmal fliegen, bis sich ein Unglück ereignet.«

Das war das Erste, was wenigstens *etwas* beruhigend klang, weil ich bis dahin selbst unter den Schlagersängern von *Maxprom* niemanden kennengelernt hatte, der auch nur annähernd so alt war. Jopi Heesters, den wir beinahe einmal gemanagt hatten, kam mit seinen einhundertfünf Jahren noch am nächsten dran. Und war der schon mal abgestürzt? Eben.

Ich schöpfte Mut, trocknete die Hände an einem extra mitgebrachten Stofftaschentuch ab, und beschloss, die restlichen Bedenken vor dem Flug von Hamburg nach Köln, der uns zum Abschluss des Seminars am nächsten Tag bevorstand, mit Hilfe meiner so sichtbar gelassenen Nachbarin zu zertrümmern. Geteilte Flugangst könnte ja vielleicht halbe Flugangst sein, und da die Fünfundzwanzigtausendjahrstatistik meine schon um zwanzig Prozent reduziert hatte, ließ sie sich jetzt auf vierzig Prozent senken (zum Nachrechnen: hundert minus zwanzig geteilt durch zwei).

»Na, das Fliegen scheint ja doch gar nicht so schlimm zu sein«, flüsterte ich in das Ohr neben mir, während der Lufthansa-Freund die wichtigsten Geräusche vorspielte, die man während eines Fluges als Passagier hört.

»Ist es auch nicht«, flüsterte die junge Frau zu meinem Erstaunen zurück.

»Woher wissen Sie das?«, fragte ich, weil ich natürlich davon ausgegangen war, dass niemand in diesem Raum, der Lehrer ausgenommen, jemals in einem Flugzeug gesessen hatte.

»Äh, ich meine natürlich, ich glaube auch nicht mehr, dass es so furchtbar ist«, sagte meine Nachbarin, und dann wurde der Lärm der Triebwerke einer Boeing 747 so laut, dass ich nichts verstehen konnte.

Ich begriff die Antwort erst, als ich nach meinem Jungfernflug mit komplett verschwitztem Hemd, drückenden Thrombose-Strümpfen (man weiß ja nie!) und zitternden Händen den Anschnallgurt löste, ein kurzes Dankesgebet sprach und dann ein letztes Mal zu der ziemlich gelangweilten Sarah hinübersah, die sich auch in der Maschine neben mich gesetzt hatte, auf Platz 21 A. Ich hatte vom Beginn des Check-in bis jetzt auf sie eingeredet, um den Flug und meine Aufregung zu vergessen, und sie hatte auf jede meiner Fragen geantwortet. Nun wusste ich alles über sie: achtundzwanzig Jahre, Seglerin, Hockeyspielerin, Geschichtsstudium, Bruder Unternehmensberater, Mutter Sonderschullehrerin, Vater Arzt, Oma sechsundachtzig, liebt italienische Küche, ledig. Nur was sie beruflich machte, hatte sie mir nicht verraten. Vielleicht hatte ich sie nicht danach gefragt. Das kam jetzt, während Kapitän Florian Lugner die Kabinenbesatzung aufforderte, die Türen zu öffnen.

»Was machst du eigentlich beruflich?«

Ich hatte ihr das Du vor dem Start angeboten, weil ich es lächerlich fand, sich mit jemandem in das größte Abenteuer seines Lebens zu begeben, den man siezt. Wenn ich damals gewusst hätte, wie viel Wahrheit und tiefere Bedeutung in diesem Gedanken steckte … Aber ich dachte wirklich nur ans Fliegen.

Sarah grinste, ließ ihrerseits den Gurt aufklicken und antwortete leise: »Ich bin Journalistin. Und ich bin mindestens schon fünfzig Mal geflogen. Aber …«, sie drückte sich den Zeigefinger der rechten Hand vor die schmalen, etwas rissigen Lippen, »pssst.«

Um es kurz zu machen: Sarah war von ihrer Zeitschrift beauftragt worden, Flugangstseminare zu testen. Das von der Lufthansa war das fünfte und letzte, der große Bericht erschien vier Wochen später. Der LH-Kurs bekam die Note Eins minus, und in der Rubrik »Anmerkungen« schrieb Sarah: »Nette Atmosphäre, nette Mitreisende und Mitleidende.«

Da hatten wir uns schon zum dritten Mal außerhalb eines Flugzeugs getroffen. Und das erste Mal geküsst. Ich kannte ihr Auto, ihren Lieblingswein und ihre Vorliebe für teure Schuhe. Doch ich kannte Sarah auf keinen Fall so, wie es sich zweiundvierzig Prozent der Deutschen wünschen, bevor sie einen Heiratsantrag bekommen wollen. Statistisch gesehen hätte ich damit mindestens noch bis zu unserem ersten Jahrestag warten müssen oder bis wir länger als sechs Monate zusammen in einer Wohnung gelebt hatten.

Aber das wollte ich nicht.

Zwei

Klingt gut, nicht? Dass ich gezweifelt hätte und unverschuldet unverheiratet geblieben sei und dass es die Natur selbst »bei einem wie mir« so einrichtet, dass er die Richtige findet. »Dieses Das-ist-sie-Gefühl gibt es wirklich …« Romantisch, oder? Wie eine schöne Liebesgeschichte nun einmal anfangen sollte. Deshalb habe ich das erste Kapitel ja auch so geschrieben. Nur ist es leider so weit von der Wahrheit entfernt, wie es John McCain bei den Wahlen in den USA vom Amt des Präsidenten war. Ich habe gelogen, bis zum letzten Satz, der eigentlich heißen müsste: Aber ich *konnte* es nicht.

Es tut mir leid.

Bis einen Tag vor dem Lufthansa-Seminar hatte ich nämlich, und das ist die Wahrheit, vor einer Sache noch mehr Angst als vor dem Fliegen: vor dem Heiraten. Was heißt hier Angst? Ekel. Ich war auf Hochzeiten immer der Erste, der ging, und für meine Bosheiten in Gästebüchern und Hochzeitszeitungen gefürchtet:

»Heut feiert ihr in teurer Kleidung
und seid so unsäglich verknallt.
In zwei Jahrn ist dann die Scheidung,
auf Wiedersehen beim Rechtsanwalt.«

Um nur einen zu nennen. Natürlich schrieb ich nie meinen Namen darunter, sondern immer nur »ein Freund« oder wahlweise: »ein Freund, der es gut mit Euch meint«. Aber alle wussten, von wem die fiesen Worte stammten. Zum Schluss wurde ich von den meisten meiner Bekannten schlicht nicht mehr eingeladen, was mir ganz recht war.

Die Geschichte mit der Freundin, die mich in Venedig gefragt hatte, ob ich sie fragen könnte, hat sich auch nicht wie beschrieben ereignet. Ich habe mir nach ihrer anmaßenden Aufforderung (»Wenn du mich jetzt fragst, ob ich deine Frau werden will …«) kein Bier geholt, sondern nur gesagt, dass ich mir ein Bier holen wolle, bin ins Hotel gerannt, habe meinen Koffer gepackt und den ersten Zug aufs Festland genommen. Schließlich wartete zu Hause noch eine andere Dame, die es nach geglückter Scheidung mit dem Heiraten nicht ganz so eilig hatte. Das meinte ich übrigens oben mit »Experimenten mit wechselnden Testpersonen«.

Let's face it (das ist der Standardsatz bei *Maxprom*, wenn es um die meist utopischen Honorarforderungen der Promis geht): Ich war so eine Art George Clooney oder wie Til Schweiger in »Keinohrhasen«, vielleicht nicht ganz so gut aussehend, aber auf jeden Fall genauso unentschlossen, was Frauen angeht. Wenn ich einen Grundsatz hatte, dann den, mich nicht langfristig an eine zu binden. Ich war eine Ich-AG, auch deshalb, weil ich bei Beziehungen, sagen wir besser, Affären, nur von Quartal zu Quartal dachte.

Bis eben, ich wiederhole mich, diese Flugangstsache anstand. Es war ein Freitag und die gesamte Woche schon total verquer gelaufen. Am Montag hatte ich den Anruf aus den USA bekommen, am Dienstag war der berühmte Schriftsteller, den ich zu einer Lesung nach Berlin begleitet hatte, betrunken von der Bühne gekippt. Am Mittwoch hatte mein Bankberater angerufen, um mir mitzuteilen, dass doch mehr Papiere der bankrotten Lehman Brothers in meinem Depot seien, als er angenommen hatte. Am Donnerstag brachen die Märkte so stark ein, dass sich mein Vermögen um weitere fünf Prozent reduzierte. Ich war Anfang des Jahres richtig groß ins Aktiengeschäft eingestiegen, mit fast allem, was ich seit meiner Konfirmation so zur Seite gelegt hatte (immerhin um die 200 000 Euro!), weil alle Experten dem Deutschen Aktienindex eine Entwicklung vorhersagten, wie sie der Körperumfang des ehemaligen Bundesaußenministers genommen hatte, der seit seinem Ausscheiden auch bei uns unter Vertrag stand. Die WZG-Bank hatte das

»wichtigste deutsche Börsenbarometer« Ende des Jahres gar bei mehr als 10000 Punkten gesehen. »Selbst wenn Sie vorsichtigere Schätzungen als Grundlage Ihrer Anlagestrategie nehmen«, hatte mein Bankberater damals gesagt, »ist eine Rendite von zehn Prozent locker drin. Und alles noch vor der Abgeltungssteuer.« Zehn Prozent, vor der Abgeltungssteuer? Die wollte ich auch und löste meine Einlagen bei der Sparkasse, für deren Verzinsung von vier Prozent ich mich laut meines neuen Vermögensverwalters schämen sollte, sofort auf. Hätte ich bloß nicht auf ihn gehört. Am Donnerstag war mein Depot mit sechsundfünfzig Prozent im Minus, und ich bekam Panikattacken, wenn ich den Fernseher anschaltete und bei n-tv die neuen Kurse auf dem Laufband las.

Mit einem Satz: Ich hatte genug von dieser Woche. Aber das interessierte den Freitag leider nicht.

Er begann mit »sehr schwachen Vorgaben aus den USA«, einem weiteren Sturz des Dax bis zum Mittag um sechs Prozent (insgesamt minus vierundsechzig Prozent für mich) und einem Anruf aus dem Vorzimmer der Geschäftsführung. Ob ich gegen 14 Uhr einmal hochkommen könnte, wollte Frau Seiffert wissen.

Frau Seiffert war die Sekretärin von Frau Rosenthaler, und Frau Rosenthaler war der Boss von *Maxprom*. Ja, ich gehörte zu den wenigen Männern, die eine Frau als Vorgesetzte hatten, ehrlich gesagt, sogar zwei. Denn neben Elfriede Rosenthaler gehörte Sandra Martens zur Geschäftsleitung, genau wie Mathias Friedrich und Heinrich Baron von Tolken. Die achtzig Mitarbeiter von *Maxprom* nannten die vier das Geschlechter-Quartett, sie selbst sprachen von sich als gleichberechtigten Partnern. Wobei das Unsinn war, weil die Firma nach wie vor zu hundert Prozent Elfriede Rosenthaler gehörte, die *Maxprom* vor zwanzig Jahren gegründet hatte.

Ich hatte mit ihr bisher nur dreimal zu tun gehabt, zuletzt vor gut einem halben Jahr, als sie den Vermarktungsvertrag für einen der bekanntesten deutschen TV-Moderatoren unterschreiben musste, den ich mit allen erlaubten und nicht erlaubten Tricks einem unserer größten Konkurrenten, der SpotAN GmbH, abspenstig gemacht hatte. »Nicht schlecht, Herr Stiller«, hatte sie hinterher gesagt, und auf der nächsten Lohnabrechnung hatte ich eine »einmalige Sonderzahlung« in Höhe von eintausend Euro gefunden. Davon war ich mit der einen Freundin nach Venedig gefahren. Wie gewonnen, so zerronnen.

Doch so wenig ich seitdem von dieser Esra gehört habe, so wenig hatte ich Kontakt mit der Chefin gehabt. Was konnte sie von mir wollen? War *Maxprom* jetzt doch, um diese selten einfallslose Formulierung zu nehmen, die man damals in allen deutschen Tageszeitungen lesen konnte, »in den Strudel der Finanzkrise« geraten? Musste die Rosenthaler wie die Chefs bei Daimler auf Kurzarbeit umstellen? Oder war ich etwa einer derjenigen, dem sie ein Angebot machen würde, »das Sie nicht ausschlagen können«? Bei der Süddeutschen Zeitung sollten sie Mitarbeitern, die freiwillig gehen wollten, eine Abfindung von hunderttausend Euro angeboten haben. Das hätte mir gerade noch gefehlt. Scheiß Woche, scheiß schwarzer Freitag. Allein die Aussicht, dass ein Rauswurf wenigstens bedeuten würde, dass ich am Sonnabend nicht zum Lufthansa-Seminar und wahrscheinlich nie mehr fliegen müsste, zumindest nicht mit einem Flugzeug!, hielt mich auf den Beinen.

Um drei Minuten vor zwei sprühte ich zwei Stüber Calvin Klein unter meine Achseln und einen auf meinen Hals, zog mein Sakko über und stieg die zwei Stockwerke bis unter das Dach der *Maxprom*-Zentrale an der Hamburger Binnenalster. Bei Frau Seiffert im Vorzimmer lief ein Breitwandfernseher, natürlich n-tv mit der Sondersendung »Schwarzer Freitag«. Ich sah an dem Bildschirm vorbei auf das ruhige, dunkle Wasser des Sees, atmete tief durch und sagte: »Da bin ich dann.«

»Herr Stiller, wie schön. Sie werden schon erwartet. Hier entlang, bitte. Die Damen und Herren sind im Konferenzraum.«

Die Damen und Herren? Es musste viel schlimmer sein, als ich erwartet hatte. Als ich die Türklinge herunterdrückte, fiel der Dax zum ersten Mal seit drei Jahren wieder unter 4500 Punkte.

»Guten Tag«, sagte ich, so leise, dass ich es selbst kaum hören konnte. »Sie wollten mich sprechen?«

Die Rosenthaler war die Erste, die aufstand.

»Herr Stiller, schön, Sie zu sehen«, sagte sie und hielt mir ihre Hand entgegen. Dann kamen Martens, Baron von Tolken und Friedrich. Er war nicht nur Partner, sondern auch Justitiar von *Maxprom*. Die Geschäftsleitung war tatsächlich komplett.

»Setzen Sie sich doch«, sagte die Rosenthaler und zeigte auf den Stuhl, der am Konferenztisch ihrem gegenüber stand. Vor ihr lag ein Haufen DIN-A4-Papiere, unter den Friedrich noch schnell ein letztes Blatt schob, bevor ich Platz genommen hatte. Mein Auflösungsvertrag, dachte ich.

»Sie fragen sich vielleicht, warum Sie heute hier oben sind«, sagte die Rosenthaler, und ich sagte zum Glück so leise »Finanzkrise«, dass es niemand mitbekam.

»Wir haben Ihre Arbeit in den vergangenen Monaten sehr genau verfolgt, und wir müssen leider sagen …«

… dass wir damit alles andere als zufrieden sind.

»… dass es nicht einen einzigen Punkt gibt, den wir daran auszusetzen haben.« Elfriede Rosenthaler lächelte. »Entschuldigen Sie, wenn ich Ihnen einen kleinen Schreck eingejagt habe. Eine Schwäche von mir.«

Ich hoffte, nicht auf dem braunen Lederstuhl eingenässt zu haben.

»Sie haben Ihre Umsätze im vergangenen Jahr mehr als verdoppelt, und das in schwierigen Zeiten. Nachdem Sie den Kollegen von SpotAN dann noch den Herrn Eckmann (Name geändert!! Echt!) weggeschnappt haben«, alle grinsten, » haben wir uns gedacht: Mit dem Herrn Stiller müssen wir dringend mal ein ernstes Wort reden.«

Also doch.

»Sie verstehen sicher, dass es so nicht weitergehen kann«, sagte die Rosenthaler, um mir dann mit dem linken Auge zweimal zuzuzwinkern. »Verzeihen Sie ein letztes Mal. Jetzt will ich Sie wirklich nicht mehr in die Irre führen. Let's face it.«

O nein.

»Daniel, wir würden Sie gern zum Junior-Partner machen. Mit der Aussicht, innerhalb der nächsten sechs Monate als vollwertiges Mitglied in die Geschäftsführung aufzusteigen.« Die anderen drei nickten.

Ich spürte, dass ich nass war, zum Glück nur unter den Achseln. Ich hatte in den vergangenen Minuten meinen ganzen beruflichen Werdegang an mir vorbeiziehen sehen, das Studium, Betriebswirtschaftslehre, die Praktika bei mehreren Konzertveranstaltern, das Jahr auf Probe bei *Maxprom*, die ersten eigenen Verträge, die langen Nächte mit potentiellen Klienten nach der Verleihung der »Goldenen Kamera«, des »Bambi« oder einfach nur dem Finale von »Deutschland sucht den Superstar«. So musste es sein, wenn das Arbeitsleben zu Ende geht, hatte ich gedacht. Und nun das.

»Herr Stiller? Hat es Ihnen die Sprache verschlagen?«, fragte die Rosenthaler.

»Ja«, sagte ich, merkte aber immerhin den Widerspruch sofort und fügte hinzu: »Also nein, denn wenn es mir die Sprache verschlagen hätte, hätte ich ja nicht ja gesagt. Wenn Sie verstehen, was ich meine.«

Die Rosenthaler fing an zu lachen, dann fielen die anderen ein. Sie standen wieder einer nach dem anderen auf und kamen auf meine Seite, um mir ein zweites Mal die Hand zu drücken.

»Herzlich willkommen«, sagte Elfriede Rosenthaler.

»Alles Gute«, sagte Sandra Martens, aber es klang nicht sehr freundlich.

»Sie schaffen das schon«, sagte Baron von Tolken.

»Meinen Glückwunsch«, sagte Friedrich. Ich fühlte mich für

einen kurzen Moment wie Tom Cruise in der Verfilmung von John Grishams »Die Firma«, und ich hatte keine Ahnung warum. Als würde die Partner mehr verbinden als ein hohes sechsstelliges Jahreseinkommen.

»Danke vielmals«, sagte ich, sah zum ersten Mal auf den Vertrag, der vor mir lag, und griff nach einem der Kugelschreiber, die in dem großen Globus in der Mitte des Konferenztisches steckten. Jeder markierte ein Land, in dem *Maxprom* einen Prominenten unter Vertrag hatte. »Soll ich gleich unterschreiben?«

»Das hat Zeit, junger Mann«, sagte die Rosenthaler. »Sie können den Vertrag mit nach Hause nehmen und dort übers Wochenende in Ruhe lesen. Nur über ein kleines Detail würde ich gern noch kurz jetzt mit Ihnen reden.« Sie machte eine Bewegung zu den drei anderen, die mir ein letztes Mal zunickten und dann gemeinsam aus dem Konferenzraum verschwanden. Ich war mit der Rosenthaler allein.

»Wollen Sie gar nichts trinken, Daniel? Kaffee, Tee, Wasser, Bionade?«

»Nein, vielen Dank, Frau Rosenthaler.«

»Nennen Sie mich Elfriede.«

Elfriede? Und Du? Oder Elfriede und Sie?

»Gern.«

Sie lächelte. »Ich möchte mit Ihnen über einen Punkt sprechen, der in diesem Vertrag nicht geregelt, der mir und den anderen Mitgliedern der Geschäftsführung aber trotzdem sehr, sehr wichtig ist.«

Also Elfriede und Sie.

»Kein Problem, Frau Rosen…, ich meine, Elfriede.«

»Wissen Sie, Daniel, wir finden, dass man nicht immer alles schriftlich festhalten muss, vor allem nicht zwischen Menschen wie uns. In unseren Positionen muss man sich auf das Wort des anderen verlassen können, da zählt die Absprache unter vier Augen mehr als jeder noch so ausgeklügelte Vertrag.«

»Da haben Sie natürlich vollkommen recht, Elfriede.«

»Und es ist mindestens so wichtig, dass alles, was wir auf dieser Ebene miteinander besprechen, unter uns bleibt. Das geht niemanden etwas an, genauso wenig wie Ihr neuer Vertrag. Verstehen wir uns da?«

»Selbstverständlich.«

»Also, mein lieber Daniel, so sehr wir auch mit Ihrer Arbeit zufrieden sind, so viel Potenzial wir in Ihnen sehen und so gern wir Sie auch in unserer Mitte hätten – ein Kriterium erfüllen Sie leider ganz und gar nicht.«

Ich spürte Panik in mir aufsteigen. Sie hatten es mitbekommen, irgendwer von meinen Kollegen musste gepetzt haben, wahrscheinlich Vanessa, die Empfangsdame. Elfriede Rosenthaler wusste von meiner Flugangst. Ein Glück, dass ich das Seminar schon gebucht hatte.

»Die Aufnahme in die Geschäftsführung von *Maxprom* ist seit elf Jahren«, die Rosenthaler hielt kurz inne, und für einen Moment sahen die Züge um ihre Augen und ihren Mund aus, als wären sie schockgefroren, »an eine Bedingung geknüpft, die Sie in Ihrem Vertrag nicht finden werden, ohne den dieser aber nicht das Papier wert ist, auf dem er steht.«

Wahrscheinlich durften sie aus rechtlichen Gründen nicht hineinschreiben, dass ein Mitglied der Geschäftsführung sich zu Flügen jeglicher Art – im Notfall auch mit einer Never-come-back-Airline – verpflichten musste, weil Schadenersatzforderungen in Millionenhöhen auf die Firma zukommen könnten, wenn eine der Maschinen eines Tages tatsächlich nicht wieder auftauchte.

»Ich kann verstehen, dass Sie derart hohe Anforderungen an einen Partner stellen«, sagte ich, und das überraschte die Rosenthaler offensichtlich.

»Sie können das verstehen, Daniel?«

»Ja, Elfriede.« Mir machte es inzwischen Spaß, sie beim Vornamen zu nennen, und ich stellte mir die Petze Vanessa vor, wenn sie davon erfahren sollte. »Und ich finde, das von einem Mann«, ups, jetzt nur nichts Falsches sagen, »oder einer Frau in dieser Stellung zu erwarten, ist weder zu viel verlangt noch ehrenrührig, sondern einfach eine Selbstverständlichkeit.« Ich hoffte inständig, dass die Lufthansa mir meine Flugangst für die 800 Euro nehmen würde, die ich für das Seminar schon überwiesen hatte. Sonst hätte ich kein kleines, sondern ein riesiges Problem.

»Daniel, Sie überraschen mich. Sie müssen noch besser sein, als ich gedacht habe. Ich war mir hundertprozentig sicher, dass wirklich niemand unsere kleine Übereinkunft in der Geschäftsführung kennt, und wenn ich ehrlich zu Ihnen sein darf, macht es mir schon etwas Sorgen, dass Sie davon erfahren haben. Aber ich freue mich, dass Sie damit kein Problem haben. Kann ich denn erfahren, wann es bei Ihnen so weit ist? Denn noch haben Sie doch nicht, oder?«

Sie wusste es also wirklich. Ich würde Vanessa am Abend auflauern müssen.

»Nein, ich habe wirklich noch nicht. Aber ich denke, dass sich das ganz schnell ändern wird. Wahrscheinlich schon am Sonntag.«

»An diesem Sonntag? Das wäre ja ideal. Aber ich wusste ja gar nicht, dass Sie … Wir dachten immer, Sie würden nie … Na ja, vergessen wir das, lieber Daniel. Wer ist denn die Glückliche?«

Wer ist denn die Glückliche? Was war das denn für eine Frage? Glaubte die Rosenthaler wirklich, dass es eine Fluggesellschaft wie die Lufthansa glücklich machen würde, wenn ich in einer Ihrer Maschinen die Zahl meiner größten Ängste halbieren würde?

»Äh, Elfriede, jetzt verstehe ich Sie nicht richtig, also mit Glück hat das Ganze nicht unbedingt etwas zu tun …«

»Oh, entschuldigen Sie, Sie machen das also nicht freiwillig? Müssen Sie etwa …?«

Ja, natürlich musste ich, jetzt erst recht, sonst würde ich ja offensichtlich den verdammten Vertrag nicht bekommen.

»Na, das geht mich ja nichts an«, die Rosenthaler zwinkerte schon wieder. »So oder so ist natürlich klar, dass *Maxprom* sich an den Kosten beteiligt. Allerdings nur bis zu einem Preis von zwanzigtausend Euro.«

Bis zu einem Preis von zwanzigtausend Euro? Was buchten die in der Geschäftsführung denn für Flugangstseminare? Mit einem Testflug in der First Class von Singapore Airlines einmal rund um die Welt? Und hatte es tatsächlich schon andere Partner gegeben, die das gleiche Problem gehabt hatten wie ich?

»Ich, äh, also, mich hat das Ganze nur achthundert Euro gekostet, Urkunde inklusive«, sagte ich.

»Das kann doch nicht sein«, sagte Rosenthaler. »Feiern Sie denn gar nicht, mit Eltern, Freunden, Verwandten?«

Feiern, dass ich zum ersten Mal in meinem Leben geflogen war? Ich sah Elfriede ungläubig an.

»Wobei, die Sandra hat damals auch im kleinen Kreis … aber das hat uns trotzdem fünfzehntausend Euro gekostet. Achthundert Euro, Daniel, das kann doch nicht Ihr Ernst sein. Können wir uns dann wenigstens an den Ringen beteiligen?«

Ich verstand gar nichts mehr. Ich verstand nur Ringe.

»Was denn, was denn für Ringe?«

»Die Eheringe, Daniel, was für Ringe denn sonst?«

Drei

Ich habe im ersten Kapitel noch mehr gelogen. Ich bin nämlich zum Flugangstseminar nicht wegen des, ich zitiere: »öffentlichen Nahverkehrs« zu spät gekommen, sondern weil ich verschlafen hatte. Das wiederum lag im Wesentlichen an den zwei Flaschen Riesling, die ich am Freitagabend nach dem Gespräch bei der Rosenthaler getrunken hatte. Ich war direkt aus der Firma in einen Supermarkt gegangen, hatte die Pullen gekauft und mich dann an die Alster gesetzt. Dort trank ich und sah aufs Wasser und trank und wartete darauf, dass der Alkohol die Verwirrung in meinem Kopf erst auflösen und dann wegschwemmen würde. Ich hoffte, zwei Flaschen würden dafür ausreichen, und dachte für einen kurzen Moment, dass es vielleicht besser gewesen wäre, gleich schweren Rotwein zu kaufen.

Elfriede Rosenthaler hatte überhaupt nichts von meiner Flugangst gewusst. Sie war ihr gleichgültig, und mein Gestammel hatte sie nicht die Bohne interessiert. Die Bedingung für meine Aufnahme in die Geschäftsleitung war eine ganz andere. Ich musste heiraten.

»Es gibt viele gute Gründe dafür, dass wir auf diesem ungeschriebenen Gesetz bestehen müssen, Daniel. Der wichtigste ist, dass wir auf diesem Weg verhindern, dass es zwischen einem der Partner und einem der Klienten zu mehr als zu geschäftlichen Beziehungen kommt. Das verstehen Sie sicher?«, hatte die Chefin gesagt. Ich verstand schon in ihrem Büro gar nichts mehr, erst recht nicht, wie sie glauben konnte, dass eine Ehe irgendjemanden daran hindern könnte, eine Affäre einzugehen. Ich hatte mit mindestens vier, oder waren es fünf?, verheirateten Frauen ein Verhältnis gehabt, allein deshalb schon, *weil* sie ja bereits verheiratet waren. Aber ich sagte sicherheitshalber nichts mehr, nachdem ich das Missverständnis mit dem Flugangstseminar und meinem ersten Flug am Sonntag aufgeklärt hatte.

Dafür sprach die Rosenthaler: »Wir haben da ganz klare Regeln für Anwärter auf eine Partnerschaft bei *Maxprom*. Wer noch nicht verheiratet ist, hat dazu während der Junior-Phase Zeit. Also genau ein halbes Jahr. Das ist bisher für niemanden ein Problem gewesen.«

»Und wenn doch?« Ich hoffte, dass nur gedacht zu haben, aber leider hatte ich es auch gesagt.

»Ach, Daniel, daran glauben wir doch beide nicht, oder? Wenn es ein Mann, der bald zu den Partnern einer der größten Promi-Agenturen Deutschlands gehört, nicht schafft, innerhalb von sechs Monaten eine Frau zu finden: Wer dann?« Sie strich mir über den Kopf. »Und im Notfall reicht auch ein fester Termin beim Standesamt.«

Das waren wirklich ihre Worte. Selbst jetzt, wo sich der Alkoholgehalt mehr als eines halben Liter Weins auf dem Weg durch meine Blutbahn befand, konnte ich es nicht glauben.

Ich war nach den unheimlichen Minuten im Konferenzraum zwei Türen weiter ins Büro von Baron von Tolken gegangen. Er hatte mich vor fünf Jahren zu *Maxprom* geholt, nachdem wir uns bei einem seiner Vorträge über »Maximales Management« an der Universität Hamburg kennengelernt hatten. Die Tür war bloß angelehnt. Der Baron, so nannten ihn alle, und er hatte nichts dagegen, stand leicht gebeugt hinter seinem hölzernen Stehpult und schrieb. Ich konnte das Knarzen des Füllers hören. Von Tolken schien mich nicht bemerkt zu haben. Ich blieb am Eingang stehen und betrachtete meinen Mentor von hinten. Ich hatte das Gefühl, er sei ein wenig geschrumpft in den Jahren, die wir uns jetzt kannten, aber sonst sah man ihm die sechzig nicht an. Er trug einen dunkelgrauen, maßgeschneiderten Anzug, der kaum merklich an den Ellbogen glänzte. Er hatte die Füße leicht nach außen gestellt, als müsse er X-Beine korrigieren, die Budapester glänzten, als wären sie frisch gewichst worden. Das graue Haar lief im Nacken zu einem dieser schmalen Zipfel zusammen, die so viele edle, ältere Herren tragen und von denen ich nicht weiß, ob sie automatisch so wachsen oder vom Friseur herausgearbeitet werden müssen.

»Partner, mit gerade einmal siebenunddreißig. Ich bin sehr stolz auf Sie, Daniel.« Der Baron sprach, ohne sich umzudrehen. Er musste die ganze Zeit gewusst haben, dass ich hinter ihm stand. »Noch einmal meinen herzlichsten Glückwunsch.«

Erst jetzt drehte er sich um. Er trug eine kleine, halbrunde Lesebrille und sah mich darüber mit seinen schmalen, braunen Augen an.

»Das haben Sie eingefädelt, oder, Baron?«, fragte ich.

Die Wangen pressten die Grübchen heraus, die bei von Tolken das Lächeln ersetzten: »Sagen wir mal so: Ich habe Sie ins Gespräch gebracht. Wir müssen die Geschäftsführung rechtzeitig verjüngen und nicht erst, wenn einer von uns keine Lust mehr hat.« Er schnipste die Brille von der Nase, sie baumelte an einem unsichtbaren Band über seiner Brust. »Oder, wenn er zu alt ist. Setzen Sie sich doch. Kaffee? Oder ein Wasser?«

»Nein, danke.«

»Also Calvados.« Der Baron holte die Flasche aus einem schmalen Fach unter seinem Schreibtisch und zwei Gläser vom Regal, auf dem all die Bücher standen, die er über Vermarktung und Management geschrieben hatte. »Ist ja schließlich gleich Wochenende.«

»Stimmt das?« Ich nahm einen Schluck, schüttelte mich und setzte das Glas abrupt wieder ab.

»Stimmt was? Dass Wochenende ist?« Der Baron sah auf seine Uhr. »Ja, das stimmt, zumindest für mich. Ich mache in einer halben Stunde Feierabend.«

»Nein, ich meine, gibt es diese Regel wirklich?«

»Sie meinen Elfriedes ungeschriebenes Gesetz? Ja, das gibt es wirklich. Wer Partner werden will, muss verheiratet sein. Ob er nun sechzig ist wie ich oder Mitte dreißig wie Sie.«

»Aber das ist doch sittenwidrig, das kann sie doch nicht verlangen, das hält doch vor keinem Gericht stand.«

»Dann verklagen Sie sie doch, Daniel. Erzählen Sie dem Richter, dass Ihre Chefin von Ihnen verlangt hätte, zu heiraten.«

»Das würde ich am liebsten machen, so was kann man doch nun wirklich nicht von einem Mitarbeiter fordern.«

»Warum nicht? Sie müssen ja nicht heiraten, Daniel.«

»Nee, muss ich nicht. Aber dann werde ich auch nicht Partner, richtig?«

»Nein, dann werden Sie nicht Partner. Und dann haben Sie bei *Maxprom* leider auch überhaupt keine Zukunft mehr. Noch einen Schluck?« Er hatte seinen Calvados ausgetrunken. Ich schüttelte den Kopf wie ein Golden Retriever sein Fell nach einem Bad in der Ostsee.

»Wie meinen Sie das, Baron, dann habe ich bei *Maxprom* überhaupt keine Zukunft mehr?«

»Sie glauben doch nicht, dass die Rosenthaler einen Mann, der es ablehnt, in die Geschäftsführung aufzusteigen, weiter beschäftigt.«

»Aber ich lehne es ja gar nicht ab, in die Geschäftsführung aufzusteigen, ganz im Gegenteil. Nur heiraten will ich dafür nicht.«

»Das ist das Gleiche, junger Freund.«

»Wie, das ist das Gleiche? Soll das heißen, dass ich nur die Wahl habe zwischen heiraten und arbeitslos werden?«

»Mittelfristig, ja.«

Ich machte eine Pause, um zu überlegen, was eigentlich das größere Übel wäre. Arbeitslosigkeit könnte immerhin einen nicht zu unterschätzenden Grad an Freiheit bedeuten. Allerdings würde ich mir die angesichts des Börsendesasters nur wenige Monate leisten können und meine teure Wohnung an der Außenalster wahrscheinlich gleich kündigen müssen.

»Das kann doch nicht wahr sein«, sagte ich und schenkte mir selbst Calvados nach.

»Sie tun mir wirklich leid, Daniel«, sagte der Baron, und seine Grübchen hüpften. »So jung schon das Angebot für einen Job mit mindestens 250 000 Euro Jahresgehalt zu bekommen, das Anrecht auf eine E-Klasse als Dienstwagen, die Aussicht auf eine Beteiligung am Unternehmen und eine grandiose, kostenlose Hochzeitsfeier: Das sind wirklich harte Schicksalsschläge.«

»Ich finde das nicht witzig, Baron, ehrlich nicht.«

»Ich finde das auch nicht witzig, Daniel.« Von Tolken wurde ernst. »Ich habe mich nicht für Sie eingesetzt, damit Sie Ihre Karriere an so einer Lappalie wie einer Hochzeit scheitern lassen.«

»Wenn ich aber nun partout nicht heiraten will?«

»Unfug.«

»Und wenn ich mir vorgenommen habe, mein Leben lang Junggeselle zu bleiben?«

»Dann ändern Sie eben Ihre Meinung. Gründe genug dafür habe ich Ihnen ja eben genannt.«

Der Alte *wollte* mich nicht verstehen. Ich musste härtere Geschütze auffahren, gerade bei einem Leutnant a. D.

»Und wenn ich nicht einmal eine Freundin habe?«

»Dass sie nicht *eine* Freundin haben, glaube ich Ihnen aufs Wort.« Der Baron griente. Er hatte mir mal aus einer heiklen Lage helfen müssen. Ich hatte auf einer Weihnachtsfeier, es muss vor zwei oder drei Jahren gewesen sein, mit einer jungen Aushilfe im Kopierraum geknutscht. Dabei wären wir fast von meiner damaligen Freundin Vanessa, ja, der Empfangsdame, erwischt worden, wenn der Baron die Situation nicht erkannt hätte. Als er sah, wie ich mit der Aushilfe verschwand und kurz darauf Vanessa sich in die gleiche Richtung aufmachte, rief er sie zu sich, um über den Manager eines deutschen Fußballtorwarts zu reden, den sie am Nachmittag zu ihm durchgestellt hatte. Es muss also 2005 gewesen sein, das Weihnachtsfest vor der Weltmeisterschaft. Er sprach so lange mit ihr, bis ich etwas verschwitzt und mit einem kleinen Vorsprung vor der Aushilfe, ich glaube, sie hieß Steffi, zurück zu den anderen kam. Das hatte ich ihm nicht vergessen. Er mir leider auch nicht.

»Nein, Baron, mal ganz im Ernst, ich habe im Moment keine Freundin, wirklich nicht.«

Die letzte Beziehung hatte ich am Sonntag vor dieser fatalen Woche beendet, wie meist per SMS. Es war eigentlich ganz gut gelaufen mit Anne und mir, vor allem im Bett. Sie hatte mich bereits eine Woche nach unserer ersten gemeinsamen Nacht dazu ermuntert, doch mal ein paar Filme zu besorgen, na ja, ich wisse schon welche. Allein dieser Wunsch aus dem Mund einer Frau hatte mich so erregt, dass ich direkt zweimal über sie hergefallen war. Und das war tatsächlich nur das Vorspiel gewesen. Als ich drei Filme in einer dieser dunkelbraunen Plastiktaschen, die praktisch jedem sofort verraten, woher man kommt, mit nach Hause brachte, passierte das Unvorstellbare. Oder das Einmalige? Anne wollte die DVDs nicht nur zusammen mit mir sehen. Sie wollte sie Szene für Szene nachspielen. Ich war froh, dass ich im letzten Moment auf »Die lange Natursektnacht« verzichtet hatte, schob die erste DVD in den Player und drückte auf den Knopf.

So ging das dann fast jeden Abend, und ich hätte nie gedacht, dass uns ausgerechnet unser Imitationsverkehr eines Tages auseinanderbringen würde. Aber ich war selbst schuld. Weil wir so einen Verschleiß an Filmen hatten, ging ich dazu über, diese zu kaufen, ohne noch großartig auf die Handlung (na ja, was eben davon übrigblieb) zu achten. Mit der Zeit las ich mir nicht einmal die Titel mehr genau durch. So kam es, wie es kommen musste, und ich erwischte »Wedding-Wladimir«, einen Film, der sich im Wesentlichen um einen ziemlich behaarten Mann mit schwerem osteuropäischen Akzent drehte, der es auf frischverheiratete Frauen abgesehen hatte. In der Regel schlief er noch während der Hochzeitsfeier mit ihnen, einmal sogar in der Toilette des Standesamtes. Und das, das war dann selbst Anne zu viel.

»Das ist ja widerlich, Daniel, mach das sofort aus«, sagte sie, als ich gerade in Wedding-Wladimir-Manier den Reißverschluss meines Smokings öffnen wollte, den ich extra für eben jene Szene angezogen hatte. »Wie kannst du nur so etwas mitbringen?«

»Wie, wie kann ich nur so etwas mitbringen?« Ich verstand nicht, was »Wedding-Wladimir« von der »Mundorgel« oder »Kathrin und der Kanalarbeiter« unterschied. »Du bist doch die, die auf Pornos steht.«

»Aber doch nicht auf solche, in denen ein so wichtiger Moment wie eine Hochzeit in den Schmutz gezogen wird. Mach das sofort aus, Daniel, und nimm mich ganz fest in den Arm.«

Ich schrieb die SMS noch am Abend.

Das habe ich dem Baron natürlich so nicht erzählt. Ich beließ es bei diesem einen Satz, den ich sicherheitshalber hier noch einmal wiederhole, weil es ja in diesem Kapitel ziemlich hin und her geht:

»Nein, Baron, mal ganz im Ernst, ich habe im Moment keine Freundin.«

Und was sagte er? »Dann besorgen Sie sich eine, Daniel. Sie wissen ja, wie's geht.«

Vier

Das war also die Ausgangslage, als ich am Sonnabend als Letzter beim Flugangstseminar 24/08 mit dem putzigen Untertitel »Runter kommen Sie immer!« aufschlug. Unter normalen Umständen hätte ich natürlich gekniffen. Aber angesichts des Hochzeitsultimatums schien mir die Aussicht auf einen Flug wie eine Erlösung. Selbst der selten dämliche Spruch eines Mitzitternden konnte mich nicht mehr schrecken. Der Typ, der den Kursus seiner Frau zuliebe belegt hatte, damit die beiden die seit zehn Jahren ausstehende Hochzeitsreise auf die Malediven machen konnten, hatte in einer Pause zu uns anderen, normalen Flugängstlern gesagt: »Wisst ihr eigentlich, dass wir auf jeden Fall zweimal fliegen?«

Ich hatte ihn entsetzt angesehen, weil ich glaubte, eine Passage im Seminarplan, zum Beispiel den Rückflug von Köln nach Hamburg, übersehen zu haben.

»Wieso denn zweimal?«, stammelte ich.

»Wenn wir den Flug überleben, haben wir vor dem nächsten doch keine Angst mehr«, sagte der Typ. »Und wenn nicht, dann sind wir sowieso zweimal geflogen: zum ersten und zum letzten Mal.« Er lachte über seinen dämlichen Witz noch, als die Pause vorbei war und ich mich wieder in den Stuhl neben Sarah gesetzt hatte.

»Die Angst wird schon weniger. Bei Ihnen auch?«, fragte sie, und ich begriff erst nach einigen Sekunden, dass ich derjenige war, der antworten sollte.

»Ja, na ja, so allmählich«, sagte ich und versuchte zumindest die Finger der linken Hand langsam von der Stuhllehne zu lösen. Es ging nicht, sie waren wie angefroren.

»So richtig glücklich sehen Sie aber nicht aus.«

Was für ein Wunder, nach so einem dämlichen Spruch. »Doch, doch, ich habe nur eine harte Woche hinter mir«, sagte ich. »Bin etwas müde.« Und ein wenig betrunken.

»Na, denn«, sagte Sarah, und als ich gerade dachte, dass sich damit unser Gespräch erledigt hätte: »Gehört das kleine Notizbuch unter dem Tisch eigentlich Ihnen? Nicht, dass Sie das nachher da liegenlassen.«

Ich fuhr ruckartig mit dem Kopf nach unten, was mir angesichts der restlichen Körperstarre fast einen Hexenschuss beschert hätte, um unter meinen Platz zu gucken. Tatsächlich lag da mein kleines, schwarzes Notizbuch. Es musste aus dem Mantel gefallen sein. Ich bückte mich schnell, um es aufzuheben, bevor meine Nachbarin das tun und zufällig einen Blick auf die Mittelseiten erhaschen konnte.

Auf denen hatte ich nämlich gestern Abend noch das Für und Wider einer Hochzeit eingetragen. So machte es mein Vater immer, wenn er vor einem Problem stand. Er nahm sich zwei Blatt Papier und schrieb auf eine Seite, was für die jeweilige Lösung, und auf die andere, was dagegen sprach. Er nannte es die »Stärken-und-Schwächen-Analyse«, und das Verhältnis der jeweiligen Stärken und Schwächen entschied darüber, wie das Problem behandelt wurde. Bei mir sah das Ganze folgendermaßen aus:

Argumente gegen eine Hochzeit

- Nie wieder Sex mit anderen Frauen
- Nie wieder Sex mit anderen Frauen
- Mindestens wöchentliches Aufräumen der gesamten Wohnung, wahrscheinlich sogar zwei Mal Badezimmerputzen
- Fenster im Schlafzimmer immer geschlossen, im Winter die Heizung auf volle Pulle. Deutlich weniger Heizkostenrückerstattung, wahrscheinlich eher Steigerung
- Sky- und Sportschauverbot. Fernsehen auf ein Mindestmaß einschränken (wahrscheinlich nur eine Stunde pro Tag)

- Gutenachtkuss!!
- Nur noch im Sitzen pinkeln. Keine Zeitungen mehr auf dem Klo
- »Wir müssen reden«, jeden Abend
- Streit um Barthaare/Zahnpasta/Schamhaare im Waschbecken
- Gemeinsames Konto!
- Furchtbare Spiele auf der Hochzeitsfeier
- Trauzeugen finden!
- Herz aus Bettlaken ausschneiden und Frau durchtragen
- Gewisse DVDs, Zeitschriften abbestellen beziehungsweise wegschmeißen
- Auf ca. die Hälfte der eigenen Möbel verzichten
- Kleiderschrank ausräumen, etwa zwei Drittel der eigenen Klamotten zur Kleiderkammer bringen
- Schwiegereltern besuchen/Schwiegereltern zu Besuch haben.
- Bei einer Scheidung mindestens die Hälfte des gesparten Geldes verlieren (Anmerkung: Ist angesichts der Finanzkrise ja nicht mehr so viel ...)
- Kinder kriegen kaum noch vermeidbar. Damit kompletter Schlafentzug und endgültige Einstellung des Sexlebens. Windeln wechseln!
- Ehering kaufen und tragen
- Stark eingeschränkte Handy-Nutzung, nur noch heimliche Nutzung bestimmter Seiten im Internet
- Wöchentliche Shoppingtour, nicht unter fünf Stunden
- Hemden, Hosen, Schuhe, Socken nicht mehr selbst aussuchen
- Permanente Hinweise auf mögliche Geschenke zu Weihnachten/Geburtstag/Ostern/Hochzeitstag bemerken und auf keinen Fall wieder vergessen. Sonst großer Ärger, Stichwort: mangelnde Aufmerksamkeit
- Zum Gespött der Freunde, Bekannten, Arbeitskollegen werden
- Große Gefahr, dass Geschichten aus der Vergangenheit plötzlich der Ehefrau bekannt werden (Stichworte: Wedding-Wla-

dimir, Weihnachtsfeier, Aushilfe, Polaroidfotos, Fotokopierer)
- Regelmäßige Kontrollen von und Kommentare zu E-Mails, SMS, Wein- und Bierverbrauch. Gewichtskontrolle, höchstwahrscheinlich mit gleichzeitiger Ermittlung des Körperfettgehalts
- Zurzeit keine Freundin
- Diverse andere Gründe (ca. 100) auf Anfrage

Argumente für eine Hochzeit

- Partner bei *Maxprom*, hohes sechsstelliges Jahresgehalt, E-Klasse als Dienstwagen, Tantiemen
- Steuerklasse III (wenn Frau weniger verdient), auf jeden Fall Verdoppelung des Kapitalsteuerfreibetrages
- Angespannte Depotsituation
- Wohnung an der Außenalster
- Kostenlose Feier

Fazit

Quantitativ scheinen die Gründe gegen eine Hochzeit zu überwiegen, doch darf die besondere Qualität der Argumente dafür nicht aus den Augen gelassen werden. Bei rationaler Betrachtung erscheint eine Vermählung innerhalb der nächsten sechs Monate unumgänglich. Doch natürlich spielt gerade bei einem Thema wie Heiraten die emotionale Seite eine wesentliche Rolle und deshalb …

An diesem Punkt war ich über dem Notizbuch eingeschlafen und am Morgen des Seminars viel zu spät aufgewacht. Ich hatte mir meine Aufzeichnungen auf der Fahrt zum Flughafen durchgelesen und war erstaunt, was ich da am Abend zuvor unter dem Einfluss von mehreren Gläsern Calvados (beim Baron) und anderthalb Litern Wein zusammengebracht hatte. Doch was nutzten die vielen und so berechtigen Contras, die ich beliebig hätte ergänzen können? Wenn ich meinen Job und die Aussicht auf ein, zumindest finanziell, komplett sorgenfreies Leben nicht verlieren wollte, musste ich heiraten. Dazu fand ich selbst mit weniger als 0,5 Promille Restalkohol im Blut keine Alternative. In unserer Branche irgendwo anders Arbeit zu finden, wenn erst einmal ruchbar geworden war, dass ich eine Partnerschaft beim Marktführer ausgeschlagen hatte, war quasi undenkbar, erst recht in der Finanzkrise, in der es mehr Einstellungsstopps gab als Prominente, mit denen sich noch Geld verdienen ließ.

»Das ist ja tatsächlich mein Notizbuch«, sagte ich, und bevor ich etwas tun konnte, war meine Nachbarin abgetaucht.

»Hier, bitte schön.« Sarah streckte mir das kleine Heft mit der rechten Hand entgegen, den Daumen mitten zwischen zwei Seiten.

»Danke, danke«, sagte ich, entriss es ihr und verstaute es schnell in der zuknöpfbaren Innentasche meines Mantels.

»Scheint Ihnen ja wichtig zu sein«, sagte sie.

»Ja, ja, auf jeden Fall, ich habe meine ganzen Termine und Telefonnummern noch auf Papier.«

»Ich auch«, sagte sie und zog einen Terminkalender aus ihrer braunen Handtasche, der mindestens doppelt so groß und viermal so dick war wie mein Notizbuch. Dann wurden wir vom Dozenten wie zwei Schulkinder ermahnt, etwas ruhiger zu sein, und auch der Warum-fliegen-wir-mindestens-zweimal-Typ warf uns einen bösen Blick zu, der wohl heißen sollte: Ich kann mich überhaupt nicht konzentrieren.

Das konnte ich auch nicht, weil meine Nachbarin, ach, jeder weiß ja längst, dass sie Sarah heißt, im Profil genau das erkennen ließ, was ich bei Frauen so liebe. Eine niedliche Stupsnase, ein leicht fliehendes Kinn, zwei nicht zu große, aber runde Brüste und ein langes Bein, das so auf dem anderen lag, dass man ein

Stück braune Haut aus der Hose hervorlugen sehen konnte. Die Seite des Mundes, die ich erkennen konnte, schimmerte im Glanz eines Lippenstifts, den Sarah sich in der Pause aufgetragen haben musste. Neun Punkte, dachte ich, und den zehnten bekam sie, als wir gemeinsam und immer noch lebendig den Flug von Hamburg nach Köln überstanden hatten.

Als wir uns im Terminal voneinander verabschiedeten – sie wollte mit einem der nächsten Flüge nach Hamburg zurück, ich gab vor, noch einen wichtigen Termin in Köln zu haben, fuhr aber zum Hauptbahnhof, um dort den ICE zu nehmen –, also, bei unserer Verabschiedung tat ich das, was ich immer bei Achter-, Neuner- oder Zehner-Frauen getan habe. Ich versuchte, mich mit Sarah zu verabreden. Das war Routine, und in dem Moment, in dem ich ihr einen Kuss auf die Wange, erst rechts, dann links gab und dabei lässig fragte: »Na, und wann sehen wir uns wieder?«, dachte ich nicht daran, dass diese Frau tatsächlich DIE Frau sein könnte, nein, sein müsste. Das fiel mir erst ein, als sie »Wie wäre es mit nächstem Freitag?« geantwortet hatte und mir klar wurde, dass dann schon eine Woche meines Ultimatums nutzlos verstrichen sein würde.

»Geht auch Mittwoch?«, fragte ich zurück.

Sie sah in ihren dicken Terminkalender: »Das geht auch.«

»Gut, dann Mittwoch. Wegen der Details können wir ja noch mal telefonieren.« Das war mein Trick, von Frauen die Handynummern zu bekommen, wenn ich meine schon rausgerückt hatte.

Sarah kannte ihn offensichtlich: »Ich melde mich spätestens Dienstag.«

Fünf

Am Montag war ich schon um sieben Uhr in der Firma, zwei Stunden früher als üblich. Ich hatte schlecht geschlafen und abwechselnd von einer Hochzeit mit Elfriede Rosenthaler und mit Sarah geträumt. Gegen sechs Uhr war ich aufgewacht, unruhig durch die Wohnung getapert und hatte dann beschlossen, das Projekt »Partner« strukturiert anzugehen. Wobei mir zum ersten Mal auffiel, dass »Partner« in diesem Fall eindeutig zweideutig war, gleichzeitig gut und böse.

Es war seltsam, allein bei *Maxprom* zu sein, normalerweise fing bei uns niemand vor neun Uhr an. Aber für mein Vorhaben war das ideal. Ich wollte etwas in eigener Sache recherchieren, und dabei konnte ich Beobachter nicht gebrauchen. Zum Glück war die Tür zum Unternehmensarchiv mit allen Akten von Prominenten, die wir jemals betreut hatten oder noch betreuten, nicht abgeschlossen. Ich wusste, dass hier auch die *Maxprom*-Almanache lagen, Jahrbücher, in denen die größten Erfolge, die wichtigsten Kennzahlen, die Namen aller Mitarbeiter und sämtliche Personalien katalogisiert waren. Der Baron hatte mir das Regal mit den in Leder-Goldschnitt eingebundenen Büchern stolz auf meinem ersten Rundgang durch die Firma gezeigt. Ich hätte nie gedacht, dass ich einmal Interesse dafür haben könnte.

Ich griff den ersten Band heraus. Er war von 1978 und ziemlich verstaubt. Instinktiv pustete ich über den Buchrücken und blätterte die Seiten auf. »4. 1. 1978 – Die Geburtsstunde von *Maxprom*« stand über dem ersten Kapitel. »Am 4. Januar des Jahres 1978 haben die Unternehmer Elfriede Rosenthaler und René Bertels die *Maxprom* GmbH in Hamburg gegründet. Firmensitz war der Jungfernstieg Nummer 256. Unternehmenszweck war die umfassende Vermarktung prominenter Persönlichkeiten aus allen Teilen der Gesellschaft sowie deren Vertretung in Managementfragen und -aufgaben. Die Gründer waren zu gleichen Teilen Gesellschafter von *Maxprom*. Sie planten, die Zahl der Mitarbeiter innerhalb eines Jahres von zwei auf fünf zu steigern. Tatsächlich hatte *Maxprom* am Jahresende zehn Mitarbeiter. Der Umsatz lag in den ersten zwölf Monaten mit 1,2 Millionen Mark deutlich über den Erwartungen. Zu den wichtigsten Klienten zählten: ...«

Es folgten Bilder diverser Promis, darunter ein Sänger, der dadurch bekannt geworden ist, dass er permanent in einem Hamburger Luxushotel wohnt, sowie ganzseitige Fotos von Elfriede Rosenthaler und René Bertels. Ich hatte den Mann nie vorher gesehen, geschweige denn seinen Namen gehört. Für mich war die Rosenthaler das Gesicht von *Maxprom* gewesen. Ich blätterte die Almanache der nächsten Jahre durch und traf immer wieder auf René Bertels. 1984 kam unter der Rubrik »Geschäftsleitung« der Baron dazu, wenn auch mit einem kleineren Foto, 1989 ein Andreas Müller-Gerkhan, 1991 Friedrich, 1995 wieder ein mir Unbekannter mit dem Namen Thomas Siedler, 1996 schließlich Sandra Martens. Müller-Gerkhan war zu diesem Zeitpunkt offensichtlich schon wieder ausgeschieden.

Das Partnertableau mit den ewig gleich großen Bildern von Rosenthaler und Bertels fing an, mich zu langweilen, als ich den Band des Jahres 1997 herauszog. Die Doppelseite, auf der sich die beiden Firmengründer normalerweise gegenüberstanden, fehlte. René Bertels war verschwunden, seinen Platz teilten sich der Baron, Friedrich, Martens und Thomas Siedler. Ich stutzte und blätterte zur Zusammenfassung auf der ersten Seite zurück. Dort las ich:

»Das Jahr 1997 war für *Maxprom* geprägt vom Auftauchen neuer Konkurrenten im Vermarktungsgeschäft, der Zunahme von Managementtätigkeiten für Prominente, die ihre Bekanntheit überwiegend den Auftritten in TV-Sendungen zu verdanken haben, und der sogenannten Trash-Promotion. Zum ersten Mal in der Firmengeschichte konnten Umsatz und Mitarbeiterzahl leider nicht im zweistelligen Bereich gesteigert werden. Dennoch wuchsen die Erlöse auf den Rekordwert von zwölf Millionen Euro. Zum Jahresende verließ René Bertels das Unternehmen.«

Das war's. Mehr fand ich in der gesamten 97er-Ausgabe nicht über den Abgang des Firmengründers. Kein Wort über das Warum oder Wohin, und das nach 19 Jahren. 1998 war sein Name dann sogar aus der fortlaufenden Chronik, die am Ende jedes Almanachs stand und die wichtigsten Ereignisse seit dem Gründungsjahr zusammenfasste, gestrichen. Dafür gab es eine neue Rubrik »Privates«, unter der Hochzeiten, Geburten und besondere Feiertage von *Maxprom*-Mitarbeitern festgehalten wurden. 1999 hatten Sandra Martens und Friedrich geheiratet. Dafür verschwand Thomas Siedler aus den Reihen der Partner.

Ich sah auf die Uhr. Es war 8.45 Uhr, und es würde nicht mehr lange dauern, bis die ersten Kollegen zur Arbeit kämen. Ich stellte die Bände sorgsam zurück, prüfte schnell die Reihenfolge und bemerkte zum Glück, dass ich 1997 vor 1996 eingeordnet hatte. Ausgerechnet.

Um kurz vor neun Uhr saß ich wieder in meinem Büro und fuhr den Laptop hoch. Es dauerte wie immer vier bis fünf Minuten, bis ich mich anmelden konnte, und endlich das vertraute Logo kam. Ich gab bei Google »René Bertels 1997 Maxprom« ein und drückte die Enter-Taste. Ich bekam nicht besonders viele Ergebnisse, was wahrscheinlich daran lag, dass aus der Zeit die meisten Artikel von Zeitschriften und Zeitungen noch nicht digital vorliegen. Aber die Information auf Wikipedia reichte. René Bertels hatte einen eigenen Eintrag.

»René Bertels ist ein Unternehmer und Vermarktungs-Experte. Nach einem Betriebswirtschaftslehre-Studium und einer Banklehre in Frankfurt lebte er zwei Jahre in New York und Chicago, wo er für die Firma Superstars Unlimited arbeitete. Nach seiner Rückkehr nach Deutschland gründete er 1978 zusammen mit Elfriede Rosenthaler die Agentur *Maxprom*, die sich auf die Vermarktung von Prominenten spezialisierte. *Maxprom* wurde innerhalb eines Jahrzehnts zum Marktführer in Deutschland. 1997 schied Bertels überraschend aus dem Unternehmen aus. Seine Anteile übernahm Elfriede Rosenthaler. Heute lebt Bertels mit seiner Frau, der ehemaligen Talkshowmoderatorin Heidi Singler, in Melbourne/Australien. Dort betreiben die beiden eine Castingagentur.«

Ich klickte weiter, bis ich einen Artikel aus einer großen Boulevardzeitung fand. Unter der Überschrift »Maximaler Ärger bei Maxprom – die Promitrennung des Jahres« las ich: »Sie waren das Vorzeigepaar der deutschen Klatschsociety. Sie waren die Topvermarkter der Topprominenten. Aus und vorbei. Elfriede Rosenthaler und René Bertels haben sich getrennt. Erst privat, dann geschäftlich. Wie es aus dem gemeinsamen Freundeskreis heißt, ist René Bertels in der vergangenen Woche aus dem gemeinsamen Haus im noblen Hamburger Stadtteil Harvestehude ausgezogen. ›Sie haben sich wohl auseinandergelebt nach so langer Zeit‹, sagt einer, der es wissen muss. Gestern gab Maxprom dann bekannt, dass das Unternehmen künftig allein von Elfriede Rosenthaler geführt werde. Bertels verlasse, wie es in einer dreizeiligen Pressemitteilung heißt, »Maxprom auf eigenen Wunsch, um sich neuen Aufgaben zu widmen«. Unter seiner und Rosenthalers Führung war die Firma in den vergangenen Jahren zum größten Promivermarkter der Republik aufgestiegen. Die beiden Unternehmensgründer hatten sich während ihrer Studienzeit kennenlernt. Sie waren seit mehr als zehn Jahren ein Paar, hatten aber nie geheiratet. In der Vergangenheit hatte es immer wieder Gerüchte über Affären von René Bertels gegeben.«

SIE. WAR. SELBER. NICHT. VERHEIRATET. Und dabei hatte Elfriede Rosenthaler ein lockeres Jahrzehnt mit ein und demselben Mann zusammengelebt. In dieser Zeit kam ich auf hochgerechnet sechzig bis siebzig mehr oder weniger lange, na ja, kurze Beziehungen, also bis zu siebentausend Prozent mehr als meine Chefin. Wie konnte sie da von mir verlangen, dass ich ... Das Telefon klingelte. Ich schloss die Internetseite, als könnte jemand sehen, was ich da gerade las, und drückte auf die Lautsprechertaste.

»Ja?«

»Herr Stiller?«

»Am Apparat.«

»Seiffert hier, Büro Rosenthaler. Frau Rosenthaler hätte Sie gern noch einmal gesprochen.«

»Jetzt?«

»Wenn es Ihnen möglich ist.« Die Sekretärin klang, als gäbe es für einen wie mich keinen Grund, nicht jederzeit innerhalb weniger Sekunden in der Geschäftsführung aufzukreuzen.

»Ich bin noch in einem Meeting. Aber in zehn Minuten müsste es gehen.«

»Fünf Minuten, Herr Stiller. Bis dann.« Sie legte auf, bevor mein Zeigefinger die Lautsprechertaste erreicht hatte. Ich konnte das Knacken in der Leitung hören.

Sieben Minuten später (die Seiffert konnte mich mal) klopfte ich an Rosenthalers Tür und trat ein, ohne auf eine Antwort zu warten. Die Unverheiratete saß hinter einem Schreibtisch mit schmaler Glasplatte, auf der eine Flasche mit stillem Wasser, ein Laptop und eine Skulptur standen, die wie zwei sich vereinigende Körper aussah. Sie trug wie immer einen dunklen, eng anliegenden Hosenanzug, unter dessen Jacke man nie sehen konnte, was oder ob sie überhaupt etwas anhatte. Ihre Haare waren offensichtlich gefärbt, weil nicht an einer Stelle grau. Dank der hochhackigen Schuhe war sie größer als die ein Meter siebzig, auf die ich sie schätzte. Ehrlich gesagt sah sie für eine Frau Mitte fünfzig ziemlich scharf aus, aber es war vielleicht nicht der richtige Zeitpunkt, ihr das zu sagen. Außerdem hatte ich erst einmal eine Frau in diesem Alter gehabt, und das war ziemlich anstrengend gewesen, weil sie mit mir alles nachholen wollte, was sie im früheren Leben verpasst hatte. Den Besuch eines Swinger-Clubs eingeschlossen.

»Daniel, schön, Sie zu sehen.«

Das war auch so eine standardisierte Begrüßungsformel bei *Maxprom*, die wir natürlich aus dem Englischen übernommen hatten, und zwar nachdem der Baron von einem Vertragsabschluss mit Anthony Hopkins aus London zurückgekommen war. Hopkins hatte unseren Unterhändler mit den Worten »Good to see you, Heinrich« begrüßt, und der Baron hatte sich sofort wie einer der Polizisten in »Schweigen der Lämmer« gefühlt. Nämlich wie der, den Hannibal Lector, also Hopkins, so schön am Gitter seines Käfigs drapiert hatte. Ohne Zunge, versteht sich. Seither ist »Good to see you« auch in der deutschen Version bei uns ein Klassiker.

»Schön, Sie zu sehen, Frau Rosen…, Elfriede.« Das musste besser werden.

»War das Wochenende schlimm?«, wollte sie wissen.

Ich musste aufpassen, dass ich sie nicht ein zweites Mal falsch verstand. Meinte die Rosenthaler jetzt meinen Erstflug oder die furchtbare Wahl zwischen Jobverlust und totaler Verarmung oder Hochzeit? Da ich nicht antwortete, schob sie eine Frage hinterher.

»Haben Sie sich getraut?«

Getraut? Das klang verdammt nach Heiraten, so à la »Peter und Wencke haben sich getraut« oder »Wir trauen uns und möchten mit euch feiern«. Mein Magen zog sich zusammen. Ich konnte nur hoffen, dass sie vom Fliegen sprach und sagte:

»Ja.«

»Ja was?«

»Ja, ich habe mich … getraut.«

»Mensch, Daniel, nun lassen Sie sich doch nicht jeden Satz einzeln aus der Nase ziehen. Haben Sie Ihre Flugangst besiegt?«

»Ich denke schon.«

Das war natürlich gelogen, aber damit nahm ich das damals noch nicht so genau. Was hätte ich auch anderes sagen sollen? Dass ich von Köln nach Hamburg in bewährter Manier mit der Bahn zurückgefahren war? Wohl kaum, obwohl ich damit eine gute Überleitung zu unserem anderen Thema gehabt hätte.

Denn ich war auf den fast dreieinhalb Stunden sämtliche Frauen in meinem Adressbuch durchgegangen, um eventuell eine Beziehung zu entdecken, die ich aufwärmen oder wieder erneuern könnte. Ich fand nicht eine. Im Gegenteil, ich stellte fest, dass ich nahezu überall verbrannte Erde hinterlassen und es mir darüber hinaus mit einigen wichtigen Multiplikatoren für immer verdorben hatte. Es war zu befürchten, dass ich innerhalb der Branche, innerhalb der Firma und vor allem innerhalb meines Freundeskreises einen Ruf hatte, der das durchaus ehrbare Anliegen einer Verehelichung nicht gerade fördern würde. Wen immer ich aus meinem näheren oder entfernten Umfeld erwählen würde: Sie würde gewarnt werden und ich es nicht leicht haben. Aber ob die Rosenthaler das als Entschuldigung akzeptieren würde und bei mir mal eine »partnerschaftliche« Ausnahme machen würde?

»Das freut mich«, sagte meine Chefin. »Und die andere Sache, die wir am Freitag besprochen haben? Sind Sie sich da klargeworden?«

Ich zögerte. »Ja, aber es gibt da ein Problem.« Genau, ICH WILL NICHT HEIRATEN, niemals. Wahrscheinlich würde die Rosenthaler das als Grund für eine Ausnahmegenehmigung nicht akzeptieren. Ich weiß nicht warum, aber für einen Moment überlegte ich, ob ich nicht einfach behaupten sollte, ich sei schwul. Dann hätte ich allerdings erstens sofort aufhören müssen, auf ihren sich deutlich abzeichnenden und wahrscheinlich silikongestärkten Busen zu gucken, und zweitens darauf hoffen, dass sie noch nie mit jemandem aus der Firma über mein Privatleben gesprochen hatte. Ich bat mein Gehirn, den Gedanken zu löschen, und befahl meinem Mund, Folgendes zu sagen:

»Liebe Elfriede, ich weiß gar nicht, wo ich anfangen soll.« Das klang doch schon mal gut. Und weiter?

»Aber ...« Na? »... ich ...« Ich was? »... bin ...« Ein Stotterer, der niemals einen vollständigen Satz zustande bringen kann, insbesondere dann nicht, wenn er Worte wie »willst« und »du« und »mich« und »heiraten« enthält? Reiß dich zusammen, Daniel, lass es raus: »Ich bin gerade sehr schwer von einer Frau enttäuscht worden.« Ich seufzte tief und lange und schloss die Augen, vielleicht, um meine eigene Schande nicht mitansehen zu müssen.

»Das«, die Rosenthaler zeigte, dass ich mich auf das alte braune Ledersofa vor dem Fenster setzen sollte, »tut mir leid. Tee?« Ich nickte bedächtig, und sie schenkte ein. »Erzählen Sie!«

Erzählen Sie? Ich trank einen Schluck Tee, der nach Vanille schmeckte, und verbrannte mir die Zunge. »Ganz schön heiß«, sagte ich und gewann dadurch die Sekunden, die ich brauchte, um eine halbwegs unangreifbare Geschichte zu konstruieren und einen unverfänglichen Namen für die weibliche Hauptrolle zu finden. Es sollte keine der Damen sein, mit denen ich mich tatsächlich schon einmal eingelassen hatte, was die Suche nicht gerade leichter machte. Am Ende einigten sich Herz und Verstand auf Veronika, weil der Abend mit der gleichnamigen Schauspielerin bis auf einen schnellen Abschiedskuss harmlos verlaufen war.

»Meine Freundin«, ich machte eine Pause, als ob es mir schwerfallen würde, den Namen auszusprechen, »meine Freundin Veronika hat mich in der vergangenen Woche verlassen.«

Ich wusste nicht, wie Mann sich in so einer Situation fühlte, aber die Rosenthaler schien es mir abzunehmen. Sie sah mit einem Anflug von Mitleid zu mir herüber.

»Wir ... wir waren seit zwei Jahren zusammen und hatten sogar schon darüber gesprochen, zu ... heiraten.« Ich hatte das böse Wort gesagt, und mir war ein wenig schlecht dabei geworden, was der Glaubwürdigkeit meines Vortrags aber auch ganz gut getan haben konnte. »Und dann, dann kommt sie auf einmal an und sagt, es ginge nicht mehr, wir hätten uns auseinandergelebt und sie bräuchte dringend mal eine Auszeit und würde zu ihrer Mutter zurückziehen. Und ich Idiot glaube ihr und helfe beim Packen, um zwei Tage nach ihrem Auszug herauszubekommen, dass sie längst einen anderen hat.« Noch mal Seufzen. »Ich weiß nicht, wie lange das schon ging, aber zwei, drei Monate bestimmt.«

Es ging auch noch länger, wie ich aus eigener Erfahrung wusste, aber ich dachte, dass man von Männern nicht unbedingt auf Frauen schließen konnte, und zog sicherheitshalber von meinem Wert um die fünfzig Prozent ab.

»Jetzt, liebe Elfriede, bin ich wieder Single und habe von Frauen, wie Sie nach dieser Geschichte sicher verstehen, erst einmal die Nase gestrichen voll.« Ich redete wirklich schon wie ein gefrusteter Ex. Gestrichen voll, was für ein Blödsinn.

Die Rosenthaler schien nachzudenken. Ich wusste nicht, ob ich hoffen sollte, dass sie sich an ihr eigenes Liebesschicksal erinnert fühlte. Wenn sie eine ähnliche Situation erlebt hatte, würde sie wahrscheinlich Verständnis für mich aufbringen und das ungeschriebene Hochzeitsgesetz vielleicht ausnahmsweise ungeschrieben lassen. Wenn René Bertels damals das gemeinsame Haus verlassen haben sollte, weil Elfriede selbst einen anderen hatte, gab es jetzt ein Problem.

Meine Chefin nippte an ihrem Tee, einmal, zweimal. Dann stellte sie die Tasse ab, stand auf, ging zu ihrem Schreibtisch und wieder zurück. Ich verfolgte die Bewegungen aus den Augenwinkeln, hatte den Kopf leicht gesenkt, was zugleich bedauernd und devot wirken und die Botschaft aussenden sollte: Nun richte über mich, wenn du kannst. Die Rosenthaler nahm wieder Platz, aber nicht auf dem Sessel, auf dem sie vorher gesessen hatte, sondern auf dem Sofa, direkt neben mir. Sie roch nach Zitrone und legte ihre Hand auf mein Knie, kurz zwar, aber nicht kurz genug, dass es mich nicht durchfuhr. Instinktiv regte sich etwas jenseits der Gürtelschnalle. Ich erschrak und dachte an eine Hochzeitszeitung, was in solchen und ähnlichen Fällen immer half. Glücklicherweise auch diesmal.

»Sehen Sie mich an, Daniel«, sagte Elfriede Rosenthaler, und ich drehte meinen Kopf in ihre Richtung und rechnete ernsthaft damit, innerhalb der nächsten zehn Sekunden ihre vollen Lippen auf meinen spröden zu spüren. Ein Kuss könnte die Erlösung oder der Anfang vom Ende sein. Oder beides. Ich konnte nicht mehr klar denken, als sich der Mund, der nur etwa fünfzehn Zentimeter von meinem entfernt war, langsam öffnete und ich tatsächlich Elfriedes schmale Zunge sah.

»Daniel, ich kann verstehen, wie Sie sich fühlen, sehr gut sogar.«

Puuh, Glück gehabt. Bertels hatte sie sitzenlassen, und wahrscheinlich wollte sie sich deshalb an allen Männern rächen und drängte sie in eine Zwangsheirat, wo sie nur konnte.

»Normalerweise machen wir, was unser kleines, ungeschriebenes Gesetz angeht, keine Ausnahme, weil uns die Sache wirklich, wirklich wichtig ist. Aber in Ihrem Fall …«

Ich hörte Glockenläuten, und es waren keine Hochzeitsglocken.

»… und angesichts der schlimmen Erfahrungen, die Sie offenbar in den vergangenen Wochen gemacht haben …«

Was hieß hier eigentlich offenbar? Glaubte Rosenthaler mir, ihrem künftigen Partner, etwa nicht? Frechheit.

»… also, nach dem, was Sie mir gerade erzählt haben, denke ich, dass es das Beste wäre, wenn …«

Ich hörte wieder einen Ton. Diesmal kam er aus meiner Sakkotasche. Mein Telefon. Ausgerechnet jetzt, und dann auch noch mit dieser Melodie: »Sexbomb« von Tom Jones. Ich holte das Teil, so schnell ich konnte, heraus, drückte auf die grüne Taste und sah die Rosenthaler entschuldigend an.

»Machen Sie ruhig«, flüsterte sie, »könnte ja ein wichtiger Kunde sein.«

Kunden gingen bei *Maxprom* immer vor, weshalb es durchaus nicht unüblich war, dass in längeren Konferenzen mehrfach und länger telefoniert wurde. Ich führte das Mobiltelefon zum Ohr.

»Daniel Stiller von *Maxprom*, Sie wünschen?«

»Hallo, Daniel, hier ist Sarah. Ich hoffe, ich störe nicht.«

Kaum.

»Na ja, im Moment ist es nicht so passend, weil …«, die Rosenthaler tickte mich an und machte eine Geste, die wohl ausdrücken sollte, dass ich ihretwegen gern telefonieren könnte. Ich hatte das Gefühl, sie hatte gehört, dass eine Frau am anderen Ende war. Ich wechselte auf das andere Ohr, das weiter von meiner Chefin entfernt war.

»Also, was gibt es? Ich habe nicht viel Zeit.«

»DU hast doch gesagt, dass ich mich melden soll.« Sarah klang etwas beleidigt, die Rosenthaler nickte mir aufmunternd zu.

»Ja, nur bin ich gerade im Gespräch und …«

»Ich kann auch wieder auflegen.«

Die Rosenthaler schüttelte den Kopf. Sie musste wirklich alles mitbekommen. Ich rückte von ihr ab, sie folgte.

»Nein, einen Augenblick habe ich«, sagte ich, und: »Entschuldige bitte.«

»Ich mach es kurz, auch wenn ich fast schon keine Lust mehr habe. Ich wollte dich fragen, ob du auch morgen kannst. Weil, am Mittwoch, da könnte es bei mir knapp werden.«

Die Rosenthaler klatschte leise in die Hände und nickte wie ein Wackeldackel auf der Ablage eines durchschnittlichen deutschen Pkw. »Sagen Sie schon ja«, flüsterte sie mir zu.

»Ja«, sagte ich wie befohlen. »Morgen geht.«

»Das klingt ja nicht gerade begeistert.«

»Na ja, weißt du, ich bin nicht allein.«

»Ach so, okay. Um acht bei Dionysos in Eppendorf. Kennst du das?«

»Natürlich.« Dionysos war das beste griechische Restaurant in Hamburg, auch, oder gerade weil es dort kein Gyros gab.

»Bis dann, Vielflieger.«

»Bis dann.« Ich wollte die rote Taste drücken, griff aber daneben und erwischte die Lautsprechertaste. Das führte dazu, dass Sarahs letzte Worte live in den Raum übertragen wurden: »Ich freu mich.« Als ich endlich den richtigen Knopf gefunden und das Telefon ausgemacht hatte, war es zu spät. Elfriede Rosenthaler saß strahlend vor mir. Ich unternahm einen letzten, verzweifelten Versuch: »Wo waren wir stehengeblieben?«

Sie wischte meine Frage mit einer schnellen Bewegung der rechten Hand weg.

»Das ist doch jetzt egal, Daniel.« Sie hatte ein leichtes Glucksen in der Stimme. »Entschuldigen Sie vielmals, aber als ich merkte, dass eine Frau am Handy ist, konnte ich nicht anders, als die Ohren aufzusperren und mitzuhören.«

Sie stand auf.

»Wie heißt es doch: Wenn du denkst, es geht nicht mehr, kommt von irgendwo ein Lichtlein her.«

Bitte?? Ein Lichtlein?

»Elfriede, es tut mir leid, aber ich verstehe Sie nicht ganz.«

»Ach, Daniel, nun tun Sie doch nicht so. Da scheint ganz schnell nach Ihrer großen Enttäuschung eine andere Frau in Ihr Leben zu treten. Ist das nicht wunderbar? Und passt das nicht wunderbar zu der neuen Situation, vor der Sie stehen?«

»Elfriede, ich …«

»Wie heißt die junge Dame denn? Sie ist doch jung, oder?«

»Ja, achtundzwanzig. Sie heißt Sarah.«

»Was für ein schöner Name. Wo haben Sie sie denn kennengelernt, Daniel?«

Ich gab auf: »Beim Flugangstseminar.«

»An diesem Wochenende?«

»Ja, an diesem Wochenende.«

»Wenn das kein Wink des Schicksals ist.«

»Wie meinen Sie das, Elfriede?«

»Ich meine, dass Sie von jetzt an noch mehr als fünf Monate und drei Wochen Zeit haben, unserem ungeschriebenen Gesetz gerecht zu werden. Und ich bin sicher, Sie schaffen das. Ach, Sarah. Sarah Stiller. Ich freu mich so für Sie, Daniel.«

Sechs

Ich hätte gute Lust und allen Grund gehabt, das Treffen mit Sarah abzusagen. Ihr Anruf hatte meine letzte Chance auf den Viertelmillion-Euro-Job ohne die dämliche Hochzeit zerstört. Aber erstens hatte ich ihre Nummer nicht, und zweitens hatte die Rosenthaler von dem, ich zitiere unter starkem Brechreiz, »Wink des Schicksals« schon den anderen erzählt. Zumindest dem Baron. Der empfing ich mich am nächstem Tag mit einem für seine Verhältnisse breiten Grinsen und den Worten: »Das Projekt heißt also Sarah Stiller.«

»Wie, das Projekt heißt Sarah Stiller? Woher wissen Sie ...?«

»Es war das Erste, was mir Elfriede heute Morgen erzählt hat. Von Ihrem langen Gespräch gestern, und dass Sie ihr so leidgetan hätten, und dann der Anruf. Ein Wink des Schicksals, hat sie immer wieder gesagt, was für ein Wink des Schicksals ...«

Ich konnte es nicht mehr hören.

»... und dass das so romantisch sei und sie sich so für Sie freue, Daniel. Und dann der Name: Sarah Stiller. Ich konnte sie gerade noch davon abhalten, einen unserer Graphiker zu bitten, schon einmal Visitenkarten für die junge Dame zu drucken, mit zwei stilisierten S oder so. Mein lieber Freund, da haben Sie Elfriede aber mitten ins Herz getroffen. Und ich hoffe, nicht nur sie.«

»Wie, Sie hoffen nicht nur sie?«

»Nun, wenn ich mich recht entsinne, erklärten Sie bei unserem letzten Gespräch, und es klang halbwegs aufrichtig, dass Sie derzeit ausnahmsweise keine Freundin hätten. Und kaum vierundzwanzig Stunden später entsteht bei Elfriede Rosenthaler ein völlig anderer Eindruck. Sie wissen schon, dass Sie jetzt in der Pflicht sind?«

»Ja, natürlich weiß ich das«, sagte ich und war verärgert darüber, dass der Baron mit mir wie mit einem Schuljungen sprach, der seine Matheaufgaben vergessen hat. »Mir ist ja nun mehr als einmal verdeutlicht worden, was ich bei *Maxprom* zu tun habe.«

»Nun, das war der Stand von gestern. Heute ist die Lage noch etwas diffiziler.«

»Etwas was?«

»Nun ja, Elfriede ist so begeistert vom Projekt Sarah Stiller, dass Sie bei der Wahl Ihrer künftigen Ehefrau ziemlich festgelegt sind.«

»Sie meinen, ich kann nur …«

»Ich meine gar nichts, ich kenne nur Elfriede. Wenn die sich in eine Idee verliebt, diesmal im wahrsten Sinne des Wortes, dann ist sie kaum wieder davon abzubringen. Let's face it: Ich gehe davon aus, dass sie von Ihnen erwartet, dass Sie Sarah heiraten.«

»Das darf nicht wahr sein.«

»Ist es aber. Sie haben den Namen gesagt, nun haben Sie ein weiteres Problem. Vielleicht ist es Ihnen ja ein kleiner Trost, dass es nicht unbedingt diese Sarah sein muss. Eine andere tut es auch – nur wäre Elfriede sicherlich nicht amused, wenn Sie plötzlich mit einer Ivonne ankämen. Oder einer Vanessa … Übrigens, wenn ich es mir genau überlege: Selbst alle Sarahs eignen sich nicht. Zum Beispiel ist es natürlich ausgeschlossen, dass Sie sich an diese Sängerin heranmachen, die wir unter Vertrag haben und für die wir gerade diese Affäre mit dem brasilianischen Fußballstar eingefädelt haben, wie heißt sie noch mal?«

Ich sagte dem Baron den Nachnamen und stapfte, mir kleine Ohrfeigen gebend, aus seinem Zimmer. Ich hoffte, dadurch aus diesem immer böser werdenden Traum aufzuwachen. Doch der ging weiter.

Also war ich am Dienstag um Punkt 20 Uhr im Dionysos und ärgerte mich, dass ich auch noch vor Sarah da war. Sie kam erst zehn Minuten später, und ich fühlte mich zum ersten Mal, seit ich mich für Frauen interessierte, wie bestellt und nicht abgeholt.

»Hallo«, sagte sie und deutete einen Kuss auf meine rechte Wange an. »Wartest du schon lange?«

»Ja«, sagte ich und muss wohl eingeschnappt geklungen haben.

»Tut mir leid, aber ich habe keinen Parkplatz gefunden.«

»Aha.« Das konnte immerhin stimmen, weil ein freier Parkplatz im Umfeld des Dionysos etwa so selten ist wie ein Bankberater, der sich mehr für das Geld seiner Kunden als für seine Provision interessiert.

»Aha?«

»Aha.«

»Aha!« Sie grinste, zog ihre Barbour-Jacke aus und setzte sich hin.

»Hast du schon was bestellt?«

»Natürlich nicht. Ich hatte genug damit zu tun, den Kellner darin zu hindern, das zweite Gedeck abzutragen, weil er dachte, ich sei allein.« Zwischenzeitlich hatte er mich, was noch schlimmer war, angesehen, als würde er mich für homosexuell halten.

»Armer, armer Daniel.«

Wenn du wüsstest, wie recht du hast, dachte ich. Aber es war sicher nicht der richtige Zeitpunkt, Sarah von den Rückschlägen der vergangenen Tage zu erzählen und davon, wie ein einziger Anruf, ihr Anruf!, meine letzte Hoffnung auf Freiheit und einen Top-Job zerstört hatte.

»Nimmst du auch einen Prosecco vorweg?«

»Wenn du sooo nett fragst.«

»Zwei Prosecco«, rief ich dem Kellner mit der großen dicken Brille zu.

»Jetzt seid ihr ja auch zu zweit«, sagte er und zwinkerte mir mit dem linken Auge zu.

Drei Minuten später stießen wir das erste Mal an (Sarah: »Auf die zivile Luftfahrt«). Ich sah ihre Augen im Glanz von Licht und Schaumwein funkeln, und das machte mir Hoffnung. Ich war am Nachmittag mit SMS und E-Mails bei vier ehemaligen Bekanntschaften abgeblitzt, bei denen ich ganz harmlos angefragt hatte, »ob wir uns nicht einmal wieder treffen könnten«. Ich hatte die elektronischen Botschaften unter dem direkten Eindruck des Gesprächs mit der Rosenthaler und dem Baron verschickt, um zu sehen, ob nicht irgendwo in meiner Vergangenheit doch noch Heiratspotentiale schlummerten: Leider hatte ich keine Sarah darunter, aber immerhin zwei Sandras, eine Sarin und eine Sarahmarie.

Ich hatte gedacht, dass ich im Falle eines Falles auf die phonetische Ähnlichkeit mit Sarah verweisen und der Rosenthaler sagen könnte, dass sie sich wohl verhört haben müsste. Doch die Antworten der vier Damen, mit denen ich zwischen zwei und 98 schöne Stunden gehabt hatte, waren ernüchternd, ein Satz wie »Hol dir doch selbst einen runter« gehörte noch zu den freundlichen. Die letzte Antwort-SMS hatte ich erhalten, kurz bevor Sarah die Tür zum Dionysos aufgestoßen hatte.

Sie stammte von Sarin, einer der verständnisvollsten Frauen, die ich je kennengelernt habe. Ich hatte immer befürchtet, dass sie über das abrupte Ende unserer Liaison, ausgelöst durch die oben vielleicht etwas zu anschaulich beschriebene Porno-Anne, nicht hinweggekommen war. Was offensichtlich auch stimmte: »Ich hasse dich«, schrieb sie und dann: »Nein, ich hasse dich nicht. Ich würde mir nur wünschen, du wärest nie geboren worden.«

Auch daran dachte ich, als Sarah und ich uns zuprosteten. Sie hatte mir schon einmal aus einer Notsituation geholfen. Wieso sollte es nicht noch mal klappen? Sarah hatte viele Vorteile. Sie kannte meine Vorgeschichte(n) nicht, wir hatten schon das erste Date – jetzt noch auf die Suche nach einer neuen, anderen Sarah zu gehen, hätte mich weitere wertvolle Zeit gekostet –, sie war Single und sah wirklich umwerfend aus. Selbst unter normalen Umständen hätte man mich nicht unbedingt zu einem

Treffen mit ihr zwingen müssen. Jetzt ließ sich vielleicht das Angenehme mit dem Nützlichen verbinden. Nein, es musste sein.

»Wollen wir uns eine Flasche Wein teilen?«, fragte ich deshalb.

Sie nickte, ich bestellte Chardonnay, und es begann immerhin ein ziemlich lustiger Abend, weil sie alles über meine Flugangst wissen wollte und ich ihr den ganzen Kram mit den getürkten Kofferbändern, der Miles-and-More-Karte und den Terminen an den Flughäfen erzählte. Als ich ihr meine Sammlung gebrauchter Tickets zeigte, fing Sarah so abrupt an zu lachen, dass der Wein einen Schluckauf aus ihrer Luftröhre heraufspülte, der fast fünf Minuten anhielt. Sie hickste im Zwanzigsekundentakt, ich klopfte ihr auf den Rücken, hielt ihr die Nase zu, und als ihr Kopf so rot war wie die mit Schafskäse gefüllten Peperoni, die wir bestellt hatten, fiel mir nichts anderes ein, als ihr einen riesigen Schreck einzujagen. Ich nahm ihre Hand, drückte sie fest und sagte: »Sarah, willst du mich heiraten?«

Der Schluckauf war sofort weg.

»Danke. Die Methode kannte ich nicht. Sehr wirkungsvoll.«

Sie begann wieder langsam zu trinken und zu essen. Ich überlegte, ob ich morgen der Rosenthaler erzählen konnte, dass ich die von mir verlangte Frage schon einmal gestellt, dass Sarah danke gesagt hätte und ob das nicht vielleicht reichen würde. Außerdem schmierte ich mir eine tischtennisballgroße Portion Zaziki auf ein Stück Weißbrot und hoffte, dass Sarah auch mindestens einmal davon essen würde, wegen des Knoblauchs, falls wir nachher …

Eine ehemalige Freundin hatte mir, auch bei unserem ersten Treffen, auch bei einem Griechen, gesagt: »Du musst viel Zaziki essen.« Warum, hatte ich gefragt, und ihre Zunge hatte mit einem schnellen Schlenker über die Oberlippe geantwortet. Vielleicht …

»Du musst auch viel Zaziki essen«, sagte ich zu Sarah.

»Warum?«, fragte sie erwartungsgemäß, und ich ließ meine Zunge über meine Lippen kreisen.

»Ach, schmeckt das so gut?«, sagte sie und nahm einen Löffel voll. »Tatsächlich, ist total lecker. Wollen wir noch eine Portion bestellen?«

Spätestens an diesem Punkt hätte ich merken müssen, dass es ausgerechnet mit Sarah und ausgerechnet jetzt nicht so leicht werden würde, wie es früher gewesen war.

Doch richtig registrierte ich das erst, als sie darauf bestand, die Rechnung zu teilen, und wir plötzlich in der milden Eppendorfer Nacht standen. Natürlich wollte ich den Abend nicht hier beenden. Es war noch nicht einmal elf, und ich hatte schon eine Idee, wie ich sie vielleicht auf ein paar Stunden zu mir locken konnte. Wir hatten uns während des Essens unter anderem über unsere Lieblingsfilme unterhalten und dabei festgestellt, dass wir beide leider »Keinohrhasen« mit Til Schweiger und Nora Tschirner verpasst hatten und damit den Film, den jeder, wirklich jeder – sogar Porno-Anne – gut fand. Also sagte ich: »Was meinst du, Sarah, wollen wir uns nicht Keinohrhasen ausleihen? Der Abend ist ja noch jung.« Ich sah sie so erwartungsvoll an, wie ich konnte, und versuchte, ein Til-Schweiger-Lächeln hinzubekommen.

»Gute Idee eigentlich«, sagte sie, und ich ballte meine Hand in der rechten Hosentasche zur Becker-Faust. »Aber ich muss echt nach Hause, Daniel. Ich muss morgen früh raus.«

»Der Film ist doch gar nicht so lang, bestimmt nicht mehr als anderthalb Stunden.«

»Vielleicht ein anderes Mal. Es ist besser, wenn ich jetzt ins Bett gehe.«

Ich konnte nicht anders: »Ganz allein?«

»Nein, natürlich nicht allein. War nett mit dir.« Sie gab mir einen Kuss auf die linke Wange, sagte etwas wie »wir telefonieren« und war um die nächste Straßenecke verschwunden, bevor ich reagieren konnte. Ich wusste weder, wer da neben ihr im Bett lag (es war der Dackel ihrer Eltern, auf den sie eine Woche lang aufpassen musste), noch, wie sie zu erreichen war. Sie hatte mir wieder ihre Telefonnummer nicht gegeben. Ich kam mir vor wie ein Anfänger, lieh trotzdem »Keinohrhasen« aus und sah Til Schweiger, der einen Boulevardreporter spielt, bei der Verlobung von Wladimir Klitschko und Yvonne Catterfeld durch das Glasdach eines Hotels krachen. Viel weniger peinlich war der Abend für mich auch nicht verlaufen.

Sieben

Am nächsten Morgen klopfte Baron von Tolken wieder an meine halb geöffnete Bürotür.

»Darf ich?«, fragte er, als gebe es einen Grund, aus dem ich ihm den Zutritt verwehren könnte.

»Natürlich«, antwortete ich.

»Wonach riecht das denn hier?«

»Ich war gestern beim Griechen.«

»Ach so. Wollen Sie dann nicht lieber mal ein Fenster aufmachen?« Ohne eine Reaktion abzuwarten, öffnete er selber eins und setzte sich dann auf die Ecke meines Schreibtisches. Dann wurde seine Stimme feierlich: »Ich habe die große Ehre, Ihnen im Namen der Geschäftsführung von Maxprom den Vertrag für eine Juniorpartnerschaft zu überreichen, die nach einer sechsmonatigen Anwartschaft in eine echte Partnerschaft übergehen kann.«

»Aber ich habe doch schon einen Vertrag.«

»Dieser hier ist besser.«

»Warum? Geht er automatisch über in eine Partnerschaft, egal, ob ich eine Sarah heirate oder nicht?«

»Das nicht. Aber im Gegensatz zu dem Vertrag, den Sie am Freitag erhalten haben, beginnt dieser erst in einer Woche. Da ich weiß, dass Sie es derzeit nicht gerade leicht haben«, der Baron flüsterte, ich konnte ihn kaum noch verstehen, »habe ich für Sie einen kleinen Aufschub eingebaut. Aber das muss natürlich unter uns bleiben.«

Ich nickte. Das Ultimatum hatte noch nicht angefangen. Immerhin etwas.

Der Baron hielt mir den Füller hin. Ich nahm ihn, er blätterte bis zur letzten Seite und zeigte auf einen kleinen schmalen Strich, unter dem in Sechspunkt großer Schrift mein Name stand. »Hier bitte.«

»Sollte ich mir den Vertrag nicht noch einmal in Ruhe durchlesen?«

»Warum?«

Er drückte meine Hand herunter, und weil ich befürchtete, er würde mir gleich die Feder führen, schrieb ich meinen Namen so unleserlich wie nur möglich auf das Stück Papier. Vielleicht konnte ich mich damit später herausreden.

Von Tolken sah mich zufrieden an: »Noch einmal meinen herzlichen Glückwunsch. Ich zähle auf Sie.«

Ich wusste, wie das gemeint war.

»Baron?«

»Ja?«

»Waren eigentlich andere Partner vor mir schon einmal in dieser Situation?«

»Ja, alle außer mir.«

»Sie waren damals schon ...«

»Natürlich. Meine Frau erwartete das dritte Kind, als ich den Vertrag unterschrieb.«

»Und die anderen?«

»Martens und Friedrich haben es innerhalb der Frist geschafft, allerdings«, seine Stimme wurde leiser, und er beugte sich zu mir herunter, »allerdings hat Elfriede bei Friedrich die Frist etwas verlängert. Um einen Monat.« Er sah sich um, als könne in der Zwischenzeit jemand unbemerkt hereingekommen sein. Dann sagte er: »Ich muss dann mal wieder. Wir brauchen ja schließlich viele Kunden, um Ihr künftiges Gehalt bezahlen zu können.«

Ich schluckte.

»Ich wünsche Ihnen viel Glück, Daniel«, sagte der Baron. »Vermasseln Sie es nicht. Bis später.«

»Und Siedler?« Ich stellte die Frage, als von Tolken im Türrahmen stand. Er drehte sich langsam um.

»Wie meinen Sie das?«

»Ich meine, was ist aus Siedler geworden?«

»Sie kennen ihn?«

»Ich habe von ihm gele… gehört.«

»Ein trauriges Kapitel«, sagte der Baron. »Sehr traurig. Aber ich muss jetzt wirklich los, entschuldigen Sie mich.«

Ich nickte, winkte ihm schwach zu und sah auf die aufgefächerten Papiere vor mir. Ich hatte ihn wirklich unterschrieben, diesen Vertrag, der mich entweder direkt in die Arbeitslosigkeit oder in eine Ehe katapultieren würde. Ich fühlte mich wie Faust, wie einer, der seine Seele verkauft hat, und spürte das große Bedürfnis, mit jemandem über meine Situation zu sprechen. Am besten mit einem Rechtsanwalt, der vielleicht einen Ausweg aus der Situation gewusst hätte. Aber ich kannte nur Friedrich, und der würde für meine Bedenken wahrscheinlich wenig Verständnis haben.

Mit meinen Eltern konnte ich auch nicht über die Geschichte sprechen. Sie würden sich eiskalt auf Elfriede Rosenthalers Seite schlagen und mir versprechen, mein Gehalt noch einmal um 50 000 Euro zu erhöhen, wenn ich das mit der Hochzeit in weniger als der geforderten Zeit schaffte. Ich sah meine Mutter schon vor mir: »Siehst du, mein Sohn, ich habe es dir immer gesagt. Richtig glücklich wirst du in deinem Leben erst, wenn du verheiratet bist. Deine Chefin hat ja so recht. Ich könnte sie umarmen, weißt du das? Ach, gib mir doch wenigstens ihre Telefonnummer. Ich will mich persönlich bei ihr dafür bedanken, dass sie dich auf den richtigen Weg gebracht hat.« Wie gesagt: Meine Eltern, insbesondere meine Mutter, schieden bei diesem Thema aus.

Und bei den meisten meiner Freunde, na gut, bei allen, dürfte ich angesichts meines oben beschriebenen Verhaltens bei ihren Hochzeiten kaum auf Mitleid hoffen. Eher auf das Gegenteil. Ich überlegte, ob ich überhaupt jemand kannte, der noch nicht verheiratet war und dem ich vertrauen könnte. Mir fiel nur meine Schwester ein, die allerdings schwören müsste, kein Wort über alles mit unserer Mutter zu sprechen.

Mara war zwar ewig lange, ich glaube, fast dreieinhalb Jahre, mit Max zusammen, und die beiden hatten nicht nur gemeinsames Briefpapier mit den geschwungenen Initialen M&M, sondern seit Mitte vergangenen Jahres auch einen kleinen Sohn, Johan. Aber gefragt, ob sie ihn heiraten wolle, hatte Max Mara bisher nicht, zum Glück. Denn meine Schwester war fast sechs Jahre jünger als ich und ihre Hochzeit hätte mich gegenüber unseren Eltern in noch größere Erklärungsnot gebracht.

Ich rief sie auf dem Handy an. Es ging nur die Mailbox an. Ja, ich wollte ihr eine Nachricht hinterlassen und sagte nach dem Piep: »Hi Schwesterherz, long time no hear. Wollen wir uns nicht mal wieder bei unserem Italiener treffen? Melde dich doch mal. Ich war's, dein Bruder.«

Mara wohnte in Winterhude und damit in meiner, der Uhlenhorster Nachbarschaft. Trotzdem gelang es uns, uns wochen- und monatelang nicht zu begegnen. Was ich zumindest so lange seltsam fand, bis ich feststellte, dass ich meinen direkten Wohnungsnachbarn seit meinem Einzug vor zwei Jahren noch nie gesehen hatte. Ich nahm mir vor, irgendwann einmal bei ihm zu klingeln, nicht, dass … man liest ja so viel.

Immerhin hatten wir, also meine Schwester und ich, einen Lieblingsitaliener, bei dem wir uns, wenn überhaupt, zusammenhockten. Er lag genau auf der Mitte zwischen unseren beiden Wohnungen.

Mara rief überraschend schnell, schon am Abend zurück.

»Kannst du Gedanken lesen, Bruderherz?«, fragte sie.

»Nein«, sagte ich, weil ich gerade erst den endgültigen Beweis für meine Unfähigkeit bekommen hatte, in die Köpfe anderer sehen zu können. Hätte ich auch nur einen Funken Begabung in dieser Richtung besessen, wäre ich doch niemals an jenem schicksalhaften Freitag zu der Rosenthaler und ihren Hochzeitsfanatikern gegangen.

»Nein? Ist das alles?«

»Ja. Meiner Meinung nach war das eine von lediglich zwei Möglichkeiten, auf deine Frage zu antworten, kleine Schwester.«

»Du hättest ja wenigstens ›nein, warum‹ sagen können.«

»Nein, warum?«

»Weil ich dir dann gesagt hätte, dass ich dich auch heute anrufen und um ein Treffen bitten wollte, du Trottel.« Sie knurrte, wie sie es immer tat, wenn sie sich über mich ärgerte.

»Ach so.«

»Ja, ach so. Kannst du morgen Abend?«

»Ja. Warum?«

»Wieso warum? Weil wir uns sehen wollen.« Das Knurren wurde lauter. »Doofe Frage.«

»Dir kann man es aber auch nie recht machen.«

»Hör auf mit dem Quatsch, Daniel. Um acht bei Portici?«

»Ja, wa…«

Da hatte sie schon aufgelegt.

Ich legte mir den ganzen nächsten Tag einen Plan zurecht, wie ich Mara in das *Maxprom*-Geheimnis und mein damit verbundenes Problem einweihen könnte, ohne zu riskieren, dass sie damit direkt zu Max oder – noch schlimmer – zu unseren Eltern laufen würde. »Ich muss dir etwas sagen«, würde ich anfangen, »und du bist die Erste, die es erfährt.« Ich wiederholte den Satz mehrfach, als ich mich auf den Weg zu Portici machte.

Wenn ich Gedanken lesen könnte, wäre ich kurz vor der Tür wieder umgekehrt. Aber ich konnte es wie gesagt nicht und drückte, ein letztes Mal »die es erfährt« murmelnd, die Klinke der Eingangstür herunter.

Mara saß gleich am ersten Tisch. Und neben ihr … »Überraschung, großer Bruder«, sagte sie und drückte mich an sich, als sei ich gerade von einem Afghanistan-Einsatz mit der Bundeswehr zurückgekommen.

»Äh, ich dachte, wir sind allein und können …«, sagte ich und merkte, dass auch ich knurren konnte.

»Es tut mir leid, aber ich wollte am Telefon nicht … Ich muss dir etwas sagen, Daniel.« Das war doch mein Satz. »Wir müssen dir etwas sagen, Daniel, und du bist der Erste, der es erfährt. Aber setz dich doch erst mal.« Ich stand immer noch vor dem Tisch, ich hatte Max nicht einmal die Hand gegeben.

»Du musst, ihr müsst mir etwas sagen?« Ich nahm langsam Platz.

»Ja, Daniel.« Sie machte eine lange Pause, dann griff sie nach meiner Hand. »Wir wollen heiraten. Und du bist unser Trauzeuge.«

Acht

Ich hätte nicht gedacht, dass es danach noch schlimmer kommen konnte. Aber es konnte, natürlich.

Das nächste Treffen mit Sarah endete wieder vor der Tür eines (indischen) Restaurants. Diesmal entkam sie, obwohl mit Hilfe australischen Weißweins optimal angeschäkert und wenigstens schon bei mir untergehakt, in einem plötzlich auftauchenden Taxi. Wahrscheinlich hatte sie es bestellt, während ich heimlich das Essen bezahlt hatte. Unter der Festnetznummer, die sie mir nach massivem Drängen kurz vor der Nachspeise gegeben hatte, meldete sich eine Nebenstelle des Luftfahrtbundesamtes. Wie witzig. Dabei hatte ich sie gleich am nächsten Tag anrufen wollen, um ein weiteres Date abzusprechen und nicht noch mehr unnötige, ultimative Zeit zu verschwenden. Zehn Tage waren schon verloren, einfach weg.

Fast genauso schlimm war, dass meine Mutter von den Heiratsplänen meiner Schwester erfahren und sofort eine Anrufserie bei mir gestartet hatte, die sich im Wesentlichen um die vor den Familienmitgliedern liegenden Vorbereitungen drehte und immer damit endete, wann es denn nun bei mir so weit sei, ob ich nicht auch endlich, usw., usw. Einmal hatte ich meine Mutter mit einem barschen »Elfriede, es reicht!« abgewürgt und sie damit empört wie lange nicht mehr: »So weit ist es gekommen, dass du nicht einmal mehr weißt, wie deine eigene Mutter heißt, die einzige Person auf dieser Welt, die es nun wirklich gut mit dir meint.«

Das hatte gesessen, aber selbst das war nichts im Vergleich zu dem Schock, den Sandra Martens mir ein paar Tage später versetzte. Die Martens, eine extrem schlanke, attraktive Frau irgendwo zwischen vierzig und fünfzig, war innerhalb der Geschäftsführung für die Öffentlichkeitsarbeit zuständig und deshalb fast immer diejenige, die neue Verträge mit Prominenten bekanntgab. Weil *Maxprom* nicht wollte, dass die eigenen Mitarbeiter davon erst aus der Zeitung erfuhren, gab es je nach Gelegenheit sogenannte interne Pressekonferenzen, kurz IPK, an die sich entweder eine richtige Pressekonferenz mit Journalisten oder das Versenden einer Pressemitteilung anschloss. Als ich per Mail zu einer solchen IPK eingeladen wurde, dachte ich mir deshalb wenig dabei. Am wenigstens dachte ich, dass die Sitzung etwas mit mir zu tun haben würde. Hatte sie aber, und wie.

Als ich den Konferenzraum im dritten Stock betrat, hatte Sandra, so durfte ich sie jetzt ja nennen, schon angefangen: »… geht es heute nicht nur darum, dass ich Sie alle kurz über zwei prominente Neuzugänge bei Maxprom informieren möchte, sondern auch über einen internen.« Ich setzte mich auf einen freien Platz in der viertletzten Reihe. Der Baron saß schräg vor mir. Ich tippte ihm auf die Schulter, er drehte kurz den Kopf und nickte.

»Wir werden gleich in einer Video-Pressekonferenz bekanntgeben, dass Maxprom künftig Pepe Maradona und Esmeralda Villaruba vertritt. Mit den beiden wird Frank B. Ilmenau von UandE zu uns wechseln. Er wird unter anderem die neue Sparte ›Prominente Klassik‹ bei uns aufbauen. Ich danke Ihnen für Ihre Aufmerksamkeit.« Sandra Martens verließ das Rednerpult und fast sofort begann im Auditorium ein Tuscheln und Flüstern. Der Baron drehte sich noch mal zu mir um: »Kein schlechter Coup«, sagte er und klang nicht glücklich dabei.

»Wohl wahr«, sagte ich. »Wer hat das eingefädelt?«

»Sandra. Sie wollte FBI unbedingt. Und jetzt hat sie sogar noch Maradona und Villaruba dazubekommen. Wir schätzen, dass uns die beiden mindestens eine Million Euro im Jahr bringen. Ihr neues Gehalt«, er zeigte auf mich, »ist damit schon wieder mehr als drin.«

»Das sind dann also gute Nachrichten«, sagte ich, obwohl ich genau das Gegenteil dachte. Denn Frank B. Ilmenau, den sie in der Branche getreu seinen Initialen und wegen der ewigen Geheimniskrämerei um neue Verträge nur FBI nannten, war der Letzte, den ich bei *Maxprom* gebrauchen konnte. Wir hatten uns in den vergangenen drei Jahren, seit er bei UandE (U steht für Unterhaltung, E für Ernst) angeheuert hatte, mehrere Duelle um Prominente geliefert. Anfangs hatte ich fast immer gewonnen, doch dann war es FBI gelungen, einen gemeinsamen Werbeauftritt von Maradona und Villaruba zu organisieren. Das galt bis dahin als ausgeschlossen. Denn jeder wusste, dass die Star-Sängerin und der Star-Tenor sich in etwa so hassten wie Dieter Bohlen und Thomas Anders. Zwar traten sie gemeinsam in den großen Opernhäusern und auf den Open-Air-Bühnen dieser Welt auf, aber nur, wenn gewährleistet war, dass sie sich davor und danach auf keinen Fall begegneten. Entsprechende Garantien nahmen mehrere Seiten in den jeweiligen Verträgen ein.

FBI hatte die beiden nur zu einem Werbespot für einen großen deutschen Autohersteller überreden können, weil er ihnen zusicherte, dass sie niemals länger als eine Minute am Stück in dem neuen Sportwagenmodell sitzen und dem anderen auf keinen Fall direkt ins Gesicht sehen müssten. Es wäre trotzdem fast zum Eklat gekommen, weil die Garderoben der beiden am Set in zwei Containern untergebracht waren, die direkt nebeneinanderstanden. Man erzählte sich, dass FBI das Missgeschick zwei Stunden vor dem Eintreffen der Stars bemerkte und mit Hilfe eines Bauern und dessen Traktor die Container so weit, wie es ging, voneinander entfernen ließ. Als der Sänger und die Sängerin eintrafen, lag zwischen ihren Garderoben das komplette Waldstück, durch das sie später im Auto hindurchfahren sollten. Immer nur in Minutensequenzen, versteht sich.

Die gegenseitige Abneigung ging im Übrigen so weit, dass Maradona auf die Frage, was er zwischen den einzelnen Szenen denn zu trinken wünsche, antwortete: »Was will sie denn?« Als die Antwort »Coca-Cola light« lautete, sagte er: »Dann bringen Sie mir eine Pepsi – aber mit Zucker.«

Diese Geschichte stammte von FBI selbst. Er erzählte sie bei einem unserer jährlichen Branchentreffen so oft und so laut, dass ich sie irgendwann auch mitbekommen musste. Wir sprachen schon lange nicht mehr direkt miteinander, wenn ich ehrlich bin, hatte unser Verhältnis einen ähnlichen Grad wie das von Maradona und Villaruba erreicht. Wenn ich einen Wunsch freigehabt hätte, dann den, dass FBI immer genau an dem Punkt auf der Welt ist, der von dem meinen maximal entfernt ist.

Und jetzt das.

»Weiß man schon, wann FBI genau kommt?«, fragte ich den Baron.

»Müsste in der Pressemitteilung stehen, Moment«, sagte er und zog ein Stück Papier aus seiner Sakkotasche.

»Hier : Frank B. Ilmenau ist mit sofortiger Wirkung für Maxprom tätig.«

»Wobei das nur die offizielle Sprachregelung ist«, sagte Sandra Martens, die gerade an uns vorbeigehen wollte und das Gespräch offensichtlich mitbekommen hatte. »Tatsächlich fängt FBI erst Ende des Monats bei uns an. Er ist nämlich gerade«, jetzt wandte sie sich mir zu, »in den Flitterwochen.«

Neun

Ich muss wohl nicht mehr erklären, wie froh ich war, als ich am Abend nach diesen Neuigkeiten eine SMS von Sarah bekam, ob wir unsere Restaurantreise nicht in Thailand fortsetzen wollten. Ich wollte am liebsten gleich, aber sie konnte natürlich erst drei Tage später. Wenigstens gab sie mir diesmal nach halbstündigem Betteln ihre richtige Mobilnummer, und ich nutzte die Zeit bis zu unserem dritten Treffen, um ihr die Top-Ten meiner Baggersprüche für verwöhnte Frauen zu schicken, von denen der vielleicht beste ist: »Noch 36 Stunden, 14 Minuten, acht Sekunden.« Und fünf Minuten später: »Noch 36 Stunden, neun Minuten, zwölf Sekunden.« Und so weiter, eine ganze Stunde lang, bis zum entscheidenden Satz: »Du siehst, einer von uns kann es nicht mehr erwarten.« Das war mutig, weil Sarah nicht so war wie die deutsche Durchschnittsfrau, die schon bei zwei aufeinanderfolgenden SMS mit mehr als fünf Worten verloren ist, weil sie glaubt, endlich einen Mann gefunden zu haben, der seine Gefühle offenbart. Aber ich musste es wenigstens versuchen, und immerhin reagierte Sarah auch darauf: »Lass uns nicht um 20 Uhr, sondern um 19 Uhr treffen. Vielleicht haben dann wenigstens diese Kurznachrichten ein Ende«, schrieb sie zurück, und ich startete einen neuen SMS-Countdown.

Ansonsten nutzte ich die Zeit, um meine Liste mit den »Argumenten *für* eine Hochzeit« zu ergänzen. Die Zahl der Gründe hatte sich blitzartig verdoppelt. Ursprünglich hatte die Liste ja so, und damit noch recht überschaubar, ausgesehen:

Argumente für eine Hochzeit

- Partner bei *Maxprom*, sechsstelliges Jahresgehalt, Dienstwagen, Tantiemen

- Steuerklasse III (wenn Frau weniger verdient), auf jeden Fall Verdoppelung des Kapitalsteuerfreibetrages
- Angespannte Depotsituation
- Wohnung an der Außenalster
- Kostenlose Feier

Nun stand da noch:
- Mara heiratet, Eltern haben kein anderes Thema mehr, »warum denn der viel ältere Sohn noch nicht«, u. ä.
- FBI wechselt von UandE zu *Maxprom*
- FBI hat gerade geheiratet und ist ein Jahr jünger als ich
- FBI hasst mich
- Der Fall Siedler

Auch das Fazit der Pro-und-Contra-Analyse hatte sich verändert. Es lautete nun wie folgt:

»Obwohl nach wie vor die Zahl der Gründe gegen eine Heirat jene dafür deutlich übersteigt, lässt sich angesichts der jüngsten Ereignisse nicht mehr verleugnen, dass alles andere als eine extrem schnelle Verehelichung grob fahrlässig wäre und nicht abschätzbare Folgen hätte. Der Verlust der persönlichen und sexuellen Freiheit ist nichts dagegen! Denk an Siedler!!«

Ich hatte nach dem FBI-Schock, der dadurch verstärkt wurde, dass der Idiot nicht irgendeine Frau, sondern die Tochter eines der bekanntesten und einflussreichsten Fernsehmanager Deutschlands geheiratet hatte, eine kleine Recherche an eine Privatauskunftei vergeben. Ich wollte wissen, warum Thomas Siedler plötzlich aus den Annalen *Maxproms* verschwunden war, auch wenn ich es mir längst denken konnte. Deshalb formulierte ich den Auftrag an Horch & Co. (der Firmengründer hieß Horch, wirklich!) ziemlich präzise: »Ich möchte vor allem wissen«, schrieb ich unter dem Punkt »Grundlegende Fragen«, »ob die oben genannte Person verheiratet ist oder war.«

Das Ergebnis kam schnell, nach drei Tagen. Offensichtlich hatten die Jungs bei Horch & Co. trotz täglich neuer Bankenskandale wenig zu tun und brauchten gerade deswegen den Bonus von 200 Euro, auf den sie ein Anrecht hatten, wenn sie einen Fall innerhalb der ersten Woche lösten.

In dem Bericht stand: »Zunächst erschien es außerordentlich schwierig, Informationen über Thomas Siedler, im folgenden TS genannt, zu erhalten. Während sich aus seiner Zeit als leitender Angestellter bei der Vermarktungsgesellschaft Maxprom sogar mehrere Zeitungsberichte in den Archiven der einschlägigen Verlage finden ließen, gab es nach TS.s Ausscheiden aus dem Unternehmen nur noch vereinzelt Hinweise auf seinen weiteren Verbleib. Offensichtlich war er einige Monate als freier Mitarbeiter im Bereich Eventmanagement tätig, bevor sich seine Spur für etwa ein Jahr komplett verliert. Erst danach taucht TS wieder in offiziellen Statistiken auf. Er bezog seit Dezember 1998 immer wieder, mal über längere, mal über kürzere Zeit, Arbeitslosengeld. Heute ist TS Empfänger von Hartz IV und arbeitet für einen Euro zusätzlich stundenweise in einer Kindertagesstätte als Hausmeister. Er wohnt in einem Einzimmerappartement im Hamburger Stadtteil Barmbek-Süd.

Über die Abgleichung verschiedener Informationsstränge kann Horch & Co. die in der Rechercheanforderung als grundlegend gekennzeichnete Frage mit nein beantworten. TS war nie verheiratet. Bekannte und Nachbarn gaben aber an, dass er sehr wohl einmal verlobt und eine Hochzeit geplant gewesen sei. Ein Befragter konnte sich erinnern, ein sogenanntes save the date, also eine Datumsreservierung für eine Hochzeit, im Jahr 1998 erhalten zu haben. Eine richtige Einladung hätte es dann allerdings nie gegeben.«

Auch wenn die wichtigste Information fehlte, nämlich, aus welchem Grund die geplante Hochzeit ausgefallen war, war mir klar, dass das der Grund für seinen sozialen Abstieg war. Ich nahm mir vor, Thomas Siedler einmal aufzusuchen und selbst danach zu befragen. Jetzt fehlte mir die Zeit dafür, wollte ich nicht so enden wie er.

Natürlich brachte mich auch der thailändische Abend mit Sarah nicht richtig voran. Zwar küssten wir uns endlich das erste Mal, aber zu sich nach Hause wollte sie mich wieder nicht mitnehmen. Dabei hatte ich herausgefunden, dass sie nur etwa einen Kilometer Luftlinie von mir entfernt wohnte. Es dauerte eine weitere Woche und ein weiteres Essen (Sushi!), dass ich endlich ihre Wohnung von innen sah. Als wir dort auf dem Sofa im Wohnzimmer saßen, Rotwein tranken, uns küssten und ich ihr langsam meine Hand unter die Bluse schob, ließ sie mich nur insofern gewähren, als sie sich umdrehte, mir ihren makellosen Rücken zukehrte und sagte: »O ja, eine Massage könnte ich jetzt wirklich gut gebrauchen.«

»Du könntest was?«, fragte ich, besann mich dann aber eines Besseren, weil ich zu viele Szenen erlebt (und vor allem in einschlägigen Filmen gesehen) hatte, in denen eine Massage direkt in andere körperliche Tätigkeiten überging.

»Hast du denn auch Öl?«, fragte ich, aber sie schüttelte mit dem Kopf und meinte, das sei »ja auch nicht nötig«.

Also knetete ich ihren Nacken, ihre Schultern und ihr gesamtes Rückgrat durch, immer sorgfältig am schwarzen BH vorbei, den sie trotz mehrfachen Insistierens meinerseits nicht auszuziehen bereit war. Als ich unauffällig mit dem einen oder anderen Finger über den String hinweg an ihren Hintern fasste, presste sie nur ein kurzes »Tsssss« heraus, und ich kehrte wieder an die erlaubten Stellen zurück. So ging das fast anderthalb Stunden, und als ich nach einer Belohnung fragte, sagte sie, dass sie mich gern auch massieren könnte. So landete ich dann am Ende doch in ihrem Bett, wo ich, mit nicht mehr als einer *Maxprom*-Boxershorts am Körper, unter ihren weichen Händen einschlief. Der erste Monat des Ultimatums hatte mich geschafft.

Ich wachte erst am nächsten Morgen durch einen sanften Kuss auf die Nase auf.

»Ich muss los«, sagte Sarah. »War schön mit dir. Sehen wir uns heute Abend wieder?«

Ich wagte nicht, laut ja zu brüllen, sondern setzte mich auf und drückte Sarah ganz fest an mich. Es konnte doch noch ein Happy End geben.

ZEHN

Unter diesem Eindruck und weil ich noch Zeit hatte, bevor ich ins Büro musste, tat ich an diesem Morgen in Sarahs Bett etwas, was ich noch nie getan hatte. Ich gab bei Google das Wort »Heiratsantrag« ein und bekam unglaubliche 965 000 Ergebnisse. Es konnte nicht verkehrt sein, wenn ich mir möglichst früh einen Einblick in diese fremde Welt verschaffte, und ich glaube, ich war selten so dankbar für die Erfindung des Internets wie in diesem Moment. Was haben Männer, die heiraten mussten oder wollten, bloß getan, als es das Web noch nicht gab?

Als Erstes fand ich bei Google die Umfrage des Magazins *Chrismon*, die ich im ziemlich verlogenen ersten Kapitel zitiert habe. Dort heißt es: »Romantik mit Kerzenschein und Rosen stellen sich vierunddreißig Prozent aller Befragten vor«, aber eben genauso viele, »dass das Finanzielle vorher geregelt ist«.

Früher sei ein Heiratsantrag, so las ich auf einer anderen Internetseite, ja der Beginn einer Vertragsverhandlung gewesen: »Die folgende Verlobung hatte die Aufgabe, die finanziellen und rechtlichen Absprachen zwischen den Eheleuten unter Zeugen zu regeln.« Dies sei abschließend »mit einem Handschlag zwischen dem Vater der Braut und dem Bräutigam besiegelt worden«, aber, Achtung: »In der heutigen Zeit reicht eine überzeugende Vorsprache beim Vater der Braut nicht mehr aus – denn auch die Braut möchte in Sachen Partnerwahl gern ein Wörtchen mitreden.« Deshalb »gilt es, das Herz der Angebeteten für sich zu gewinnen« und »auf möglichst romantische und originelle Weise die FRAGE ALLER FRAGEN zu stellen«.

Ich war mir nicht sicher, ob das nach nur einer gemeinsamen Nacht mit einem ziemlich begrenzten Austausch von Körperflüssigkeiten möglich war. Immerhin schien sie sich weiterführende Gedanken um mich zu machen. Bei ihrer Massage hatte Sarah nämlich verschiedene Leberflecken auf meinem Rücken entdeckt, die ihr nicht gefielen: »Wann warst du eigentlich zuletzt beim Hautarzt-Check?«, hatte sie mich gefragt, und als ich wahrheitsgemäß »noch nie« antwortete, zeigte sie sich besorgt: »Dann solltest du morgen gleich einen Termin machen.« Das klang zumindest nicht danach, als würde sie mich nur als kurzzeitige Affäre betrachten.

Ich klickte auf ein Flirtportal, von dem ich noch nie etwas gehört hatte. Ich las den Text unter der Überschrift »Originelle Heiratsanträge«, denn genau so einen könnte ich ja vielleicht bald gebrauchen: »Aus dem Gefühl jahrelangen Vertrauens ist zwischen Ihnen und Ihrem Partner eine Beziehungsbasis entstanden, die Sie im Leben nicht mehr missen möchten.« Komplett falsch, dafür aber fast so schön formuliert wie meine letzte Renteninformation.

Egal, weiter: »Ihr Partner liebt Sie aus tiefstem Herzen, und über ein gemeinsames Kind haben Sie vielleicht auch schon nachgedacht. Irgendwann also ist es so weit, dass Sie beginnen, sich über einen weiteren wichtigen Schritt Gedanken zu machen – die Heirat.« Richtig, woher wussten die das? Wahnsinn.

»Nun müssen noch ein schöner Ring und ein möglichst origineller Heiratsantrag her – doch gibt es dafür überhaupt originelle Ideen?« Bitte? Hatte ich den ganzen Quatsch umsonst gelesen?

»Die Antwort ist Ja, und im Folgenden finden Sie eine kleine Auswahl origineller Gelegenheiten für den Heiratsantrag.«

Ich zweifelte etwas, dass Ideen noch originell sein konnten, wenn sie erst auf einem Flirtportal standen, und ich bezweifelte zudem stark, dass dessen User unter Originalität das Gleiche verstanden wie ich.

Tatsächlich wurde mir als Erstes ein »romantisches Dinner« mit Sarah vorgeschlagen, natürlich in einem »feinen Restaurant«. Ich könnte mir die »bewusste Frage« aber auch mit Henna oder mittels Bodypainting auf die Haut schreiben lassen. (»Wird das entsprechende Kleidungsstück ausgezogen, muss eigentlich nicht mehr viel dazu gesagt werden. Besonders wirkungsvolle Stellen für diese Art sind Brust und Rücken, da hier genug Platz zum Schreiben ist.«) Alternativ ließe sich die Botschaft der Botschaften auch morgens mit Lippenstift oder Wasserfarbe auf den Badezimmerspiegel malen, wobei das offensichtlich aber nur mit zeitgleich ausgestreuten Rosenblättern funktioniert, und überhaupt erst dann, wenn das Fenster »mit einem pastellfarbenen Stoff« verhängt wird. Warum? »Damit das Licht etwas sanfter einfällt.« Ach so, natürlich.

Das Flirtportal schlug mir auch noch vor, die Bettwäsche zu bemalen, die ich für fast tausend Euro im KaDeWe in Berlin gekauft hatte, oder mit Sarah zum HSV zu gehen, wo ich meine guten Beziehungen zum »Stadionwart« spielen lassen sollte, damit dieser während der Halbzeitpause meinen Antrag auf »der Punktetafel« erscheinen lässt. Das war in etwa so originell wie die Idee, eine CD mit Sarahs Lieblingsliedern am Computer zusammenzustellen (wo sonst?), die mit Wagners Hochzeitsmarsch oder ihrem absoluten Lieblingssong endet. Das wiederum wäre etwas von Juanes, diesem, glaube ich, kolumbianischen Sänger, und ich sollte es einfach wie ein Radiomoderator ausblenden und statt des nächsten Titels meinen Heiratsantrag aufsagen.

Die Idee hat sicher für den einen oder anderen Mann Charme, weil er dann bei seinem eigenen Antrag nicht unbedingt dabei sein muss und in Ruhe Fußball (Entschuldigung, ich hatte es versprochen, kommt nicht wieder vor!) gucken kann. Für mich war das überhaupt nichts, trotzdem möchte ich nicht versäumen, all jenen, die frisch ans Werk gehen wollen, den letzten Rat des Flirtportals mitzugeben: »Natürlich sollten Sie dafür sorgen, dass Ihr Partner sich die CD bis zum Ende anhört.« Alles andere wäre echt mal originell.

Ich verbrachte leider auch den Abend komplett im Internet. Sarah musste angeblich plötzlich und beruflich nach München und hatte gerade noch Zeit, mir eine E-Mail zu schreiben: »Wird heute Abend doch nichts, tut mir leid. Melde mich. S.« Das war eigentlich mein Satz, und es war hart, ihn von jemand anderem zu lesen. Ich antwortete betont locker (»Das trifft sich gut. Bei mir wäre es auch knapp geworden«), machte nach Feierabend eine Flasche Rotwein auf und surfte im Büro noch etwas durchs Netz, zwischen Heiratsanträgen, Hochzeitsseiten und verschiedenen Jobbörsen, auf denen ich leider nichts Passendes für mich fand.

Mit jeder neuen Internetseite wurde mir dabei bewusst, auf was für ein gefährliches Unterfangen ich mich einließ. Dass »diese romantische Methode, den anderen zum Traualtar zu führen, auch einige Risiken birgt«, hatte mich eine Website schon früh gewarnt und damit wohl gemeint, dass die Gefragte natürlich auch nein sagen konnte, etwas, woran ich bis dahin überhaupt nicht gedacht hatte. Da war die Meldung aus den USA, dass ein in einer Herzschmerzshow abgewiesener Mann kurz danach seine Beinahe-Verlobte umgebracht hatte, nur ein kleiner Trost. Es konnte wirklich viel passieren, vom Verschlucken des Rings, den ein mexikanischer Verliebter unauffällig ins Sektglas seiner Geliebten getan hatte, worauf diese fast daran erstickt wäre, bis hin zu einem »Natürlich heirate ich dich. Aber nur, wenn du deinen Penis verlängern lässt.« Wirklich passiert, in den Niederlanden, wo sonst. Ich habe die Quelle vergessen, ist vielleicht auch besser so.

Am Ende hatte ich mir auf *Maxprom*-Kosten 20 schönste Orte und 36 beste Gelegenheiten für einen Heiratsantrag beziehungsweise eine Hochzeit runtergeladen, die 20 schwersten Fehler, die 15 ungewöhnlichsten Gedichte und 29 zum Teil interaktive Fragebögen und war kurz davor, auf die Methode des Standesamts Münster zurückzugreifen. Das hatte am 1. April 2001 ein Formular für einen Antrag ins Netz gestellt, das man nur noch ausfüllen musste. Und dort steht es immer noch: »Eigentlich war dieser besondere Service als Aprilscherz gedacht, da er aber offenbar vielen gefallen hat und anscheinend auch Bedarf besteht, bieten wir ihn dauerhaft an«, schrieben die (wahrscheinlich verbeamteten) Verfasser dazu. Ich füllte das Formular sicherheitshalber aus.

»Liebe Sarah, nun kennen und lieben (zur Auswahl standen noch: kennen/lieben/lieben und zanken/langweilen) wir uns schon seit vier Wochen. Ich kann mir ein Leben ohne dich nicht mehr vorstellen und möchte endlich eine Familie gründen (außerdem Steuern sparen/mal das Standesamt von innen sehen/mal wieder eine große Party feiern/außergewöhnliche Ereignisse schaffen/deine fünf Kinder adoptieren/meiner Mama einen Gefallen tun/eine Vollmacht für dein Konto). Willst du mich heiraten? Ich habe den Sekt schon kalt gestellt. Dein Daniel.«

Ich hätte mich nicht gewundert, wenn auch eine Passage wie »und möchte unbedingt Partner bei *Maxprom* werden und nicht wie der Siedler in einer Einzimmerwohnung in Barmbek-Süd enden« zur Auswahl gestanden hätte. Ich klickte frustriert auf »Antrag erstellen«, obwohl es daneben auch einen Button mit »Ich hab's mir anders überlegt« gab. Das fertige Formular sah gar nicht so schlecht aus, mit kleinen Herzen zwischen den Zeilen, und für einen Moment überlegte ich, ob ich es ausdrucken und Sarah mit einer Brieftaube schicken sollte, einfach so. Zumindest würde ich es aufbewahren, um meiner Frau später beweisen zu können, wie unfassbar einfallslos andere potentielle Bräutigame sein können.

Gibt es überhaupt eine Mehrzahl von Bräutigam? Bräutigame klingen komisch und scheinen mir auch überflüssig, weil frau ja in der Regel nur einen benötigt. Außer dieser Dame aus der Nähe von Moskau, die fast anderthalb Jahre mit zwei Männern gleichzeitig verlobt war und sich auch dann nicht entscheiden konnte, als sich herausstellte, dass einer der beiden den Verlobungsring ihrer besten Freundin bei einem One-Night-Stand gestohlen hatte. Diese Russin hatte tatsächlich zwei Bräutigame, oder heißt es Bräutigams? Und hat das Wort eigentlich was mit monogam zu tun? Wahrscheinlich.

Dieser Gedankengang kam mir um kurz nach eins, also mitten in der Nacht. Sarah hatte sich nicht wieder gemeldet, die Rotweinflasche war leer, und ich hatte das Gefühl, verrückt zu werden. Auf der Tastatur meines Computers tanzten die Buchstaben H O C H Z E I T hin und her, und zwischendurch blinkten H I E R A T S N G auf, um dann wie auf einem elektronischen Laufband das Wort Heiratsantrag zu bilden. Game over. Nichts ging mehr. Ich schaltete den Computer aus, um ihn gleich noch einmal anzumachen und in die Suchmaske »Sarah« einzutragen. Mehr als 1,25 Millionen Einträge. Wenigstens etwas.

Elf

Als ich am nächsten Tag, um kurz nach zwölf und damit zugegebenermaßen ziemlich spät, in die Firma kam, lag auf meinem Schreibtisch eine Nachricht vom Baron. »Wollte Sie gern mal sprechen, war heute schon drei Mal erfolglos in Ihrem Büro«, stand auf dem Zettel, den er aus meinem Papierkorb gefischt haben musste.

Ich schmiss meine Laptop-Tasche auf einen Stuhl und ging so schnell und so unauffällig, wie ich konnte, in Richtung Geschäftsführung. Zum Glück war von Tolken da und allein in seinem Büro.

»Entschuldigen Sie, Baron, aber ich hatte heute Morgen mehrere Termine außerhalb, deshalb …«, sagte ich.

»Ich hoffe, es war etwas Wichtiges.« Er klang nicht ganz so verbindlich wie sonst.

»Etwas sehr Wichtiges.«

»Gut. Ich wollte nur mal einen Zwischenstand von Ihnen haben.«

Einen Zwischenstand? Wie meinte er das? Wollte er wirklich wissen, wie weit ich mit Sarah …? War ich etwa verpflichtet, Rechenschaft über meine sexuellen Fortschritte abzulegen?

»Ich verstehe nicht ganz, Baron, um was es geht …«

»Das kann nicht Ihr Ernst sein.« Jetzt klang er wirklich barsch.

»Es tut mir leid, aber ich dachte nicht …«

»Kommen Sie in der Sache voran, Daniel, oder nicht?«

Das war eindeutig.

»Der erste Monat seit der Vertragsunterzeichnung ist verstrichen, und ich habe nichts von Ihnen gehört. Gar nichts. Nehmen Sie das Ganze nicht auf die leichte Schulter, junger Freund. Jetzt schon gar nicht mehr.« Er legte mir seine großen Hände auf die Schultern, ich konnte sein Eau de Toilette riechen. »Mensch, Daniel, ich meine es doch nur gut mit Ihnen, das wissen Sie doch. Die Zeit ist schnell rum, und ich würde nicht so drängen, wenn FBI nicht zu Maxprom kommen würde. Aber der bringt alles mit, was die Rosenthaler sich von einem Partner wünscht, und vor allem: Er *ist* verheiratet. Sandra hat in unserer letzten Runde schon vorgeschlagen, dass, wenn das mit Ihnen nicht klappt, na ja …«

Er mochte es offenbar nicht aussprechen.

»… dass dann dieses Riesenarschloch Partner wird?«

»Ganz so hat sie es nicht gesagt, aber: ja. Und Elfriede hat nicht widersprochen.« Der Baron atmete tief durch. »Ich kann den Typen genauso wenig ab wie Sie, Daniel, und außerdem ist er ein Buddy von der Martens, und so einen kann ich erst recht nicht in der Geschäftsführung gebrauchen. Wir beide haben das gleiche Ziel. Also: Kommen Sie voran?«

»Ich glaube schon.«

»Wie: Ich glaube schon? Wie läuft's mit Sarah, wie weit sind Sie?«

Er wurde mir zu persönlich für einen Vorgesetzten, aber wahrscheinlich war das das wahre Gesicht von *Maxprom*. Eben let's face it.

»Sie bekommen von mir eine ehrliche und offene Antwort, wenn ich von Ihnen das Gleiche bekomme.«

»Setzen wir uns«, sagte er und zeigte auf ein Ledersofa. Er selbst nahm auf dem braunen Sessel Platz, der danebenstand.

»Erst Sie oder erst ich?«, fragte ich.

»Erst Sie.«

»Also, ähm. Sarah und ich haben uns jetzt immerhin schon ein paar Mal getroffen …«

»Und?«

» Es läuft ganz gut. Die erste Nacht …«

»Das ist Ihre persönliche Sache. Das geht mich nichts an«, unterbrach mich der Baron.

Ach, auf einmal.

»Sie können sich also vorstellen, die junge Dame zu heiraten?«

Ja, konnte ich das? So hatte ich mir die Frage noch nicht gestellt. Entscheidend war die ganze Zeit, DASS ich heiraten würde, nicht, wen.

»Ja, das könnte ich.«

»Wann fragen Sie sie?«

»Ich glaube, dafür brauche ich noch etwas Zeit ...«

»Von der Sie nicht allzu viel haben. Okay, haben Sie die grundlegenden Dinge schon gecheckt?«

Ob ich was?

»Wie meinen Sie das, Baron, welche grundlegenden Dinge?«

Er setzte wieder den strengen Blick auf, oder besser: den Blick, den ein Fahrlehrer hat, wenn der Anfänger das Auto zum dritten Mal an der grünen Ampel abwürgt.

»War sie schon einmal verheiratet? Wie lange ist die letzte Beziehung her, woran ist sie gescheitert? Ist sie ein Scheidungskind? So etwas halt, Grundfragen, junger Freund. Haben Sie wenigstens einen Plan?«

»Was für einen Plan?«

»Wie die nächsten Schritte sind, wie Sie den Antrag machen wollen, was Sie tun, wenn Sie nicht will ... das übliche Programm eben.«

»Ich, na ja, ich arbeite daran.«

»Das hoffe ich.« Der Baron lehnte sich zurück. »Seien Sie sicher, dass ich bald nach weiteren Fortschritten fragen werde. Und dann muss mehr kommen, viel mehr. Wir machen das hier nicht zum Spaß.« Er schloss die Augen, um sie dann langsam wieder zu öffnen, gerade so, als sei er ein Schriftsteller, der mit dem nächsten Gedanken beginnen will. »So, jetzt sind Sie mit Ihrer Frage dran.«

Ich machte mich gerade: »Warum müssen Partner bei Maxprom verheiratet sein?«

»Das hat Ihnen Elfriede doch gesagt: Weil dann die Gefahr gering ist, dass es zu Affären und Beziehungen zwischen einem Partner und einem Klienten kommt.«

»Sie hatten versprochen, dass ich eine ehrliche Antwort bekomme, Baron.«

»Das *ist* eine ehrliche Antwort.«

»Aber nicht die *ganze* Wahrheit.«

Er seufzte ein zweites Mal.

»Könnten Sie so nett sein und die Tür abschließen, Daniel? Der Schlüssel steckt. Ich schenk uns solange einen Calvados ein.«

Ich drehte, so leise, wie ich konnte, zwei Mal um. Dann setzte ich mich wieder.

»Sie haben neulich nach René Bertels gefragt, Daniel. Sie dürften demnach nicht nur wissen, dass er der Unternehmensgründer neben Elfriede, sondern auch ihr Lebensgefährte war. Die beiden haben sich über mich kennengelernt.« Er nahm einen Schluck und schüttelte sich. »Eigentlich sollte man um diese Zeit noch keinen Alkohol trinken. Elfriedes Eltern waren mit meinen befreundet, und wir sind gemeinsam zur Schule gegangen. Während des Studiums haben wir uns dann aus den Augen verloren, bis ich sie zur Feier meines 30. Geburtstags einlud. Dort hat sie dann auch René getroffen, den ich wiederum von der Uni kannte. So weit alles klar?«

Ich nickte. Schließlich hatte ich noch nichts getrunken.

»Die beiden haben sich von Anfang an blendend verstanden. Erst im Bett, dann auch geschäftlich. René hatte die Ideen und Elfriede das Kapital, um sie zu verwirklichen. Ihr Vater, dem eine große Optikerkette gehörte, hatte sie an ihrem 25. Geburtstag ausgezahlt, weil er für sie keinen Platz in der Firma sah. Und weil sie keine Lust gehabt hatte, eine Optikerausbildung zu machen. Sie gründete mit René Maxprom, sie nahmen die erste Million ein, bauten sich ein schönes Haus in Harvestehude und waren das perfekte Paar.«

»Nur geheiratet haben sie nicht«, warf ich ein.

»Ja, und das bereut Elfriede bis heute. Sie hatten es vorgehabt, aber immer kam etwas dazwischen, meist die Firma. Und dann war die Hochzeit doch wieder nicht so wichtig, weil sie über Maxprom quasi unzertrennbar miteinander verknüpft waren, und ...« Er setzte das Glas ein weiteres Mal an. »Trinken Sie gar nichts?«

»Äh, doch, natürlich.« Der Calvados war das Erste, was mein Magen an diesem Tag sah. Wohl bekomm's.

»Wo war ich? Ach ja, und dann hat Bertels den Vertrag mit dieser Fernsehmoderatorin gemacht, wie hieß sie gleich noch mal?«

»Heide Singler«, sagte ich etwas zu schnell.

»Stimmt, woher wissen Sie das? Egal. Es war kein großer Vertrag, aber offensichtlich die große Liebe für René. Er verließ Elfriede innerhalb eines Monats. Sie wäre daran zerbrochen, wenn sie Maxprom nicht gehabt hätte. Aber sie musste auch eine Art und Weise finden, für Renés Verhalten Rache zu nehmen.«

»Die Hochzeitsregel.«

»Zum Glück war ich damals schon verheiratet. Sonst wäre es für mich genauso eng geworden wie jetzt für Sie, Daniel. Denn Elfriede hat die Regel, dieses ›ungeschriebene Gesetz‹, von einem Tag auf den anderen eingeführt. Und sie hat nicht mit sich darüber reden lassen.«

»Und die anderen?«, fragte ich. »Sandra Martens, Thomas Siedler und Friedrich?«

»Eine Frage hatten wir abgemacht, Daniel, mehr nicht.«

»Aber ...«

»Kein Aber. Sehen Sie lieber zu, dass Sie mit Ihren Plänen vorankommen. Ich würde mich freuen«, er sah auf die Datumsanzeige seiner IWC, »wenn Sie mir möglichst bald eine Strategie präsentieren können.«

»Muss ich?«

»Sie müssen gar nichts, das wissen Sie doch.«

Zwölf

Es war kurz nach zwei Uhr in der Nacht, als ich aufwachte. Ich konnte die Zeit auf dem kleinen Radio ablesen, das auf Sarahs Nachtschrank stand. Etwas hatte mich geweckt, ich wusste nicht mehr was. Sarah konnte es nicht gewesen sein. Sie lag eng neben mir, bis zum Kinn von der Bettdecke verhüllt, und atmete ruhig. Ich drehte mich vorsichtig auf die rechte Seite, um sie besser sehen zu können. Ein wenig Licht fiel von der Straße durchs Fenster, es traf sich mit dem Schein der Digitalanzeige auf Sarahs Gesicht. Sie sah unschuldig, aus, wie sie da so schlief. Natürlich war sie das nicht, und das lag nicht nur an mir.

Ich hatte sie gleich nach dem Gespräch mit dem Baron angerufen. Sie sei auf dem Rückweg nach Hamburg, sagte sie, und ja, sie hätte Zeit am Abend, aber keine Lust, schon wieder wegzugehen. Ob wir bei ihr oder mir etwas kochen wollten? »Bei dir«, hatte ich schnell, wahrscheinlich etwas zu schnell gesagt, weil sich der Inhalt meines Kühlschranks beziehungsweise meiner kleinen Vorratsabseite auf etwas Margarine, viel Cola zero und zwei Packungen Eiernudeln aus dem vergangenen Jahr beschränkte. »Also um acht bei mir«, hatte sie gesagt. »Ich schick dir eine Mail, was du mitbringen musst.« Das klang, als wären wir schon fast verheiratet. Verrückt.

Es gab Sushi, die wir so lange gemeinsam rollten (sie hatte mal einen Kursus bei der Sushi-Factory gemacht), bis sich mein Rücken selbst anfühlte, als wäre er stundenlang hin und her gedreht worden. Ich nutzte die Arbeitszeit, die viel zu selten durch eine zufällige Berührung und erst bei der letzten Hand Reis durch einen Kuss unterbrochen wurde, um nach Art des Barons die grundlegenden Dinge zu klären. Natürlich war sie noch nie verheiratet gewesen und folglich auch nicht geschieden, außerdem auch kein Scheidungskind. Wie lange ihre letzte Beziehung zurücklag, bekam ich nicht heraus, wohl aber, dass sie deutlich weniger Affären gehabt hatte als ich. Sie habe nie besonders viel von flüchtigen Beziehungen gehalten, hatte Sarah erzählt, und sich auf Männer immer nur dann eingelassen, wenn sie ihr wirklich etwas bedeutet hätten.

»Na ja, fast immer«, hatte sie gesagt.

»Wieso fast?«, hatte ich gefragt.

»Ich habe einmal mit einem Typen geschlafen, mit dem ich es danach nur noch eine Woche ausgehalten habe. Und ein anderes Mal bin ich böse mit einem Kollegen versackt. Aber sonst ...«

»Sonst war es immer«, ich stockte aus Gewohnheit, »sonst war es immer Liebe?«

»Zumindest war ich verliebt, ja.«

»Also warst du sechsmal verliebt.« Sie hatte von insgesamt acht Beziehungen gesprochen und ich davon in einer grandiosen Rechenleistung (im Kopf!) zwei abgezogen.

»Mehr oder weniger.«

»Hattest Du schon mal das Gefühl, dass es der Richtige ist?« Der Baron wäre stolz auf diese Frage gewesen. Mir war etwas mulmig dabei.

»In der Zeit, in der wir zusammen waren, dachte ich immer, dass es der Richtige ist.«

»Nein, so meine ich das nicht.«

»Wie meinst du das dann?«

»Du weißt schon. Der Richtige. Der Mann fürs Leben. So was halt.«

»Ach, du meinst den Mann zum Heiraten.«

Sie hatte es ausgesprochen. Ich schluckte. Nie zuvor war ich im Gespräch mit einer Frau bis zu diesem Punkt vorgedrungen, wenn man einmal von der peinlichen Szene in Venedig absieht. Aber mir war ja auch noch nie von meinem Arbeitgeber ein Hochzeitsultimatum gestellt worden.

»So was in der Art«, sagte ich.

»So was in der Art? Du bist echt lustig, Daniel«, sagte Sarah. »Du hast jetzt wieder so einen Gesichtsausdruck, wie du ihn damals beim Flugangstseminar hattest oder nach dem Essen im Dionysos, als ich dir meine Handynummer nicht gegeben habe. Man kann dich so herrlich schnell verunsichern, das ist echt ganz niedlich.« An dieser Stelle gab sie mir den oben bereits angekündigten Kuss auf den Mund. »Ich hoffe, ich mache dir nicht noch mehr Angst, wenn ich dir jetzt verrate, dass ich leider noch keinen Mann getroffen habe, den ich heiraten wollte.«

Was hätte ich mich in meinem Leben vor dem schwarzen Freitag bei der Rosenthaler über so einen Satz gefreut. Aber jetzt ließ er mich noch unsicherer werden. Was sollte das heißen? Schloss das mich ein? Sollte ich einfach nachfragen, hier und gleich, oder drohte ich damit, alles kaputtzumachen? Ich hatte noch keine Entscheidung getroffen, da entfuhr meinem Mund ein weder von Hirn noch Herz autorisiertes: »Und jetzt?«

»Und jetzt«, wir hatten das letzte Sushi gesessen, zwei Flaschen Weißwein und einen halben Liter Pflaumenwein getrunken, und Sarah lallte leicht, »und jetzt gehe ich duschen, und du kommst mit«. Ich musste an den Baron denken und an seinen Satz: »Das ist ihre persönliche Sache. Das geht mich nichts an.«

Das war jetzt eine Stunde her. Sarah zuckte. Es musste eine dieser unbewussten Bewegungen gewesen sein, die durch einen Traum ausgelöst werden, in dem man über eine tiefe Schlucht springen oder einem Fahrradfahrer ausweichen muss. Ich hatte selbst öfter solche Zuckungen, und vielleicht war ich ja vorhin auch davon wach geworden. Mein rechter Arm drohte einzuschlafen. Ich zog ihn langsam unter ihrem Rücken weg. Sarahs linker Arm war unter der Decke hervorgerutscht und lag direkt in meinem Blickfeld. Ich legte vorsichtig meine Finger auf die weiche Haut und strich langsam darüber. Die feinen Härchen stellten sich auf. Weil ich Angst hatte, sie zu wecken, hörte ich nach ein paar Mal wieder auf. Aber der Arm zuckte, als wolle er sagen: Weitermachen! Deshalb fing ich wieder da an, wo ich aufgehört hatte, in der Ellenbeuge. Ganz langsam, erst mit zwei Fingern, mit dreien, dann mit der ganzen Hand. Runter bis zu den Nägeln, rauf fast bis zur Achsel und wieder zurück. Eine Strecke dauerte bestimmt dreißig, vierzig Sekunden. Sarahs Arm schien immer schwerer zu werden und sich stärker in die Matratze zu drücken. Ich versuchte, noch zärtlicher zu streicheln. Im Wechsel, mal mit der Vorder- und mal mit der Rückseite meiner Hand, wie ein Maler, der behutsam eine Zimmerwand streicht.

Was tat ich hier eigentlich? Normalerweise bemühte ich mich um Frauen auf diese Art nur, wenn der ganze Aufwand auch einen Lohn versprach. Aber in diesem Fall hatte ich Vorkasse bekommen. Warum konnte ich nicht einfach in Ruhe pennen, wo war mein bei den Damen dieser Welt so gefürchtete Komaschlaf danach?

Ich sah meine Finger in Zeitlupe die braune Bahn, die Sarahs Arm war, herauffahren und hatte schließlich nur eine Erklärung für dieses ungewöhnliche Verhalten. Ich hatte ein schlechtes Gewissen! Das musste es sein, das musste mich auch wach gemacht haben. Ja, jetzt erinnerte ich mich wieder, wovon ich kurz zuvor geträumt hatte. Von dem Gespräch mit dem Baron, von dem Moment, als er mich gefragt hatte, ob ich mir denn vorstellen könnte, Sarah zu heiraten, und ich mir eingestehen musste, dass ich darüber nicht eine Sekunde nachgedacht hatte. Es war mir nicht um die Person gegangen, sondern einfach nur darum, dass ich in meiner fatalen Situation eine Frau brauchte und sie gerade in der Nähe, oder besser: erreichbar war. So, wie man nicht darüber nachdenkt, welches Taxi man am Hauptbahnhof um Mitternacht nimmt. Man nimmt einfach das vorn in der Reihe.

Was bist du für ein Mensch, dachte ich und sah auf die friedlich Schlafende! So hatte ich mich noch nie gesehen, weder wenn ich morgens heimlich aus dem Bett einer »Freundin« geschlichen war noch wenn ich eine meiner gefürchteten SMS (»Was reimt sich auf Kuss? Richtig: Schluss«) abgeschickt hatte. Ich schämte mich, und noch viel schlimmer: Ich fragte mich, warum.

Denn was war schon so schlimm daran, was ich da gerade tat? Ich hatte mit einer Frau auf deren ausdrücklichen Wunsch hin geschlafen, und zwar nicht schon beim ersten, sondern beim fünften oder sechsten Treffen, ich hatte aufgehört zu zählen. Allein das war schon ein einsamer Rekord, dessen Bedeutung noch dadurch vergrößert wurde, dass ich hier ganz ruhig und ohne böse Absichten in ihrem Bett lag. Ich hatte nicht wie sonst vor, innerhalb der nächsten Tage oder Wochen heimlich zu verschwinden, und wenn ich eine finale SMS schreiben würde, dann würde sie eine Frage enthalten, auf die Frau nur mit ja oder nein antworten könnte. Wo also war mein Problem?

Zum ersten Mal ging es mir nicht um das schnelle Vergnügen, zum ersten Mal hatte ich ernste Absichten, ernster ging es nicht. Gut, nicht ganz freiwillig, aber spielte das eine Rolle? Ist es nicht egal, ob einer in ein brennendes Haus gerannt ist, um seine teure Rolex und das Bargeld aus dem Tresor zu holen, wenn er dabei noch das Kind der Nachbarin rettet? Geht es am Ende des Tages nicht doch mehr um das Ziel und weniger um den Weg dorthin?

Liebes schlechtes Gewissen, was willst du eigentlich bei einem Mann, der eine Frau – diese Frau da – nur kennengelernt hat, um sie zu heiraten? Was ist bitte schön daran unmoralisch? Das Hochzeitsultimatum?? Schon mal was vom Zweck gehört, der die Mittel heiligt??? Ich hatte keinen Grund, mir Vorwürfe zu machen. Wenn es falsch war, was ich bisher mit Frauen gemacht hatte, und wie oft war das von den Betroffenen behauptet worden!, konnte das Gegenteil nur richtig sein. Das Gegenteil war die Sache mit Sarah. Ich setzte mich ruckartig auf und zog meinen Arm weg.

»Ich habe mir gar nichts vorzuwerfen.«

Sarah grummelte. »Mach weiter.«

»Gar nichts.« Ich verschränkte die Arme vor meinem Brustkorb.

Sie krabbelte an meiner rechten Seite hoch, und sie roch immer noch nach Pflaumenwein.

»Was hast du denn? Kannst du nicht schlafen?«

»Nein.«

»Warum denn nicht? Es ist doch schon«, sie drehte sich zum Radiowecker, »fast drei.«

Meine blöden Gedanken hatten mich über eine halbe Stunde wach gehalten. Wahnsinn.

»Komm, Daniel, lass uns schlafen.« Sie küsste mich auf die Wange. »Oder kannst du schon ...« Ihre Hand wanderte langsam über meine Hüfte in Richtung Oberschenkel. Ich konnte sie gerade noch rechtzeitig stoppen.

»Meinst du es eigentlich ernst mit mir?«, fragte ich.

»Was ist das denn für eine Frage, mitten in der Nacht.«

»Ich will's ja nur wissen.«

»Und du?«

»Wie, und ich?«

»Meinst du es denn ernst mit mir?«

»Deswegen bin ich ja wach.«

»Deswegen bist du ja wach?«

Wir wiederholten uns.

»Ja, weil ...«

»Weil was?«

Ich musste die Wahrheit sagen, oder zumindest so etwas Ähnliches: »Weil es mir ziemlich ernst ist. So.«

»Du bist süß, Daniel.« Sarah befreite sich aus meinem Griff und gab mir einen sanften Kuss. »Du bist echt süß.«

»Ist das alles?«

»Was willst du denn noch?« Der nächste Kuss.

»Na ja, direkt geantwortet hast du auf meine Frage bisher nicht.«

»Auf welche Frage denn noch mal?«

»Hör auf damit. Du weißt genau, worum es geht. Ich weiß ja noch nicht mal, ob wir jetzt zusammen sind oder so.«

Was redete ich da? Wo war der Daniel Stiller geblieben, den ich kannte und den bis zu vier Frauen in einem Monat liebten? Gern auch gleichzeitig?

»Ist das denn so wichtig?«

Und was redete die da? War ich aus Versehen und ohne eigenes Verschulden in die Dreharbeiten für eine neue Folge von »Rollentausch« geraten? Ich wollte nicht auf RTL 2 gesendet werden, niemals!

»Du stellst Fragen. Du hast doch selbst gesagt, dass du dir für ne schnelle Nummer zu schade bist ...«

»Bin ich auch.«

»... und dass du dich nur mit Männern einlässt, die dir was bedeuten ...«

»Lass ich auch.«

Warum unterbrach sie mich immer?

»... und mit denen du dir vorstellen könntest ... na ja, du weißt schon ... also, mit denen du dir vorstellen könntest, länger als ein paar Nächte ...«

»Kann ich auch.«

»Na also«, sagte ich. »Was ist dann so schlimm, wenn ich wissen will, ob du es ernst mit mir meinst?«

Sie lächelte, so weit ich das im Radioweckerlicht erkennen konnte, dann stupste ihre Nase auf meine.

»Die Frage ist überhaupt nicht schlimm, Mister Jetzt-will-ich-es-aber-mitten-in-der-Nacht-genau-wissen. Sie kommt nur viel zu früh, oder? Aber im Zu-früh-Kommen seid ihr Männer ja Spezialisten ...« Sie versuchte, mir ihre Zunge in den Hals zu stecken.

»Meinst du das etwa, wie ich das verstehe?«, fragte ich und war für einen Moment tief gekränkt.

»Lass es mich so sagen: In der Liebe sollten Männer sich Zeit lassen – viel Zeit. Und sie sollten auf keinen Fall«, sie sah mich für einen Moment ziemlich ernst an, »etwas überstürzen. Verstehst du?«

Das war genau die Antwort, die ich nicht hören wollte.

Dreizehn

Der Baron hatte recht. Ich brauchte einen Plan. Ich musste dieses Thema, mit dem ich mich noch nie beschäftigt hatte und nie beschäftigen wollte, so durchdringen und analysieren, wie ich es mit den Charakteren der Prominenten tat, die ich anderen Vermarktern wegschnappen wollte. Aber während man für die Analyse eines halbwegs überdurchschnittlichen Promis bloß die »Bild«, »Bunte« und »Gala« zu lesen und sich noch ein bisschen in dessen Umfeld (Ex-Freundin/Freund, Konzertveranstalter, Verlag etc.) umzuhören brauchte, war es bei so einer scheinbar simplen Sache wie der Anbahnung einer Hochzeit beziehungsweise eines Heiratsantrags (eine Frage, zwei Antwortmöglichkeiten, fertig) viel schwerer.

Das dachte ich, als ich am Morgen nach der Nacht des schlechten Gewissens in meinem Büro saß und eine neue Datei eingerichtet hatte, in der ich mein weiteres Vorgehen strukturieren wollte. Ich hatte mir die Ergebnisse meiner Internetrecherchen ausgedruckt, der Stapel lag zweizeigefingerhoch auf meinem Schreibtisch, und mir eine Kanne Tee gekocht. Doch seitdem ging es nicht voran. Die ersten fünf Minuten hatte ich mich noch auf das eigentliche Themenfeld konzentrieren können, dann begannen, wie früher in den Vorlesungen an der Universität, die sexuellen Tagträume. Ich sah Sarah und mich unter der Dusche, ich sah ihre Füße in meinen Händen, ihren Kopf unter meinem Bauchnabel und …

Das Telefon klingelte gerade rechtzeitig, um die sich anbahnende Erektion wieder abschwellen zu lassen. Ich räusperte mich sicherheitshalber, bevor ich abnahm und meinen Namen sagte.

»Stiller.«

»Besuch.« Vanessa, die Empfangsdame. Seit unsere Affäre abrupt zu Ende gegangen war, vermied sie jeden überflüssigen Kontakt mit mir. Wenn sie gekonnt hätte, würde sie wahrscheinlich gar nicht mehr mit mir sprechen. So hatte sie eine seltsame Ein- und Zweiwortsatztechnik entwickelt. Aus jeder Silbe hörte ich den Hass, den sie für mich empfand, und das vielleicht gar nicht einmal zu Unrecht.

Wir waren fast zwei Monate eine Art Paar gewesen, eine unvorstellbar lange Zeit für mich. Dann war erst die Sache mit der Aushilfe im Kopierraum und kurz darauf der kleine Ausrutscher mit ihrer besten Freundin passiert.

Während Vanessa von der Aushilfe dank des Barons nichts bemerkt hatte, hatte sie leider einen Ohrring ihrer Busenfreundin zwischen den beiden Matratzen meines Bettes gefunden. Und zwar genau den Ohrring, den sie ihr zum Geburtstag geschenkt hatte. Das klingt wie in einem schlechten Liebesfilm, war in Wirklichkeit aber viel schlimmer. Denn Vanessa machte mir nicht nur zu Hause, sondern auch in der Firma eine Riesenszene. Bei der Verabschiedung eines Kollegen schüttete sie mir ein paar Tage nach unserer Trennung ein Glas Sekt in den Schoß. Später erzählte sie völlig betrunken, dass ich ein erbärmlicher Liebhaber sei, und drohte mir, eines der Filmchen, das wir aus Spaß bei unseren, nun leider wirklich nicht ausgefallenen Liebesspielchen mit einer kleinen Flipcam gedreht hatten, auf youporn einzustellen. Ich nahm sie nicht ernst, kontrollierte aber jeden Tag die Neuzugänge auf besagter Internetseite. Tatsächlich fand ich eine Woche später einen Film unter dem Titel »Der Versager von *Maxprom*«, der mich in Großaufnahme in einer mehr als kompromittierenden Situation zeigte. Von HARDcore konnte auf jeden Fall nicht die Rede sein. Von der Frau, die vor mir lag, sah man nur das Becken und hörte eine piepsige, mitfühlende Stimme: »Was ist los, kannst du nicht mehr?« Ich hatte nicht gewusst, dass die Kamera zu diesem Zeitpunkt unserer nächtlichen Aktivitäten noch gelaufen war.

Wir waren mehr als eine Stunde in Gang und ich mir sicher gewesen, dass der Akku der Kamera längst leer war. War er nicht, und ich hatte zwei Tage lang damit zu tun, das Video von youporn herunterzubekommen. Bis dahin hatten es laut Statistik 1345 User gesehen, darunter mit hoher Wahrscheinlichkeit auch eine Handvoll *Maxprom*-Mitarbeiter. Vanessa hatte ein paar Kollegen den Link geschickt und mich dabei auf CC gesetzt. Wenigstens das hatte ihr Friedrich, unser Justitiar, auf mein Bitten hin untersagt. Mit mir mehr als das Nötigste zu sprechen, konnte er ihr nicht befehlen.

»Hallo???« Vanessa klang zornig, aber das war völlig normal, wenn wir miteinander redeten.

»Ja, ich bin noch dran.«

Besuch? Ich sah in meinen Outlook-Kalender. Ich erwartete niemanden. Ob Sarah …?

»Wer möchte mich denn sprechen?«

»Frau Jauch.«

Ich musste mich verhört haben.

»Wie bitte heißt die Dame?«

»Jauch.«

Das gab es doch nicht.

»Schick sie hoch.« Vanessa antwortete nicht mehr, sie legte einfach auf, und ich glaubte, das Knallen des Hörers bis in mein Büro zu hören.

Als es drei Minuten später klopfte, riss ich blitzschnell die Tür auf, zog die Dame in der weißen Jacke herein und drückte die Tür sofort wieder zu.

»Ich dachte, wir hatten eine Abmachung, Mutter.«

Genauer gesagt, hatten wir sogar zwei. Die erste war, dass sie mich nicht bei *Maxprom* besuchte. Die zweite, dass sie mich nicht im Büro anrufen solle und wenn, dann bitte unter dem Decknamen »Jauch«. Das klang wenigstens nach einem neuen, großen Auftrag.

»Ich habe mir Sorgen gemacht, mein Sohn. Ich habe dir zu

Hause bestimmt fünf Mal auf den Anrufbeantworter gesprochen, aber du hast nicht einmal zurückgerufen.«

»Ich war die vergangenen Tage nicht zu Hause.«

»Wieso nicht? Hattest du eine Dienstreise?«

»Nein, ich …« Lieber nicht. Wenn ich den ungewünschten Besuch auf ein Minimum verkürzen wollte, durfte ich jetzt nicht die Wahrheit sagen. Sonst würde meine Mutter alles über Sarah wissen wollen, und irgendwie würde sie herausbekommen, dass es diesmal anders war, und bei ihrem Geschick vielleicht sogar, warum. Am Ende würde sie sich Sarahs Adresse von mir geben lassen (die ich ja jetzt immerhin kannte) und an meiner statt um ihre Hand bitten. Das würde mir zwar viel Arbeit ersparen, aber, siehe oben: lieber nicht.

»Ja, ich war auf einer Dienstreise in … Österreich. Mit diesem, na ja, einem unserer Rettet-das-Deutsch-Schriftsteller.«

»Du warst mit Bastian Sick unterwegs?«

»Mutter, ich habe dir doch schon hundertmal gesagt, dass wir den Sick nicht unter Vertrag haben, also …« Auf diese Diskussion durfte ich mich auch keinesfalls einlassen. »Also, was willst du? Ich würde es nicht so schön finden, wenn uns einer meiner Chefs sehen würde.«

»Wieso nicht? Schämst du dich für mich?«

Die nächste Mine.

»Nein, natürlich nicht, aber du weißt doch, dass das bei uns nicht so gern gesehen wird ….«

»Ja, ja, ich hab schon kapiert. Da habe ich dich während der Schwangerschaft zehn Monate mit mir herumgetragen und jahrelang darauf geachtet, dass du dich nicht erkältest, und dann ist es zu viel verlangt, wenn du einmal mit deiner armen alten Mutter …«

»Du bist weder arm noch alt.«

»Aber ich könnte es sein.«

»Mutter!«

»Es geht um deine Schwester.«

»Um Mara?«

»So haben dein Vater und ich sie, glaube ich, genannt.«

»Was ist mit ihr? Will sie doch nicht heiraten?« Ich könnte mal wieder eine gute Nachricht gebrauchen.

»Natürlich will sie heiraten. Sie ist ja nicht so ein verquerer Typ wie ihr Bruder, der selbst unter zweihundert Frauen nicht die richtige findet.« Ich hatte sie immer in Verdacht gehabt, dass sie ein Buch über meine Beziehungen führt. Oder zumindest eine Strichliste.

»Warum bist du dann hier?«

»Wir müssen allmählich mal mit den Vorbereitungen für die Hochzeit in die Gänge kommen.«

»Da sagst du was.« Es war mir so rausgerutscht, und natürlich meinte ich eine andere Hochzeit als sie. Nur kein Wort mehr dazu.

»Du stimmst mir zu, so schnell? Das hatte ich nicht erwartet.«

Was blieb mir anderes übrig?

»Natürlich stimme ich dir zu«, sagte ich. »Wir brauchen einen Plan.«

»Den haben wir, also dein Vater und ich, längst gemacht, was denkst du denn.«

Sie öffnete ihre weiße Handtasche und zog ein paar DIN-A4-Papiere heraus. »Hier haben wir alles aufgeschrieben, was bis zur Hochzeit zu erledigen ist«, sie zeigte auf die linke, eng mit der exakten Handschrift meines Vaters beschriebene Seite, »und hier steht, wer dafür verantwortlich ist.« Ich sah meinen Namen beim Durchblättern zum Glück nur relativ selten, etwa in der Rubrik »Rede des Bruders der Braut« oder bei »Fahrt zur Kirche/Fahrt von der Kirche« und dem damit korrespondierenden »Anmieten einer S-Klasse (nicht am Bahnhof oder Flughafen wegen des Aufschlags!)«.

»Die Kopie ist für dich«, sagte meine Mutter und drückte mir die Seiten in die Hand.

»Danke«, sagte ich, »aber das hättet ihr mir doch auch schicken können.«

Sie überging die Bemerkung einfach.

»Ganz rechts steht immer, bis wann der jeweilige Punkt erledigt sein muss. Wir haben versucht, dich so wenig wie möglich zu berücksichtigen, weil du ja mit Hochzeiten leider, leider keine Erfahrung hast, aber um *ein* großes Projekt kommst du nicht herum.«

Das war also der Grund ihres Besuchs.

»Und das wäre?«

»Wir erwarten, dass du die Hochzeitszeitung machst, mein Sohn.« Sie griff ein zweites Mal in die Handtasche. »Hier ist eine Liste mit den Namen, Adressen und, soweit vorhanden, E-Mails von Maras und Max' Freunden und Verwandten. Die musst du nur anschreiben und um einen oder mehrere Beiträge für die Hochzeitszeitung bitten.«

»Jeden einzelnen? Wie stellst du dir das vor?«

»Das ist dein Problem.« Sie sah auf ihre Uhr. »Ich muss jetzt los, um mit deiner Schwester die ersten Kleider anzusehen. Schiebst du mich wieder so nett aus der Tür, wie du mich vorhin hereingezogen hast? Tschüs, mein Großer.« Sie fiel mir in die Arme, ich drückte sie an mich, unfähig, etwas zu sagen. »Und lass dir bloß was Besonderes einfallen, nicht so ein Nullachtfünfzehn-Ding. Das hätten deine alten Eltern auch allein hingekriegt.«

Sie machte die Tür auf und stieß beinahe mit Vanessa zusammen, die offensichtlich gerade einen Botengang machte.

»Oh, Frau Jauch«, sagte sie und spielte die fürsorgliche Empfangsfrau, »soll ich Sie mit hinunternehmen?«

»Das wäre nett«, sagte meine Mutter, und zu mir gewandt: »Vielen Dank, Herr Stiller. Ich werde meinem Sohn nur Gutes von Ihnen erzählen. Wir kommen bestimmt ins Geschäft. Auf Wiedersehen.«

»Auf Wiedersehen«, sagte ich. Dann setzte ich mich hinter den Schreibtisch und blätterte Mutters Liste durch. Von den mehr als fünfzig Namen kannte ich vielleicht jeden fünften. Es waren auch drei Ex von mir dabei, die natürlich in anderer Funktion eingeladen waren. Ich war mir gar nicht sicher, ob meine Schwester wusste, mit wie vielen ihrer dankenswerterweise ständig wechselnden besten Freundinnen ich im Bett oder auf dem Teppich davor gelandet war. Zum Glück hatte sich keine hinterher über mich beschwert, im Gegenteil. In einem Fall hatte Mara mir sogar eine besonders enge Freundschaft zu verdanken. Der Dame, sie hieß Lilly, waren die Treffen mit meiner Schwester willkommenes Alibi, um mich zu sehen. Sie war nämlich verheiratet.

Das Telefon klingelte. Hatte meine Mutter etwas vergessen?

»Stiller?«

»Jauch hier wieder, Herr Stiller.« Vanessa musste sie gleich durchgestellt haben.

»Ist schon gut, Mutter. Was gibt es noch?«

»Ich mach es kurz, falls wir abgehört werden sollten.« Sie kicherte wie Agatha Christies Miss Marple. »Ich wollte dich nur bitten, nichts über Maras und Max' Zusammenkommen in die Hochzeitszeitung zu nehmen. Also, nicht die richtige Geschichte, versprochen?«

»Versprochen.«

»Ich verlass mich drauf. Tschüs, mein Junge.«

»Tschüs, Mutter.«

Natürlich würden die meisten Freunde und Bekannte des Brautpaars wissen, wie die beiden zueinandergefunden hatten, zwei sogar sehr genau. Aber vor den Verwandten war dieses düstere Kapitel der Familiengeschichte bisher geheim gehalten worden. Die Gefahr, dass sich das änderte und die eine oder andere Anspielung in den Beiträgen für die Hochzeitszeitung auftauchte, war groß. Denn die Paarwerdung war das mit Abstand Spektakulärste in der Historie von Max und Mara.

Ursprünglich kannten sich die beiden nämlich nur über den jeweils besten Freund des anderen. Mara war die Lebensgefährtin von Leon und Max der Partner von Lisa. Sie waren die doppelten

M & Ls und praktisch ständig zusammen, weil sie dieselbe Uni besuchten und im selben Stadtteil wohnten. Vier Jahre funktionierte diese Konstellation einwandfrei: Max liebte Maras beste Freundin Lisa, und Mara liebte Maxens besten Freund Leon. Dann kam ausgerechnet meine Schwester auf ihrer ziemlich wilden und in der Endphase zu viert verbrachten Geburtstagsfeier (ich glaube sie wurde siebenundzwanzig oder achtundzwanzig) auf die selbst aus meiner Sicht ausgefallene Idee, ob man nicht einmal … Ich mag es kaum schreiben, aber es ist ja nun einmal wahr. Sie schlug vor, die Partner zu tauschen, nur so aus Spaß, für eine Woche, aber mit allem Drum und Dran. Max würde heute bei ihr, Mara, bleiben und Leon mit Lisa nach Hause gehen. Wie die anderen ob dieses Vorschlags geguckt haben, ob sie Mara ihren Geburtstagswunsch nur nicht ausschlagen wollten, zu betrunken waren oder insgeheim lange auf solch einen Tausch gehofft hatten (wie Max später zugab): Es geschah. Kaum hatten Leon und Lisa Hand in Hand das Haus verlassen, rissen sich Max und Mara die Klamotten vom Leib und vögelten, als würde der Partnertausch nicht in einer Woche, sondern in einer Stunde enden.

Als es dann tatsächlich so weit war und sich die neuen Paare nach genau einer Woche wieder trafen, hatten drei von vier Probanden kein Interesse daran, das Projekt wieder abzubrechen. Pech für Leon, der gern seine Mara zurückbekommen hätte. Er musste sich der Mehrheit fügen, und Mara war sich nicht zu schade, das mit einem »So ist das nun mal in der Demokratie« zu kommentieren.

Lisa und Leon haben vor knapp zwei Monaten geheiratet. Wahrscheinlich hatten es Max und Mara deshalb auf einmal so eilig. Sie durften den Gleichklang der Freundschaft, die immer noch besteht!, nicht gefährden. Außerdem versöhnte sich Mara über die Hochzeit mit unseren Eltern, die den Partnertausch und seine Folgen immer als eine Art Schande der Familie gesehen hatten. Jetzt gab es nur noch einen, der den Stillers Schande machte, und das war ich, der heiratsunfähige Sohn.

Die würden sich noch wundern. Spätestens in viereinhalb Monaten würde meine Mutter meiner Schwester eine lange Liste mit Namen in die Hand drücken, die sie »doch bitte mal wegen der Hochzeitszeitung kontaktieren« möge. Ob es bei mir auch ein Tabuthema geben würde? Natürlich: »Und schreib bloß nichts darüber, wie der Heiratsantrag zustande gekommen ist«, würde meine Mutter wahrscheinlich sagen.

Der Heiratsantrag? Ich hatte plötzlich eine Idee, die uns allen helfen könnte ...

Die E-Mails gingen noch am Abend raus. Sarah hatte wieder einen geschäftlichen Termin und wusste nicht, ob sie später noch Zeit haben würde, und ich erklärte selbstverständlich, dass bei mir alles sogar noch schlimmer sei, »so viel Arbeit«, na, sie wisse schon. Tatsächlich konnte ich den ganzen Abend die fehlenden E-Mail-Adressen der Hochzeitsgäste recherchieren und folgendes kleines Anschreiben formulieren:

»Liebe Hochzeitsgäste von Mara und Max,

ich bin der Bruder von Mara und habe eine große Bitte an Euch. Ich möchte für meine Schwester und ihren Mann eine ganz besondere Hochzeitszeitung machen, für die ich Eure Hilfe brauche. Ich will für die beiden die Heiratsanträge aller Gäste sammeln. Wer hat bei Euch wen gefragt, was gab es dabei für Schwierigkeiten oder Pannen, wie lange haben die Vorbereitungen gedauert, wie ist das Ganze ausgegangen, usw. Schreibt so viel und so ausführlich Ihr könnt, ich bin sicher, jedes Detail wird für die beiden eine Freude sein! Selbstverständlich könnt Ihr Euch auch mit anderen Texten oder Fotos beteiligen, aber der Schwerpunkt sollte auf den Anträgen liegen. Wer noch nicht verheiratet ist, kann natürlich gern schreiben, wie er sich den Antrag denn vorstellt – das werde ich als älterer, aber unverheirateter Bruder auch machen müssen.

Es wäre toll, wenn Ihr mir Eure Anträge so schnell wie möglich schicken könntet – am besten per Mail. Ich weiß, bis zur

Hochzeit sind es noch fast fünf Monate, aber wir werden mit der Organisation der Feier so viel zu tun haben, dass ich sehr froh wäre, die Heiratsantragszeitung (das ist mein Arbeitstitel) möglichst bald fertigzubekommen. Deshalb möchte ich Euch bitten, mir innerhalb der NÄCHSTEN VIER WOCHEN alles zu schicken. Je eher, desto besser! Vielen, vielen Dank im Voraus, Mara und Max werden Euer Engagement nie vergessen.

Beste Grüße von Daniel Stiller

PS: Das alles muss natürlich unter uns bleiben.

Ich hatte kurz überlegt, ob ich die Deadline noch weiter vorziehen konnte, aber das wäre dann vielleicht doch auffällig gewesen. Ich nahm mir vor, denjenigen, die nach zwei Wochen nicht geschrieben hatten, eine Erinnerung zu schicken, und hoffte, so um die zehn bis zwanzig Ideen und Erfahrungen zu erhalten.

Die erste Antwort kam, Überraschung!, von meiner Mutter. Sie wartete schon am nächsten Tag in meinem Computer auf mich. Meine Mutter konnte erst seit einem Monat ohne die Hilfe meines Vaters E-Mails schreiben. Diese war die längste, die sie je verfasst hatte, und die Kernaussage war, dass mein Vater sie einfach am Telefon gefragt hatte, ob sie seine Frau werden wollte. Von irgendwem musste ich das ja haben. Die zweite Mail stammte von Maxens bestem Freund und Trauzeugen Robert, der stolz erzählte, dass er schon zehn Jahre mit seiner Birgit zusammen gewesen und dann das komplette elfte Jahr zur Vorbereitung von Antrag und Überraschungshochzeit genutzt hätte, um dann im zwölften … Ich klickte die Mail weg. Vielleicht war meine Idee doch nicht so brillant, zumal mir auch alle anderen Beiträge, die in der ersten Woche kamen, nicht helfen sollten. Ein Paar war am Frühstückstisch von der Mutter des Mannes auf die Idee gebracht worden zu heiraten, ein anderes hatte geduldig auf den sechsten Jahrestag ihres Kennenlernens, den 6.6.2006, gewartet, ein drittes gar ausgelost, wer wem den Heiratsantrag machen sollte. Wirklich hilfreich war nur die Mail von Beate, einer Freundin von Mara, mit der ich ausnahmsweise nichts gehabt hatte. Sie schrieb, ihr Mann habe sie unter anderem deshalb geheiratet, weil er als Arzt ein sensationelles Jobangebot aus Australien bekommen und sie als Ehepaar leichter eine Aufenthaltsgenehmigung erhalten hätten. Ha! War das nicht im weitesten Sinne auch meine Geschichte? Die des armen Arbeitnehmers, den allein die Umstände zwingen, bis zum Äußersten zu gehen? Ja, so war es! Es war überhaupt nichts Unmoralisches oder Ehrenrühriges an meinem Vorhaben, sah man mal davon ab, dass es von meiner bisherigen Einstellung zum Thema Heiraten abwich.

»Liebe Beate, vielen, vielen Dank für die schnelle und ausführliche Antwort. Du warst mir eine große Hilfe«, schrieb ich deshalb zurück, druckte die E-Mail aus und legte sie ganz oben in die Mappe, die ich zur Sammlung der Hochzeitsgeschichten angelegt hatte. Bevor ich ein letztes Mal in mein Postfach gucken konnte, piepte das Handy. Sarah. Sie sei jetzt fertig, ob ich nicht noch auf einen Absacker vorbeikommen wolle … Vielleicht ging es doch voran.

Vierzehn

Das dachte ich zumindest bis zum nächsten Tag bei *Maxprom*, oder genauer sagt: bis zu dem Moment, in dem ich vor die Firmenzentrale fuhr. Denn was war das für ein roter X5 auf meinem Parkplatz? Ich hielt davor, stieg aus, um zu gucken, ob ein Zettel hinter der Windschutzscheibe lag, fand nichts und stieg wieder ein, um ein paar Mal laut zu hupen. Als ich bei einem satten Zehnsekundentakt angekommen war, erschien Vanessa.

»Was ist denn hier los?«, rief sie, bevor sie mich erkannt hatte. »Du!«

»Ja, ich. Und ich will auf meinen Parkplatz.«

»Ach.«

»Ja, ach. Irgendein Idiot steht drauf.« Ich zeigte in Richtung des roten BMW und sah dann zum ersten Mal auf das Kennzeichen: F – BI 1111. Ich ahnte sehr, sehr Böses.

»Ich sehe hier nur einen Idioten.« Vanessa grinste. Das gefiel ihr. Wahrscheinlich hatte *sie* Frank B. Ilmenau geraten, meinen Stellplatz zu nehmen. »Schönes Hupen noch!« Sie drehte sich um, nicht ohne mir vorher den Mittelfinger zu zeigen.

Ich musste mein Auto vor dem Firmengelände abstellen und zwei Euro in die Parkuhr stecken. Meine Stimmung war erst mal dahin, da half auch der Gedanke an Sarahs neue Unterwäsche nicht, die sie mir am Abend zuvor präsentiert hatte. Ich ging durch den Hintereingang ins Gebäude, um möglichst ein Zusammentreffen mit FBI zu vermeiden, und schlich mich wie jemand, dem eigentlich längst gekündigt worden ist, in mein Büro.

Natürlich konnte das nicht gutgehen. Kurz bevor ich die Tür erreichte, bog Sandra Martens mit dem größten Fehler der Evolutionsgeschichte um die Ecke. Ich tat, als hätte ich die beiden nicht gesehen. Keine Chance.

»Ah, da ist ja auch der Kollege Stiller«, rief Sandra über den Flur. »Daniel, haben Sie einen Moment?«

Ich drehte mich in Zeitlupe um.

»Ich führe Herrn Ilmenau gerade durchs Haus. Er hat heute seinen ersten Tag bei uns.« Jetzt standen die beiden genau vor mir. FBIs Gesicht war goldbraun, seine Augen strahlten, als würden sie nebenberuflich als Leuchttürme arbeiten. »Soweit ich weiß, kennen Sie beide sich ja«, sagte die Martens.

»Good to see you«, kam es von meinem Kontrahenten. Ich hasste ihn auch für seine Marotte, eine dämliche Mischung aus Deutsch und Englisch zu sprechen.

»Tag.«

»Herr Ilmenau bezieht das Büro am Ende des Ganges«, sagte Sandra Martens.

»Aha«, murmelte ich.

»Schöner view von da hinten auf die Alster«, sagte FBI.

»Mm.«

»Ich mach heute Nachmittag eine kleine welcome party. Alles ganz soft, open house, kannst gern kommen, Daniel.«

»Mal sehen.«

»See you.«

Fuck you.

Natürlich ging ich trotzdem hin, weil ich FBI auf keinen Fall das Feld überlassen wollte und weil ich davon ausging, dass die gesamte Geschäftsführung da sein würde. War sie auch. Als ich hinzukam, sah Elfriede Rosenthaler sich gerade zwei silbergerahmte Fotos an, die unübersehbar auf FBIs Schreibtisch platziert worden waren. Eines zeigte ihn mit einer jungen, zugegebenermaßen ziemlich gut aussehenden Frau in einem cremefarbenen Hochzeitskleid. Auf dem anderen waren die beiden mit vier älteren Menschen zu sehen, von denen einer der bekannteste TV-Manager Deutschlands war. Sein Schwiegervater.

»Schöne Bilder, was, Daniel?« Der Baron. »Elfriede hat sich von FBI gerade die komplette Geschichte seiner Hochzeit erzählen lassen. Er musste sogar die Inschrift in seinem Ehering zeigen.« Wahrscheinlich stand da irgendetwas wie »Forever in love« oder so. Ich konnte den Würgereiz nur mit Mühe zurückhalten, als FBI die Rosenthaler zu seinem Laptop zog und dann in den Raum hineinrief: »It's showtime. Frau Rosenthaler möchte gern ein Video von meinem Wedding-Weekend sehen. Wer sich von Ihnen auch dafür interessiert: Come and see.«

Alle gruppierten sich um die Rosenthaler, und FBI startete den Film, den einer der Regisseure seines Schwiegervaters gemacht hatte.

»Muss der denn so dick auftragen? Es weiß doch nun jeder, dass er geheiratet hat und wen«, flüsterte ich dem Baron zu.

»Vielleicht ist er einfach nur unglaublich stolz und verliebt«, sagte der und zog mich etwas von den anderen weg. »Ich hoffe sehr, dass das der einzige Anlass für seine Show hier ist, Daniel, aber ich kann es mir bei FBI beim besten Willen nicht vorstellen.«

»Wie meinen Sie das?«

»Ich meine, dass das alles hier einen ganz anderen Grund hat als«, er äffte FBIs Tonfall nach, »big, big love. Ich befürchte, der neue Kollege weiß von unserem kleinen Firmengeheimnis. Oder zumindest ahnt er was.«

»Das glaube ich nicht.«

»Möglich ist es aber. Deshalb sollten wir so schnell es geht zum Abschluss kommen, wenn Sie verstehen, was ich meine. »Wie läuft es denn bei Ihnen mit, na, Sie wissen schon? Kommen Sie voran?«

»Ich, äh, ich denke schon. Ich habe das Ziel klar im Blick.« Das zumindest war ja nicht gelogen.

»Je eher Sie es erreichen, desto besser. Ich traue FBI nicht.« Der Baron wandte sich wieder dem Pulk zu, der um den Laptop stand. Ich konnte erkennen, dass FBI die Braut gerade aus der Kirche trug. Die Rosenthaler war die Erste, die zu klatschen anfing. Sofort fielen alle anderen ein, am Ende musste ich sogar meinen Händen zusehen, wie sie sich aufeinanderzubewegten.

»Love is everything«, rief FBI aus und hob sein Sektglas. »Lassen Sie uns darauf anstoßen. Cheers.«

Ich musste zum Glück nicht mittrinken, weil mein Telefon in der Hosentasche vibrierte. Sarah. Sie klang etwas gehetzt.

»Daniel, stör ich dich gerade bei etwas Wichtigem?«

»Nein«, sagte ich. »Ganz im Gegenteil.«

»Dann ist ja gut. Du, ich habe ein Problem.«

Ich spürte, dass mein Herzschlag sich beschleunigte. Was, wenn sie jetzt sagen würde, dass sie doch verheiratet und ihr Mann dahintergekommen sei …

»Äh, und was?«

»Ich muss kurzfristig für eine Kollegin einspringen, die morgen zu einer Recherchereise in die USA fliegen sollte.«

Durchatmen. Dieses Problem klang lösbar. Es sei denn …

»Wie lange musst du dort hin?«

»Fünf …«, dann wurde die Verbindung schwächer, ich konnte Sarah nur noch undeutlich verstehen. Hatte sie Wochen gesagt oder Monate? Ich sah mich schon wieder bei Google Sarah eingeben.

»Bist du noch da, ich habe dich nicht verstanden?«

»Muss ein Funkloch gewesen sein. Ich bin fünf Tage in den USA.«

Puh.

»Das geht ja noch.« Auch wenn das Ultimatum dadurch weiter schrumpfte und ich nichts dagegen unternehmen konnte.

»Wie man es nimmt. Ich bin es leid, immer die Lückenbüßerin zu sein für Kollegen, die nicht vernünftig planen. Ich muss mich auch mal um meine eigenen Geschichten kümmern.«

»Klar.« Dumme Antwort.

»Aber deswegen rufe ich nicht an. Hast du Lust, mich morgen früh zum Flughafen zu fahren?«

Gab es keine Taxen mehr? Nein, stopp, das war die Antwort aus einer längst vergangenen Zeit.

»Natürlich.«

»Okay, willst du dann nachher zu mir kommen? Wir müssen um fünf Uhr los.«

»Nichts lieber als das«, sagte ich.

»Ich freu mich«, sagte Sarah.

»Auf die Reise?«

»Nein, auf meinen Chauffeur.«

Immerhin etwas. Als ich aufgelegt hatte, stand FBI vor mir.

»Na, bad news?«

»Wie kommst du darauf?«

»Du siehst nicht happy aus, Daniel.«

»Das sehe ich nie, wenn ich mit dir in einem Raum bin.«

»Was sich künftig leider nicht immer verhindern lassen wird, honey.« Er grinste, ging an mir vorbei in Richtung Toiletten, um sich nach ein paar Schritten noch einmal umzudrehen: »Oder vielleicht doch? You never know, Daniel, you never know.«

Der Baron sah vielsagend zu mir herüber.

Fünfzehn

Es war sechs Uhr an diesem dunklen Dienstagmorgen, als ich Sarah zum Flughafen brachte. Wir hatten nicht lange geschlafen, drei, vier Stunden vielleicht, aber das war nicht der einzige Grund, weshalb ich auf der kurzen Fahrt nach Fuhlsbüttel kaum ein Wort rausbrachte. Die Flugangst hatte mich wieder, obwohl ich genau wusste, dass ich heute auf keinen Fall eine Maschine betreten würde. Aber je näher wir dem Airport kamen, desto schlimmer wurde es. Kam hinzu, dass ich im Internet vergeblich die Airline, mit der Sarah gleich abheben sollte, unter den sichersten der Welt gesucht hatte. Sie war auf Rang 31! Furchtbar.

»Sagst du heute auch noch mal was?« Sarah riss mich aus Zahlenspielen, die sich mit der Wahrscheinlichkeit beschäftigten, dass ausgerechnet ihr Flugzeug vom Radarschirm verschwinden könnte, und der Frage, wie groß dann wiederum die Möglichkeit war, in der verbleibenden Zeit eine andere Sarah …

»Ich denke nach«, antwortete ich wahrheitsgemäß, und zu mehr kam es zum Glück nicht, weil wir den Flughafen erreicht hatten und ich genug damit zu tun hatte, Sarahs überdimensionierten Koffer aus dem Auto zu wuchten und zum Check-in zu zerren. Dort wies mich ein unfreundlicher Mitarbeiter der einundreißigsichersten Fluggesellschaft der Welt hinter eine Absperrung, um meine zukünftige Frau zu fragen, ob sie denn ihren Koffer allein gepackt hätte. Als ob ein Terrorist bei dieser Frage zusammenbrechen und aus Angst vor einem One-way-Ticket nach Guantanamo gestehen würde, dass sein bester Al-Qaida-Freund beim Packen geholfen und er den Überblick über die zwischen den Unterhosen versteckten Handgranaten verloren hätte. So kommen die Amis in den Sicherheitsrankings nie nach oben.

»Kannst du nicht doch bleiben?«, fragte ich, als die blödsinnige Prozedur vorbei war und sich die Wahrscheinlichkeitsrechnerei in meinem Kopf längst in panikmachende Zahlenkolonnen verwandelt hatte. »Flieg nicht, ich halte das nicht so lange aus ohne dich.«

Das war natürlich erneut nicht die ganze Wahrheit, aber »Flieg nicht, ich halte das nicht so lange ohne dich aus, FBI sitzt mir im Nacken, vom Ultimatum ist ein Drittel rum und die Fluglinie ist alles andere als sicher« wäre in dieser Situation vielleicht ein bisschen viel gewesen. Außerdem hätte Sarah kein Wort verstanden.

»Du bist ja süß, Daniel, aber es ist doch gar nicht so lang«, sagte sie, sah erst mich an und dann rechts an mir vorbei. Ich glaubte etwas zu hören wie, »das kann doch nicht wahr sein«, aber bevor ich darauf reagieren konnte, blickte mir Sarah wieder fest in die Augen.

»Küss mich!«

Ich gab ihr einen Kuss auf den Mund, dann noch einen. Es reichte offensichtlich nicht. Sie löste meine Hand vom Koffergriff, warf meine Arme um ihren Hals und presste mich dann an sich, als ginge es darum, aus einem Gummiboot die Luft abzulassen. Ihre Lippen öffneten sich, noch bevor sie auf meinen waren, und dann küssten wir uns so lange, dass ich Sorge hatte, sie würde ihren Flug verpassen. Was heißt hier Sorge, dachte ich, als Sarah kurz Luft holte, vielleicht war das meine Chance. Ich startete einen neuen Oralangriff, doch nach einer weiteren halben Minute hatte Sarah genug.

»Das war schön«, sagte sie, ging einen Schritt zurück, sah wieder an mir vorbei und dann hinter sich.

»Suchst du was?«, fragte ich.

»Nein, nein, alles okay. Ich glaube, ich muss dann mal los. Das Boarding hat schon begonnen.« Wieder dieser Blick, als sei etwas im Flughafen nicht in Ordnung.

»Bist du sicher, dass alles okay ist, Sarah? Wenn du auf einmal auch Flugangst bekommen solltest, ich bin der Letzte, der dafür kein Verständnis hätte.«

»Quatsch«, sagte sie, aber das geplante Lächeln misslang. »Bin nur angespannt. Und natürlich traurig, dass wir uns jetzt nicht mehr sehen.«

»Du meinst, für fünf Tage nicht mehr sehen.« Ich hielt es für fahrlässig, sich vor so einem langen, gefährlichen Flug mit einer Wendung wie »nicht mehr sehen« zu verabschieden. Das wäre ja genauso, als würden wir gleich »Tschüs« statt »Bis bald« sagen.

»Ja, natürlich. In fünf Tagen bin ich wieder da. Holst du mich ab?«

»Aber nur, wenn du mich anrufst, wenn ihr sicher gelandet seid.«

»Ich ruf dich an, versprochen.«

»Aber wirklich sofort. Und mach das Handy bloß bei Start und Landung aus, du weißt ja, wie gefährlich das sein kann für die Navigation.«

»Du bist verrückt, Daniel.«

Dann war sie weg. Ich stand noch fünf Minuten im Terminal 1, winkte ihr hinterher und lief, so schnell ich konnte, aus dem Check-in-Bereich auf die Aussichtsterrasse. Ich wollte erleben, dass Sarah sicher vom Hamburger Boden abhob. Aber zunächst konnte ich sehen, dass sie in einer der Wartehallen neben einem Mann stand. Erst hielt ich es für eine zufällige Begegnung, in der es um Fragen wie die Uhrzeit oder das richtige Gate ging, aber dann standen die beiden ziemlich lange voreinander, und zumindest Sarahs Gesten ließen darauf schließen, dass sie sich unterhielten. Ich musste an »Keinohrhasen« denken und die Szene, in der Nora Tschirner Til Schweiger erzählt, dass ihr Mann sie zum Flughafen bringt, um dann in aller Ruhe nach Hause zu fahren und ihre beste Freundin zu vögeln. Nicht, dass es ausgerechnet mir jetzt umgekehrt erging: Ich brachte meine Freundin zum Flughafen, damit sie mit einem Geliebten nach

Amerika verreisen konnte. Ich lief zu einem der Fernrohre, mit denen man von hier oben Starts und Landungen beobachten kann, warf einen Euro ein und versuchte das Rohr so weit wie möglich in Richtung der Wartehalle zu drehen. Es reichte nicht, ich konnte nur Sarahs linken Arm vergrößert erkennen, der hektisch auf und ab ruderte. Ich versuchte, sie anzurufen, aber sie ging nicht ran. Wenige Augenblicke später war sie völlig aus meinem Blickfeld verschwunden. Das nächste Mal erkannte ich sie auf der Brücke, die vom Terminal zum Flugzeug führt. Ich winkte, aber sie schien mich nicht zu sehen. Das Mobiltelefon blieb tot.

Sarahs Flugzeug war das vierte in der Schlange. Es sah zu meinem Entsetzen ziemlich alt aus, schaffte es aber problemlos in die Lüfte. Als ich gerade noch den Düsenantrieb erkennen konnte, vibrierte mein Telefon. Eine SMS.

»Der Start war schon mal super.«

Ich schrieb so schnell ich konnte und voller Fehler zurück.

»Machsoforthandyaus. Gefährlich. Wass wardenn das füern Typ in der Waartehalle?«

Ich bekam keine Antwort und ging mit einem seltsamen Gefühl zurück zum Parkplatz, das im Laufe des Tages nicht wieder verschwand. Wer war der Mann, mit dem Sarah so lange geredet hatte? Hatte sie sich seinetwegen im Flughafen so komisch umgesehen? Und warum hatte sie mich auf einmal mitten in der Öffentlichkeit leidenschaftlicher geknutscht als an jedem unserer Abende bei ihr zu Hause? Das waren eindeutig zu viele Fragen, um lange im Büro auszuharren. Ich machte kurz vor sechs Schluss, versicherte mich, dass ich immer noch keine Nachricht von Sarah erhalten hatte, und fuhr dann zu ihrer Wohnung.

Sie hatte mir den Schlüssel dagelassen, für den Notfall, und weil ich ja direkt um die Ecke wohnte. Dies war ein Notfall, zumindest für mich. Ich wollte sehen, ob ich in ihrer Wohnung Anhaltspunkte für eine andere Affäre finden würde. Was, wenn ausgerechnet Sarah das unter den Frauen wäre, was ich so lange unter den Männer gewesen war?

Bevor ich den Schlüssel ins Schloss steckte, wartete ich, bis das Licht im Treppenhaus ausgegangen war. Dann schlich ich mich wie ein Verbrecher in die Wohnung. Ich hatte eine Taschenlampe mit, kam mir aber nach ein paar Minuten damit ziemlich albern vor und knipste eine Lampe im Wohnzimmer an. Zum ersten Mal war ich allein hier und hatte Zeit, mich umzusehen. Sarahs Wohnung war klein, vielleicht 50 Quadratmeter, höchstens 60. Zwei Zimmer, ein großes Bad und eine neue, moderne Küche. Ich öffnete wahllos ein paar Schränke und zog Schubladen auf, wie eine Putzfrau, die nachsehen will, wo es am schmutzigsten ist. Ich wusste nicht, wonach ich suchte, ich wusste nur, dass ich verdammt aufpassen musste, alles so zu hinterlassen, wie es gewesen war. Neben dem Kühlschrank hingen an einer Pinnwand ein paar Fotos, die mir bisher nicht aufgefallen waren. Ein älterer Mann und eine ältere Frau, wahrscheinlich ihre Eltern, ein Bild von einem Dackel, zwei Aufnahmen von einem jungen, gut aussehenden Mann. Das könnte ihr Bruder sein, musste es aber nicht. Ich versuchte, ihn mir von hinten vorzustellen, so wie ich den Mann am Flughafen gesehen hatte, aber es gelang nur ansatzweise. Zumindest die Haare konnten hinkommen.

Im Wohnzimmer stand außer dem Fernseher, einem Sofa und zwei Sesseln, vielen Pflanzen und dem hohen Bücherregal wenig. Ich ging die Borde durch und fand eins mit vielen großen Fotoalben. Ich zog eins davon heraus und stieß auf Urlaubsbilder, die noch gar nicht so alt sein konnten und Sarah mit einem Mann zeigten, der etwa in meinem Alter sein musste. Auf einem Bild posierten sie beide am Strand, sie im Bikini, er in knapper Badehose. Ein anderes zeigte Sarah, wie sie nur mit einem String bekleidet telefonierte. Es folgte ein Bild, auf dem er nackt war, nur mit einem Handtuch angetan, das kaum Fragen offenließ. Ich überlegte kurz, ob ich wirklich weiterblättern sollte, tat es dann aber doch. Zum Glück kamen harmlose Bilder von Palmen, Sonnenuntergängen und einem Abendessen, offensichtlich bei einem Italiener. Ich versuchte, ein Foto, das etwas locker war, so anzuheben, dass ich ein mögliches Datum auf der Rückseite sehen konnte. Es ging nicht, das Bild riss leicht an der Seite ein. Ich schlug das Album sofort wieder zu und stellte es zurück. Mein Telefon vibrierte. Irgendeine geschäftliche E-Mail. Wieder nichts von Sarah. Müsste sie nicht längst gelandet sein?

Im Badezimmer fand ich, versteckt?, unter acht Lagen Damenbinden vier Kondome, mindestens haltbar bis 2011. Wir hatten zuletzt eines von denen benutzt, die ich immer im Portemonnaie hatte. Dass Sarah selbst einen Vorrat besaß, hatte sie nie erwähnt. Ich öffnete den Wäschekorb, der genau in die Ecke zwischen Dusche und Toilette passte, und sah gleich obenauf eine Boxershorts. Ich wühlte mich durch den Rest, fand aber nur noch Unterwäsche von Sarah und hatte schließlich fast zehn Minuten damit zu tun, alles wieder so zu arrangieren, wie ich es vorgefunden hatte. Ich überlegte kurz, ob ich noch das Schlafzimmer inspizieren sollte, beließ es dann aber bei einem Blick in den aufgeräumten Kleiderschrank und unter das Bett, wo ich eine zwei Wochen alte Ausgabe der »Sport-Bild« fand. Nicht unbedingt eine Frauenzeitschrift. Als ich reflexartig zu blättern anfing, klingelte es an der Wohnungstür. Ich zuckte zusammen, ging in die Knie und ließ die »Sport-Bild« wieder unter dem Bett verschwinden. Es war so leise, dass ich meinen Lidschlag hören konnte. Dann klingelte es wieder. Ich krabbelte auf allen vieren zur Wohnungstür, an der ich mich dann ganz langsam nach oben zog. Aus dem Spion fiel das Licht vom Treppenhaus, aber vor der Tür stand niemand. Ich wartete atemlos vier, fünf Minuten, aber es klingelte nicht noch einmal. Erst nach einer weiteren Viertelstunde wagte ich es, Sarahs Wohnung zu verlassen. Ich schloss zweimal ab, weil ich mich daran zu erinnern glaubte, dass sie es immer genauso tat. Danach schlich ich, ohne Licht im Flur zu machen, nach unten. Vor der Tür war alles leer, nur der Schlitz zur Sarahs Briefkasten stand halb offen. Hatte der Besuch eine Nachricht hinterlassen? Ich versuchte, in den Briefkasten zu greifen, aber meine Hand war zu dick. Als im Treppenhaus Licht anging, verschwand ich im Laufschritt Richtung nächste Straßenecke.

Erst dort registriere ich, dass ich eine neue SMS bekommen hatte. Sarah. Sie schrieb: »Bin gut gelandet, wenn auch mit fetter Verspätung. Alles andere erzähle ich dir, wenn ich wieder da bin.« Darunter stand die SMS, die ich ihr auf dem Flughafen geschickt hatte.

Alles andere erzähle ich dir, wenn ich wieder da bin. Ein Satz, vier Kondome, eine Boxershorts, die »Sport-Bild« von vor zwei Wochen. Und ein Ultimatum, das durch nichts in der Welt aufzuhalten war.

Sechzehn

Ich gebe zu, dass ich in den nächsten Tagen, vor allem an den Abenden, in eines meiner alten Verhaltensmuster zurückfiel. Statt sich brav über die Kurznachrichten zu freuen, die regelmäßig von Sarah kamen, und die nächsten Schritte auf dem Weg zu einer Partnerschaft (womit ich natürlich in erster Linie die bei *Maxprom* meine) zu planen, zog ich nach Feierabend von einer Bar in die nächste. Denn was immer Sarah auch schrieb, ich sah nur Kondome, Boxershorts und die »Sport-Bild« vor mir und außerdem die Schultern eines unbekannten Mannes. Sarah war keine sichere Kandidatin mehr für mein Projekt, und ich brauchte dringend einen Plan B. Wohlgemerkt, einen Plan B, der Sarah hieß.

Also lud ich zwei Dutzend Frauen zwischen vierundzwanzig und zweiunddreißig zu Drinks von Champagner bis Kalte Muschi (Rotwein mit Cola) ein und versuchte relativ schnell, ihre Namen herauszubekommen. Meist gelang es mir schon nach fünfzehn bis dreißig Minuten, viel zu oft benötigte ich aber länger, manchmal sogar noch einen Drink, um zu erfahren, dass die Ausgewählte natürlich nicht Sarah hieß, nicht einmal mit Zweitnamen. Am dritten Abend wählte ich, des Smalltalks überdrüssig, deshalb eine vereinfachte Strategie: »Sarah? Sind Sie nicht Sarah?«, fragte ich reihenweise wildfremde Frauen, die in der Regel sofort mit etwas wie »Nein, Sie müssen mich verwechseln, ich heiße Claudia/Bettina/Heike/Tanja« und so weiter antworteten. Nur einmal gab es die richtige: »Ja, ich bin Sarah. Woher kennen wir uns denn?« Ich wollte gerade mit einer meiner berühmten unverfänglichen Geschichten loslegen, als ich den Ring an ihrer Hand sah. Es blieb bei einem »Entschuldigung, ich habe mich geirrt«, diesmal von meiner Seite.

Warum hatte ich der Rosenthaler den Namen auch gesagt? Wahrscheinlich, weil ich nicht damit gerechnet hatte, dass sie daraus gleich ein für alle Zeit unverrückbares Projekt Sarah Stiller machen würde. Warum hatten nicht mehr Eltern ihren Töchtern zwischen 1976 und 1984 diesen Namen gegeben? Und, letztes Warum: Warum bekam ich ausgerechnet am zweiten Abend meiner Stiller-sucht-Sarah-Tour eine E-Mail von einem Mann, der vor genau sechs Monaten eine Sarah geheiratet hatte und mir auf sechs Seiten stolz erzählte, wie es dazu gekommen war. Das war inzwischen immerhin schon die zwölfte Einsendung für Maras und Maxens Hochzeitszeitung, und es war die einzige, die ich, der Braut wegen, bis zu Ende las. In der Geschichte ging es darum, wie er sie unter irgendeinem Vorwand erst nach Paris und dann auf den Eiffelturm gelockt hatte, um dann oben, wahrscheinlich zeitgleich mit hundertzwanzig anderen Männer, um ihre Hand anzuhalten. »Dort hat es endlich geklappt, dort hat meine Sarah endlich ja gesagt. Wenn es nach mir gegangen wäre, hätten wir übrigens schon viel früher geheiratet. Ich hatte den Ring schon zwei Monate, nachdem ich Sarah kennengelernt hatte, gekauft. Man weiß ja nie.« Unter anderem nicht, dass zwischen Ringkauf und tatsächlichem Antrag noch einmal anderthalb Jahre vergehen würden. »Aber wie sagt man so schön«, schrieb der Sarah-Mann weiter: »Was du heute kannst besorgen, das verschiebe nicht auf morgen.«

Spießiger geht es kaum, dachte ich. Zumindest bis ich, und allmählich glaubte ich auch an Schicksalswinkereien, wenige Stunden nach dieser Mail eine wesentlich kürzere des Barons bekam: »Lange nichts über das Projekt S. gehört. Würde mich freuen, mal wieder einen Zwischenstand zu erfahren. Beste Grüße, von Tolken. PS: Ich hoffe für Sie, dass Sie wenigstens schon einen Ring haben.«

Am nächsten Morgen ging ich also los. Das letzte Mal hatte ich als Achtzehnjähriger einen Ring erstanden. Damals war ich in eine Christ-Filiale in Hamburg-Harburg – das ist da, wo Heinz Strunks Bestseller »Fleisch ist mein Gemüse« spielt – gegangen und hatte fünfzig Mark auf den gläsernen Tisch gelegt, hinter dem eine Frau Meyer anscheinend nicht auf einen Kunden wie mich gewartet hatte. Sie verkaufte mir einen Ring für 49,95 Mark, und ich war nach drei Minuten wieder aus dem Laden raus. Wem ich das gute Stück geschenkt habe? Ich weiß es nicht mehr.

Ganz so einfach dürfte und sollte es diesmal nicht gehen. Zum Glück hatte mir Sarah ungefragt schon zwei Tipps gegeben. »Ich mag silbernen Schmuck nicht so gern«, hatte sie gesagt, als wir zu einem Juwelier in der Hamburger Innenstadt gegangen waren. »Ich trage nur Weißgold.« Solche Informationen sind existentiell für jemanden, der sich erstens so gut wie nie mit Ringen beschäftigt hat und für den zweitens alles, was mit Gold zu tun hat, automatisch eine gelbliche Färbung besitzt. Ein fataler Irrtum: Denn Weißgold sieht aus wie Silber, ist aber wesentlich hochwertiger und teurer. Merken, Männer!

Womit ich bei Sarahs zweitem Hinweis wäre, den ich bei gleicher Gelegenheit erhalten hatte. Sie hatte bei dem Juwelier nämlich einen Ring ihrer Mutter zum Reinigen abgegeben und ich mir natürlich eine Bemerkung über die Größe des Edelsteins nicht verkneifen können.

»Das ist ja ein Riesending«, hatte ich gesagt, und Sarah hatte trocken geantwortet: »Na ja, geht so, das sind vielleicht 0,6 Karat. Mein Vater hat meiner Mutter zur Hochzeit einen Einkaräter geschenkt, den müsstest du mal sehen.«

Weißgold, ein Karat. Ich hatte alles, was ich wissen musste, und machte mich am Tag vor Sarahs Rückkehr auf den Weg zu einem Juwelier, der etwas versteckt am Rand der Hamburger Innenstadt lag. Ich wollte auf keinen Fall einen Bekannten treffen oder, noch schlimmer, jemanden aus meiner Familie. Das Risiko war nicht gering, weil auch meine Mutter und Mara in diesen Tagen auf der Suche nach einschlägigem Fingerschmuck waren. Das hatte sie mir in einer E-Mail, die mit »freundliche

Grüße von Frau Jauch« unterzeichnet war, geschrieben. »Kennst du nicht noch ein paar gute Juweliergeschäfte?«, hatte sie gefragt und ich ein paar Namen aufgeschrieben, die ich auf die Schnelle bei Google gefunden hatte. Ich riet ihr dringend vom »Juwelier an der Alster« ab, weil »einige Kollegen mit dem schon sehr schlechte Erfahrungen gemacht haben: zu teuer, miese Qualität, bescheidener Service«. Ich ging davon aus, dass das für meine Mutter abschreckend genug sein würde und ich in dem Geschäft ungestört wäre.

Ich musste klingeln und etwas warten, bis mir ein Wachmann mit kurzgeschorenen Haaren die Tür öffnete. Ich hatte extra einen dunklen Anzug angezogen und eine Krawatte umgebunden, um so seriös und solvent wie möglich zu wirken. In meinem Portemonnaie hatte ich neben der goldenen MasterCard auch einen alten Ring von Sarah, den ich aus einer Schmuckschatulle aus ihrer Wohnung mitgenommen hatte.

Hinter dem Wachmann warteten drei Damen auf mich, von denen eine meine Freundin, eine meine Chefin und eine meine Mutter hätte sein können. Ich ging zu meiner Mutter, überlegte kurz, ob ich mich vorstellen und ihr die Hand schütteln sollte, sagte dann aber nur: »Guten Tag, ich interessiere mich für Verlobungsringe.«

Ich wusste nicht, ob das die korrekte Ansage in so einem Fall war, und hätte im Nachhinein eine Formulierung wie »Guten Tag, ich will mich verloben und brauche einen Ring« mindestens genauso gut gefunden, oder gleich etwas wie »Es geht um die wichtigste Entscheidung meines Lebens«, was der Wahrheit schließlich am nächsten kam. Die Dame nickte, geleitete mich zu einem langen Tisch und zeigte auf einen mit rotem Samt bezogenen Stuhl.

»Bitte, nehmen Sie doch Platz.«

Ich setzte mich vorsichtig und stieß mit meiner Schulter an eine Magnumflasche Piper-Heidsieck, die aus einem riesigen Silberkübel mit Eiswürfeln herausragte.

»Darf ich Ihnen etwas zu trinken anbieten, Herr …? «, fragte die Juweliers-Frau.

Ich überlegte kurz, ob ich ihr meinen richtigen Namen sagen sollte, entschied mich aber aus verständlichen Gründen dagegen.

»Ilmenau«, sagte ich und hoffte, dass sie sich bei einem späteren Bezahlvorgang entweder nicht mehr daran erinnern oder nicht genau auf die Kreditkarte gucken würde.

»Ich bin Frau Wegner. Also, darf es etwas Champagner sein?«

»Nein, danke, ich habe gerade erst getrunken«, sagte ich und schämte mich sofort dafür.

»Schön«, sagte Frau Wegner. »Sie wollen also einen Verlobungsring. Haben Sie da schon konkrete Vorstellungen?«

Die hatte ich, zum Glück.

»Weißgold, und so um die ein Karat.«

Ich wusste nicht genau, ob man so um die ein Karat sagen konnte oder durfte, wollte damit aber nur zum Ausdruck bringen, dass es mir jetzt auf 0,1 Karat mehr oder weniger auch nicht ankam. Frau Wegner schien verstanden zu haben, legte eine samtene Unterlage auf den Tisch und begann, Ringe aneinanderzureihen.

Ich sah ihr fasziniert zu und wunderte mich gleichzeitig über den Mann, der nach mir den Laden betreten hatte und schon wieder hinausgeführt wurde. »Tut mir sehr leid«, hörte ich eine der anderen Verkäuferinnen zu ihm sagen, »aber in der Preisklasse haben wir wirklich nichts.« Ich zuckte zusammen, sah in meinem Portemonnaie nach der MasterCard und dann wieder nach vorn.

Frau Wegner hatte sechs Ringe nebeneinandergelegt, deren Brillanten oder Diamanten durch ein zentriertes Licht direkt in meine Augen blinkten. Ich fand sie alle schön, ein wenig klobig vielleicht, und fragte: »Darf ich sie mir einmal näher ansehen?«

»Natürlich dürfen Sie«, sagte Frau Wegner.

Also nahm ich den ersten in die Hand, dann den zweiten, den

dritten. Beim vierten wunderte ich mich über die hohen vier- und niedrigen fünfstelligen Zahlenreihen, die auf kleinen Papierschnipseln standen und an den Ringen mit kaum sichtbaren Fäden befestigt waren: 8450, 8930, 9560, 10145 las ich da und hoffte inständig, dass dies die Bestellnummern sein würden.

»Was kostet so ein Ring denn?«, fragte ich die Verkäuferin.

»Lassen Sie mich mal sehen«, sagte sie, nahm den letzten, den ich mir angeschaut hatte, und hielt tatsächlich den Papierschnitzel unter die Lupe. »Dieser hier 10145 Euro.«

Frau Wegner, ich hatte ein Problem.

Durch vorsichtiges Nachfragen bekam ich heraus, dass der von mir vorgetragene Wunsch nach einem Karat nicht direkt mit der Situation auf meinem Bankdepot korrespondierte, um es einmal vorsichtig zu sagen. Ich hatte inzwischen etwa 110000 Euro verloren – »natürlich nur auf dem Papier«, wie mein Vermögensverwalter zu versichern nicht müde wurde –, und ich wusste ja nicht, ob ich Ende des Jahres noch einen Job haben würde. Ich konnte jetzt auch schlecht vor Frau Wegner das Büro von der Rosenthaler anrufen, um sie fragen zu lassen, ob sie neben den Kosten für die Hochzeitsfeier und die Eheringe auch jene für den Verlobungsring übernehmen oder zumindest vorschießen würde. Wenn Sarah ja sagen würde, könnte ich das Geld von meinem neuen Gehalt locker zurückzahlen. Aber wenn nicht? Wenn zum Beispiel der Mann auf dem Flughafen eben doch mehr war als nur eine zufällige und harmlose Bekanntschaft? Wenn er gern abends in ihrem Bett »Sport-Bild« las? Dann hätte ich hier und heute sehr viel Geld umsonst ausgegeben. Ich sah mich schon so enden wie den Kunden, der gerade aus dem Geschäft gebracht worden war, und fragte diesmal etwas vorsichtiger:

»Muss es zur Verlobung überhaupt ein Karat sein?«

»Wie alt ist denn die Glückliche?«, fragte Frau Wegner zurück und meinte wohl die Frau, die mir nicht einmal schlappe zehn Riesen wert war.

»28«, sagte ich. Zumindest, wenn alles nach Plan A lief. Und einen anderen hatte ich immer noch nicht.

»Da müssen Sie nicht gleich ganz oben anfangen, Herr Ilmenau. Man muss sich ja auch noch steigern können. Soll ich Ihnen mal was mit 0,5 Karat zeigen?«

Ich nickte und fragte mich, ob es auch etwas ohne Karat gebe und wie das in der Fassung aussehen würde. Ich fing an zu schwitzen, zog Sarahs alten Ring aus meinem Portemonnaie und legte ihn der Verkäuferin hin. Für einen Moment sah sie aus, als würde sie denken, ich wollte ihr das leicht angelaufene Teil für ein Gegengeschäft vorschlagen. Deshalb sagte ich schnell:

»Die Größe müsste es übrigens sein.«

»Gut«, sagte Frau Wegner. »Aber das machen wir später. Erst einmal müssen wir das passende Modell finden.«

Es dauerte eine halbe Stunde, dann hatte ich mich für einen Ring mit 23 winzigen Brillanten entschieden, was mir entschieden besser klang als ein Karat.

»Der ist doch eher etwas für eine junge Frau«, sagte ich zu Frau Wegner, und sie antwortete dankenswerterweise: »Ja, so ein dicker Klunker an einer jungen Dame, das passt ja auch gar nicht.«

»Eben«, sagte ich. »Ist das auch die richtige Größe?«

Sie war es natürlich nicht. Frau Wegner musste meinen Verlobungsring aus einer anderen Filiale bestellen. Immerhin sollte er schon morgen da sein.

»Ist das für Sie in Ordnung?«, fragte die Verkäuferin.

»Natürlich«, sagte ich, bedankte mich und konnte mir die dumme Frage im Hinausgehen nicht verkneifen: »Wäre der Champagner eigentlich kostenlos gewesen?«

Frau Wegner lächelte bloß. »Bis morgen.«

Es war nicht nur ärgerlich, sondern auch ziemlich riskant, dass ich noch einmal zum »Juwelier an der Alster« musste. Ich schrieb meiner Mutter eine Mail und fragte, ob sie und Mara fündig geworden seien. Als sie nicht antwortete, versuchte ich es noch einmal: »Geht bloß nicht zum Juwelier an der Alster. Eine Kollegin hat da neulich einen Einkaräter für fast 10000 Euro gekauft, bei dem ist der Brilli schon nach einer Woche aus der Fassung gefallen. Weg, nicht aufzufinden! Christ oder Wempe sind eben doch besser.« Mehr konnte ich nicht tun.

Ich fuhr an dem Tag, an dem Sarah aus den USA zurückkehren sollte, die vielleicht zwei Kilometer zum Juwelier mit dem Auto. Ich klingelte wieder, und diesmal ließ mich Frau Wegner persönlich rein.

»Herr Ilmenau, wie schön, Sie zu sehen«, sagte sie, und ich ärgerte mich über ihr gutes Namensgedächtnis.

»Guten Tag«, sagte ich. »Hat alles geklappt?«

»Natürlich«, sagte Frau Wegner. »Wollen wir uns das gute Stück noch einmal ansehen?«

»Nicht nötig. Wissen Sie, ich habe es ein bisschen eilig.«

»Dann wollen wir nicht länger zögern. Ich verpacke den Ring nur noch schnell, Herr Ilmenau.« Musste sie den Namen so oft nennen?

»Wenn Sie wollen, können Sie derweil bei meiner Kollegin bezahlen.«

Und wie ich wollte. Ich ging zur Kasse, wo eine aufgedonnerte, sonnenbankgegerbte und penetrant nach Kölnischwasser riechende Frau saß und ihre zerknitterte Hand nach meiner Kreditkarte ausstreckte. Frau Wegner gab ihr die vorbereitete Rechnung: »Ich bin dann gleich wieder da mit Ihrem Schmuckstück«, flötete sie, und als müsse sie eine Strafe zahlen, wenn sie es nicht sagte: »Herr Ilmenau.«

»Ist gut«, murmelte ich, bemüht, nicht allzu viel Aufsehen im Laden zu erregen, der erstaunlich gut gefüllt war. Hatten wir nicht gerade die schwerste Finanzkrise seit Ende des Zweiten Weltkrieges?

Die Kassiererin zog meine Kreditkarte durch ein Lesegerät und druckte den Beleg aus. »Unten rechts unterschreiben«, befahl sie.

Als ich gerade fragen wollte, ob sie einen Stift für mich hätte, hielt mir jemand von hinten einen blauen Plastikkugelschreiber entgegen.

»Kann ich helfen?«

Ich wurde starr vor Schreck. Die Stimme kannte ich. Ich traute mich weder, den Kugelschreiber zu nehmen, noch, mich umzudrehen. Doch das musste ich auch nicht. Die Stimme stand plötzlich neben mir.

»Wenn das nicht der gute alte Daniel ist«, sagte sie. »Was machst DU denn in einem Juweliergeschäft?«

Vanessa. Die Vanessa.

»Nun sag schon was und tu nicht so, als würdest du mich nicht sehen.«

»Hallo, Vanessa«, sagte ich. Warum musste *sie* ausgerechnet *jetzt* und ausgerechnet *hier* wieder mit mir reden?

»Na bitte, es geht doch. Zeig mal her.« Sie nahm mir die Rechnung aus der Hand, die ich immer noch nicht unterschrieben hatte. Ich ließ sie gewähren. Die Kassiererin sah zwischen uns hin und her wie ein Zuschauer bei einem Tennisspiel.

»Sieh da, der Herr Stiller kauft einen Ring für 1499 Euro. Da muss jemand aber ein verdammt schlechtes Gewissen haben. Was hast du diesmal gemacht, Daniel? Hast du eine Frau mit ihrer Mutter und ihrer Oma betrogen?«

»Hör auf damit, Vanessa, und gib mir die Rechnung wieder. Das hier geht dich nichts an.« Ich entriss ihr das Stück Papier, schmierte meinen Namen darunter und streckte es der Kassiererin entgegen. Sie gab mir nach einer Schrecksekunde den Durchschlag zurück.

»Warum denn so empfindlich?«, zischte Vanessa. »Das ist doch sonst nicht deine Art? Willst du …«

Weiter kam sie nicht, weil plötzlich Frau Wegner mit einem kleinen Päckchen zwischen uns stand, um das eine große Schleife gebunden war.

»So, fertig. Sieht das nicht toll aus?«, fragte sie und registrierte erst dann, dass ich die junge Frau neben mir offenbar kannte. »Oh, entschuldigen Sie, ich wollte Ihr Gespräch nicht unterbrechen. Ich hoffe, das ist jetzt nicht Ihre künftige Verlobte, Herr Ilmenau?«, sagte sie und lachte laut über den eigenen Scherz.

»Nein, äh, nein, natürlich nicht«, stotterte ich, nahm das Päckchen, zwängte es in meine viel zu enge Manteltasche und wandte mich zu Tür. »Vielen Dank, Frau Wegner, aber ich muss wirklich los, also dann, bis bald vielleicht mal wieder.« Vanessa hatte sich mir in den Weg gestellt. »Verlobte?«, sagte sie.

»Kannst du mich bitte vorbeilassen, ich habe es wirklich eilig«, sagte ich.

»Herr Ilmenau?«, ergänzte Vanessa.

»Ich muss los.«

»Das sind ja interessante Neuigkeiten, Daniel. Sehr interessante Neuigkeiten.«

Ich schob Vanessa zur Seite und rannte aus dem Laden. »Scheiße, scheiße, scheiße«, fluchte ich vor mich hin. Jetzt wusste meine ärgste Feindin, dass ich ein Geheimnis hatte. Ich musste sehr, sehr vorsichtig sein.

Siebzehn

Das alles führte dazu, dass ich viel später als geplant am Flughafen Fuhlsbüttel ankam. Die Maschine mit Sarah war schon gelandet, und ich schaffte es gerade noch, drei Rosen zu kaufen, bevor sich die automatische Tür in der Empfangshalle öffnete und sie vor mir stand. Ich hatte das Etui mit dem Ring im Auto gelassen, versteckt im Verbandskasten. Den Zahlungsbeleg hatte ich sorgfältig gefaltet in eines der Kreditkartenfächer meines Portemonnaies geschoben. Ich wusste zwar nicht, ob es möglich war, Verlobungsringe zu tauschen, und es Frau Wegner zu fragen, hatte ich mich nicht getraut. Aber wenn sich heute herausstellen sollte, dass Sarah neben mir noch den einen oder anderen Mann hatte und ich schließlich keine andere Frau mit ihrem Namen finden würde, würde ich zumindest alles versuchen, um den Ring wieder zurückzugeben. Die 1500 Euro könnte ich dann ziemlich gut gebrauchen.

»Hey, mein Fahrer ist ja pünktlich.«

Sarah sah müde aus, aber sie schien sich wirklich zu freuen, mich zu sehen. Sie lief die letzten Meter, um mir in die Arme zu fallen und einen langen Kuss zu geben. Nicht so lang wie vor dem Abflug, aber immerhin. Ich war ziemlich passiv, was sie nach der dritten oder vierten Wiederholung bemerkte.

»Schön, dich wiederzusehen, Daniel«, sagte sie. »Alles in Ordnung?«

»Alles in Ordnung. Habe nur im Moment beruflich ziemlich viel Stress. Hätte es fast nicht rechtzeitig zum Flughafen geschafft.«

»Aber jetzt bist du ja da. Sind die Rosen für mich?«

»Für wen sonst?«, sagte ich, und es klang wie: Verdient hast du sie nicht. Sarah überhörte es einfach.

»Danke. Die sind sehr schön. Und jetzt? Wollen wir zu mir nach Hause fahren, oder musst du noch arbeiten?«

Sie tat, als hätte es das Zwiegespräch mit dem großen Unbekannten in der Wartehalle und meine SMS deswegen nie gegeben. Aber so einfach kam sie mir nicht davon. Ich wollte Klarheit, nicht nur wegen des Flughafens, sondern auch wegen der Boxershorts und der »Sport-Bild«. Da hatte ich zum ersten Mal in meinem Leben ernste Absichten mit einer Frau, war ein Vorbild an Wahrhaftigkeit, wenn man diese kleine Sache mit dem Ultimatum einmal wegließ, und lief trotzdem Gefahr, wie sage ich es mal?, beschissen zu werden.

»Wir können gern zu dir nach Hause fahren«, sagte ich. »Du wolltest mir ja auch noch was erzählen.«

»Ich wollte dir auch noch was erzählen?« Sarah nahm meine Hand, mit der anderen zog ich ihren Koffer, der noch sperriger und schwerer wirkte als vor fünf Tagen.

»Ja, erinnerst du dich nicht? Ich hatte dir doch diese SMS geschickt wegen …«

»Ach, wegen Jan.«

Ein Name. Ich hatte einen Namen.

»Wenn der Mann, mit dem du dich so engagiert in der Abflughalle unterhalten hast, so heißt, dann wegen Jan.«

»Ist eine blöde Geschichte, aber wenn du willst, erzähl ich sie dir. Aber erst, wenn wir eine Kleinigkeit gegessen und die erste Flasche Wein geleert haben. Sonst ertrage ich das nicht. Okay?« Sie zehenspitzte sich zu mir hoch und gab mir einen sanften Kuss. »Eins muss ich dir jetzt schon sagen: Mit dir hat das Ganze überhaupt nichts zu tun, falls du das denken solltest.«

Das sagen sie immer, und das erklärte noch nicht die Funde, die ich in Sarahs Wohnung gemacht hatte. Ich murmelte etwas wie »ne, ist klar« und stoppte dann vor einem Zeitungsladen, um sie einem kleinen Test zu unterziehen.

»Wartest du mal kurz hier, ich will mir nur schnell die neue Sport-Bild kaufen.«

»Natürlich, kein Problem«, sagte Sarah, ohne rot zu werden. Entweder war sie eine großartige Schauspielerin oder gehörte selbst zu den gefühlten drei Prozent Frauen, die »Sport-Bild« lasen. Ich würde es herausfinden.

Als wir eine gute Stunde später bei Brot, türkischen Pasten und einem Dutzend mit Schafskäse gefühlten Blätterteigröllchen, die wir von einem Imbiss um die Ecke geholt hatten, in ihrem Wohnzimmer saßen, beeilte ich mich, die erste Flasche Wein zu leeren. Ich hatte keine Zeit zu verlieren. Wenn Sarah mit wem auch immer besetzt sein sollte, wäre jede Minute, die ich mit ihr zusammen war, eine zu viel. Im schlimmsten Fall würde ich noch an diesem Abend wieder auf die Suche nach einer Alternative gehen müssen, notfalls mit Hilfe des Hamburger Telefonbuchs.

»Meine Güte, trinkst du heute schnell. Hast du solchen Durst?« Ich schenkte mir zum dritten Mal nach, Sarah hatte noch nicht einmal ihr erstes Glas zur Hälfte geleert.

»Nein, der Wein ist nur extrem gut«, sagte ich.

»Dann lass mir doch was übrig«, sie gab mir wieder einen Kuss. »Ist übrigens schön, dass wir beide hier zusammensitzen.«

Kommt ganz drauf an, dachte ich.

»Du wolltest mir doch noch was erzählen«, sagte ich zwischen zwei Schlücken Wein und bemühte mich, dass es sich möglichst beiläufig anhörte. »Weißt du, als ich dich da mit diesem Mann in der Abflughalle sah, hab ich mir richtig Sorgen gemacht.« Nicht um sie, sondern darum, dass ich meine einzige Hochzeitskandidatin verlieren könnte, aber das tat jetzt nichts zur Sache.

»Du hast uns gesehen?«, fragte Sarah.

»Zufall. Ich wollte mir angucken, ob dein Flugzeug sicher startet, und habe eben diese Szene mit diesem Mann …«

»Dieser Mann heißt wie gesagt Jan«, sagte Sarah und nahm einen langen Schluck Wein. »Mein Ex-Freund.«

»Einer von den acht, von denen du mir neulich erzählt hast?«

»Ja, der Letzte.«

»Wann habt ihr euch getrennt?«

»Vor gut einem Jahr.«

»Solange hattest du keinen Freund?«

»Nein, so lange hatte ich keinen Freund. Und so lange habe ich Jan auch nicht gesehen oder gesprochen.«

»Wie, du hast ihn nach eurer Trennung jetzt am Flughafen zum ersten Mal wieder getroffen?«

»Ja, du Blitzmerker. Schenkst du mir noch mal nach?« Die erste Flasche war leer.

»Ich hatte ihn schon beim Check-in gesehen.«

»Als du mich so heftig geküsst hast?«

»Das nennst du heftig? Ja, ich wollte nicht, dass er mich sieht. Was auch ganz gut gelungen ist.«

»Bis zur Abflughalle.«

»Genau. Plötzlich stand er vor mir und tat so, als hätte es die Sache zwischen uns nicht gegeben. Sagt so einen Quatsch wie: Na, wen haben wir denn da? Wenn das nicht die liebe Sarah ist. Wie geht es dir, mein Engel? Da bin ich ausgeflippt.«

»Warum?«

»Weil dieser Mann mich wie kein anderer zuvor gekränkt hat. Wein!«

»Du musst mir das nicht erzählen, wenn du nicht willst«, sagte ich, aber das war natürlich nicht ernst gemeint.

»Daniel, du hast damit angefangen, nun musst du dir auch die ganze Geschichte anhören. Und achte bitte darauf, dass mein Glas immer gefüllt ist.«

Ich schenkte also im Fünfminutentakt nach, während Sarah von Jan, Sohn aus einer Hamburger Reederdynastie, erzählte. Sie hatten sich bei einem Ball im Atlantic-Hotel kennengelernt, über den sie schreiben sollte, und waren vier Wochen später zusammengekommen.

»Interessieren dich die Details der anderthalb Jahre bis zu dieser Sache?«, fragte Sarah. Sie lallte leicht. »Weil, ich würde lieber gleich zum Ende kommen.«

Was sollte ich sagen? Was war »diese Sache«?

»Wie du möchtest.«

»Nachschenken nicht vergessen.« Sarah holte tief Luft. »Gut, wir waren anderthalb Jahre zusammen und gerade dabei, uns nach einer gemeinsamen Wohnung umzusehen. Bis zu diesem Sonnabend.«

»Was für einem Sonnabend?«

»Unterbrich mich nicht. Also an diesem Sonnabend, es war ein strahlend schöner Tag, wir wollten eigentlich gemeinsam einkaufen gehen, steht er plötzlich vor meiner Tür und faselt etwas von Planänderung und dass er sich etwas Besonderes für uns überlegt hätte.«

Sarahs Tonfall wurde immer schneidiger, ich nutzte einen unachtsamen Moment und schenkte statt Wein stilles Wasser nach. Sie hatte genug Alkohol.

»Also, wir fahren in seinem SLK nach Schleswig-Holstein, auf ein Gut, das seiner Familie gehört und wo wir ein paar Mal schon Kurzurlaube verbracht hatten. Dort hat irgendein Hausangestellter eine Brotzeit vorbereitet, wir essen etwas, trinken ziemlich teuren Wein, und als es dämmert, fragt mich Jan, ob ich noch Lust auf einen Spaziergang hätte. Hatte ich natürlich nicht.«

»Wie, hattest du natürlich nicht?«

»Ich hasse Spaziergänge. Warum gibt es Autos, wenn der Mensch trotzdem weiter zu Fuß geht? Aber er hat mich dann überredet, und wir sind durch ein langes Waldstück zu einem ziemlich großen Feld gegangen. Und da war es dann.«

»Da war was?«

»Wein, Daniel, ich brauche Wein. Jan hatte aus Hunderten Heuballen den Satz ›Willst du meine Frau werden?‹ aufbauen lassen. Ich konnte es nicht glauben. Er sank vor mir auf die Knie, zog ein Etui mit einem mächtigen Ring hervor und sagte: ›Ich will dich heiraten.‹ Und bevor ich etwas sagen, geschweige denn antworten konnte, begann hinter den Heuballen ein Feuerwerk, das von zwei Musikern mit Trompeten begleitet wurde. Ich dachte echt, ich bin im falschen Film.«

»Wie, und da hast du nein gesagt?« Ich fing an zu schwitzen.

»Nein, ich habe nicht nein gesagt. Ich konnte gar nichts sagen, erst mal nicht. Das Feuerwerk ging fast zehn Minuten, die Trompeter spielten, Jan kniete vor mir, und ich konnte nichts sagen. Kannst du dir das vorstellen? Ich war wie gelähmt.«

»Du warst wie gelähmt.« Mir wurde übel.

»Kannst du das nicht verstehen?«

»Na ja ...«

»Was na ja?«

»Na ja, der Heiratsantrag war schon irgendwie ganz eindrucksvoll.«

»Natürlich war er das, er war genau das, was sich die meisten Frauen wünschen«, sagte Sarah. »Sag mal, der Wein schmeckt ja komisch. So nach ...«

Wasser.

»... egal. Der Heiratsantrag war toll, keine Frage, aber irgendwie zu viel für mich. Das hatte alles nichts mit mir zu tun ...«

»Das hatte alles nichts mit dir zu tun.« Ich konnte nicht glauben, was ich da hörte.

»Nun wiederhole mich doch nicht immer. Nein, das hatte nichts mit mir zu tun, das fühlte sich nicht richtig an, nicht in diesem Moment.«

»Und deshalb hast du nein gesagt?«

»Nein. Ich habe gesagt, dass das wirklich alles sehr eindrucksvoll sei, dass es aber auch sehr überraschend käme und ich noch einmal darüber nachdenken müsste.«

»Wie hat er reagiert?«

»Jan hat meine Antwort erst nicht verstanden, weil die Trompeter und das Feuerwerk so laut waren. Und als er noch einmal nachfragte, habe ich nur gerufen: Ich weiß es nicht, Jan, ich weiß es nicht. Vier Wochen später haben wir uns getrennt.«

»Ihr habt was?«

»Jan hat Schluss gemacht. Er hat mir den Abend nie verziehen.«

Ich konnte den armen Kerl verstehen.

»Ich bin noch nicht fertig, Daniel.« Sarah zeigte auf ihr Glas, ich machte mich daran, eine neue Flasche zu öffnen.

»Als ich mich gerade halbwegs von dem ganzen Kram erholt hatte, erfuhr ich, dass Jan eine andere heiraten will.«

»War das so schlimm für dich?«

»Nein, die Hochzeit nicht. Aber die Art, wie er ihr den Antrag gemacht hat.« Pause.

»Du meinst nicht im Ernst, dass ...?«

»Doch.«

»Heuballen, Feuerwerk, Trompeter?«

»Exakt wie bei mir.«

»Woher weißt du das?«

»Ich hab's im Hamburger Abendblatt gelesen. Da war ein Foto, das die beiden vor den Heuballen zeigte, und darunter die Geschichte des angeblich romantischsten Heiratsantrags des Jahres. Jan hatte die komplette Szenerie einfach recycelt.«

»Unglaublich«, sagte ich.

»Aber wahr. So, jetzt weißt du's. Und jetzt lass uns nie wieder drüber reden.«

Achtzehn

In was für eine Geschichte war ich da geraten? Gab es diese Sache mit dem miesen Karma wirklich? Wurde ich jetzt für mein bisheriges oder, noch viel schlimmer, für die Leben davor bestraft? War ich in einem früheren Dasein Heinrich VIII. oder Casanova gewesen, oder gleich beide zusammen? Ich schlief schlecht nach der Reedersohn-Geschichte und alpträumte von misslungenen Heiratsanträgen, von brennenden Heuballen und von der Rosenthaler, wie sie mir meine Kündigung überreicht. Als ich um sieben Uhr schweißnass erwachte, lag Sarah tief schlafend neben mir. Friedlich sah sie aus, ausgerechnet sie, die nicht einmal den Heiratsantrag aller Heiratsanträge angenommen hatte. Ich ging duschen, zog mich an, versuchte sie zu wecken, um mich zu verabschieden, aber sie murmelte nur: »Schlafen. Will weiterschlafen.« Um kurz nach neun ging ich, nicht ohne einen Blick unter das Bett zu werfen. Die »Sport-Bild« war noch da.

Der Baron auch, zum Glück. Ich glaubte mich zu erinnern, dass er in den Urlaub fahren würde, und tatsächlich war er an diesem Morgen nur ins Büro gekommen, um ein paar wichtige Verträge gegenzuzeichnen. Ich erwischte ihn, als er die Unterschriftenmappe gerade schließen wollte.

»Daniel«, sagte er. »Sie sehen müde aus. Ist die junge Braut so anstrengend?«

»Noch anstrengender, Baron«, antwortete ich, setzte mich vor seinen Schreibtisch und fing an zu erzählen, ohne Rücksicht darauf zu nehmen, dass mein Chef im Aufbruch war. Die Heuballen, die Trompeter, »Sport-Bild« und die Boxershorts, das Klingeln an der Tür. Ich brauchte zehn Minuten, um ihn auf den neuesten Stand zu bringen.

»Warum einfach, wenn es auch kompliziert geht«, murmelte von Tolken zwischendurch, aber am Ende sagte er: »Das klingt wirklich nach einer Herausforderung, junger Freund.«

»Als ob ich davon nicht schon genug hätte.«

»Haben Sie eine andere Sarah in Aussicht?«

»Bisher nicht. Aber ich suche.«

»Gut.«

Gut? War das alles?

»Meinen Sie, ich sollte den Kontakt zu Sarah, also zu Sarah Nummer eins, abbrechen?«

»Solange Sie keinen Ersatz haben, auf keinen Fall.« Der Baron steckte eine Handvoll Papiere in seine alte schwarze Ledertasche. »Im Gegenteil: Ich würde an Ihrer Stelle versuchen, so viel Zeit wie möglich mit ihr zu verbringen. Allein schon um zu verhindern, dass sie sich noch mit anderen trifft.«

»Sie meinen den Sport-Bild-Mann?«

»Oder wen auch immer, Daniel. Konkurrenz können Sie im Moment wirklich nicht gebrauchen.«

»Aber wenn ich jeden Abend bei ihr bin, kann ich mich nicht um andere Sarahs kümmern.«

»Das kriegen wir auch anders hin.«

Das kriegen *wir* auch anders hin?

Von Tolken sah auf seine Uhr. »Daniel, ich muss dringend los, sonst bin ich der Nächste, der sich eine neue Frau suchen muss. Meine war heute Morgen not amused, dass ich noch einmal in die Firma gefahren bin.« Er hielt mir die rechte Hand hin. »Sehen Sie zu, dass niemand anders an Sarah herankommt, das ist im Moment das Wichtigste.« Er drückte zu. »So, und jetzt raus hier.«

An der Tür stoppte der Baron doch noch mal.

»Wie heißt Ihre Sarah eigentlich mit Nachnamen?«

Was spielte das für eine Rolle?

»Mahr.«

»Sarah Mahr aus Eppendorf, so, so.«

»Nein, aus Winterhude«, sagte ich und wunderte mich selbst, warum.

»Ach, aus Winterhude. Sarah Mahr aus Winterhude«, murmelte der Baron, drehte sich um und verschwand endgültig.

Unter normalen Umständen hätte ich mich sehr über das Verhalten von Tolkens gewundert. Aber normale Umstände, das war etwas aus einem längst vergangenen Leben. Ich befand mich in einer Art persönlichem Ausnahmezustand, in dem ein Vorgesetzter, der »Sarah Mahr, Winterhude« murmelt, nichts Besonderes war. Ich hatte dieses seltsame Ende unseres Gesprächs schon am Nachmittag vergessen, als ich zum vierten Mal meine sämtlichen privaten und beruflichen Kontakte vergeblich nach einer Sarah durchsucht hatte (die einzige, die ich noch fand, war eine Großcousine meiner Mutter, sechsundsiebzig Jahre alt!). Erst gut eine Woche später wurde ich wieder daran erinnert. Und wie.

Es war ein Mittwoch, und ich fuhr direkt von *Maxprom* zu Sarah, genauso, wie ich es an allen Tagen zuvor gemacht hatte. Ich kam mir selten aufdringlich vor, weil ich darauf bestand, jede Nacht bei ihr zu verbringen, aber es schien sie nicht zu stören. Zumindest hatte sie mich jeden Abend freundlich empfangen. Bis dahin.

Ich klingelte, und es dauerte länger als sonst, bis Sarah öffnete. Sie hatte sich verändert. Ihre Wangen glühten, und über ihrer Nase hatte sich eine vierstrahlige Stirnfalte gebildet. Die Lippen waren noch schmaler als sonst.

»Sarah, was hast …«

»Ich bin so sauer. Ich könnte heulen.« Für einen Moment, aber wirklich nur für einen winzigen Moment dachte ich, sie könnte von dem kleinen Geheimnis, das mich derart viel und oft und eng bei ihr sein ließ, erfahren haben. Aber dann sagte sie, ich solle erst mal reinkommen, und hielt mir einen Brief hin.

»Die wollen mich rausschmeißen.«

»Deine Firma hat dir gekündigt?«

»Nein, nicht meine Firma, Daniel, das wäre ja noch schöner. Mein Vermieter. Ich soll die Wohnung innerhalb der nächsten drei Monate räumen.« Sie zeigte auf den entsprechenden Passus im Brief. »Hier steht es: Eigenbedarf. Was sind das für Schweine. Ich wohne doch gerade ein Jahr hier.« Ihre Augen wurden feucht. Sie zerknüllte den Brief und warf ihn gegen die Wand. »Was für Schweine. Aber die können was erleben.«

Ich hob die Papierkugel auf und entfaltete sie. Ich hatte eine böse Ahnung.

»Was können die denn erleben?«, fragte ich Sarah.

»Ich lass mir das nicht gefallen, Daniel. Ich nehme mir einen Anwalt und verklage diese Idioten.«

Den Briefkopf auf dem Kündigungsschreiben kannte ich. Die Kanzlei, zu der er gehörte, auch. Es war die gleiche Kanzlei, die *Maxprom* bei Prozessen vertrat. Das durfte nicht wahr sein.

»Daniel, sagst du auch noch mal was? Oder willst du den Rest des Tages auf diesen Brief starren?«

Ich sah den Baron vor mir, als hätte ich ihn gerade erst getroffen: »Wie heißt Ihre Freundin noch mal? Sarah Mahr, Sarah Mahr aus Winterhude, so, so.« Deswegen wollte er ihren Namen wissen, und ich Trottel hatte den Stadtteil gleich dazugeliefert. Der Baron hatte seine Kontakte spielen lassen, um Sarah aus ihrer Wohnung zu bekommen. Aber warum?

»Hallo, Erde an Daniel.« Sarah nahm mir den Brief wieder aus der Hand. »Kennst du einen guten Anwalt?«

Ich musste etwas sagen, auch wenn ich nicht wusste, was. Und ich musste verhindern, dass Sarah sich auf einen Rechtsstreit einließ. Erstens konnte sie gegen unsere Kanzlei nicht gewinnen, und zweitens … Ich mochte den Satz nicht zu Ende denken. Wenn sie herausbekommen würde, wer für die Kündigung verantwortlich war …

»Wenn du nicht mit mir sprechen willst, kannst du gleich wieder gehen.« Sarah sah noch wütender aus als vorher.

»Entschuldige«, sagte ich. »Aber, ich bin, ich bin nur so …«, ja was?, »so geschockt.« Das stimmte ausnahmsweise einmal, wenn auch nicht aus dem Grund, von dem Sarah ausging.

»Da weißt du wenigstens, wie ich mich fühle. Du musst doch Anwälte kennen, in deinem Job?«

»Ja, natürlich, aber das sind alles Spezialisten für Arbeits- und Vertragsrecht.«

»Und? Ein Mietvertrag ist auch ein Vertrag. Ich lass mich doch hier nicht so einfach rausschmeißen. Echt nicht. Ich will hier wohnen bleiben.«

Als Sarah das sagte, hatte ich eine Idee. Endlich mal wieder. Und je länger unser folgendes Gespräch dauerte, desto mehr glaubte ich zu verstehen, was der Baron sich gedacht hatte.

»Du willst dir keine neue Wohnung suchen?«

»Nein.«

»Du willst hierbleiben, in diesem Teil Hamburgs?«

»Ja, Daniel.«

»Und du willst es deinen Vermietern, diesen, ich zitiere, Schweinen, so richtig zeigen?«

»Richtig richtig.«

»Warum ziehst du dann nicht zu mir?«

Sarah hatte anscheinend eine weitere Frage nach dem Du-willst-Schema erwartet. Sie stockte, sah mich an, sah auf den zusammengeknüllten Brief in der Ecke und dann wieder auf mich.

»Du fragst mich wirklich, ob ich zu dir ziehen will?«

»Ja, warum nicht?«

»Vielleicht, weil wir uns noch nicht so lange kennen und ….«

Auf das Thema durfte ich mich gar nicht erst einlassen. »Besondere Situationen erfordern besondere Maßnahmen.«

»Aha. Und das hier ist eine besondere Situation?«

Wenn du wüsstest. Viel besonderer ging nicht.

»Selbstverständlich. Deshalb müssen wir schnell reagieren.« In meinem Kopf gingen an sämtlichen Stellen, die sich mit dem

Ultimatum beschäftigten, die Lichter an. Es ratterte, als hätte ein Spätdienst seine Kollegen aus dem Feierabend zurückgeholt, um einen dringenden Fall zu bearbeiten.

»Ich in deiner Lage würde deinen Vermietern …«

»Diesen Arschlöchern.«

»Meinetwegen auch diesen Arschlöchern gleich morgen schreiben, wie sehr du dich über ihren Brief gefreut hast, weil es in dieser Wohnung sowieso nicht mehr auszuhalten war, mit den schreienden Kindern über dir …«

»Hast du die denn überhaupt schon mal gehört? Die können wirklich furchtbar sein, und …«

» … und den Ratten im Keller.«

»Aber es sind gar keine Ratten …«

»Das müssen die ja nicht wissen. Und weil du es kaum abwarten kannst, dieses Loch wieder zu verlassen, schreibst du ihnen, dass du gleich nach Erhalt des Briefes mit dem Umzug in die Wohnung deines Freundes …«

»Meines Freundes?«

»Na ja, ich hoffe doch, dass ich inzwischen mehr als eine Affäre bin.«

Sag jetzt bloß nichts Falsches.

»Nun …« Am besten nicht zu Wort kommen lassen, sie brachte es noch fertig und machte die ganze schöne Stimmung kaputt.

»Also, du schreibst, du würdest so schnell wie möglich in die Wohnung deines Freundes umziehen, der im Übrigen, ja genau, der im Übrigen Rechtsanwalt sei …«

»Das ist clever …« Sie schien anzubeißen.

»… mit Schwerpunkt Mietrecht, und der sowieso gerade dabei sei, eine Klage wegen Mietminderung auf den Weg zu bringen …«

»Ist das nicht ein bisschen übertrieben?«

»Lass mich doch mal ausreden! Also, der gerade eine Klage wegen Mietminderung auf den Weg gebracht und dir geraten habe, bis auf Weiteres keine Miete zu bezahlen, nicht nur wegen der Ratten, sondern auch, weil wochenlang ein Pennerpärchen im Treppenhaus übernachtet und niemand etwas dagegen unternommen hätte.«

»Du spinnst!« Sarahs Gesichtszüge entspannten sich.

»Du hättest nur noch nicht von selbst gekündigt, weil die Zustände in diesem Horrorhaus doch sicherlich eine schöne Geschichte für das Hamburger Abendblatt abgeben würde, wo du natürlich mehrere Redakteure sehr gut kennst, und ...«

»Daniel, hör auf!« Sie fing an zu lachen.

»Warum? Ich bin noch lange nicht am Ende. Weil du natürlich noch erwähnen musst, dass ein Kollege vom Abendblatt mit einer Redakteurin von RTL explosiv verheiratet ist, die ihrerseits ...«

»Daniel, stopp!« Ihr Lachen war zu einem atemlosen Quieken geworden. »Ich krieg keine Luft mehr.«

»Nein, es geht noch weiter«, sagte ich. »Denn dann schreibst du, dass du gegen die Zahlung einer Abfindung bereit wärst, die Sache nicht an die große Glocke zu hängen und ...«

»Einer Abfindung?« Sarah wurde wieder ernst.

»Ja, genau, einer Abfindung, zum Beispiel von zwölf Monatsmieten plus Rückzahlung der Maklercourtage plus einer Einmalzahlung für verschiedene Modernisierungsarbeiten, zahlbar innerhalb der nächsten drei Monate.«

»Aber, das wären mehr als 15 000 Euro. Das zahlen die doch nie.«

Wenn du wüsstest. Es würde teuer werden für *Maxprom*, aber das war mir in diesem Moment egal.

»Ich würde es darauf ankommen lassen. Was hast du zu verlieren? Wenn sie dich hier raushaben wollen, kriegen sie dich auch raus, so oder so. Aber auf meinem Weg bekommst du noch Geld dazu.«

Ich sah ihr an, dass sie mir nicht glaubte. Also redete ich einfach weiter.

»Mit dem Geld kannst du dir dann in Ruhe eine neue Wohnung suchen und solange bei mir wohnen. Platz ist genug.«

»Aber …«

»Was aber?«

»Ich kenne deine Wohnung ja nicht einmal.«

Das stimmte. Aus alter Gewohnheit (wenn Mann eine Frau mit zu sich nach Hause nimmt, kann Mann leider nicht entscheiden, wann Mann geht …) und angesichts meines neuen Überwachungswahns hatte ich Sarah noch nie zu mir eingeladen.

»Das lässt sich leicht nachholen. Wenn du willst, gleich.« Ich stand auf und ging in Richtung Tür. »Wollen wir?«

Sarah zog mich zurück.

»Das geht mir zu schnell, Daniel, viel zu schnell.« Ich hatte es befürchtet. »Erst die Kündigung, dann deine komische Idee«, sie verbesserte sich, »deine ungewöhnliche Idee. Lass mich mal ein, zwei Nächte drüber nachdenken, okay? Jetzt würde ich gern ins Bett. In mein Bett.«

»Und ich?« Es klang, als wolle sie allein sein.

»Und du kommst mit, wie immer.« Es war für viele Tage eine der letzten positiven Nachrichten.

Neunzehn

Am nächsten Morgen kam ich spät ins Büro. Ich hatte beim Frühstück noch einmal versucht, Sarah von meinem Plan zu überzeugen, aber sie wollte nichts davon hören. »Ich denke darüber nach«, hatte sie gesagt, und damit waren wir nicht weiter als am Abend zuvor. Um kurz vor elf fuhr ich zur Firma, nicht ohne dem Baron während der Fahrt eine E-Mail zu schreiben: »Waren Sie das mit der Wohnung?« Als Antwort bekam ich eine Abwesenheitsnotiz, die auf meinem Mobiltelefon einging, als ich gerade die Eingangstür von *Maxprom* aufdrückte. Ich wurde schon erwartet, von Frau Seiffert. Die Sekretärin der Geschäftsführung stand vor meinem Büro.

»Da sind Sie ja endlich, Herr Stiller. Ich suche Sie schon seit einer Viertelstunde.«

»Sie suchen mich? Gibt es etwas Dringendes?«

»Lesen Sie denn Ihren Terminkalender nicht mehr? Da habe ich Ihnen doch heute Morgen das Meeting reingestellt.«

»Oh, äh, der Akku meines Handys ist leer.«

In Wirklichkeit hatte ich nicht genau drauf geachtet, vor allem nicht auf meinen Terminkalender.

»Das ist Ihr Problem, Herr Stiller, nicht meins«, sagte die Seiffert.

Ich fragte mich, wie es Chefsekretärinnen eigentlich fertigbrachten, so herablassend zu Leuten wie mir zu sein, die auch unverheiratet das Zwei- bis Dreifache ihres Gehalts verdienten.

»Frau Martens ersucht Sie, sofort zu ihr zu kommen. Das Meeting hat wie angekündigt um Punkt elf begonnen.«

Welches Meeting? Ich überlegte, schnell im Kalender nachzusehen, welche Tagesordnungspunkte es gab. Aber die Seiffert trieb mich vor sich her wie der Bauer die Kuh, die nicht schnell genug über eine dicht befahrene Landstraße gehen will. Vor Martens Zimmer blieb sie stehen, sah mich ein letztes Mal tadelnd an und klopfte.

»Ich habe den Herrn Stiller gefunden«, sagte sie, nachdem die Martens »ja, bitte« gerufen und die Seiffert die Tür geöffnet hatte.

»Das ist schön. Dann können wir ja endlich anfangen«, hörte ich Sandra Martens sagen.

Ich trat in den Raum, der als einziger im ganzen Haus rot gestrichen war. Normalerweise ist die Farbe von *Maxprom* Gelb, so wie die stilisierte Sonne, die über einer steil nach oben gehenden Kurve aufgeht – unser Firmenlogo.

»Sorry«, murmelte ich.

»Du sprichst ja schon fast wie ich«, sagte eine Stimme hinter der Tür. »Good to see you, Daniel.« Die Tür schloss sich, und dahinter saß, auf einem der ebenfalls roten Ledersessel, FBI.

»Entschuldigung«, sagte ich noch einmal.

»Ist angekommen«, sagte Sandra Martens.

»Aber nicht angenommen«, brüllte FBI, während ich mich auf den freien Sessel neben ihn setzte, und legte mir seine eklig behaarte Hand auf die Schulter. »Nur ein Joke, nur ein Joke.«

»Wie witzig.«

»Haben Sie's allmählich?«, fragte die Martens und sah dabei erstaunlicherweise nur mich an. »Das nächste Mal, wenn ich Sie um elf Uhr in mein Büro bitte, sind Sie bitte auch um elf Uhr da.« Das saß. »Haben wir uns verstanden?« Sie redete mit mir wie mit einem kleinen Jungen, nicht wie mit jemandem, der bald ihr Partner sein sollte. Früher, als ich noch ein einfacher, wenn auch ziemlich ehrgeiziger Angestellter gewesen war, war sie freundlicher zu mir gewesen. Wir hatten immer relativ viel miteinander zu tun gehabt. Sandra Martens war innerhalb der Geschäftsführung für die Finanzen zuständig und konnte die Umsätze, die jeder einzelne Mitarbeiter mit seinen Prominenten erzielte, nahezu tagesgenau aufsagen. Anhand ihrer Statistik wurden auch die Tantiemen berechnet, weswegen es klug war, sich mit ihr gut zu stellen. Bisher hatte ich damit kein Problem gehabt, weil ich zu den *Maxprom*-Mitarbeitern mit den höchsten Erlösen gehörte. Im vergangenen Jahr war ich sogar die Nummer eins gewesen. Ein Titel, den mir FBI mit Sicherheit streitig machen wollte. Ich musste aufpassen. Jetzt aber vielleicht erst einmal auf das, was die Martens uns zu sagen hatte.

»Also, meine Herren«, es sah aus, als würde die rechte Hälfte ihres Mundes FBI zugrinsen, während die linke, mir zugewandte, ernst und schmal blieb. »Sie wissen, dass *Maxprom* seit längerem daran arbeitet, ins TV-Geschäft einzusteigen.«

FBI entblödete sich nicht zu nicken, als würde er seit Tagen an nichts anderes denken.

»Wir haben hier und da kleine Erfolge verzeichnen können, etwa mit Beteiligungen an Produktionsfirmen, aber das reicht uns nicht. Mittelfristig wollen wir einen eigenen TV-Bereich aufbauen und damit unsere Wertschöpfungskette verlängern. Sie verstehen?«

FBI reckte seinen rechten Daumen samt haariger Hand in die Luft, ich bildete mit meinen Lippen ein unhörbares »Selbstverständlich«.

»Gut. Kurzfristig wollen wir unsere Kompetenz in diesem Bereich mit einer eigenen Fernsehshow beweisen. Dank Herrn Ilmenaus guter Kontakte«, die Martens verbeugte sich leicht vor FBI, als ob der etwas dafür konnte, dass seine Ehefrau einen Top-TV-Manager zum Vater hatte, »sind wir in der Lage, einem der führenden deutschen Privatsender ein Konzept für eine Show aus dem Bereich Reallife-Doku vorschlagen zu können. Das sagt Ihnen was?« Das gleiche Prozedere wie oben, mit dem kleinen Unterschied, dass FBI seinen fettigen Daumen der Martens fast in die rechte Brust gebohrt hätte. Sie war während ihres Monologs immer weiter auf seine Seite gegangen und stand jetzt direkt vor ihm.

»Okay. Also, ich brauche von Ihnen beiden bis Montag ein schlüssiges Konzept.« Das war in vier Tagen und passte mir aus verständlichen Gründen gar nicht. Aber das sagte ich jetzt lieber nicht.

»Kein Problem, Frau Martens.« FBI sprang auf und knöpfte sein Sakko zu. »Montag um neun Uhr haben Sie alles auf Ihrem Schreibtisch liegen. Natürlich nur, wenn neun Uhr reicht ... It's your choice.«

»Wunderbar, Herr Ilmenau. Neun Uhr reicht völlig, und«, sie sah ausnahmsweise zu mir, der ich als Einziger noch saß, »und für Herrn Stiller sagen wir mal besser Viertel vor neun, damit er auch rechtzeitig abgibt.«

»Dann mal frisch ans Werk. See you.« FBI deutete der Martens einen Handkuss an und drehte sich zur Tür. Ich stand auf und wollte grußlos verschwinden, als sie leise sagte: »Herr Stiller, haben Sie noch einmal zwei Minuten für mich?«

»Ich ...«

»Ich bin weg. Have a nice day!«, sagte FBI und verschwand.

»Ich ...«, ich setzte mich wieder hin. »Natürlich, was gibt es denn, Frau Mart..., Sandra?« Jetzt durfte ich wohl wieder auf die vertraulichere Umgangsform künftiger Partner umsteigen.

»Ich mache mir Sorgen um Sie«, sagte die Martens, ohne meinen Vornamen zu benutzen. »Ehrlich gesagt, sogar ziemlich große Sorgen.«

»Weil ich mit dieser bestimmten Sache nicht vorankomme?« Ich bereute die Frage sofort.

»Ich weiß nicht, was Sie mit der bestimmten Sache meinen. Aber wenn es um den Vertrag mit dem ehemaligen amerikanischen Präsidenten geht, dann sprechen wir von der gleichen Angelegenheit. Haben Sie das Geschäft eigentlich völlig vergessen?«

Hatte ich natürlich nicht, wie konnte ich auch? Schließlich war die Anfrage aus den USA der einzige Grund dafür gewesen, dass ich das dämliche Flugangstseminar bei der Lufthansa gebucht hatte. Aber seitdem hatte sich in meinem Leben so viel geändert, dass ich wirklich nicht dazu gekommen war, mich mit den Amerikanern zu beschäftigen und ...

»Ich warte auf eine Antwort, Herr Stiller.«

Herr Stiller? Oh, oh.

»Wir sind nach wie vor in Gesprächen, haben aber noch keinen Termin fixen können«, sagte ich, und so ähnlich war es ja auch.

»Dann wird es höchste Zeit. Seit unserem Zusammentreffen bei Frau Rosenthaler«, sie senkte ihre Augen, »habe ich von Ihnen keinen vernünftigen Vertragsabschluss mehr bekommen. Let's face it: Ihre Performance ist derzeit unterdurchschnittlich, nicht nur im Vergleich mit Ihren Leistungen des Vorjahres, sondern auch mit denen des neuen Kollegen.« Sie zeigte auf den Sessel, auf dem bis vor wenigen Minuten FBI gesessen hatte.

»Aber ....«

»Aber was?«

»Aber Sie wissen doch«, ich versuchte es noch einmal, »dass ich im Moment hart an einem Projekt arbeite, das Elfriede Rosenthaler sehr am Herzen liegt und das mich wirklich viel Zeit kostet. Wenn das abgeschlossen ist, dann ...«

»So lange kann ich nicht warten. Es mag ja sein, dass Elfriede Sie mit einem besonderen Projekt beauftragt hat ...«

Ich musste es sagen: »Es geht um das ungeschriebene Gesetz, und ich muss ...«

»Sie müssen mir jetzt nicht Rechenschaft über Absprachen ablegen, die Sie mit der Chefin getroffen haben. Das ist Ihre Sache. Meine Sache ist es, auch und insbesondere im Auftrag von Frau Rosenthaler darauf zu achten, dass die Mitarbeiter von Maxprom maximale Leistungen für das Unternehmen bringen, damit wir die vielen hohen Gehälter bezahlen können. Und deshalb fordere ich Sie auf, möglichst schnell wieder in die Spur zurückzufinden.«

Es kam mir vor, als würde sie hinter ihren unbeweglichen Gesichtszügen lachen. Ihre Stimme hüpfte etwas. »Ich erwarte von Ihnen mindestens zwei maximale Abschlüsse in den kommenden sechs Wochen. Na gut, sagen wir, acht.«

Ich hatte mein zweites Ultimatum.

»Aber das unge…«

»Genug aber. Das dürfte doch nicht so schwer sein.« Sandra Martens setzte sich an ihren Schreibtisch und schlug eine Unterschriftenmappe auf. »Die Sache mit den Amerikanern ist doch auf dem Weg. Außerdem scheinen Sie ja nicht die schlechtesten Drähte zu unserem Fernsehliebling zu haben …«

»Aber Elfrie…, wie meinen Sie das, Fernsehliebling?«

»Na ja, man erzählt sich, dass Sie vor kurzem eine Frau Jauch empfangen haben und dass die sich seitdem regelmäßig bei Ihnen meldet. Wenn Sie da was erreichen können, will ich nichts gesagt haben. Auch wenn ich es mir kaum vorstellen kann.«

Vanessa.

»Aber …«

»Endgültig Schluss mit aber. Ich habe gleich das nächste Meeting. Wir sehen uns.«

»Ja, äh …, wir sehen uns.«

»Und nicht vergessen: Montag um Viertel vor neun habe ich das Konzept für Ihre TV-Show auf dem Tisch liegen.«

Ich schlich zurück in mein Büro, vor dem diesmal Vanessa auf mich wartete.

»Der Herr der Ringe«, ätzte sie.

»Was willst du?«, fragte ich so unhöflich und angeekelt, wie ich nur konnte.

»Hier.« Sie drückte mir einen der kleinen Notizzettel in die Hand, die sie immer dann an eine Tür klebte, wenn diese verschlossen war. »Jauch anrufen«, stand darauf.

»Ist sie die Glückliche?«, fragte Vanessa, bevor ich in meinem Büro verschwinden konnte. »'ne Jauch tut's auch«, rief sie mir hinterher und lachte.

Zwanzig

»Was gibt es, Frau JAUCH?« Ich war wirklich nicht in der Stimmung, mit meiner Mutter zu telefonieren.

»Daniel, da bist du ja endlich. Ich habe schon den ganzen Morgen versucht, dich anzurufen.«

»Und warum rufst du im Büro an und nicht auf dem Handy?«

»Das habe ich natürlich zuerst gemacht, aber da ging immer nur dieser Beantworter an. Ich habe bestimmt drei Mal draufgesprochen. Aber mein Herr Sohn hat es ja offensichtlich nötig …«

»Ich war in einer Besprechung.«

»Du bist immer in einer Besprechung und vergisst deine Familie darüber.«

»Stimmt doch gar nicht.«

»Ach nein? Und was ist mit der Hochzeitszeitung? Da habe ich seit deiner E-Mail nach unserem Gespräch nicht mehr viel von gehört.«

Das stimmte leider. Zwar hatte ich inzwischen bestimmt fast zwanzig Heiratsanträge bekommen, aber keine Zeit gehabt, sie weiter zu verarbeiten.

»Die Sache geht voran«, behauptete ich trotzdem. »Außerdem eilt es nicht, weil Mara und Max ja noch nicht einmal ein Datum für ihre Hochzeit haben.«

»Haben sie *doch*.« Ich konnte den Triumph in Mutters Stimme hören.

»Wie, haben sie doch? Seit wann?«

»Seit gestern Abend. Sie wollen am 9. September heiraten.« Der nächste Stichtag. Das hatte mir gerade noch gefehlt.

»Warum im September?«

»Weil die beiden im Oktober auf große Kreuzfahrt gehen.

Das Hochzeitsgeschenk von deinem Vater und mir, das du auch längst hättest haben können …«

Vielen Dank.

»Aber deswegen rufe ich nicht an. Ich wollte dich nur fragen, ob du an das Wochenende denkst?«

Ob ich an das Wochenende denke?

»Ich weiß nicht genau, was du meinst, Mu…«

»Siehst du, Lothar, ich hatte recht. Er hat es vergessen.« Meine Mutter rief es zu meinem Vater, der in der Küche oder in seinem Arbeitszimmer sein musste und etwas zurückbrummelte, das für mich wie »ist ja nicht so schlimm« klang.

»Entschuldige, Mutter, was habe ich vergessen?«

Ihre Antwort begann mit einem langen, tiefen Seufzen. »Ach, wenn es nur um mich gehen würde, aber es geht doch um deine Schwester, Daniel. Du hast uns vor drei Wochen versprochen, dass du am Wochenende auf den Kleinen aufpasst, damit Mara, Max, dein Vater und ich uns in Ruhe, wie sagt ihr jungen Leute heute, Locations für die Hochzeit ansehen können. Darauf haben wir uns verlassen, mein Sohn.«

Ich konnte mich nicht erinnern, eine derart gewagte Zusage gemacht zu haben.

»Mutter, tut mir wirklich leid, aber ich kann leider nicht …« Fing sie an zu wimmern? »Ich habe einen Spezialauftrag bekommen, um den ich mich dringend kümmern muss.«

»Die Arbeit ist dir wichtiger als deine Schwester und dein Neffe?« Sie schluchzte.

»Nein, natürlich nicht, aber …«

»Einmal braucht deine Familie dich, einmal in all den Jahren, und du, du hast nur die Arbeit im Kopf.« Das Wimmern wurde stärker. Ich hatte keine Wahl.

»Wann soll ich bei Max und Mara sein?«

»Um neun Uhr am Sonnabend.« Kein Wimmern mehr. »Ich wusste doch, dass ich mich auf dich verlassen kann. Bis dann.« So schnell hatte meine Mutter noch nie aufgelegt.

Ich sah im Kalender nach und fand tatsächlich die Eintragung »Johan hüten«. Johan war der Sohn, den Max und Mara in der ersten Nacht gezeugt hatten, nachdem meine Schwester die Pille abgesetzt hatte. Vor allem war er aber das erste Kleinkind, das in meiner Nähe nicht sofort zu schreien anfing. Allein dafür liebte ich ihn. Als Mara ihn mir trotz großer Proteste (»Ich habe das noch nie gemacht«, »Der heult sofort, ich sag es dir«, »Lieber nicht, nachher lasse ich ihn noch fallen«) kurz nach der Geburt auf den Arm gelegt und er nicht verzweifelt zu seiner Mutter geguckt, sondern sich an mich gekuschelt hatte, war es um mich geschehen.

»Da haben wir ja den idealen Babysitter gleich in der Familie«, hatte Mara gesagt und meine Mutter unter Tränen der Rührung ergänzt: »Ach, er wäre auch so ein guter Vater.« Bisher hatte ich mich um beides erfolgreich drücken können. Bisher. Ich sank in meinen Ledersessel zurück und schloss die Augen. Konnte es noch schlimmer kommen? Ein Heirats-, ein Vertragsabschluss- und ein TV-Show-Ultimatum, FBI, Sandra Martens und die eigene Mutter im Nacken – und der einzige Vertraute lässt die letzte Rettung aus ihrer Wohnung schmeißen. Ich ließ die Augen in der irren Hoffnung zu, dass, wenn ich sie wieder aufmachen würde, alles wie ein schlechter Traum vorbei wäre. Wenige Minuten später war ich eingeschlafen.

Das vibrierende Mobiltelefon weckte mich. Ich sah auf die Uhr. Es war fast drei. Ich hatte eine halbe Stunde geschlafen, eine unvorstellbar lange Zeit für einen Mann in meiner Situation. Wenigstens rief nicht meine Mutter an, sondern Sarah.

»Na?«, fragte ich.

»Ich mach's«, sagte sie.

»Du machst was?«

»Wahrscheinlich ist es verrückt, aber ich muss auch mal verrückt sein dürfen. Ich hol mir die Kohle von meinem Vermieter und such mir eine neue Wohnung. Die schreienden Kinder sind echt nervig.«

»Sage ich doch.« Ich war noch nicht ganz wach.

»Ich fange jetzt an, den Brief zu schreiben, und schicke ihn dir nachher mal. Kennst dich in solchen Dingen ja wahrscheinlich besser aus als ich.«

»Wahrscheinlich.« Ich schüttelte mich.

»Hilfst du mir dann, eine neue Wohnung zu finden?«, fragte Sarah.

»Natürlich«, sagte ich.

»Und bis dahin könnte ich bei dir unterschlüpfen?«

»Natürlich«, sagte ich noch mal und fing an zu begreifen, dass sich die Dinge zum ersten Mal seit langer, langer Zeit wieder in meine Richtung zu entwickeln schienen.

»Ich will nämlich dann möglichst schnell raus, um den Arschlöchern nicht noch weiter Miete zahlen zu müssen. Ha! Wenn du willst, können wir gleich am Wochenende den Umzug machen.«

Es wäre auch zu schön gewesen. Da bietet mir die letzte verbliebene Sarah auf Erden mehr oder weniger von sich aus an, zu mir zu ziehen – und was muss ich machen? Ich muss ihr erklären, dass es leider an diesem Wochenende nicht geht, weil meine Schwester …

»Du hast eine Schwester?«

… demnächst ihren Lebensgefährten heiraten …

»Die heiratet?«

… und an diesem Wochenende mit meinen Eltern auf die Suche nach einem geeigneten Ort gehen will, weswegen ich, als Onkel, auf meinen Neffen aufpassen muss.

»Du hast einen Neffen?«

»Ja, ja, ja«, sagte ich, und für einen Moment war es mir egal, dass es genervt geklungen haben muss.

»Entschuldige, dass ich frage, aber das wusste ich nicht«, sagte Sarah. Und dann, kurz und knapp:. »Also wird das mit dem Umzug nichts.«

»Doch«, rief ich ins Telefon, »doch, doch, selbstverständlich.«

Ich musste aufdrehen, der Umzug musste funktionieren, je eher, desto besser. Wenn sie erst einmal bei mir wohnen würde, wäre der nächste Schritt viel einfacher. »Wir können am Wochenende auf jeden Fall alles besprechen«, sagte ich. »Du kommst einfach mit zu Johan.«

»Wer ist Johan?«, fragte Sarah.

»Mein Neffe.«

»Meinst du, deine Schwester hat nichts dagegen? Wir kennen uns ja nicht mal.«

»Das ist kein Problem.« Ich sag ihr einfach nichts.

»Na dann. Ich könnte aber am Sonnabend erst gegen Mittag kommen, morgens habe ich einen Friseurtermin.«

Um so besser, dachte ich, denn so würde ich verhindern können, dass Sarah auf meine Mutter traf, die das Heiratsthema auf ihre sehr direkte Weise ansprechen und mein Leben für immer zerstören würde. (»Guten Tag, ich bin die Mutter. Ach, nennen Sie mich doch ruhig Jette! Könnten Sie sich eigentlich vorstellen, meinen Sohn zu heiraten?«)

»Hauptsache, du bist überhaupt dabei«, sagte ich.

So kam es, dass ich am Sonnabendmorgen erst mal allein zu meiner Schwester fuhr. Was noch aus einem anderen Grund mein Glück war. Denn auf dem Weg dorthin geriet ich in eine Verkehrskontrolle, bei der es die mürrischen Polizeibeamten ziemlich genau nahmen. Sie kontrollierten auch meinen Verbandskasten, der nicht nur seit acht Monaten abgelaufen war (können Pflaster schlecht werden??), sondern in dem ja nach wie vor – die Aufmerksamen werden sich erinnern – der Ring lag.

»Was ist das denn für ein Gegenstand?«, fragte mich der Beamte, der offensichtlich noch nie ein Schmucketui gesehen hatte.

»Das«, ich klappte das Etui auf, »ist ein Ring.« Ich rechnete damit, dass er mich fragen würde, warum ich ihn im Verbandskasten aufbewahren würde, aber das war angesichts der bereits begangenen Ordnungswidrigkeit natürlich nicht das Entscheidende.

»Den dürfen Sie hier nicht lagern. Das ist nicht erlaubt«, sagte der Polizist, und weil ich keine Zeit hatte, nach dem Paragraphen im Bürgerlichen Gesetzbuch oder wo auch immer zu fragen, der das Mitführen unbenutzter Verlobungsringe in den Verbandskästen deutscher Pkw verbietet, nahm ich das gute Stück heraus und verstaute es in meinem Kulturbeutel direkt neben dem Deoroller. Das klingt unwichtig, ist aber genau das Gegenteil. Später mehr.

Ich schaffte es natürlich nicht mehr pünktlich zu meiner Schwester. Im Gegensatz zu unseren Eltern, die längst da waren und ungeduldig auf den missratenen, unverheirateten Sohn warteten.

»Wir haben echt schon gedacht, dass du es doch noch vergessen hast«, sagte meine Mutter, bevor sie meinen Vater, Mara und Max aus dem Haus schob und mich mit meinem Neffen allein ließ. Der weinte daraufhin fast eine Stunde, nur unterbrochen von anklagenden Mama-Rufen. Als ich anfing, mir Sorgen zu machen, weil sein Gesicht immer roter und seine Atmung immer knapper wurde, stand Sarah in der Tür. Die Rettung.

»Was ist denn hier los?«, fragte sie, sah erst mich und dann den Kleinen an. Wir hatten uns nebeneinander in eine Ecke des Flurs gekauert. Ich zuckte mit den Schultern. Sarah zuckte zurück, beugte sich zu Johan herunter, streichelte seine Wange und nahm ihn auf den Arm. Es passierte, was passieren musste: Tränen und Geschrei stoppten, und fünf Minuten später spielte Johan mit Sarah, als hätte es die vergangene Stunde nie gegeben. Ich setzte mich auf das Sofa im Wohnzimmer, sah den beiden von oben zu und fühlte mich, als hätten wir gerade eine Zeitmaschine verlassen. Die hatte uns knapp zehn Monate Schwangerschaft, eine bis zu fünfunddreißig Stunden dauernde Geburt und die ersten harten, schlaflosen Monate erspart und uns einen kleinen Jungen geschenkt. Verheiratet waren wir natürlich auch längst, ich Partner bei *Maxprom* und FBI »auf eigenen Wunsch aus der Firma ausgeschieden«. Wir waren die steinreiche und glückliche Familie Stiller, und Elfriede Rosenthaler war die Patentante unseres Stammhalters. Das Leben könnte so schön sein.

War es aber nicht. Denn erstens gab es keine Zeitmaschinen, zweitens war ich unverheiratet, und drittens musste ich in weniger als achtundvierzig Stunden das blöde TV-Konzept bei der Martens abgeben. Ich fragte Sarah, ob ich sie mit Johan ein, zwei Stunden allein lassen könnte, weil ich noch dringend etwas arbeiten müsste. Sie sah mich an, als hätte ich gerade einen Heuballen-Spruch im Garten aufbauen lassen.

»Das ist jetzt nicht dein Ernst, Daniel, oder? Ich komme hierher, um mit dir über die Sache mit meiner Wohnung und den Umzug zu sprechen, und du willst arbeiten?« Ich glaubte, das Knirschen ihrer ebenmäßigen Zähne zu hören. »Ich fass es nicht. Nein, mein Lieber, du bleibst schön hier, bei mir und deinem Neffen.«

So kam es, dass Sarah und ich den ganzen Tag mit Johans Bespaßung verbrachten, bis der um 20 Uhr endlich erste Anzeichen von Müdigkeit zeigte. Wir schleppten ihn ins Badezimmer, putzten unter massivem Protest die wenigen vorhandenen Zähnchen, legten ihn ins Bett und lasen etwas vor, bis er eingeschlafen war. Ach ja, irgendwann dazwischen glaubte ich mein Telefon zu hören, machte mich im ganzen Haus auf die Suche danach und kam leider erst wieder zurück ins Kinderzimmer, als Sarah ganz allein die bis oben hin volle Windel gewechselt hatte.

»Fehlalarm«, sagte ich.

»Bei uns nicht«, sagte sie und drückte mir die Windel in die Hand, die ich gleich in einen Mülleimer auf der Terrasse brachte.

Es war fast neun, als wir uns auf Zehenspitzen aus dem Kinderzimmer schlichen.

»Vielleicht sollten wir auch bald schlafen«, sagte Sarah.

»Warum?«, sagte ich.

»Na ja, Johan kommt morgen bestimmt ziemlich früh.«

»Und wenn schon. Dann gehe ich hin, singe ihm ein Lied vor, und dann schläft er schon wieder.«

»Du hast noch nie ein Kleinkind gehütet, oder?«

Nein, nur einen Hund.

»Nein.«

»Dann lass uns jetzt lieber schlafen gehen.«

Als wir tatsächlich eine halbe Stunde später in Maras Gästebett lagen, dessen Lattenrost bei meinem Einstieg gleich an drei Stellen brach (einzige Reaktion von Sarah: »Nicht so laut, du weckst den Kleinen«), wollte ich das tun, was wir in dieser Zeit immer getan hatten, wenn wir ins Bett gegangen waren.

Aber diesmal durfte ich nicht. Sarah zierte sich, als wolle sie sich für den Abend nach der Eheschließung aufbewahren. Und als wir dann doch nichts mehr anhatten und ich mich in gewohnter Weise an sie schmiegte, ermahnte sie mich im Zehnsekundentakt, erstens leise zu sein, zweitens mich nicht zu stark zu bewegen (wegen des Lattenrosts) und drittens schnell zu machen (»Das gehört sich nicht, Daniel, das ist alles nicht kindgerecht«). Also beeilte ich mich, und als sie merkte, dass es nur noch um Augenblicke gehen konnte, setzte sie sich schon einmal auf. Wenige Sekunden später lag ich allein im kaum verwuselten Gästebett, weil Sarah »schnell mal rübergegangen« war, um nach meinem Neffen zu sehen.

So ging es die ganze Nacht. Alle Viertelstunde sprang sie auf, krabbelte aus dem Bett und schlich ans Johansche Gitter, um, Zitat, »zu gucken, ob er noch atmet«. Irgendwie hatten sich üble Gedanken ihrer bemächtigt, die darin gipfelten, dem kleinen, mopsfidelen Kerl könnte ausgerechnet jetzt, wo seine Eltern ihn einmal allein bei Fremden ließen, etwas passieren.

Es passierte nichts bis kurz nach fünf Uhr. Dann wurde Johan wach. Ich bat Sarah, ein letztes Mal nach ihm zu sehen, und versprach, dafür die Frühschicht am Morgen (wobei der Morgen für mich um neun Uhr beginnt) zu übernehmen. Sie sah nicht nur nach ihm, sondern brachte den kleinen Kerl in seinem weißen Strampler gleich mit. Sie legte ihn einfach zwischen uns, und ich wünschte mir, dass das jeden Morgen so wäre. Er roch so gut, und er schlief fast sofort wieder ein, als er unsere großen, warmen Körper spürte. »Siehst du«, flüsterte ich zu Sarah rüber, »alles halb so schlimm.«

Sie war zum ersten Mal in dieser Nacht wirklich weggesackt. Ich schob Johan etwas weiter zu ihr hinüber, zog die Bettdecke weg und schlich mich aus dem Zimmer. Vielleicht konnte ich jetzt etwas an dem TV-Konzept arbeiten …

Ich konnte nicht. Keine Viertelstunde später, ich hatte gerade den Laptop hochgefahren und eine neue Datei eingerichtet, hörte ich Quieken aus dem Gästezimmer. Ich lief zurück, sah Johan mehr oder weniger aufrecht im Bett sitzen und im Begriff, an Sarahs Haaren zu ziehen. Das konnte ich gerade noch verhindern. Ich nahm ihn auf den Arm, trug ihn nach nebenan in sein Zimmer und setzte ihn dort auf den Boden. Dann holte ich meinen Laptop, setzte mich daneben und hoffte, dass er möglichst lange mit den Lego-Klötzchen spielen würde, die auf dem Fußboden herumlagen. Er tat es genau fünf Minuten, bevor er zu mir gekrabbelt kam, um auf den Tasten des Computers herumzutippen. Als er genug davon hatte, nach weiteren fünf Minuten, schleppte er ein Buch mit deutschen Kinderliedern an, und ich musste singen. Morgens um sechs Uhr in Deutschland. So vergingen die ersten zwei Stunden. Um acht Uhr steckte Sarah ihren Kopf rein, grinste und meinte, sie würde jetzt mal Frühstück machen. Wir fütterten abwechselnd, der Kleine glotterte zufrieden. Ich konnte um diese Zeit noch nichts essen.

»Vielleicht legt er sich danach ja noch einmal mit uns hin«, sagte ich. An Arbeit war jetzt, wo Sarah wach war, nicht mehr zu denken.

»Wir können es ja versuchen«, sagte sie.

Es funktionierte natürlich nicht. Johan schrie, wenn er zwischen uns im Bett lag, er schrie, wenn er in seinem Gitterbettchen lag. Zufrieden war er nur, wenn er in seinem Zimmer herumkrabbeln konnte und wir beide (!) dabei waren. Also setzten wir uns, inzwischen war es elf Uhr, daneben und spielten und spielten und spielten.

»Der wird bestimmt bald müde«, flüsterte Sarah zu mir herüber.

»Das hoffe ich«, flüsterte ich zurück. »Mara hat gesagt, dass er spätestens gegen halb zwölf sein Mittagsschläfchen macht. Und wir müssen ja dringend mal den Umzug planen.« Es wurde zwölf, es wurde halb eins, es wurde Viertel vor eins. Um eins lagen Sarah und ich auf dem Teppich in Johans Kinderzimmer, nickten abwechselnd ein und wurden leider auch immer wieder geweckt, wenn Johan uns anstupste, ein neues Spielzeug brachte – oder was er sonst so fand. Sonst fand er übrigens auch einen Deoroller und ein komisches kleines Päckchen, das er aus dem Kulturbeutel herausfischte, den sein unvorsichtiger Onkel einfach im Badezimmer auf den Fußboden gestellt hatte. Mit geöffnetem Reißverschluss, versteht sich. In einem unbeobachteten Dämmermoment musste er dort hingekrabbelt sein. Beim ersten Mal brachte er den Roller mit, und ich dachte mir nichts dabei. Beim zweiten Mal kniete er mit dem Wempe-Etui direkt vor der kurz vorher eingenickten Sarah und fing wieder an zu quieken. Zum Glück war ich genau in dieser Sekunde hellwach und konnte gerade noch verhindern, dass der Kleine versuchte, das Etui in Sarahs leicht geöffneten Mund zu schieben. (Viel später habe ich gedacht, dass ich es ruhig darauf hätte ankommen lassen können. Wer weiß, wie Sarah reagiert hätte. Mir hätte es auf jeden Fall jede Menge Arbeit und noch mehr Ärger erspart.)

Ohne Ring ging die Spielerei ununterbrochen bis 15 Uhr weiter, als mir einfiel, dass Mara und Max jeden Moment wiederkommen und auf Sarah treffen könnten, was mich in doppelte Erklärungsnot bringen würde. Ich musste Sarah loswerden und behauptete deshalb, dass ich Johan zu einem Freund bringen müsste, mit dem er sich immer sonntags zum Spielen treffe.

»Oh, er muss um halb vier da sein, ich sollte mich beeilen.«

»Soll ich mitkommen?«, fragte Sarah.

»Nein, musst du nicht. Weißt du was? Du kannst doch schon mal zu mir nach Hause fahren und dir alles angucken. Was meinst du? Ich komme sofort nach, wenn meine Schwester zurück ist, und wir sprechen endlich über den Umzug.«

Ich hielt ihr meine Wohnungsschlüssel hin. Freitag war die Putzfrau fünf Stunden da gewesen, und die Wohnung blitzte so ordentlich wie lange nicht.

»Hier nimm«, sagte ich, weil Sarah zögerte.

»Ich weiß nicht. Ich so ganz allein in deiner Wohnung, also …«

»Kein Problem, wirklich nicht.« Erinnerungen an andere Frauen hatte ich auch am Freitag entfernt. »Guck dir alles in Ruhe an.« Ich drückte ihr die Schlüssel in die Hand, gab ihr einen Kuss auf die Stirn, zog den verdutzt dreinblickenden Johan in Windeseile an, schnallte ihn im Kinderwagen fest und fuhr mit ihm so lange an der Straße entlang, bis ich Sarahs roten Volvo nicht mehr sehen konnte. Dann drehte ich um, zerrte den Kleinen wieder aus dem Wagen und saß, als wären wir nie zu dritt gewesen, mit ihm im Wohnzimmer, als Mara und Max und Mutter und Vater kamen.

Die Schwärmerei über das wunderschöne Restaurant, das sie für die Feier gefunden hatten, dauerte über eine Dreiviertelstunde, bis ich es auch einmal schaffte, etwas zu sagen.

»Tut mir leid, ihr Lieben, aber ich muss los. Ich muss noch arbeiten.«

»Aber wir haben doch noch gar nicht erzählt …«, fing meine Mutter an.

»Später, Mutter, später.« Ich streichelte Johan über den Kopf, drückte meine Familie nacheinander und drehte mich zur Tür.

»Wie lange hat der Kleine eigentlich heute Mittag geschlafen?«, rief Mara hinter mir her.

»Gar nicht.«

»Das ist schön«, sagte meine Schwester, »dann geht er bestimmt früh ins Bett und schläft morgen länger. Danke, Daniel.«

»Dafür nicht. Ich bin dann mal weg.«

»Aber das hier«, meine Mutter kam aus dem Badezimmer, »solltest du nicht vergessen, mein gehetzter Sohn.« Sie hatte meinen Kulturbeutel in der Hand und ihre neugierigen Augen auf das schmale Loch gerichtet, das der immer noch leicht aufgezogene Reißverschluss freigab. Ich riss ihr den Beutel aus der Hand, als könnte er jeden Moment explodieren.

»Danke, Mutter«, sagte ich und rannte raus.

Es war kurz nach sieben, als ich nach Hause kam. »Sarah?«, rief ich in meine Wohnung, als ich die Tür mit dem Ersatzschlüssel aufgeschlossen hatte, den ich immer im Auto hatte.

»Sarah?«

War sie etwa doch nicht zu mir gegangen? Ich nahm das Etui mit dem Verlobungsring aus dem Kulturbeutel und versteckte es in meinem Schuhschrank. Erst dann sah ich meine Verlobte, die immer noch nicht meine Verlobte war. Sie lag komplett angezogen auf dem Bett und schlief. Ich hätte mich am liebsten sofort neben sie gelegt, doch ich durfte nicht. Leise zog ich die Tür zum Schlafzimmer zu, trank einen halben Liter Cola zero auf ex und fuhr direkt am Küchentisch meinen Laptop hoch. Jetzt hatte ich wirklich nicht mehr viel Zeit. »Konzept für eine TV-Show. Von Daniel Stiller« schrieb ich in Vierzehnpunkt über die erste Seite, und darunter: »Titel:« Titel? Ja, welcher Titel? Ich versuchte, klar zu denken, mich auf die Aufgabe zu konzentrieren, aber es funktionierte nicht. Meine Augen brannten, die Cola schwappte schwer in meinem Magen, und meine Schultern taten weh, als hätte Johan den ganzen Tag darauf gesessen. Ich wäre ganz sicher eingeschlafen, wenn mein Laptop nicht mit einem für meine Verfassung ziemlich lauten »Pling« die Ankunft einer neuen Mail gemeldet hätte. Ich sah, um überhaupt etwas zu tun, in den Posteingang. Die Mail stammt von einer Meike, die ich nicht kannte. In der Betreffzeile stand nur: »Heiratsantrag für Hochzeitszeitung.«

»Lieber Daniel,

es gibt zwei Geschichten von unserem Heiratsantrag, nein, eigentlich drei: die von dem konjunktiven, die von dem verpassten Moment und die von dem wirklichen. Welche willst du hören?«

Ich überflog die nächsten Absätze, bis es endlich ernst wurde:

»Es war der 11. Dezember, wir aßen in meinem Lieblingsrestaurant, und nach dem Hauptgang schob Sven mir plötzlich eine Schachtel herüber. Darin waren ein Zettel und eine weitere Schachtel, in der wieder ein Zettel und eine Schachtel waren – insgesamt bekam ich jeweils vier. Auf den ersten drei umkreiste Sven die Frage, die dann auf dem letzten Zettel stand: »Willst du mich heiraten?« Typisch mein Showman!

Liebe Grüße, Meike (eine von Maras Schulfreundinnen)«

Typisch mein Showman? Ich las die letzten drei Worte noch einmal, klickte die E-Mail weg und sah auf die leere Seite meines TV-Konzepts. Ich ging mit der Maus an den Anfang und schrieb: »Die Heiratsantragsshow.« Dann wurde es dunkel.

Einundzwanzig

»Daniel? Daniel!«

Ich hatte geträumt, dass ich nach einem geglückten Heiratsantrag in meiner eigenen TV-Show vor der Jury stand. Ich war nach vier gescheiterten Versuchen schon als hoffnungsloser, aber herrlich schräger Fall abgestempelt worden, und nur meine Tollpatschigkeit hatte mich in der Sendung gehalten. Ich war der Daniel Küblböck der Heiratsantragsshow, der gleich von Dieter Bohlen abgeurteilt werden würde.

»Daniel!!«

Daniel, würde er sagen, ich habe schon Frauen origineller nach der Uhrzeit oder der nächsten öffentlichen Toilette gefragt, als ...

»Daniel, wach endlich auf!«

Der Traum stoppte, weil ich gleichzeitig etwas Weiches und etwas kleines Hartes an meinem Ohr spürte. Ich schlug die Augen auf und sah in das große, verschlafene Gesicht von Sarah. Sie trug nichts außer einem Slip, und was ich da an meinem Ohr gespürt hatte, war ihre rechte Brust.

»Wie lange liegst du schon hier?«

»Ich ... ich weiß nicht. Wie spät ist es denn?«

»Kurz nach eins. Ich dachte schon, du kommst gar nicht mehr nach Hause. Willst du nicht mit rüberkommen?« Sie nahm mich an der Hand und zerrte mich vom Stuhl hoch. Während wir ins Schlafzimmer torkelten, zog ich mich automatisch aus.

»Gute Nacht«, sagte ich.

»Noch nicht«, sagte Sarah und nestelte mir die Unterhose von der Hüfte.

Ich weiß nicht genau, wann mir das Konzept für die Martens wieder eingefallen ist, aber es war auf jeden Fall in einem denkbar ungünstigen Zeitpunkt. Ich sah auf die Uhr, es war kurz vor drei Uhr, ich sah auf Sarah, und ich konnte nicht anders, als aufzuspringen, etwas wie »Entschuldigung, ich muss noch was arbeiten« zu stammeln, mir den Bademantel anzuziehen und wieder in Richtung Küche zu verschwinden.

»Das ist nicht dein Ernst«, rief Sarah mir nach, und ich drehte mich um.

»Es tut mir leid, aber ich muss bis neun Uhr ein Konzept für eine TV-Show abliefern und …«

»Und das fällt dir ausgerechnet jetzt ein?«

»Ja, leider«, ich war zerknirscht und versprach, es wiedergutzumachen. »Aber jetzt muss ich wirklich schnell …«

»Leck mich!«, zischte Sarah verächtlich.

»Nein, so gern ich das tun würde, auch dafür ist leider keine …«, sagte ich, bis ich merkte, dass sie das gar nicht witzig fand. »Es tut mir leid«, sagte ich noch einmal und lief in die Küche.

Zwei Stunden später hatte ich auf nicht einmal drei Seiten die Idee zu einer Show konzipiert, die stark an »Deutschland sucht den Superstar« erinnerte, wobei es nicht ums Singen, sondern um Heiratsanträge ging. Und in der Jury saßen nicht drei, sondern vier Prominente, von denen einer geschieden und zwei mehrfach verheiratet waren. Dazu gab es die »versteckte Kamera«, die die Kandidaten bei ihren Anträgen und den Vorbereitungen heimlich filmte. Der Sieger bekam, das war meine Rache an der Rosenthaler und an *Maxprom*, eine Hochzeitsfeier im Wert von 50 000 Euro und, das war meine Rache an meinen Eltern, eine Hochzeitsreise im Wert von 10 000 Euro. Ich druckte das Konzept aus, und weil es so mickrig aussah, ergänzte ich es um das Kapitel »Fallbeispiele«. Das bestand aus zwei Heiratsanträgen, die mir für Maras Hochzeitszeitung geschickt worden waren. In dem einen hatte der Mann alle E-Mails, die er und seine künftige Gattin sich jemals geschrieben hatten, gesammelt und ihr als Buch geschenkt. In dem anderen hatte ein Flugzeug »Willst du meine Frau werden?« in den Himmel gemalt.

Unter die »Fallbeispiele« schrieb ich, dass die Frauen (oder

Männer, weil es natürlich auch weibliche Kandidaten geben würde), die gefragt worden waren, hinterher eine Art Beurteilung abgeben müssten, die dann in die Bewertung einfließen und vor allem im Magazin zur »Heiratsantragsshow« abgedruckt werden könnte. »Dadurch werden zusätzliche Einnahmen generiert, die am Ende ...«, ich sah auf die Uhr. Es war Viertel nach acht. Ich schrieb einfach nur: »Dadurch werden zusätzliche Einnahmen generiert«, druckte das nun auf sechs Seiten angewachsene Manuskript aus, zog meinen dunkelblauen Anzug an, schmierte mir Gel in die Hand und gurgelte mit einer halben Kappe Chlorhexamed. Ich steckte mein Konzept in eine Klarsichthülle, sah noch einmal nach Sarah, die zum Glück wieder fest schlief, und rannte zum Auto.

Um eine Minute vor neun legte ich Sandra Martens mein Werk auf den Schreibtisch.

»Habe ich es mir doch gedacht«, sagte sie hämisch, als sie mich unrasiert in ihr Büro stolpern sah. »Wenn man Daniel Stiller sagt, er soll etwas um Viertel vor neun abgeben, hat man es frühestens um Punkt. Wenigstens sind Sie diesmal Erster.«

Ich staunte. Würde FBI tatsächlich unpünktlich sein? Die Antwort bekam ich mit dem ersten Schlag der Kirchenglocke, die Luftlinie fünfzig Meter von der *Maxprom*-Zentrale entfernt stand. Der Ton war noch nicht verhallt, da stand ein ausgeschlafener und grinsender FBI im Raum, klappte seine schwarze Ledertasche auf und zog ein romandickes, gebundenes Manuskript hervor. Ich konnte nur den Titel lesen: »Schlauer sucht Frau. Die Kuppelshow für Hochbegabte.«

»That's it«, sagte FBI und drückte der Martens den dicken Packen Papier in die Hand. »Mehr war leider in der kurzen Zeit nicht möglich.«

»Da sagen Sie was«, grinste die Martens und legte FBIs Konzept neben meine Loseblattsammlung. Es war, als würde Prousts »Auf der Suche nach der verlorenen Zeit« neben einem Fix-und-Foxi-Heft liegen.

»Erst einmal vielen Dank, meine Herren. Ich melde mich in ein paar Tagen mit einer ersten Einschätzung.«

»You're welcome«, sagte FBI und drehte sich um. Als ich es mit einem leisen »in Ordnung« ihm gleichtun wollte, presste die Martens ein »Moment noch, Herr Stiller« heraus. Die nächsten zwei Minuten würde ich gern streichen. Sie bestanden aus mehr oder weniger laut artikulierten Vorwürfen, was ich mir eigentlich einbilden, ob ich überhaupt noch für das Unternehmen arbeiten und die Aufträge von Vorgesetzen ernst nehmen würde.

»Ich gebe Ihnen jetzt genau noch zwei Tage Zeit, und ich weiß wirklich nicht, warum ich so gnädig bin«, fauchte die Martens, »um aus dieser Zumutung, die Sie Konzept nennen, etwas zu machen, das zumindest vom Umfang mit dem Vorschlag von FBI konkurrieren kann.« Sie hielt das monsterfette Pamphlet hoch. »Und Sie können sicher sein, dass ich den anderen Mitgliedern der Geschäftsführung von Ihrem Verhalten berichten werde. Das geziemt sich schon nicht für einen einfachen Mitarbeiter von Maxprom, aber für einen angehenden Partner ... Sie enttäuschen mich, wirklich.«

»Es tut mir leid, aber ...«

»Genug. Gehen Sie an die Arbeit! Noch eine Verzögerung würde ich mir an Ihrer Stelle nicht erlauben. Mittwochmorgen, neun Uhr, sehen wir uns wieder.«

Ich verbrachte die nächsten zwei Tage und, bis auf wenige Stunden auch die Nächte, im Büro. Ich hatte Sarah geschrieben, dass ich mich um ein weiteres dringendes Projekt kümmern müsste und deshalb bis Mittwoch wenig Zeit für sie haben würde. Sie hatte zunächst nur »Ist ja toll« zurückgeschrieben und »ein schönes Leben noch«. Wenig später bekam ich dann eine E-Mail, die mir einen ziemlichen Schrecken einjagte:

»Na, erst schlägst du mir diese verrückte Sache mit der Wohnung vor und bietest mir an, zu dir zu ziehen, und dann musst du auf einmal auf deinen Neffen aufpassen, verschwindest während des Sex plötzlich in der Küche und hast dringende Projekte. Und über den Umzug haben wir das ganze Wochenende nicht gesprochen. Ich finde dein Verhalten ziemlich komisch, Daniel, und bedaure echt, dass ich den Brief an den Vermieter schon abgeschickt habe. Ich kann nur für dich hoffen, dass das Ganze so klappt, wie du das behauptet hast. Aber zu dir ziehen werde ich erst mal nicht, und wenn ich eine Zeit bei meinen Eltern schlafen muss.«

Ich sah das größte und wichtigste meiner vielen Projekte gefährdet und hätte Sarah gern ausführlich geantwortet. Aber ich hatte ja keine Zeit und konnte nur etwas davon schreiben, dass ich ihr alles erklären und ab Mittwoch wieder voll für sie da sein würde: »Alles wird gut.« Sie reagierte nicht darauf, und ich arbeitete noch schneller als zuvor, um möglichst bald wieder bei ihr sein zu können.

Ich hatte gehofft, wenigstens die Nacht von Dienstag auf Mittwoch bei Sarah verbringen zu können, aber selbst das gelang mir nicht. Am Dienstagabend schickte mir Sandra Martens eine kurze E-Mail, dass FBI noch ein Skript für ein Drehbuch eingereicht habe und sie das bitte auch von mir erwarte. Ich musste die ganze Nacht im Büro bleiben und hatte trotzdem Mühe, mein überarbeitetes Konzept inklusive erster Auszüge aus dem Drehbuch rechtzeitig bei der Martens abzugeben. Ich kam um halb zehn in ihr Büro, und natürlich konnte sie sich einen gehässigen Spruch nicht verkneifen.

»Pünktlichkeit ist eine Zier, doch Stiller kommt gern ohne ihr«, sagte sie.

»Hier«, sagte ich und drückte die Heiratsantragsshow in ihre langen gebräunten Finger.

»Hier was?«

»Hier, bitte, mein überarbeitetes Konzept.«

»Geht doch. Wobei«, sie sah anscheinend zum ersten Mal auf den Titel, »Sie sich mit diesem Thema nicht unbedingt viele Freunde in diesem Haus machen. Aber egal.«

Ich verstand nicht, was sie damit meinte. Die Geschäftsführung war es doch, die junge unschuldige Kollegen dazu zwang, sich mit nicht einmal vierzig übers Heiraten Gedanken zu machen: Warum sollten sie dann eine Show dazu blöd finden?

»Wir werden beide Konzepte mit unserem möglichen TV-Partner besprechen und Ihnen Bescheid geben. Allerdings wird das nicht vor nächster Woche sein, weil Baron von Tolken dann erst wieder da ist«, sagte sie. Ich atmete auf, weil ich befürchtet hatte, dass die Rosenthaler, Martens und Friedrich ohne meinen immer noch urlaubenden Mentor über FBI und mich richten würden.

»Gut, vielen Dank«, sagte ich. »Dann will ich mal kurz nach Hause, um zu duschen und mir was Frisches anzuziehen. War eine lange Nacht, und …«

»Ja, aber viel Zeit haben Sie nicht mehr.«

»Wie, viel Zeit habe ich nicht mehr?«

»Sie müssen nach Berlin. Sie haben heute Nachmittag einen Termin mit den Amerikanern. Hat Vanessa Sie nicht informiert?«

Hatte sie, aber ich hatte ihre Mail bisher nicht gelesen: »Mr. Pennington anrufen. Treffen in Berlin«, hatte sie in ihrer Hol-dir-doch-selber-einen-runter-Art geschrieben. Immerhin folgten zwei Handynummern. Vanessa hatte Sandra Martens auf CC gesetzt, und ich hätte zu gerne gewusst, warum.

Unter normalen Umständen hätte ich mich darüber gefreut, Mr. Pennington, den Unterhändler der Amerikaner, in Berlin und nicht in New York treffen zu können, zumal sich dadurch meine Chancen auf den von der Martens gewünschten Vertragsabschluss erhöht hatten. Aber die Reise nach Berlin würde bedeuten, dass ich mich wieder nicht um Sarah kümmern könnte. Es war wie verhext, und auch hier hätte ich zu gern gewusst warum.

Zweiundzwanzig

»Das kann nicht dein Ernst sein, Daniel. Was ist denn bloß mit dir los?«

Ich war mit gepacktem Koffer zu Sarah gegangen und hatte sie gerade noch erwischt. Es war kurz nach zehn, in einer Stunde fuhr mein Zug. Ich wollte ihr persönlich sagen, dass ich nach Berlin musste, und irgendwie versuchen, gut Wetter zu machen. Sie war sauer und misstrauisch, obwohl ich immer wieder beteuerte, für all das nichts zu können.

»Die Martens ist schuld mit ihrer blöden TV-Show«, sagte ich.

»Mir ist egal, wer an was schuld ist«, sagte Sarah. »Ich habe ein blödes Gefühl bei der Sache, Daniel, das ist das Problem.«

»Wieso hast du ein blödes Gefühl? Das hat doch alles nichts mit dir zu tun. Ich stehe halt bei Maxprom im Moment ziemlich unter Druck, seit dieser neue Kollege da ist, der lieber heute als morgen meinen Job haben will.«

»Trotzdem.«

»Wie, trotzdem?«

»Na ja, erst verbringst du quasi jede Nacht bei mir. Dann bietest du mir an, bei dir einzuziehen, nimmst mich zu deinem Neffen mit«, sie stockte und sah mir in die Augen, »und jetzt kommt es mir so vor, als hättest du Angst vor dem eigenen Tempo. Daniel, du bist es gewesen, der ständig vor meiner Tür gestanden hat, nicht umgekehrt. Wenn dir das jetzt zu viel wird, kein Problem, sag es einfach. Wir sind erwachsen, und auf so ein Hin und Her habe ich echt keinen Bock. Das muss ich mir nicht mehr antun.«

Ihre Stimme klang ernst. Ich stammelte etwas davon, dass es mir überhaupt nicht zu schnell gehe, eher im Gegenteil, dass ich doch unbedingt noch mehr Zeit mit ihr verbringen wolle, und ... »Scheiße«, ich hatte auf die Uhr an Sarahs DVD-Rekorder gesehen, »es ist ja schon fast halb elf. Ich muss dringend los, sonst schaffe ich die Bahn nicht. Es tut mir leid, äh, Schatz ...«

»Äh, Schatz? Was ist das denn, äh, Schatz?«

Konnte ich ihr erklären, dass ich früher einen Brechreiz bekommen hatte, wenn Freundinnen mich so genannt hatten, und es für wahrscheinlicher hielt, Papst zu werden, als selbst einmal diesen oder einen der anderen furchtbaren Kosenamen zu verwenden? Lieber nicht.

»Ich meine natürlich nur, Schatz, also Lieblingsschatz, mach dir keine Sorgen: In zwei Tagen bin ich wieder da, habe den Vertrag mit dem amerikanischen Präsidenten, und dann machen wir da weiter, wo wir vor dem Wochenende aufgehört haben. Aber jetzt«, ich versuchte sie zu küssen, aber sie drehte ihr Gesicht weg.

»Aber jetzt musst du los, ich weiß. Und du weißt ja, wo die Tür ist.«

»Ich, äh, ich liebe dich.« Das letzte Mittel.

»Verpiss, äh, dich.« Sie hatte die Tür schneller zugemacht, als dass ich noch etwas hätte sagen können. Ich fluchte auf dem Weg zum Bus vor mich hin, setzte mich im ICE nach Berlin direkt in den Speisewagen und trank zwei Weizen. In der Hauptstadt angekommen, bekam ich eine Mail von Vanessa: »Termin verschoben. Jetzt morgen, neun Uhr, Adlon.«

Ich hätte kotzen können. Ich fuhr mit dem Taxi ins Borchardt, um dort weiterzutrinken. Ich war an einem dieser Punkte angelangt, an dem nur Alkohol in maximaler Menge helfen konnte. »Prost, Maxprom, prost, maximale Promille«, lallte ich vor mich hin, als der Kellner die zweite Flasche Weißburgunder brachte. »Danke, dass du mein Leben zerstört hast.« Ich blieb bis kurz nach sechs im Promilokal, in dem ich schon so viele Verträge gemacht hatte, und beschloss dann, den Weg ins Adlon zu Fuß zu gehen. Das war eine gute Idee, weil ich mich so nicht in den Fond eines Berliner Taxis, sondern in einen Blumenkübel übergab, und weil ich an einem riesengroßen Plakat vorbeikam, das mich auf eine Idee brachte. »Sissi – das Musical. Nur noch zehn Tage«, stand darauf, und so besoffen ich war, so klar war mir, dass ich dafür Karten kaufen würde, für Sarah und mich. Dieser Gedanke versöhnte mich wenigstens etwas mit einer Woche, an der das Beste die Aussicht war, dass sie zu Ende ging.

Ich habe keine Ahnung, wie ich es am nächsten Morgen geschafft habe, um neun Uhr in einem Konferenzraum im ersten Stock des Adlons zu sein. Aber ich war da, sogar frisch geduscht, und saß Mr. Pennington und zwei weiteren Mitarbeitern aus dem PR-Stab der US-Demokraten gegenüber. Sie waren natürlich nicht meinetwegen, sondern allein wegen Barack Obama nach Berlin gekommen. Der Präsidentschaftskandidat hatte ausgerechnet die deutsche Hauptstadt als Ort für seine einzige Rede in Europa auserkoren und seine komplette Vermarktungsmaschine gleich mitgebracht. Ich war Obama auf dem Weg zum Konferenzraum begegnet. Er hatte noch dünner gewirkt als im Fernsehen, und er hatte mir freundlich zugewinkt und gefragt: »How are you?«

»Good to see you«, sagte ich in bewährter *Maxprom*-Manier, und er grinste und ging weiter. Ich überlegte kurz, ob ich Sarah anrufen und ihr erzählen sollte, dass ich den bald wichtigsten Mann der Welt getroffen hatte. Aber erstens war sie wahrscheinlich noch sauer auf mich, und zweitens gehörte sie zu den unverbesserlichen Fans von Hillary Clinton. Ich schrieb ihr eine SMS: »Habe eben Obama getroffen. Er sagt, du sollst mir nicht böse sein« und schickte sie ab. Ich fand das ganz niedlich, rechnete aber nicht damit, dass sie antworten würde.

Mr. Pennington und ich plauderten ein Stündchen nett miteinander, wobei er von mir erst einmal alles über die Arbeitsweise von *Maxprom* wissen wollte. Ich ließ die Sache mit den erzwungenen Hochzeiten weg und erzählte von den vielen deutschen Politikern, die wir mit Vortragsreihen reich gemacht hatten. Mr. Pennington nickte, und als er genug gehört hatte, fragte er mich, ob wir am Abend gemeinsam zu Obamas großer Rede vor der Siegessäule gehen wollten. Da könnte ich dann wirklich einmal sehen, wie man Politiker maximal vermarktet.

Natürlich sagte ich zu, nicht nur wegen der möglichen Geschäftsbeziehungen zu den Demokraten, sondern auch, weil ich ein Fan von Barack Obama war. Wir hatten viel gemeinsam, damals, zwei Männer vor zwei unmöglichen Missionen. Er wollte als Schwarzer ins Weiße Haus, ich musste als überzeugter Junggeselle heiraten. Geht nicht, sagte ich. Und was sagte Barack Obama? »Yes, we can.« Ich hatte den Satz schon mehrfach vor dem Fernseher mitgesprochen, wenn mein Leidensgenosse auf CNN wieder bei einer Wahlkampfrede zu sehen war. Yes, we can, yes, we can. Hubertus Heil, der Generalsekretär der SPD, hatte den Spruch mal bei einem seiner Auftritte ausprobiert und war damit böse gescheitert. Das zum Unterschied zwischen Heil und Heilsbringer.

»Yes, we can«, schrien auch die zweihundertfünfzigtausend Menschen, die am Abend mit mir vor der Siegessäule auf Obama warteten, und ich schrie auch, bis er endlich auf der Bühne stand. »That's entertainment«, sagte Mr. Pennington, und als ich nickte, radebrechte er auf Denglish: »I think, we are im Geschäft.«

»Excuse me?«, fragte ich zurück, weil ich wegen des Lärms um uns herum etwas wie »mir ist schlecht« verstanden hatte.

»Yes, we can«, sagte Mr. Pennington, und da verstand ich, dass er mit *Maxprom* zusammenarbeiten wollte. Abends im Borchardt unterschrieben wir eine Absichtserklärung, die sich natürlich erst einmal nicht auf die europaweite Vermarktung von Obama, sondern vor allem auf die eines seiner Vorgänger bezog, dessen Namen ich immer noch nicht nennen darf. Dafür kann ich verraten, was Mr. Pennington mir verraten hat, nämlich dass der ehemalige amerikanische Präsident pro Rede 400 000 Euro nehmen würde, minus 15 Prozent für uns. Das klang sehr, sehr gut, weshalb ich auf *Maxprom*-Kosten eine Flasche Champagner bestellte und hoffte, aus der Absichtserklärung würde am Ende ein richtiger Vertrag werden. Selbstverständlich war das leider in unserem Geschäft nicht.

Diesmal trank ich in Maßen, weil ich weder vor meinem neuen amerikanischen Freund noch später bei Sarah lallen wollte. Ich hatte sie den ganzen Tag mit SMS bombardiert, wie sehr ich sie vermisse, dass ich ständig an sie denken würde, Hillary Clinton doch die bessere Kandidatin gewesen wäre und ich eine Überraschung für sie hätte. Sie schrieb nicht zurück.

Erst am Abend hatte ich Glück. Ich rief sie vom Hoteltelefon an, und weil sie von dort anscheinend meine Nummer nicht sehen konnte, ging sie ran.

»Yes, we can«, sagte ich.

»Was willst du?«, sagte sie, und es klang kalt.

»Hast du meine SMS nicht bekommen?«

»Doch.«

»Und willst du nicht wissen, was ich für eine Überraschung für dich habe?«

»Eigentlich …«

Jetzt bloß nicht ausreden lassen.

»Ich wollte dich als kleine Entschuldigung für die Turbulenzen der vergangenen Tage fragen …«

»Du redest schon wie ein Börsenexperte.«

Wie? Egal.

»Also, ich wollte dich fragen, ob du nicht Lust hast, morgen nach Berlin zu kommen …«

»… um mir Obama anzusehen? Bestimmt nicht.«

»Lass mich doch mal ausreden. Das ist ja schon fast, als ob wir verheiratet wären.«

»Sind wir aber nicht. Zum Glück.«

Das klang nicht gut, gar nicht gut. Aber wenigstens sprach sie wieder mit mir.

»Sarah, ich würde dich gern ins Musical einladen. Die spielen hier im Theater des Westens nämlich noch zehn Tage lang Sissi, und du hast doch mal gesagt, dass du ein großer Fan von der bist und …«

Ich wartete, dass sie mich wieder unterbrechen würde. Aber es kam nichts.

»… äh, und ich habe für morgen Abend die letzten beiden Karten bekommen. Was sagst du nun?« Sie sagte gar nichts, ich konnte nur ihren Atem hören.

»Sarah? Bist du noch da?«

»Ja«, sagte sie, und die Stimme war etwas weicher.

»Und?«

»Das ist eine nette Idee, Daniel.«

Yes …

»Aber ich kann nicht.«

… we can't.

»Du willst nicht, oder du kannst nicht?«

»Ich kann nicht. Kurz vor dir hat die Redaktion angerufen. Wir haben die Möglichkeit, ein Interview mit George Clooney zu bekommen. Entweder morgen oder übermorgen in London. Ich muss da hin. Tut mir leid.«

»George Clooney? Der George Clooney?«

»Gibt es noch einen anderen, den es sich zu interviewen lohnt?«

»Nein, aber dann wirst du, ich meine, du und George Clooney, ihr werdet in einem Raum sitzen und …«

»Das ist bei Interviews so üblich.«

»Klar, aber, also, ich meine …«

Ja, was meinte ich? Wahrscheinlich, dass George Clooney ein ziemlich ernstzunehmender Gegner beim Kampf um Frauen war und dass ich gerade jetzt und gerade bei Sarah so einen Gegner überhaupt nicht gebrauchen konnte.

»Ich meine, ist der nicht schwul?«

»Ich kann ihn ja mal fragen, wenn dich das so interessiert. Meinst du, du kannst die Karten für Sissi zurückgeben?«

»Ich kann es zumindest probieren.« Ich versuchte so traurig

zu klingen wie möglich. »Meldest du dich denn wenigstens mal, wenn du mit Herrn Clooney fertig bist?«

»Vielleicht.«

»Vergiss mich nicht«, stammelte ich.

»Das sagt der Richtige«, antwortete Sarah, und damit war das Gespräch zu Ende.

Natürlich konnte ich die Karten nicht zurückgeben, ausgeschlossen, und weil ich bis eine Minute vor Vorstellungsbeginn niemanden fand, der sie mir für ein paar Euro abkaufen wollte, ging ich einfach selbst und allein rein. Es konnte nicht schaden, mehr über Sissi zu erfahren, und wer weiß, vielleicht eignete sich das Stück ja als Kulisse für einen späteren Heiratsantrag. Also saß ich in der letzten Reihe, neben mir ein leerer Stuhl und knapp fünfzig Meter vor mir die Bühne, auf der sich das Gegenteil dessen abspielte, was ich erwartet hatte. Denn das Musical handelte nicht von der romantischen Liebe zwischen einer jungen Frau und dem Kaiser von Österreich. Es ging im Wesentlichen um die tiefen Depressionen, die Sissi nach ihrer Ankunft am Wiener Hof hatte, und um ihre böse Schwiegermutter. Eigentlich, das war die Botschaft des Musicals, war das schöne Leben der noch schöneren Sissi mit ihrer Hochzeit zu Ende. Ich sank in meinen Stuhl zusammen wie einer, der aus Versehen in der falschen Vorstellung ist, und war zum ersten Mal froh, dass Sarah nicht neben mir saß.

Dreiundzwanzig

Ansonsten waren diese Tage verhext, ich sagte es schon. Als ich aus Berlin zurück nach Hamburg kam, hätte ich endlich einmal wieder Zeit für Sarah gehabt – und sie war nicht nur einfach nicht da, sondern mit George Clooney unterwegs. Ich fuhr auf direktem Weg ins Büro, um die Absichtserklärung mit Mr. Pennington bei Sandra Martens vorbeizubringen. Es war höchste Zeit, wenigstens an einer Front Ruhe zu bekommen.

»Sie ist nicht da«, sagte die Seiffert schnippisch, als ich an Martens' Tür klopfte. »Die Geschäftsführung hat gerade Lage.«

»Warum das denn?«, fragte ich. Normalerweise gab es die Besprechung der Partner nur mittwochs.

»Das kann ich Ihnen nicht sagen, Herr Stiller. Vielleicht, weil der Baron aus dem Urlaub zurück ist.«

Wenigstens das.

»Können Sie mir Bescheid sagen, wenn die Lage vorbei ist?«

»Ich melde mich bei Ihnen.« Man sah ihr an, dass sie keine Lust dazu hatte.

Und es war auch gar nicht nötig. Von Tolken selbst rief mich eine halbe Stunde später an.

»Baron, wie schön, dass Sie wieder da sind. Es gibt einiges zu …«

»Ich habe nicht viel Zeit, Daniel. Sind Sie allein?«

»Ja, wieso?«

»Ich komme rüber.«

Er brauchte nicht einmal zwei Minuten. Er zog den Stuhl, der vor meinem Schreibtisch stand, um diesen herum und nahm genau vor mir Platz.

»Daniel, was ist passiert, als ich weg war?«

»Wieso, was soll passiert sein?«

»Wir hatten eben eine Lage, in der wir fast nur über Sie gesprochen haben.«

»Über mich?«

»Ja, Sandra meinte, es sei dringend nötig, noch einmal unsere Pläne mit Ihnen zu diskutieren.«

»Schon wieder? Ich verstehe nicht …«

»Sie hat erzählt, dass Sie mit Ihrer Arbeit stark nachgelassen und nicht einen einzigen neuen Kunden geworben hätten, seit wir Ihnen das Angebot gemacht haben, Partner zu werden.«

»Aber …«

»Lassen Sie mich erst mal, bitte. Außerdem hätten Sie bei einem neuen TV-Projekt, von dem ich nichts wusste, erst nach mehrfacher Aufforderung und Nachbesserung ein halbwegs anständiges Konzept vorgelegt. Sie meint, die Aussicht auf die Partnerschaft sei Ihnen zu Kopf gestiegen.«

»So ein Quatsch, es ist nur … «

»Sie hat uns diesmal quasi aufgefordert, dass wir uns die Suche nach einem Partner nicht so schwer machen und dass wir FBI nehmen sollten. Der hätte alles, was Sie nicht haben, und verheiratet sei er auch.«

»Das ist nicht Ihr Ernst.«

»Doch, das ist mein Ernst.«

»Und was hat die Rosenthaler gemacht?«

»Sie hat mich gefragt, wie ich die Sache einschätze. Und ich habe gesagt, dass ich Sie für einen der Besten in der Branche halte und dass es eine ganz einfache Erklärung dafür gebe, dass Sie im Moment, wie habe ich es gesagt, ach ja, dass Sie im Moment etwas abgelenkt seien.«

»Die wäre?«

»Wie gesagt, ganz einfach: Sie seien kurz davor, die Frau Ihres Lebens um ihre Hand zu bitten. Da bekam Elfriede einen ganz verklärten Blick und hauchte leise zu mir herüber: ›Ach ja, die Sarah.‹ Daniel, Sie sind doch kurz davor, oder?«

»Na ja, es geht nicht so schnell, wie ich es mir wünschen

würde. In den vergangenen Tagen hatte ich so viel für Maxprom zu tun, dass ich mich kaum um Sarah kümmern konnte und …«

»Sie wissen aber schon, dass Sie nicht einmal mehr drei Monate Zeit haben, oder? Wenn überhaupt.«

»Wie, wenn überhaupt?«

»Sandra hat Elfriede dazu aufgefordert, Ihr Ultimatum zu verkürzen, um zu testen, ob Sie, ich zitiere, wenigstens unter Druck Leistung bringen können.«

»Sie weiß von dem Ultimatum? Mir gegenüber hat Sie immer so getan, als sei das eine Sache zwischen der Rosenthaler und mir.«

»Quatsch, jeder in der Geschäftsführung weiß, wie das Spiel läuft. Dazu sind wir zu lange dabei.«

»Und was hat die Rosenthaler dazu gesagt?«

»Sie hat gesagt, dass sie diesen Schritt nur dann gehen würde, wenn es eine Mehrheit in der Geschäftsführung dafür gebe.«

»Und die gibt es nicht, weil Sie und Friedrich dagegen sind, oder?«

»Na ja, also …«, die Eloquenz des Barons war plötzlich dahin. »Mit Friedrich ist das so eine Sache.«

»Was für eine Sache? Ist er etwa auf der Seite der Martens?« Bisher war ich mit dem ruhigen, sachlichen Justitiar gut klargekommen und hatte gedacht, dass er mich mögen und mir im Zweifel beistehen würde. Und sei es nur, weil das, was *Maxprom* von mir verlangte, nun wirklich nicht den Paragraphen des Gesetzes entsprach.

»Friedrich, also ich meine natürlich Mathias, ist auf niemandes Seite.«

»Er enthält sich der Stimme?«

Der Baron stand auf, schob den Stuhl ein Stück zurück und ging zum Fenster. Mit dem Blick auf die Alster und dem Rücken zu mir blieb er dort stehen.

»Daniel, haben Sie sich eigentlich nie gefragt, warum Sie Partner werden sollen?«

»Na ja, ich dachte, weil ich gute Arbeit geleistet habe …«

»Haben Sie nicht überlegt, warum gerade jetzt?«

»Nein, ehrlich gesagt nicht, ich habe mich sogar etwas gewundert, weil ich ja ziemlich jung bin, aber …«

»Ist Ihnen denn nie der Gedanke gekommen, dass Sie jemanden in der Geschäftsführung ersetzen könnten?«

»Ersetzen? Wie ersetzen?«

Der Baron drehte sich langsam wieder um und sah mir in die Augen: »Sie kommen für Mathias. An dem Tag, an dem Ihr Ultimatum abläuft und Sie verheiratet sind …«

»… oder ich die Aussicht darauf habe …«

»Wie auch immer, an diesem Tag verlässt Mathias Friedrich Maxprom und Sie oder«, er verdrehte die Augen, »FBI werden neuer Partner.«

»Warum?«

»Das muss er Ihnen selber sagen. Darf ich?« Er nahm mein Telefon und wählte eine vierstellige Nummer: »Mathias? Ja, ich bin bei Daniel. Hast du fünf Minuten? Okay, bis gleich.« Er wollte auflegen, doch die Schnur hatte sich so verheddert, dass er sie erst einmal entwirren musste. »Er kommt«, sagte er dann.

»Er ist schon da.« Mathias Friedrich stand im Türrahmen, wie immer leicht gebückt. Er war 1,95 Meter groß und wirkte, als hätte er Angst, mit seinem sorgfältig frisierten Kopf irgendwo anzustoßen. Er war bemerkenswert schlank, trug eine dieser neumodischen schmalen Krawatten und gab mir die Hand, deren Fingernägel wie manikürt aussahen. Der perfekte Topmanager.

»Hast du es ihm erzählt, Heinrich?«

»Ich habe nur gesagt, dass du gehst. Nicht warum. Das musst du selbst machen – oder es lassen.«

»Spielt es eine Rolle?«, fragte Friedrich und setzte sich auf die Ecke meines Schreibtischs, wodurch er etwa genauso groß war wie der Baron und ich. Wir standen inzwischen beide.

»Ja, Daniel, Sie wissen nun auch, dass für eine Karriere bei Maxprom nicht nur so langweilige Fähigkeiten wie Kompetenz,

Cleverness oder gar Loyalität nötig sind«, er versuchte ein Grinsen, aber es misslang, »sondern, dass es hier auch um die wirklich wichtigen Dinge des Lebens geht. Um Anstand und Moral.« Friedrich sah auf seine Fingernägel. »Deshalb muss ich leider das Unternehmen verlassen.«

»Ich verstehe nicht …«

»Sie verstehen nicht? Ich auch nicht, das kann ich Ihnen versichern, aber darauf kommt es nicht an. Ich erfülle nur ein einziges Kriterium für diesen verdammten Job nicht, aber genau das kostet ihn mich. Und ich kann nichts dagegen tun, außer die Alte zu verklagen und mich draußen lächerlich zu machen, weil ich nichts gegen sie in der Hand habe. Verstehen Sie es jetzt besser?«

»Ehrlich gesagt …«

»Let's face it, Daniel: Ich bin ein geschiedener Mann. Und ein geschiedener Mann ist nun mal kein verheirateter Mann mehr. Und wer nicht verheiratet ist …«

»… darf nicht Partner bei Maxprom sein.«

»Schlaues Kerlchen.«

»Und das gilt auch für jemanden, der sich von seiner Frau trennt …«

»… oder sie sich von ihm«, ergänzte Friedrich.

»Oder sie sich von ihm, obwohl er schon Partner ist?«, fragte ich.

»Genau so ist es, leider. Mit dem feinen Unterschied, dass ich nicht die Chance bekomme, mir eine neue Ehefrau zu suchen.«

»Warum nicht?«

»Warum nicht?« Friedrich sah zum Baron hinüber. »Kann ich es ihm erzählen?« Von Tolken nickte. »Weil es dafür ein einstimmiges Votum der anderen Partner geben müsste, und eine dagegen war.«

»Die Rosenthaler?«

»Unsinn, die hätte ich schon auf meine Seite gekriegt. Aber so weit ist es gar nicht gekommen, weil Sandra, kaum dass ich von meiner Scheidung berichtet hatte, gesagt hat: Dann musst du gehen. Ich wusste, dass sie so reagieren würde. Auf diesen Moment hat sie ja all die Jahre gewartet.«

»Warum?«

»Das wiederum ist eine Geschichte, die ich ungern selbst erzähle. Außerdem muss ich dringend wieder in mein Büro zurück. Wenn die Seiffert mitkriegt, dass wir drei hier so lange zusammensitzen … Nein, das ist zu gefährlich. Heinrich, erklärst du …?«

»Wenn du es mir erlaubst?«

»Er wird es sowieso erfahren«, sagte Friedrich.

Ich sah ihm hinterher und dann zum Baron, und es war nicht nötig, dass ich »was geht hier vor« sagte. Es stand mir ins Gesicht geschrieben.

»Daniel, das ist eine lange Geschichte, aber ich versuche, sie so kurz wie möglich zu machen.« Er atmete tief durch. »Haben Sie etwas zu trinken für mich?«

»Nur Wasser.«

»Ist vielleicht auch besser.« Ich schenkte ihm ein Glas ein. »Also«, er nahm einen Schluck, »Sie haben mich damals, als die Sache mit der Partnerschaft und der Hochzeit noch ganz frisch war, gefragt, wer Thomas Siedler sei. Erinnern Sie sich?«

Natürlich erinnerte ich mich. »Siedler war auch mal Partner, richtig?«

»Nein, nicht ganz. Er war Anwärter auf eine Partnerschaft, genau wie Sie jetzt. Aber er hatte im Gegensatz zu Ihnen eine Freundin, die er sowieso heiraten wollte, so dass er sich über Elfriedes Forderung sogar gefreut hat. Er hat seiner Freundin einen Monat nach dem Beginn seines Ultimatums den Antrag gemacht.«

»Aber sie hat nein gesagt?«

»Sie hat ja gesagt, sofort. Aber geheiratet hat sie ihn trotzdem nicht. Kann ich noch etwas Wasser haben?« Ich schenkte nach.

»Ich werde die Situation nie vergessen. Eine Woche vor dem Hochzeitstermin, der Vertrag für die Partnerschaft war schon fertig, hat sie ihn verlassen. Wegen eines anderen.«

»Scheiße.«

»Sie sagen es. Und es kam noch schlimmer. Denn der andere war nicht irgendein anderer, sondern«, er senkte die Stimme, »dieser andere war Mathias Friedrich.«

»Was?«

»Siedlers Freundin und er hatten sich kennengelernt, als Siedler den Partnern die Braut bei einem Abendessen vorgestellt hat. Im Nachhinein habe ich herausbekommen, dass ihre Affäre noch in der gleichen Woche begann.«

»Das ist nicht Ihr Ernst.« Wie oft würde ich diesen Satz noch sagen?

»Leider doch. Sie ist zu ihm gezogen, und vier Monate später haben die beiden dann geheiratet.«

»Und Friedrich wurde Partner?«

»Und Friedrich wurde Partner.«

»Das fand die ach so romantisch veranlagte Rosenthaler nicht unmoralisch?«

»Sie hat nur gesagt: Wo die Liebe hinfällt. Dafür könne niemand was, weder Siedler noch Friedrich. Das ungeschriebene Gesetz sei erfüllt, und darauf käme es an. Punkt.«

»Das ist ja der Hammer.«

»Nein, der Hammer kommt erst noch.«

Ich konnte nicht glauben, dass die Geschichte weitergehen würde. Der Plot hätte für einen mitteldicken Roman gereicht. Der Baron kam immer dichter an mich heran, und plötzlich spürte ich seinen Atem in meinem rechten Ohr.

»Thomas Siedler«, hauchte er, »ist der Bruder von Sandra.«

Vierundzwanzig

Sandra Martens hieß mit Mädchennamen Siedler, was ihr früher den bösen, aber nicht unberechtigten Spitznamen SS eingebracht hatte. Dass Thomas Siedler ihr Bruder war, erklärte, warum sie Mathias Friedrich so hasste, aber nicht, was sie gegen mich hatte. Der Baron und ich rätselten über ihre Motive, und am Ende fiel uns nichts anderes ein, als dass Sandra Martens ihren Einfluss in der Geschäftsleitung mit Hilfe eines eigenen Vertrauten, also mit FBI, ausbauen wollte.

»Aber das ist jetzt nicht so wichtig«, sagte von Tolken und sah auf die Uhr. Er war schon fast eine halbe Stunde in meinem Büro. »Wenn Sie es schnell schaffen, einen Hochzeitstermin zu bekommen, und außerdem noch ein, zwei hochkarätige Abschlüsse fixen, müssen wir uns um FBI keine Gedanken mehr machen. Denn normalerweise hält sich die Rosenthaler an eine einmal gegebene Zusage. Normalerweise.« Er wiederholte das Wort mit einem Unterton, der mir nicht gefiel. »Sie sollten auf jeden Fall versuchen, mit all dem Kram vor Ablauf des Ultimatums fertig zu werden. Sicher ist sicher. Also«, er sah mich an, als wollte er mich gleich am Hemdkragen packen, »wie weit sind Sie? Ich habe ja leider nie eine Kopie von Ihrer Strategie bekommen. Sie haben doch eine, oder? Zumindest erinnere ich mich, dass wir darüber gesprochen haben.«

Warum konnte der Baron nicht wie die meisten Leute in seinem Alter mal etwas vergessen?

»Natürlich hab ich eine Strategie, ohne geht das ja gar nicht.«

»Und die wäre?«

»Na ja, ich hab einen Ring besorgt …«

»Wie viel Karat?«

»0,3.«

»Das könnte knapp werden. Weiter.«

Wie weiter? Ich musste improvisieren und dabei möglichst wenig stammeln.

»Dann habe ich wie versprochen jede freie Minute mit Sarah verbracht, und dann war da diese Sache mit der Wohnung …«

Die Wohnung. Von Tolkens Frage. Die Anwaltskanzlei. Jetzt fiel es mir wieder ein.

»Waren Sie das, Baron?«

»War ich was?«

»Das mit der Wohnung. Sarah hat eine fristlose Kündigung bekommen, einfach so.«

»Und will nur ausziehen, wenn wir ihr die letzten zwölf Monatsmieten plus Courtage und andere Kosten zurückzahlen. Ihre künftige Braut ist ziemlich abgebrüht.«

An dieser Stelle sagte ich lieber nichts. Oder doch.

»Warum?«

»Warum was? Warum ich Ihnen den Gefallen getan und dafür gesorgt habe, dass Ihre Sarah aus der Wohnung rausmuss? Weil ich dachte, dass sie in so einer Situation einen starken Mann an ihrer Seite braucht – und dass Sie das für unsere Sache nutzen könnten. Aber anscheinend kommt sie damit allein zurecht.«

Wenn du wüsstest, dachte ich.

»Mensch, Daniel«, der Baron sah mir direkt ins Gesicht, »ich habe es doch nur gut mit Ihnen gemeint. Ich wollte Ihnen helfen, verdammt, weil ich den Eindruck hatte, dass Sie mit der Sache überfordert waren. Und weil ich nicht will, dass Sie in ein paar Jahren wie Siedler betrunken in einer Einzimmerwohnung sitzen und von Hartz IV leben.«

Der Gedanke war kaum auszuhalten.

»Was machen Sie jetzt in der Wohnungsangelegenheit?«, fragte ich.

»Was sollen wir machen?«, fragte der Baron zurück.

»Ich weiß es nicht.«

»Hat sie mit Ihnen darüber geredet?«

»Natürlich.«

»Aber dass sie uns erpresst, hat sie Ihnen anscheinend nicht gesagt.«

»Nicht so ganz.« Wenn du wüsstest, Teil zwei. In diesem Moment empfand ich eine tiefe Befriedigung bei dem Gedanken, dass es meine Idee gewesen war, *Maxprom* zur Kasse zu bitten. Der Obererpresser wird erpresst. Es gab doch noch Gerechtigkeit.

»Was habt ihr denn besprochen, Daniel? Lassen Sie sich bitte nicht jedes Detail aus der Nase ziehen.«

Ich erzählte, dass ich ihr angeboten hatte, vorübergehend zu mir zu ziehen. Die strenge Miene des Barons entspannte sich.

»Sehr gut, junger Freund, das ist sehr gut. Und?«

»Na ja, irgendwann hat sie eingewilligt, und ausgerechnet von da an lief alles schief, und die Martens …«

»Wo ist sie jetzt?«

»Wer, die Martens?«

»Nein, Ihre Sarah.«

»Auf einer Dienstreise mit …«

Er ließ mich nicht ausreden. »Gut. Wenn sie wiederkommt, hat sie keine Wohnung mehr.«

»Wie, wenn sie wiederkommt, hat sie keine Wohnung mehr?«

»Wir akzeptieren ihr Angebot, überweisen das Geld, tauschen die Schlösser aus – und Sarah MUSS zu Ihnen ziehen.« Der Baron rieb sich die Hände, mehr Klischee ging nicht.

»Aber …«

»Kein Aber, so machen wir das.« Von Tolken redete einfach weiter. »Eigentlich habe ich gleich den nächsten Termin, aber das hier müssen wir zu Ende bringen.« Er holte Luft, als würde bei der Schwimmprüfung der Tauchgang anstehen.

»Also, das Zusammenziehen ist Prio eins. Vermasseln Sie es nicht. Trösten Sie sie, verwöhnen Sie sie, tun Sie alles dafür, dass sie nie wieder bei Ihnen ausziehen will. Verstanden?« Er wartete keine Reaktion von mir ab. »Haben Sie Sarahs Eltern schon kennengelernt?«

»Nein.«

»Prio zwei. Keine Frau heiratet einen Mann, den ihre Eltern nicht kennen. Aber das kann sich schnell ändern, weil Sie ja der Retter in der Not sind. Ihr Held!«

»Meinen Sie wirklich?«

»Das meine ich wirklich. Und dann sollten Sie sich endlich daranmachen, eine Strategie für das Entscheidende zu entwerfen. Gerade weil Ihre Sarah ja besondere Ansprüche zu haben scheint. Meine Güte, Daniel, warum mussten Sie sich unter dreieinhalb Milliarden Frauen ausgerechnet die komplizierteste aussuchen?«

»Und das Entscheidende ist ...«

»... der Antrag natürlich. Heuballen und Trompeten scheiden aus«, er versuchte ein Lächeln, aber es misslang. »Das ist Prio drei bis fünf.«

»Drei bis fünf?«, fragte ich.

»Ich will von Ihnen mindestens drei Vorschläge für Heiratsanträge sehen, die komplett von vorn bis hinten durchgeplant sind.«

»Wenn Sie meinen«, sagte ich.

»So haben wir das damals bei Mathias auch gemacht. Ich kann ihn ja mal fragen, ob er die Unterlagen noch hat«, sagte der Baron. »Oder?«

»Ich schaffe das schon allein, vielen Dank, Baron.«

»Gut, und ich versuche, Ihnen die Martens vom Hals zu halten. Die hat Sie während meiner Abwesenheit ja ziemlich mit Arbeit eingedeckt. Diese Idee, zwei Leute ein Konzept für eine TV-Show entwickeln zu lassen ...«, er schüttelte das adlige Haupt, »so eine Ressourcenverschwendung. Wahrscheinlich hat sie das wirklich nur gemacht, um Sie zu ärgern, Daniel. Sind wir sonst so weit klar? Ich muss wirklich los.«

»Klar, alles klar, Baron. Vielen Dank für ...«

»Dafür nicht.« Er ging zur Tür, und erst da bemerkte ich, dass die nicht richtig geschlossen war. In dem schmalen Spalt, der offen stand, sah ich etwas Rotes. Das durfte doch nicht ... Ich ging an von Tolken vorbei, für ihn muss es ausgesehen haben, als würde ich nur höflich sein wollen, und riss die Tür auf. Davor war niemand mehr, aber um die Ecke des Flures sah ich ein rotes Kleid huschen. Ich verabschiedete mich vom Baron und ging langsam hinterher. Ich wusste längst, zu wem das Kleid gehörte.

Als ich, ohne zu klopfen, in Vanessas kleines Büro trat, das schräg hinter dem Empfangstresen lag, tat sie, als würde sie einen Brief schreiben.

»Der Lauscher an der Wand hört seine eigene Schand«, sagte ich.

»Fuck you«, sagte Vanessa, ohne vom Bildschirm aufzusehen.

»Warum stehst du vor der Tür meines Büros und belauschst meine Gespräche?«

»Wie kommst du darauf? So wichtig bist du wirklich nicht, selbst dann nicht, wenn du dich mit dem Baron unterhältst.« Vanessa schien auch im Büro zu ihren früheren Wortintervallen zurückzufinden.

»Und woher weißt du dann, dass der Baron bei mir war?«

»Weil ich gesehen habe, wie er in dein Büro gegangen ist. Erst von Tolken und etwas später Friedrich. Oder ist das jetzt hoch geheim?«

»Du weißt schon, dass es für eine Empfangsdame ernste Konsequenzen haben kann, wenn sie die Gespräche von Vorgesetzten unerwünscht mithört?«

»Ach.« Vanessa stand auf und beugte sich so über den Schreibtisch zu mir herüber, dass ich den schwarzen BH sehen konnte, den sie unter ihrem Kleid trug. »Ich glaube, der Einzige, der in diesem Zimmer Angst vor ernsten Konsequenzen haben muss, bist du, Daniel.« Ich sah immer noch in ihren Ausschnitt und erinnerte mich für einen Moment an ihre vollen Brüste. Erst als sie sich wieder aufrichtete, konnte ich mich auf eine Erwiderung konzentrieren.

»Was meinst du damit, Vanessa? Was soll das heißen?«

Sie beugte sich erneut nach vorn, aber diesmal blickte ich ihr starr in die Augen.

»Das weißt du genau. Die ganze Zeit konnte ich mir nicht erklären, wieso ein Beziehungsgestörter wie du für anderthalb tausend Euro einen Brillantring kauft, aber jetzt ... Guckst du mir etwa auf die Brüste?«

Mein Blick war tatsächlich wieder hinuntergewandert. »Ja, mein Lieber, das hättest du alles behalten können. Aber du wolltest ja nicht ... Und jetzt, jetzt käme dir eine Frau wie ich wohl gerade recht, was?« Sie löste ihre Hände vom Schreibtisch und ging langsam auf mich zu. »Denn offensichtlich hast du da ein kleines Problem, Daniel Stiller, und ich meine nicht das ...« Sie sah auf den Reißverschluss meiner Hose, »was ich so gut kenne wie tausend andere Frauen in dieser Stadt. Der Herr Stiller muss heiraten, ich lach mich tot.«

Vanessa stand genau vor mir. Ihre Stirn ging mir bis zur Nase, ich spürte ihre Brüste knapp über meinem Bauchnabel. Ich durfte nicht darüber nachdenken.

»Du hast also wirklich gelauscht, du, du ...«

»Ja, ich was? Ich treudoofe Ex-Freundin eines der widerlichsten Gigolos, die jemals gelebt haben? Willst ausgerechnet *du* mir vorwerfen, mich nicht an Regeln zu halten? Dass ich nicht lache.«

Sie stieß mich mit ihren kleinen Händen von sich, als wäre ich es gewesen, der ihr so nahe gekommen war. »Ich hasse dich, Daniel Stiller, ich hasse dich, wie ich noch nie einen Mann vor dir gehasst habe. Und ich habe immer auf eine Möglichkeit gewartet, dir zurückzuzahlen, was du mir angetan hast.«

»Wie meinst du das, was ich dir angetan habe? Wir haben uns getrennt, wie es in der Welt der Erwachsenen jede Minute hunderttausendfach vorkommt ...«

»Halt dein dreckiges Maul. Ich war verliebt in dich, warum auch immer, und du hast mich nur ausgenutzt und in der ganzen Firma blamiert. Und jetzt, jetzt werde ich das Gleiche tun.«

Ich spürte die Wärme in mir aufsteigen, die in der Regel der Panik vorangeht.

»Aber Vanessa, wie meinst du das, jetzt wirst du das Gleiche tun? Willst du mir etwa drohen?«

»Drohen? Das wäre viel zu wenig, Daniel, viel zu wenig. Ich werde dich vernichten. Und jetzt«, sie griff mit einer Hand unter ihr Kleid, fummelte an ihrem Oberschenkel herum und zog dann mit einer Bewegung einen schwarzen, winzigen Tanga hervor, »jetzt möchte ich dich bitten, mein Büro zu verlassen, bevor ich jemanden um Hilfe rufen muss, der mich vor einem aufdringlichen Kollegen beschützt.« Sie ließ den Tanga auf den Boden vor ihren Füßen fallen.

»Du bist ja völlig durchgeknallt«, japste ich.

»Und du, mein Freund, bist erledigt.«

Fünfundzwanzig

Ich musste weg hier, nicht nur raus aus Vanessa Büro, sondern raus aus der Firma. Erst als ich an der frischen Luft war, konnte ich wieder klar denken. Ich wusste nicht genau, was Vanessa vorhatte, aber es konnte verdammt gefährlich werden. Sie würde selbst nicht davor zurückschrecken, Sarah die ganze Geschichte zu erzählen. Ich musste auf jeden Fall verhindern, dass sie erfuhr, wer die Frau war, die ich heiraten sollte. Am besten wäre es gewesen, wenn Vanessa einfach verschwunden wäre, aus der Firma, aus Hamburg und aus meinem Leben, aber darum konnte ich mich jetzt nicht auch noch kümmern, und außerdem …

»Können Sie nicht aufpassen?« Ich hatte überhaupt nicht darauf geachtet, wo ich hinlief, und war frontal mit einer Blondine zusammengeprallt, die vom *Maxprom*-Parkplatz kam.

»Entschuldigung«, sagte ich erschrocken, als ich sah, dass sie sich den Kopf hielt, der voll gegen meine Schulter geknallt war.

»Das kann ja wohl nicht wahr sein«, sagte die Frau, »das gibt bestimmt eine schöne Beule.«

»Es tut mir wirklich leid«, sagte ich noch einmal, »ich hatte es eilig, ich habe einen wichtigen Termin.«

»Arbeiten Sie bei Maxprom?«, fragte sie, und plötzlich schienen alle Schmerzen vergessen.

»Ja«, sagte ich.

»Dann können Sie mir vielleicht helfen. Ich suche die Sarah …«

Sie suchte wen? Ich warf einen Blick zurück zur Firma, zum Fenster des Barons und dann zum Himmel, als wollte ich überprüfen, ob sich hier irgendjemand den nächsten miesen Scherz mit mir erlaubte. Oder, ob das Schicksal mich vielleicht doch nicht ganz vergessen hatte.

»Hallo, hören Sie mir überhaupt zu?« Die Beule.

»Selbstverständlich. Also, Sie suchen die ...«

»Sarah, Sarah Müller. Wissen Sie, wo ich sie finde?«

Wir hatten, wie jede durchschnittliche deutsche Firma, jede Menge Müllers unter Vertrag, aber ich konnte mich nicht erinnern, dass eine Sarah dabei war.

»Tut mir leid, aber ich wüsste nicht, dass eine Sarah Müller für uns arbeitet.«

»Nein, natürlich, entschuldigen Sie jetzt mich, mein Fehler. Sarah ist ja nur ihr zweiter Name. Ich nenne sie so, weil wir beide mit Vornamen Vanessa heißen und es immer so albern ist, wenn ...«

Sie erzählte irgendwelche sinnlosen Geschichten von Vanessa hier und Vanessa da, um dann zu sagen: »Also, kennen Sie eine Vanessa Sarah Müller? Sie muss hier Empfangsdame sein.«

Wenn es ein Schicksal gibt, das Schicksal, dann spielte es ein mieses Spiel mit mir. Das wurde mir in jenem Moment bewusst, und das verstärkte sich mit jedem Tag, der verging, ohne dass ich etwas von Sarah, also DER Sarah hörte. Seit unserem letzten, kurzen Telefonat war inzwischen fast eine Woche vergangen, und ich hatte im Fernsehen einen Bericht über eine Filmpreisverleihung in Madrid gesehen, auf der George Clooney Ehrengast gewesen war. Hatte Sarah nicht gesagt, dass sie wegen des Interviews mit ihm nach London fahren musste? Und wenn sie in London, George Clooney aber in Madrid war, hieß das nicht, dass sie mich entweder angelogen hatte (Stichwort: »Sport-Bild«) oder längst zurück in Hamburg sein müsste? Ich schrieb ihr eine SMS, wie jeden Tag, aber sie antwortete nicht. Dafür bekam ich eine Nachricht nach der anderen vom Baron. Die erste war knapp, aber eindeutig:

»Geld überwiesen, Schloss ausgetauscht. Zeit für den Helden.«

Die zweite kam keine vierundzwanzig Stunden später:

»Und? Wie ist das Leben zu zweit?«

Ich schrieb zurück, dass Sarah anscheinend noch nicht wieder in Hamburg sei.

»Wann kommt sie denn?«

»Ich weiß es nicht«, schrieb ich.

»Sorgen Sie unbedingt dafür, dass Sie in der Nähe sind. Sonst war alles umsonst«, mailte der Baron.

Den Eindruck hatte ich sowieso. Statt mir die gewünschten »Strategien« zu überlegen, hatte ich die folgende Zeit vor allem dazu genutzt, die Stellenanzeigen im Internet und in den großen Tageszeitungen durchzusuchen. Es musste doch möglich sein, dass ein Mann wie ich, der schon so lange (und bis vor Beginn des Ultimatums so erfolgreich) im Geschäft war, einen anderen, mindestens ebenso gut bezahlten Job fand. Schließlich hatte mich früher fast jeden Monat ein Headhunter angerufen. Aber auch das war nach dem Gespräch bei der Rosenthaler abgerissen, wobei es ausnahmsweise einmal nicht mit dem Einfluss von *Maxprom*, sondern mit der Finanzkrise zu tun hatte. Es gab praktisch keine Angebote mehr. Die Stellenanzeigen im »Hamburger Abendblatt«, sonst eine eigene Zeitung in der Zeitung, waren auf drei bis vier Seiten geschrumpft, und das auch nur mit Hilfe unzähliger Füller. In einer Internetjobbörse fand ich nur eine unterbezahlte Stelle bei einer Agentur in Leutkirch am Bodensee (!), und meine vorsichtigen Anrufe bei Bekannten aus befreundeten Unternehmen verliefen immer nach dem gleichen Muster. Auf den klassischen Begrüßungssmalltalk (»Mensch, lange nichts gehört« – »Dich gibt es noch«) folgten ausnahmslos Geschichten von Sparprogrammen, Entlassungen und Insolvenzen. Drei von acht meiner Kollegen war gekündigt worden, und alle fragten sofort, ob ich nicht bei *Maxprom* etwas für sie tun könnte, »euch geht es doch als Einzigen noch gut, und du in deiner Position, da muss doch was zu machen sein«.

Wenn ihr wüsstet, dachte ich nur, und richtig schlimm wurde es, als Sandra Martens in einer Rundmail ankündigte, dass auch

Maxprom »angesichts der dramatischen Umsatzeinbrüche in Folge der Finanz- und Wirtschaftskrise nicht umhinkommt, ab sofort einen Einstellungsstopp zu verhängen«. Außerdem würden zehn Mitarbeiter gesucht, die Interesse an einer »Auszeit« oder einem »Sabbatical« hätten, gern auch ein Jahr oder länger. Die Lage war nicht ernst. Sie war hoffnungslos. Zumindest für mich. Als mein Handy eine halbe Stunde nach Eingang der Mail klingelte, befürchtete ich, die Martens könnte dran sein, um mich aufzufordern, mit gutem Beispiel voran- und am besten gleich in den Vorruhestand zu gehen. Meine Hand zitterte, als ich zum Telefon griff, und das lag nicht nur am Rotwein, den ich seit Tagen trank wie andere Menschen Traubensaft.

»Ja?«

»Wie ja? Bist du das, Daniel?«

Sarah. Das Original.

»Ja, ich bin das, natürlich. Das ist ja schön, dass du dich meldest. Wie geht es dir? Was ist mit Clooney?«

»Ich bin etwas genervt, weil ich dem Herrn durch halb Europa nachreisen musste.«

»Aber du solltest doch in London …«

»Da ging es auf einmal nicht. Dann hieß es, in Madrid könnte sich eine Möglichkeit ergeben, aber wieder nicht. Schließlich hat es heute endlich in Paris geklappt. Aber deswegen rufe ich dich nicht an.«

Mir egal, *weswegen* du anrufst.

»Es geht um etwas anderes, Daniel. Hast du …«

… dafür gesorgt, dass ich aus meiner Wohnung geschmissen werde? Ich war sicher, dass sie diese Frage stellen würde, weil sie sich so grausam-nahtlos in die vergangenen Wochen einfügen würde. Aber, o Wunder, es kam ganz anders. Denn Sarah fragte:

»Hast du Lust, mit mir auf eine Hochzeit zu gehen?«

»Eine bitte was?«

»Eine Hochzeit. Also, die Sache ist ein bisschen kompliziert. Ich muss nach Straßburg, weil da Helinde von Altringen heiratet. Über die habe ich schon mehrfach geschrieben, und jetzt hat sie mich überraschend als einzige Reporterin zu ihrer Hochzeit eingeladen.«

»Die Helinde von Altringen? Die Universums-Tante?«

»Ja, die. Ich wundere mich, dass du die überhaupt kennst.«

Helinde von Altringen kannte jeder bei *Maxprom*. Wir versuchten seit fast drei Jahren, sie unter Vertrag zu bekommen. Damals hatte sie mit »Wie Sie das Universum auf Ihre Seite bringen« einen Bestseller geschrieben, der sich allein in den deutschsprachigen Ländern mehr als drei Millionen Mal verkauft hatte. Es folgten beinahe so erfolgreiche Fortsetzungen wie »Kontaktaufnahme mit dem Universum« oder »Das Universum, der innere Reichtum und das Glück«, die Helinde von Altringen zu einem der am meisten gebuchten Talkshowgäste im Fernsehen machten. Mit Vorträgen von ihr dürften Millionen zu verdienen sein. Aber bisher hatte sie entsprechende Anfragen *Maxproms* und glücklicherweise auch jene unserer Konkurrenten abgelehnt.

»Ich glaube nicht, dass es in diesem Land überhaupt noch jemanden gibt, der Frau von Altringen nicht kennt. Zumindest vom Namen. Persönlich hatte ich leider noch nicht das Vergnügen.«

»Das heißt, du kommst mit?«

»Sogar sehr gern.« Sarah, die Universums-Tante, eine Hochzeit. Das Schicksal musste ein ziemlich schlechtes Gewissen haben. »So ein tolles Angebot kann man doch nicht einfach ausschlagen.«

»Du veräppelst mich, oder? Ich kann mir kaum vorstellen, dass du scharf darauf bist, auf die Hochzeit der, wie hast du sie noch mal genannt, ach ja, Universums-Tante zu gehen.«

»Wenn *du* mich fragst, natürlich. Ich habe ja schließlich etwas gutzumachen.«

»Das stimmt, dein Verhalten hat mich zuletzt echt geärgert. Das war so ...«

Na?

»... so unehrlich, irgendwie.«

Kann man sagen.

»Und deshalb will ich ehrlich zu dir sein: Ich hätte dich wahrscheinlich nicht gefragt, ob du mitkommen willst, wenn ich nicht wüsste, dass Jan auch bei der Hochzeit ist.«

»Der Heuballen-Jan?«

»Ja, bohr ruhig in der Wunde. Ich habe die von Altringen damals über ihn kennengelernt, seine Familie ist mit ihrer befreundet, Adlige unter sich. Ich will auf keinen Fall allein da hin und ihm und seiner Frau begegnen. Am liebsten würde ich absagen, aber das geht eben auch nicht, weil uns dann die exklusive Geschichte über die Hochzeit durch die Lappen geht. Verstehst du?«

»Ja.« Klang alles nicht wirklich romantisch, aber konnte gerade ich das jemandem vorwerfen?

»Gut. Wenn du immer noch dabei sein willst, müssten wir uns morgen früh so gegen elf Uhr in Straßburg am Flughafen treffen. Von dort sind es etwa fünfzig Kilometer. Ich besorge einen Mietwagen«, sagte Sarah.

»Das mach ich schon, über die Firma, ist doch viel billiger. Wahrscheinlich ist es sogar am besten, wenn ich gleich von Hamburg aus fahre.«

»Du willst ja nur nicht fliegen, du alter Angsthase.« Zum ersten Mal hörte sich ihre Stimme wieder vertraut und etwas fröhlicher an.

»Doch, doch, aber Straßburg ist ja quasi ums Eck, da brauche ich nicht mehr als fünf oder sechs Stunden, und dann haben wir den Wagen jederzeit zur Verfügung da unten und ...« Ich spürte, dass meine Argumente wenig schlüssig waren, aber das störte Sarah zum Glück nicht.

»Mach, wie du willst. Hauptsache, du bist morgen um elf Uhr in Straßburg. Alles andere sehen wir dann. Ich freu mich.«

»Und ich erst.«

Wie sehr und vor allem warum, konnte ich Sarah natürlich nicht sagen. Aber diese Einladung trug die Lösung all meiner Probleme in sich: Ich kam so nah wie nie zuvor an Helinde von Altringen heran und konnte sie vielleicht persönlich zu einem Vertrag mit *Maxprom* überreden. Und ich sah Sarah nicht nur wieder, sondern vor allem weit weg von allen Vanessas und Sandra Martens dieser Welt.

So gern war ich noch nie zu einer Hochzeit gefahren. Ich schrieb dem Baron eine Mail: »Alles wird gut. Bin mit Sarah auf der Hochzeit von Helinde von Altringen! Bringe Vertrag und Ehefrau mit. FBI kann einpacken.«

Er antwortete fünf Minuten später: »Ihr Wort in Elfriedes Ohr. Viel Glück!«

Sechsundzwanzig

Ich fuhr die Nacht durch und war am nächsten Morgen um kurz vor elf am Flughafen Straßburg. Sarah wartete schon, und die Begrüßung fiel herzlicher aus, als ich es erwartet hatte. Kurz bevor sie in meinen Wagen eingestiegen war, hatte ich noch das Handschuhfach abgeschlossen. Der Ring war wieder im Spiel.

Gemeinsam fuhren wir in ein kleines Dorf etwa fünfzig Kilometer von Straßburg entfernt. Ich hatte den Namen nie zuvor gehört und habe ihn inzwischen leider auch wieder vergessen. Es war etwas mit N.

Wir mussten den Wagen kurz hinter dem Ortsschild auf einem Parkplatz abstellen und dann noch etwa zwei Minuten zu Fuß gehen. Es war wie eine Prozession, weil sich mit uns mehrere Dutzend Menschen auf den Weg machten. Je näher wir Helinde von Altringen kamen, desto dichter rückte Sarah an mich heran. Erst nahm sie meine Hand, dann legte sie ihren Arm um meine Hüfte, und als wir schließlich in der Schlange standen, die darauf wartete, von der Universums-Tante begrüßt zu werden, küsste sie mich fast genauso wie damals auf dem Flugplatz. Diesmal ahnte ich warum, sah die Reihe entlang und entdeckte einen Mann, der eine junge, braunhaarige Frau an seiner Hand hielt und immer wieder zu uns herübersah. Das musste er sein. Der Heuballen-Jan. Ich fühlte mich etwas ausgenutzt, aber weil es das erste Mal in meinem Leben war und weil es einer übergeordneten Sache diente, ließ ich es geschehen. Wir knutschten und wurden vorangeschoben, bis wir direkt vor der von Altringen standen.

»Sarah, Sie haben es geschafft. Das freut mich«, sagte die Universums-Tante, gab Sarah erst links, dann rechts und dann wieder links ein Küsschen.

»Gut sehen Sie aus, Frau von Alt…«

»Auf meiner Hochzeit nennen mich alle Heli.«

»Heli, vielen Dank für die Einladung. Ich habe mich wirklich sehr darüber gefreut.« Ich auch, ich auch.

»Darf ich Ihnen meine Begleitung vorstellen? Das ist Herr Daniel Stiller. Daniel, das ist Frau von Altr…«

»Heli!«

»Das ist Heli.«

Ich verbeugte mich, deutete einen Handkuss an und richtete mich wieder auf.

»Es ist mir eine große Ehre.«

»Ach, Quatsch«, sagte die von Altringen. »Lasst euch anschauen, Kinder.« Sie zog mich nach unten und drückte unsere Gesichter eng aneinander.

»Ein schönes Paar, ein sehr schönes Paar. Das Universum meint es gut mit euch.«

Ob ich das schriftlich haben konnte?

»Äh, danke«, sagte Sarah und wurde etwas rot dabei.

»Ich wünsche euch beiden viel, viel Glück und viel Spaß in den kommenden Tagen.« Dann waren die Nächsten aus der Schlange dran, wenn mich nicht alles täuschte, der Vorstandsvorsitzende einer großen deutschen Bank mit seiner Frau. Sarah und ich tippelten zur Seite. Sie hatte sich während der Begrüßung aus meiner Umarmung gelöst, jetzt kehrte sie so schnell dahin zurück, als könnte sie allein nur wenige Minuten stehen. Der Grund war ein anderer, natürlich. Er streckte uns seine Hand entgegen.

»Sarah, habe ich dich doch richtig erkannt vorhin. Das ist ja eine schöne Überraschung.«

Sarah löste sich für ein paar Sekunden von mir, streckte sich, schüttelte Jan die Hand, dann der unscheinbaren Frau, die neben ihm stand, um sich schließlich zu mir umzudrehen.

»Kennst du eigentlich schon meinen …«, jetzt sah sie dem Reeder-Jüngling genau in die Augen, und ich war ziemlich gespannt, was kommen würde, »Verlobten?«

Es hätte in diesem Moment einer etwa zehn Mann starken Jury aus Psychologen und Gebärdendolmetschern bedurft, um zu entscheiden, wer erstaunter dreinblickte, der Ex oder ich. Jan brauchte lange, bis er endlich auch mich begrüßte und etwas wie »na, dann gratuliere ich recht herzlich« brummelte. Da lag Sarah schon wieder in meinen Armen, blinkerte mir übertrieben verliebt zu, und ich ärgerte mich, dass ich an dieser Stelle nicht einfach den Ring herausholen und sagen konnte: »Du hast heute morgen vergessen, ihn anzuziehen, Schatz.« Dann hätte sich das Erstaunen ob dieser Szene auf drei Gesichter ausgedehnt, und nur die kleine Frau Reeder hätte dabei*ge*standen und gar nichts *ver*standen. Aber der Ring lag, die meisten werden sich erinnern, im Handschuhfach. Ich beschloss, ihn künftig immer dabeizuhaben. Denn wenn sich Situationen wie diese ereignen konnten, war im Universum wirklich alles möglich.

Der Eindruck bestätigte sich in den folgenden Stunden in N. Bisher hatte ich gedacht, dass es zwei Arten von Hochzeiten gibt. Die eine, bei der sich die Ehepartner und Gäste strikt an die Konventionen halten, blöde Kennlernspiele spielen, Reis werfen und außer einer der beiden Schwiegermütter niemand etwas zu sagen hat. Vielleicht noch der Brautvater, der die von seiner Ehefrau mehrfach redigierte Traurede vorlesen und am Ende den ganzen Spaß bezahlen darf.

Die andere Art ist die, bei der im ganz kleinen Kreis gefeiert wird. Im Idealfall ist das Brautpaar allein mit dem Standesbeamten oder mit einem pensionierten Kapitän am Strand von Mauritius.

Dann gab es noch die Hochzeit von Helinde von Altringen, der Heli, und ihrem mindestens zehn Jahre jüngeren französischen Liebhaber. Wobei das Alter sicher kaum eine Rolle spielte, wenn man sich den ganzen Tag mit der Unendlichkeit des Universums beschäftigte.

Es fing mit der, Achtung!, Poltermeditation an. Wir, also Sarah und ich und etwa fünfzig offensichtlich ausgewählte Gäste, wurden durch eine Energiesäule, die ein Esoterikprofessor aus Kalifornien zusammen mit seinem Lebensgefährten bildete, in den kargen Saal einer Art Gemeindehaus geführt. Dort mussten wir Hand in Hand einen Meditationskreis bilden, aus dem heraus wir den beiden Brautleuten Glück und Liebe wünschen sollten.

Ich blieb relativ stumm, weil ich so etwas noch nie gemacht hatte und immer wieder verbotenerweise die Augen öffnete, um Sarah, die von Altringen und vor allem Jan zu beobachten, der geschätzte acht Armlängen von uns entfernt stand. Einmal blinzelte er auch herüber, und ich versuchte, verliebt auszusehen, und streichelte sanft Sarahs Hand, die natürlich in meiner lag. Ich spürte ein Kribbeln und schob es darauf, dass meine Hand wahrscheinlich langsam einschlafen würde. Mit einer Stimme, die anders war als die, die ich von Sarah kannte, und mit Worten, die ich leider direkt nach der Auflösung der Poltermeditation vergessen habe, wünschte sie Heli und ihrem Lover, dass »das ganze Universum Sie beschützen möge«. Wie gesagt, sinngemäß. Ich schielte zur Universums-Tante. Als ich sah, dass sie lächelte, nahm ich all meinen Mut zusammen und fügte mit einer seltsam brüchigen, weil lange nicht benutzten Stimme, meiner eigenen!, hinzu: »Und ich wünsche mir, dass Sie das Universum den Menschen nicht nur in Ihren wundervollen Büchern, sondern auch von Angesicht zu Angesicht näher bringen. So wie uns Auserwählten heute Abend.« Ich fand mich gut und dachte, daran könnte ich in den nächsten Stunden im persönlichen Gespräch mit Heli anknüpfen.

Aber Sarah zog nur einmal scharf an meinem Arm, als wolle sie sagen, dass ich mich mit meinen Kommentaren zurückhalten solle. Als die von Altringen den Kreis auflöste, knurrte Sarah mit halb geöffneten Lippen zu mir herüber: »Was war das denn?«

Ich flüsterte zurück: »Ich wollte halt auch was Nettes sagen.«

»Klang aber eher wie eine Geschäftsanbahnung.« Wie gesagt, doof war Sarah nicht. Aber sonst hätte sie mich auch schon längst geheiratet.

Am nächsten Tag trafen wir Poltermeditierer uns mit diesmal mehr als hundert Gästen vor dem Standesamt von N. Der Bürgermeister selbst sollte die Trauung der berühmten deutschen Schriftstellerin mit einem der Söhne des Ortes vornehmen. Die Zeremonie war deutlich entspannter als in einer dieser furchtbaren deutschen Behörden, allein schon deshalb, weil vor uns und nach uns niemand dran war und der Standesbeamte außerdem nicht zwischendurch auf ein hellhöriges Klo verschwand, um von dort Geräusche auszusenden, die zu allem passen, nicht aber zu dem Beginn einer Ehe (ist Freunden von mir passiert, wirklich!).

Mir ehemaligem Hochzeitsverächter machte vor allem die Dolmetscherin Spaß, die, wie es das französische Recht verlangte, die Worte des Bürgermeisters in die Muttersprache der Braut übertrug. Einsamer Höhepunkt war dabei die Formulierung, dass die Frau fortan verpflichtet sei, »dem Mann im gemeinsamen Ehebett die Stange zu halten«! Ich stupste Sarah an, grinste frech. Aber sie sah nur böse zurück und zischte diesmal zwischen geschlossenen Zahnreihen hervor: »Sagliebernichts.« Zum Glück stellte sich genau in diesem Moment der Heuballen neben uns, und Sarah war prompt wieder die schwer verliebte Verlobte. Allerdings immer noch ohne Ring.

Mir blieb die abschließende Hochzeitsfeier in einem ländlichen Gasthof, um den endlich ins Spiel zu bringen und meiner neuen Freundin Heli unauffällig das Vertragsangebot, das ich aus Hamburg mitgebracht hatte, unterzuschieben. Letzteres ist mir tatsächlich gelungen: Am späten Abend durfte ich mit der Braut tanzen und erzählte ihr dabei, dass ich noch eine Überraschung für sie hätte und ob ich ihr diese kurz geben könnte. »Legen Sie sie einfach auf meinen Platz, ich sehe sie mir dann morgen in Ruhe an, äh«, sie hatte offenbar meinen Namen vergessen.

»Daniel, Daniel Stiller«, sagte ich.

»Ach ja, Sie sind der Freund von Sarah aus Hamburg, nech?«

»Ja, und ich arbeite für …« Da wurde ich von ihrem Ehemann abgeklatscht und konnte nichts anderes tun, als ihr den Umschlag auf ihren Platz zu legen. Ich spuckte unauffällig noch dreimal drauf, so wie es Schauspieler machen, die sich Glück wünschen.

»Ach, hier bist du.« Sarah. Ich hoffte, dass sie nicht gesehen hatte, was ich da gerade getan hatte.

»Komm.«

Sie zog mich mitten aus der für Esoteriker ziemlich wild gewordenen Party hinter den Gasthof, unter die sternenklare Kuppel des Nachthimmels, ach, was schreibe ich, des Universums!

»Daniel, ich möchte mich bei dir bedanken.« Sarah war in einer Ecke des Grundstücks stehen geblieben.

»Wofür?«

»Das fragst du noch? Dafür, dass du mich die ganze Zeit nicht darauf angesprochen hast, warum ich dich Jan, diesem Arschloch, einfach als meinen Verlobten vorgestellt habe und …«

»Ich dachte, wir sind verlobt.« Sie überging meine Bemerkung einfach.

»… und dass du das alles so mitgemacht hast, und so. Das hätte ich nicht von dir erwartet.« Ich bekam einen Kuss. »Danke. Nimm mich in den Arm.«

Ich tat, wie mir geheißen. Im Gasthof spielten sie »Can't help falling in love«, wir drehten uns langsam im Kreis, und Heli hatte vielleicht schon das vollgespuckte Papier auf ihrem Platz gefunden. Es war wie in einem dieser schnulzigen Liebesfilme, die meine Mutter sonntagabends immer im ZDF guckte, und es musste kurz vor dem Happy End sein. Also griff ich in meine rechte Sakkotasche. Oder war es die linke? Auch nicht. Wir tanzten weiter, ich durchsuchte die Taschen meiner Hose erst vorn, dann hinten, dann griff ich in die Innentaschen des Sakkos. Das durfte nicht wahr sein. Ich begann die Suche von vorn, bis Sarah ihren Kopf von meiner Brust löste und fragte:

»Daniel, ist irgendetwas?«

»Die Mücken«, sagte ich. »Mich haben bestimmt hundert Mücken gestochen.«

In Wirklichkeit trug ich den falschen Anzug. Den blauen. Und der Ring, der war eben im schwarzen.

Siebenundzwanzig

Ich ärgerte mich auf der gesamten Heimfahrt maßlos über diesen Anfängerfehler, von dem der Baron niemals erfahren durfte. Sarah schlief tief und fest auf dem Beifahrersitz, und ich jagte mit fast 200 km/h über die leere Autobahn. Ich hätte am Ziel sein können, oder ziemlich nah davor. Aber ich war es nicht. Und jeden Moment könnte etwas Neues dazwischenkommen.

Zum Beispiel die ausgewechselten Schlösser. Ich bremste unwillkürlich, als ich daran dachte, dass Sarah nichts davon ahnte, was in ihrer Abwesenheit mit der Wohnung geschehen war. Sie würde toben, und genau das konnte ich nach den Fortschritten der vergangenen Tage nun überhaupt nicht gebrauchen.

Als wir am Ortsschild von Hamburg vorbeifuhren, rüttelte ich sie sanft wach.

»Wollen wir gleich zu mir?«, fragte ich und hoffte, sie würde einfach ja sagen, nur dieses eine Mal. »Ist schon ziemlich spät.«

»Gern, Daniel, aber ich muss kurz noch zu mir, ein paar frische Sachen holen«, antwortete sie verschlafen.

»Das kannst du doch auch morgen.«

»Dauert nur ein paar Minuten.«

Aus den paar Minuten wurde eine halbe Stunde im Treppenhaus vor ihrer Wohnung. Durch die Eingangstür war Sarah gekommen, an der Wohnung passte dann, Überraschung!, keiner ihrer Schlüssel. Sie versuchte es dreimal, viermal, fünfmal, dann drückte sie, plötzlich wieder hellwach, mir den Schlüsselbund in die Hand. Nach zehn Minuten gaben wir auf.

»Ich verstehe das nicht«, sagte Sarah und setzte sich auf den Treppenabsatz. »Ich verstehe das nicht. Das sind doch meine Schlüssel.«

»Bist du sicher?«, fragte ich und kam mir selten dämlich dabei vor.

»Ganz sicher«, sagte Sarah, stand auf, ging nach vorn in den Flur und schloss ihren Briefkasten auf.

»Siehst du, es sind meine Schlüssel«, sagte sie. Dieses Schloss hatte der Baron also nicht austauschen lassen, und es sollte nur wenige Augenblicke dauern, bis ich wusste, warum. Aus dem Briefkasten fiel erst eine »Sport-Bild«, die Sarah zu einer kurzen, aber für mich nicht unwichtigen Bemerkung verleitete: »Die lässt sich mein Bruder immer zu mir schicken, wenn er auf einer Reise ist«, sagte sie, bevor sie einen DIN-A4-Umschlag aus dem Briefkasten hervorzog. Er trug das Logo unserer Rechtsanwaltskanzlei. Sarah riss ihn auf, ich knipste das Treppenhauslicht wieder an, und wir fingen beide an zu lesen. Ich mit dem Vorteil, dass ich den Inhalt erahnte.

»... haben wir die von Ihnen geforderte Summe auf das genannte Konto überwiesen und machen entsprechend von unserem Recht Gebrauch, die Wohnung XIV mit sofortiger Wirkung für eine weitere Nutzung Ihrerseits zu sperren. Zur Abholung Ihrer persönlichen Gegenstände vereinbaren Sie bitte einen Termin mit ...«

Sarah bebte, und mir gelang es gerade noch, sie aus dem Treppenhaus zu ziehen, bevor sie einen Schreikrampf bekam. Eine Dreiviertelstunde später lag sie zitternd neben mir in meinem Bett, und all meine tröstenden Worte, dass sie doch jetzt das ganze Geld hätte und so lange bei mir wohnen könnte, wie sie wollte, und dass hier genug Platz für zwei sei, nutzten nichts.

»Hast du irgendein Beruhigungsmittel?«, fragte sie.

»Ein was?«, fragte ich zurück.

»Baldrian, Echnatol, Johanniskraut, so was halt.«

»Baldrian müsste ich haben.« Ich hatte mir mal eine Flasche angesichts der drohenden USA-Reise gekauft. Ich fand sie auf dem Boden meines Medikamentenkorbs. Sarah nahm dreißig oder vierzig Tropfen und schlief ohne ein weiteres Wort ein. Vielleicht war die Idee des Barons doch nicht so gut.

Als ich am nächsten Morgen gegen kurz nach halb neun aufwachte, lag sie unverändert da. Ich beschloss, sie schlafen zu lassen, stieg vorsichtig aus dem Bett, wusch mich schnell, legte meinen Ersatzschlüssel auf den Küchentisch und daneben ein Post-it mit der Aufschrift »Für Sarah«. Nein, das reichte nicht. »Alles wird gut! Bis heute Abend«, schrieb ich noch darunter und ging zur Arbeit.

Bei *Maxprom* war leider noch keine Antwort von Heli von Altringen eingegangen, aber wahrscheinlich war es dafür auch noch zu früh. Ich entwickelte trotzdem schon einmal ein Vermarktungskonzept, das neben einer Vortragstour durch die großen Hallen der Republik einen gemeinsamen Auftritt mit dem Dalai Lama in der Münchner Allianz-Arena einschloss. Das sollte mir FBI nachmachen!

Zum ersten Mal seit langer Zeit mied ich die Gegend um das Büro des Barons. Ich zweifelte immer noch daran, dass es richtig gewesen war, Sarah aus ihrer Wohnung zu schmeißen, und sei es allein deshalb, weil ich große Angst hatte, dass sie herausbekommen könnte, wer dahintersteckte. Von dort bis zum Ultimatum war der Weg kurz.

Ich fuhr früh nach Hause, schon um sechs. Würde Sarah da sein? Oder würde sie wieder da sein? Ich hatte ein paar Blumen gekauft, wohl auch das erste Mal in meinem Leben, und schloss die Tür so leise auf, als würden dahinter Vierlinge schlafen.

»Hallo«, rief ich vorsichtig in den Flur hinein.

»Ich bin in der Küche«, rief Sarah zurück, und es klang zumindest fröhlicher als am Abend zuvor.

Sie saß am Küchentisch, hinter einem Dutzend brennender Teelichter und vor einem kleinen Stapel Papiere. Ihre Augen glänzten im Kerzenschein.

»Guck dir das an, Daniel«, sagte sie und hielt einen Kontoauszug der Deutschen Bank hoch. »Die haben wirklich alles bezahlt. Mehr als 15 000 Euro. Einfach so überwiesen, nur damit ich ausziehe. Das macht doch kein normaler Vermieter.«

Was du nicht sagst.

»Freu dich doch«, sagte ich.

»Tue ich inzwischen ja auch«, grinste sie, »zumindest ein bisschen. 15 000 Euro, einfach so, steuerfrei.«

»Es gibt schlimmere Arten, aus seiner Wohnung geschmissen zu werden.«

»Du sagst es. Eigentlich müssten wir darauf anstoßen.«

»Ich habe nur Prosecco«, sagte ich.

»Reicht«, sagte Sarah.

Als wir kurz darauf zu zweit am Küchentisch saßen und tranken, fragte ich: »Das heißt, du bist nicht mehr sauer?«

»Doch, natürlich. Aber auch nicht blöd. Mit dem Geld kann ich mir eine ganz andere Wohnung leisten als bisher. Prost.«

»Prost. Und solange kannst du, wie gesagt, gern bei mir wohnen. Platz«, ich machte eine ausholende Hand-, nein, eher eine Armbewegung, »ist ja genug, wie du siehst.«

»Darüber wollte ich gerade mit dir reden.« Sarah stellte ihr Glas ab. Das klang nicht gut.

»Es gibt nämlich zwei Probleme.«

Zwei? Hundert!

»Erstens müsste ich meine Möbel irgendwo zwischenlagern …«

»Gelöst: Ich habe einen riesigen Keller, der praktisch leer ist«, sagte ich.

»Gut. Und zweitens weiß ich nicht, wann ich in der nächsten Zeit dazu kommen soll, mir etwas Neues zu suchen. Für das kommende Heft muss ich erst mal vier Doppelseiten über die Hochzeit von der Heli machen, dann das Interview mit dem Clooney, und außerdem …«

»Auch kein Problem. Du kannst ein Jahr hierbleiben, mich stört das nicht. Ganz im Gegenteil«, sagte ich und hörte mich einmal mehr im Zusammensein mit Sarah wie ein kleiner Schuljunge an, der um einen Lolli bettelt.

»Dann gibt es nur noch ein kleines, drittes Probem …«

Wovon bisher nicht die Rede war, aber gut.

»Bitte?«

»Na ja, ich habe mir deine Wohnung natürlich heute Morgen noch mal in aller Ruhe angesehen und …«

»Sie gefällt dir nicht.« Das ist typisch für Frauen, sie glauben, dass nur sie Wohnungen einrichten können. Männer sind von Geburt an Innenarchitekturlegastheniker.

»Nein, nein, sie gefällt mir, für eine Junggesellenwohnung ist sie echt nicht schlecht.«

Der Klassiker.

»Aber es fehlen halt ein paar Dinge, und ein paar Sachen müssten ausgetauscht werden.« Sarah zog aus dem Stapel vor sich einen Zettel heraus. »Ich habe mal eine kleine Liste gemacht«, ich überflog grob fünfzehn bis zwanzig Punkte, »was wir dringend brauchen, und wollte dich fragen, ob du Lust hast, heute Abend mit mir noch schnell zu Ikea nach Schnelsen zu fahren.«

Von diesem Punkt an gab es kein Zurück mehr.

Achtundzwanzig

Ikea ist für Männer, was für Frauen die Liveübertragung eines Fußball-Länderspiels ist. Das Einzige, was wir dort mögen, sind die Köttbullar oder wie diese kleinen Hackfleischdinger heißen, von denen die alten Schweden so viel verkaufen, dass sie zu den größten Gastronomieketten Deutschlands gehören.

Wir brauchten zwanzig Minuten bis zu der Straße, die zu Ikea führte, und weitere zwanzig Minuten bis zu einem freien Parkplatz. Sarah fluchte, weil sie sich in eine lange Autoschlange einreihen musste und weil zwei Fahrer einfach versuchten, sich an dieser Schlange vorbeizumogeln.

»Die lass ich nicht rein, die lass ich nicht rein, die spinnen doch«, sagte sie und fuhr so dicht auf den Vordermann auf, dass ich sehen konnte, dass sein TÜV in einem Monat ablaufen würde. »Was glauben die denn? Die müssen genauso lange warten wie ich.« Tatsächlich ließ der Vordermann die beiden Ausreißer rein, und ich konnte Sarah so gerade noch davon abhalten, Vollgas zu geben und die drei Übeltäter zusammenzudrücken.

»Ich verstehe gar nicht, warum das hier heute so voll ist«, sagte sie, als wir aus dem Auto stiegen, und spätestens jetzt wusste ich, dass sie die Sache mit ihrer Wohnung vergessen hatte. Den Satz sagen Frauen nämlich immer, wenn sie zu Ikea fahren.

Dabei ist die Begründung ganz einfach: Weil es die meisten Frauen in Deutschland länger ohne Sex aushalten als ohne einen Besuch im Möbelhaus, ist es hier immer voll.

Es regnete, aber der Weg zum Eingang war zum Glück überdacht. Als sich die Schiebetür öffnete, sah ich auf dem Boden die Pfeile, die in den nächsten zwei bis drei Stunden mein Leben bestimmen würden.

»Was brauchen wir denn?«, fragte ich in der vagen Hoffnung, dem Einkauf eine Richtung geben zu können.

»Wir brauchen auf jeden Fall neue Klobürsten und Badezimmermatten, einen Duschvorhang, ein paar Pflanzen ...« Ihr Handy klingelte. »Moment. Ja? Ach, du bist das, Mama. Nein, ich bin gerade bei Ikea, weil ...« Sarah drehte sich um und ging ein paar Schritte, so dass ich nicht hören konnte, was sie mit ihrer Mutter besprach. Ich blieb stehen, wo ich war, wahrscheinlich aus Angst, mich trotz der Pfeile in dem Gewirr von Schränken, Tischen und Betten verlaufen zu können. Es dauerte fünf Minuten, bis Sarah wieder zurückkam.

»Meinen Eltern sollen wir noch einen kleinen Schrank für das kleine Badezimmer im Ferienhaus und einen großen für das große mitbringen. Außerdem auch zwei Badematten, Handtuchhalter, Vorhänge und«, sie lief auf einen Plüsch-Hocker zu, »so einen Hocker habe ich mir immer gewünscht.«

»Also los«, sagte ich, griff mir einen dieser Ikea-Bleistifte und schrieb die Abholnummer des aufblasbaren Hockers auf. »Dann weiter.«

»Daniel, du hast mir versprochen, dass wir das ganz in Ruhe machen. Ich habe keine Lust, hier total hektisch durchzurennen. Wir müssen die Sache strategisch angehen.«

Was so viel hieß, dass wir den ersten Stock einmal in Pfeilrichtung durchquerten, um dann wieder zurückzugehen und uns bestimmte Schränke (für das Ferienhaus ihrer Eltern!) noch einmal genau anzusehen. Ich hatte neben dem Bleistift inzwischen auch zwei Ikea-Maßbänder in der Hand und vermaß alles, worauf Sarah zeigte. Nach einer Dreiviertelstunde hatten wir den ersten, den kleinen Schrank gefunden, und ich verfluchte Ikea für seine langen Öffnungszeiten.

»Komm, weiter«, befahl Sarah, und das Leuchten in ihren Augen verhieß nichts Gutes.

Ich ging so schnell hinter ihr her, dass ich die beiden Menschen, die mit dem Rücken zu mir in einer für Ikea-Verhältnisse ziemlich modernen Designerküche standen, nur unterbewusst registrierte. Erst als wir vor einem weiteren Schrank zum Stoppen kamen (»Ausmessen!«), wurde mir klar, an wem ich da eben vorbeigelaufen war. Das konnte doch nicht sein …

»Sind wir hier fertig?«

»Wie, sind wir hier fertig? Hast du etwa schon keine Lust mehr? Daniel, wir haben wirklich noch jede Menge …«

»Nein, darum geht es mir nicht, natürlich bleiben wir hier, bis alle anderen Kunden raus sind …«

»Sehr witzig.«

»Nein, tut mir leid, ich meine, wir können gern noch bleiben. Ich wollte nur hinten bei den Küchen etwas gucken.«

»Bei den Küchen? Was willst du denn da?«

»Nichts Besonderes. Ich bin gleich zurück.«

»Okay, wenn du meinst. Aber beeil dich, wir haben noch ziemlich viel auf der Liste. Ich warte auf dich bei den Schränken mit den Glastüren.«

»Wunderbar, ich brauche nur eine Minute.« Ich gab Sarah einen Kuss auf die Wange und ging dann langsam den Weg zurück, den ich gekommen war. Zehn Meter von ihr entfernt bog ich nach rechts ab und pirschte mich im Schutz mehrerer Schrankwände von der anderen Seite an die Küchenabteilung heran.

Ich hatte Glück, die beiden waren noch da, und weil ich sie diesmal von der Seite sehen konnte, gab es, um es mal mit Hamburgs Schauspiellegende Heidi Kabel zu sagen, kein Vertun mehr. Mitten in der Ikea-Küchenwelt standen Sandra Martens, geborene Siedler, und – FBI. Ich versteckte mich hinter einer Vase mit langen, künstlichen roten Rosen und beobachtete, wie mein fieser Feind und die Frau, die meine Partnerschaft unbedingt verhindern wollte, über Dunstabzugshauben diskutierten und irgendwelche Knöpfe drückten – als würden die in einem Ausstellungsraum funktionieren. Was machten die beiden gemeinsam hier? Was wollten sie so spät am Abend bei Ikea? Und wer war die blonde Frau, die auf FBI zuging und direkt in meine

Richtung schaute? Ich setzte zwei Schritte zurück, damit sie mich nicht sahen, und trat auf einen fremden Fuß.

»Was wird das denn jetzt?«

Sarah.

»Ich habe mir nur mal was angeguckt«, sagte ich und war sicher, dass ich rot geworden war.

»Es sah eher danach aus, als hättest du jemanden beobachtet. Was ist denn da hinten so Interessantes?«

»Nichts, außer ...«, ich musste jetzt sehr gut improvisieren, wenn ich verhindern wollte, dass Sarah mich um die Ecke ziehen und wir auf Martens, FBI und die unbekannte Frau treffen würden, »... außer dieser wunderbaren, großen Glasvase. Das wäre doch etwas für den Flur, oder?«

»Meinst du?« Sarah ging ein paar Schritte auf die Vase zu.

»Ich hatte mir gerade überlegt, sie dir zu schenken, als kleine Wiedergutmachung für den ganzen Ärger.«

»Das ist ja echt eine süße Idee. Hast du denn die Nummer schon aufgeschrieben?«

»Das wollte ich gerade tun, aber dann bist du aufgetaucht ...«

»Dann verschwinde ich schnell wieder, und wir treffen uns in fünf Minuten im Restaurant. Du wolltest doch noch was essen, oder?« Sie gab mir einen Kuss. Ich winkte ihr so lange nach, bis sie mich nicht mehr sehen konnte, um dann wieder um die Ecke zu gucken. FBI und die Martens waren weg, die dritte Person auch. Ich lief durch die restlichen Küchen und die Kindermöbelabteilung, konnte sie aber nirgendwo entdecken. Auch im Restaurant waren sie nicht.

»Alles in Ordnung, Daniel?«, fragte Sarah, weil ich mich bei jedem Köttbullar, den ich mir in den Mund schob, hektisch nach rechts und links umsah.

»Natürlich, mein Schatz«, sagte ich und dachte nur daran, dass ich morgen dringend mit dem Baron sprechen musste. Hier stimmte etwas nicht.

Neunundzwanzig

Es verging eine Woche, bis ich den Baron wieder zu Gesicht bekam. Er war unterwegs gewesen, und ich hatte mich nicht getraut, ihm die brisante Entwicklung in einer E-Mail mitzuteilen. Ich war sicher, dass die Seiffert alles lesen konnte.

Nun war er endlich da. Ich klopfte an die Tür seines Büros, und als ich keine Antwort hörte, zog ich sie auf und steckte vorsichtig den Kopf rein. Von Tolken saß mit drei anderen, die ich nicht kannte, in seiner Besucherecke.

»Störe ich?«

»Im Moment ja, Daniel. Können Sie in einer Stunde wiederkommen?«

»Natürlich. Entschuldigung.« Ich schloss die Tür leise und sah auf meine Uhr. Es war 10.15 Uhr. Ich hatte um elf Uhr einen Termin mit einem Typen von D-Max. Wir wollten über die Vermarktung der Ludolf-Brüder sprechen, diese Autoverschrotter, deren TV-Serie auf dem besten Weg war, Kult zu werden. Ich rief beim Sender an und verschob das Treffen. Als ich aufgelegt hatte, blinkte eine neue Terminanfrage auf meinem Handy. Die Martens wollte mich sprechen, und zwar in fünf Minuten. Ich nahm an, allerdings mit der Anmerkung, ich könnte erst in einer Viertelstunde da sein. So leicht sollte sie mich nicht herumkommandieren können.

Vor ihrem Büro stieß ich mit FBI zusammen. Natürlich. Er hatte das gleiche Hemd an wie bei Ikea.

»Daniel, my friend.«

»Friend heißt Freund auf Deutsch, und ich bin für dich genau das Gegenteil.«

»I know.« FBI grinste dämlich, aber anders ging es bei ihm ja auch nicht. »Hast du schlechte Laune?«

»Wenn ich dich sehe, immer.«

»Das ist nicht nice, mein Lieber. Gar nicht nice. Dabei ist heute so ein schöner Tag. Wonderful, really wonderful.«

»Wenn du meinst. Ich muss zu Sandra.«

»Go ahead, Daniel. Ich war schon drin. See you.«

»Fuck you.«

»Du wiederholst dich, Darling.«

Er hielt mir die Tür auf, ich ging ins Büro, ohne noch etwas zu sagen. Ich hasste diesen Typ, und ich würde noch heute herausbekommen, was er mit der Martens hatte.

Die saß hinter ihrem gläsernen Schreibtisch und sah aus wie jemand, der nicht viel Zeit hat.

»Da sind Sie ja, Daniel.«

»Da bin ich. Tut mir leid, dass es nicht schneller ging.«

»Zu viel zu tun, was?« Ich konnte die Ironie spüren.

»Auf jeden Fall nicht zu wenig.«

»Deshalb wollte ich unter anderem mit Ihnen sprechen. Aber erst mal geht es um die TV-Projekte, die Sie und Frank vorbereitet haben.«

Wieso sprach sie plötzlich von Frank – oder hatte sie das immer schon getan?

»Für Franks Projekt haben wir jetzt einen Interessenten gefunden. Der Vorvertrag wird diese Woche unterschrieben. Ihr Projekt, wie hieß es noch mal?«

»Die Heiratsantragsshow«, sagte ich und erschrak darüber, wie kleinlaut meine Stimme klang.

»Ja, genau. Also, das Projekt ist damit natürlich erst mal vom Tisch.«

»Darf ich fragen, wer Franks TV-Show, wie hieß sie noch mal?«

»Sehr witzig, Daniel, sehr witzig.«

»Ach, jetzt fällt es mir wieder ein: Schlauer sucht Frau. Darf ich fragen, wer die machen will?«

»Spielt das eine Rolle?«, sagte die Martens.

Natürlich spielt das eine Rolle, du falsche Schlange, dachte ich und war sicher, dass FBIs Schwiegervater, der Top-TV-Produzent, die verschissenen Rechte erworben hatte.

»Wenn Sie es mir nicht sagen wollen, dann eben nicht.«

»Es gibt Wichtigeres, über das wir sprechen sollten, mein Lieber. Zum Beispiel, wie es mit den beiden großen Abschlüssen steht, die Sie mir versprochen haben.«

Nix hatte ich versprochen, sie hatte mich unter Druck gesetzt. Aber es war nicht gerade der Moment für Spitzfindigkeiten.

»Ich warte auf Rückmeldungen.« Tatsächlich hatte ich seit meinem Berlin-Obama-Besuch nichts von den Amerikanern gehört. Und Frau von Altringen hatte mir leider auch nicht geschrieben, obwohl ich doch so ein gutes Gefühl nach unserem Tanz auf ihrer Hochzeit gehabt hatte.

»Von wem noch mal?«, fragte die Martens.

»Von Mr. Pennington, der mit uns ehemalige amerikanische Präsidenten in Europa vermarkten will ...«

»Doch nicht Bush?«

»Nein, natürlich nicht. Und von Frau von Altringen, die sich sehr gut vorstellen kann, künftig von uns ...«

»Die Universums-Frau?« Sandra Martens unterbrach mich schon wieder.

»Genau die. Ich war ja Ehrengast auf ihrer Hochzeit«, Notübertreibungen sind erlaubt, »und habe dort lange über eine mögliche Zusammenarbeit mit Maxprom gesprochen, die ...«

»... jetzt ja auch zustande gekommen ist. Sagen Sie mal, Daniel, wollen Sie mich veräppeln?«

»Wie zustande gekommen, wie veräppeln?« Ich verstand wirklich gar nichts.

»Na, es muss sich doch auch bis zu Ihnen herumgesprochen haben, dass wir uns gerade mit Frau von Altringen auf einen Fünfjahresvertrag geeinigt haben. Lesen Sie denn unsere internen Mitteilungen nicht mal mehr?«

Wie bitte?

»Ich hatte viel zu tun und habe … Wer hat den Vertrag gemacht?«

»Na wer schon: Ihr guter alter Freund FBI.«

Ich wollte aufspringen, blieb aber sitzen.

»Das kann ich nicht glauben.«

»Das sollten Sie aber.«

»Aber ich habe doch … Sie hat doch von mir …« Ich merkte, wie mir gleichzeitig heiß und schlecht wurde. »Wie ist der Kontakt zu FBI entstanden?«

»Ich wüsste eigentlich nicht, was Sie das angeht. Aber wenn Sie es unbedingt wissen wollen: Frau von Altringen hat FBI selbst angerufen. Wahrscheinlich ist ihm sein exzellenter Ruf vorausgeeilt.«

»Das ist doch, das kann doch nicht, ich verstehe nicht …«

»Ich verstehe auch nicht, was Sie die ganze Zeit so machen, lieber Herr Stiller. Auf jeden Fall sehe ich mich gezwungen, Ihre mehr als unterdurchschnittliche Leistung mit den Partnern zu thematisieren. Ich kann mir ehrlich gesagt nicht mehr vorstellen, dass einer wie Sie in die Geschäftsführung aufrückt. Dafür gibt es wahrlich bessere Kandidaten.«

Du Aas, dachte ich, du hast mich doch längst bei den anderen angeschwärzt.

»Bessere Kandidaten? Sie meinen sicher Ihren Freund FBI«, sagte ich und versuchte hämisch zu klingen.

»Zum Beispiel. Und Ihre blöden Anspielungen können Sie sich sparen. Ich beurteile Mitarbeiter nämlich nach dem, was sie dem Unternehmen bringen, und nicht nach Sympathien. Manchmal würde ich mir wünschen, das täten meine Kollegen in der Geschäftsführung genauso – vor allem die adligen.«

Mein Kopf drehte sich, in meinen Rücken war es durch das Unterdrücken des Aufspringens eingeschossen. Ich überlegte, ob ich andeuten sollte, dass ich Sandra und FBI gestern bei Ikea gesehen hatte, ließ es dann aber. Was sollte so eine Bemerkung jetzt bringen?

»War es das?«

»Wenn Sie es so ausdrücken wollen. Das war es für Sie. Zumindest, wenn es nach mir geht. Schönen Tag noch.«

Als ich in das Büro, das noch meines war, zurückging, musste ich an ein Interview denken, das ein Spitzenmanager in der vergangenen Woche der »Zeit« gegeben hatte. »Die wichtigste Eigenschaft einer Führungskraft«, hatte er auf eine entsprechende Frage geantwortet, »ist zu sagen, wie es ist. Neunzig Prozent aller Menschen, die ich kenne, sind dazu genetisch unfähig.« Sandra Martens gehörte definitiv nicht dazu. Sie hatte mir nicht nur direkt ins Gesicht gesagt, dass sie mich für unfähig hielt, sondern auch, dass sie mich am liebsten sofort rausschmeißen würde. Ich konnte nur auf den Baron warten und hoffen, dass ich hinter dem Treffen von FBI und der Martens etwas finden würde, womit ich beide unter Druck setzen konnte.

Erst einmal musste ich aber herauskriegen, wie der Kontakt zwischen der Universums-Frau und FBI zustande gekommen war. Ich wählte Sarahs Handynummer.

»Wenn das nicht mein kleiner Mitbewohner ist.«

Auf so eine säuselnde Begrüßung war ich nicht gefasst. Mir ging es jetzt um Informationen, um mehr nicht.

»Ja, ich bin's, und ich bin ein wenig im Stress. Hast du eine Handynummer oder direkte E-Mail-Adresse von der von Altringen?«

»Kann sein, aber ich müsste erst mal suchen. Wozu brauchst du die denn?«

»Erzähl ich dir später.« Ich sah auf die Uhr. Ich musste dringend zum Baron, wenn ich ihn nicht schon wieder verpassen wollte. »Schickst du sie mir, wenn du sie findest?«

»Natürlich.«

»Danke, bis nachher.«

»Bis nachher, Mister Wichtig.«

Das war ich immer weniger, und wenn ich nicht aufpassen würde, wäre ich es bald gar nicht mehr. Ich ging im Stechschritt zu von Tolken, öffnete die Tür, während ich klopfte, und fand meinen Mentor, hoffentlich war er das noch!, zum Glück allein hinter seinem Schreibtisch.

»Da sind Sie ja endlich, Daniel«, sagte er. »Ich habe in zehn Minuten den nächsten Termin.«

Zehn Minuten, das war zu wenig für das, was ich mit ihm zu besprechen hatte. Er schien das ähnlich zu sehen.

»Wir müssen uns also beeilen. Ich rufe schnell Friedrich rüber. Moment.« Der Baron hatte den Hörer schon in der Hand. »Kommst du? Ja, er ist da.« Dann wandte er sich wieder mir zu: »Keine guten Nachrichten, die ich da höre.«

»Kann man so sagen«, antwortete ich.

»Also stimmt es: FBIs Fernsehprojekt ist verkauft, und die Universums-Tante hat er auch an Land gezogen? Ich dachte, da waren *Sie* dran. Sie waren doch sogar auf der Hochzeit von der.«

»War ich auch.« Die Tür öffnete sich. Friedrich trat ein, eine blaue Mappe in der rechten Hand. Er nickte mir kurz zu und setzte sich auf den freien Sessel vor dem Schreibtisch des Barons.

»Ich habe keine Ahnung, wie FBI an Frau von Altringen gekommen ist. Aber ich werde es rauskriegen, und wenn es das Letzte ist, was ich in diesem Laden tue.« Ich erzählte dem Baron und Friedrich von dem Gespräch mit der Martens und dass ich sie gestern zusammen mit FBI bei Ikea gesehen und mich ziemlich darüber gewundert hatte. Und ich deutete an, dass der Erfolg von FBIs TV-Projekt zu 99 Prozent direkt mit seiner Frau beziehungsweise seinem Schwiegervater zu tun haben musste. »Mit einem Wort: Etwas läuft da mit den beiden, und ihr gemeinsames Ziel ist, mich fertigzumachen«, sagte ich und hätte beinahe mit der Faust auf den Tisch geschlagen. Doch der Baron sah mich so streng an, dass ich den ausgestreckten Arm auf halber Strecke zurückzog.

»Und es scheint ihnen zu gelingen«, sagte er.

»Was scheint ihnen zu gelingen?«

»Sie fertigzumachen. Sie brauchen jetzt ganz schnell einen Erfolg, Daniel, sonst kann ich Ihnen auch nicht mehr helfen. Und wenn ich schnell sage, dann meine ich sehr schnell. Also: Was machen die Hochzeitsvorbereitungen?«

»Bitte, was? Wollen wir nicht erst mal über die anderen Dinge sprechen, das ist ein abgekartetes Spiel, das …«

»Sie haben noch nicht verstanden, wie das hier läuft, oder, Daniel? Die einzige Chance, aus dem ganzen Schlamassel – FBI macht die bessere TV-Show, FBI macht die besseren Verträge, FBI hat die besseren Kontakte, FBI ist verheiratet – herauszukommen, ist, dass Sie die Diskussion über einen neuen Partner«, er sah zu Friedrich hinüber, der wie auf Befehl den Kopf senkte, »mit der Aussicht auf einen Termin beim Standesamt beenden. Dann kann Sandra machen, was sie will. Wenn Sie möglichst bald zu Elfriede gehen und sagen, also Frau Rosenthaler, diese Kleinigkeit, die zwischen mir und einer vollwertigen Partnerschaft stand, ist selbstverständlich erledigt, dann«, jetzt sah er mir fest ins Gesicht, »dann wird die sich an ihr Angebot halten und Sie in die Geschäftsführung holen. Und FBI kann machen, was er will. Verstanden?«

Ich nickte noch devoter, als es Friedrich getan hatte.

»Das nächste Treffen der Partner ist«, er sah auf seinen Kalender, »in drei Wochen. Bis dahin will ich, dass die Sache vom Tisch ist.«

»In drei Wochen? Aber das Ultimatum ist doch erst …«

»Vergessen Sie das Ultimatum. Wir müssen die Sache vorziehen, ob wir wollen oder nicht. Also: Verstanden?«

Er wiederholte sich und ich mich auch.

»Ja.«

»Hat das mit der Wohnung geklappt?«

Ich hätte ihm auf diese Frage eine Stunde oder noch länger antworten können, ja, ich hätte den Baron zum ersten Mal in meinem Leben gern zur Rede gestellt. Aber ich nickte wieder nur.

»Gut. Dann gib ihm die Liste, Mathias.«

Friedrich zog einen zusammengefalteten DIN-A4-Zettel aus der Mappe, die er auf seinen Schoß gelegt hatte, und gab ihn mir.

»Was ist das …?«

»Lesen Sie.«

Ich klappte das Stück Papier auf, auf dem nur ein paar Dutzend Wörter standen.

Lieblingsort in Europa: Wien.
Lieblingsort in Deutschland: Hamburg.
Wichtigste Hobbys: Reiten, Segeln, Geschichte, Literatur.
Letzte Reisen: Kappeln/Ferienhaus (Ostsee), Korfu (Griechenland).
Lieblingsbuch: Brigitte Hamann: »Elisabeth. Kaiserin wider Willen.«
Lieblingstheaterstück: Faust.
Lieblingsessen: Spaghetti mit Scampi.
Lieblingsschmuck: Diamant/Weißgold.
Lieblingstier: Pferd.

Fazit: Diverse Verbindungen möglich, Ideallinie: Wien – Sissi – Pferde/Lipizzaner. Vielversprechend: Kappeln – Segeln. Möglich: Geschichte/Literatur – Faust – Weimar.

»Was ist das?«, fragte ich und sah erst Friedrich, dann den Baron an.

»Ihre Rettung, hoffentlich«, sagte der Baron.

»Nein, das meine ich nicht. Ich wollte wissen, was das für eine Liste ist, woher sie stammt, wer sie gemacht hat, um was es geht.«

»Um wen es geht, haben Sie doch verstanden!«

»Ich denke, um meine Frau, ich meine, um Sarah.«

»Genau. Mehr müssen Sie nicht wissen.«

»Ich hatte die gleiche Liste«, sagte Friedrich, und seine Stimme erreichte dabei nicht ein Zehntel des normalen Volumens.

»Sie hatten die gleiche Liste?«

»Ja, damals, weil es bei mir doch auch so knapp war mit der Zeit, und so ... Da hat mir die Liste echt geholfen. Dabei gab es bei mir nicht einmal eine Ideallinie, so wie jetzt bei Ihnen, Daniel. Ich darf doch Daniel sagen, oder?«

»Wieso nicht?« Ich war komplett verwirrt.

»Nun, weil ich ja bald nicht mehr Partner sein werde und ...«

»Hör auf mit dem Quatsch«, der Baron fuhr dazwischen, und seine Worte füllten das Büro. »Also, Daniel, das ist der Leitfaden für Ihre Heiratsanträge. Auf dieser einen Seite steht alles, was Sie dafür und über die Vorlieben Ihrer zukünftigen Frau wissen müssen. Ich möchte Sie bitten, bis morgen Mittag daraus drei konkrete Projekte zu machen – genau so, wie Sie es bei Maxprom gelernt haben.«

»Woher haben Sie die Informationen, Baron?« Ich versuchte, bestimmt zu klingen, aber es misslang.

»Spielt das eine Rolle? Gehen Sie nach Hause, arbeiten Sie Ihre Heiratsanträge aus, und lassen Sie uns morgen um zwölf Uhr wieder hier zusammenkommen. Okay?«

»Aber ...«

»Kein Aber, Daniel, kein Aber mehr. Und wenn es Sie beruhigt: Um die auch mir merkwürdig erscheinende Verbindung zwischen Sandra und FBI werden wir beide«, er ließ den Daumen seiner rechten Hand in Friedrichs Richtung kippen, »uns kümmern. Beziehungsweise die Damen und Herren, von denen wir auch diese entzückende Liste haben. Und Sie eine neue Mitbewohnerin.« Der Baron sah auf seine Uhr. »Oh, ich muss los. Ein Essen mit Elfriede. Kann nicht schaden, in diesen Zeiten. Noch Fragen?«

Ich hatte Tausende, brachte aber nicht mehr heraus als ein mickriges Nein und dann etwas, was wie »danke« klang. Von Tolken legte mir im Vorübergehen die Hand mit dem goldenen Siegelring auf die Schulter: »Noch ist nichts verloren, junger Freund. Aber Sie müssen sich von jetzt an genau an das halten, was ich

Ihnen sage. Sonst verlieren Sie Ihren Job und ich meinen Einfluss in der Geschäftsführung. Und das wollen wir doch beide nicht, oder?« Während der letzten Worte krallte er seine mächtigen Finger so stark in mein Schulterblatt, dass es weh tat.

»Natürlich nicht«, sagte ich, stand auf und ging als Letzter aus von Tolkens Büro. Friedrich hatte mir zum Abschied schüchtern zugewinkt. Ich schloss die Tür, schüttelte mich einmal, wie nach einem schlechten Traum, und schlurfte langsam den Flur entlang. In meinem Kopf rasten die Gedanken aneinander vorbei wie Mercedes- an Opel-Fahrern auf der Autobahn: Woher hatten der Baron und Friedrich die Informationen, die auf der Liste standen? Hatten Sie Sarah und mich beschatten lassen? Und wenn ja, von wem? Beschäftigte *Maxprom* neben all den Marketingfachleuten etwa Privatdetektive, und ich wusste nichts davon? Würden die gleichen, die Sarah ausspioniert hatten, sich nun auf die Spur von FBI und Sandra Martens begeben? Was hatten die beiden privat miteinander zu tun, was verband sie außer der Abneigung gegen mich? Und wie um alles in der Welt hatte dieses Good-to-see-you-Arschloch den Vertrag mit der Universums-Tante bekommen?

Ich hätte gern mit jemandem über all das gesprochen, am liebsten mit Sarah, aber das ging natürlich nicht. Ich musste die Lage schnell klären, bevor ich entweder arbeitslos oder verrückt oder beides werden würde. Vielleicht war es ganz gut, wenn ich mit Hilfe der Liste sofort damit beginnen würde, konkrete Heiratsantragspläne zu entwickeln. Was sollte ich auch sonst machen, wo von meinen großen *Maxprom*-Projekten nur noch die Amerikaner übrig waren?

Ich zog das Schnüfflerpapier aus meiner rechten Hosentasche … Moment, da war es nicht. Ich griff in die linke, dann nach hinten. Nichts. Meine Bewegungen wurden schneller. Linke Sakkotasche, rechte Sakkotasche, innen. Wo war die verdammte Liste? Ich sprang auf, sah über den Schreibtisch hinweg in mein Büro, suchte auf dem Boden erst von oben nach unten und dann von unten nach oben. Fehlanzeige. Hatte ich die Liste beim Baron vergessen? Ich war mir sicher, dass ich sie am Ende des Gesprächs zusammengefaltet und eingesteckt hatte.

Ich musste sie unterwegs verloren haben. Ich war mit vier Schritten an der Tür, riss sie auf und stürmte raus, ohne daran zu denken, dass vielleicht jemand im Weg sein könnte. Ich sah Vanessa erst, als ich mit dem Knie gegen ihre linke Schulter stieß. Sie hatte zwei, drei Meter vor meinem Büro auf dem Boden gekniet. Jetzt kippelte sie kurz, um dann in einem Zug auf den Hintern zu knallen. Ihr wie immer viel zu kurzer Rock rutschte so weit hoch, dass ich eigentlich ihren Slip hätte sehen müssen. Wenn sie einen getragen hätte.

»Kannst du nicht aufpassen?« Vanessa richtete den Rock wieder, nicht ohne meinen Blick registriert zu haben. »Was ist denn in dich gefahren? Du kannst doch nicht einfach deine Kollegen über den Haufen rennen, du ungehobelter Gigolo.«

»Es tut mir ... na ja ... Entschuldigung, ich wollte ...«

»Und statt mir aufzuhelfen, hast du nichts Besseres zu tun, als mir zwischen die Beine zu gucken. Soll ich sie noch ein wenig spreizen, oder kannst du auch so alles gut erkennen?« Sie riss ihre Oberschenkel wirklich für ein paar Sekunden auseinander und starrte mich dabei hasserfüllt aus ihren grünbraunen Augen an. Dann rappelte sie sich hoch, ohne meine ausgestreckte Hand zu nehmen, und klopfte ihr Kostüm ab, als wäre es schmutzig. Erst jetzt sah ich, dass sie ein weißes, gefaltetes Stück Papier in der linken Hand hielt.

»Was hast du da?«, fragte ich.

»Was habe ich wo? Am Oberschenkel, meinst du? Wahrscheinlich bildet sich da schon der erste von zehn Blutergüssen, die ich deiner Attacke zu verdanken habe.« Sie betastete mit der freien rechten Hand ihr Bein. »Es fängt schon an, weh zu tun.«

»Das tut mir leid, das wollte ich wirklich nicht. Ich hatte es eilig.«

»Das habe ich gemerkt. Dann will ich dich nicht aufhalten. Vielleicht findest du ja noch jemanden, den du umrennen kannst.«

»Hör doch auf mit dem Blödsinn. Ich habe das doch nicht absichtlich getan. Also, was hast du da in der Hand?«

»Ach, du meinst das hier? Das ist ein Stück Papier, das auf dem Boden vor deinem Büro lag und das ich gerade aufheben wollte, als du …«

»Das gehört mir.«

»Wie, das gehört mir?«

»Das Stück Papier, das du da auf dem Boden gefunden hast. Würdest du so nett sein und es mir geben?«

»Ach, was ist der Herr denn auf einmal so freundlich?« Sie drehte den linken Arm so, dass meine Liste hinter ihrem Rücken verschwand. »Und woher weißt du, dass dieser Zettel dir gehört und nicht jemand anderem?«

»Ich weiß es halt. Gib ihn mir bitte, ich brauche ihn dringend für ein neues Projekt.«

Vanessa fing an zu grinsen und ging ein, zwei Schritte zurück: »Ich will erst mal nachsehen, ob es wirklich für dich ist.« Sie holte die Liste schnell vor ihre Brust und klappte sie auseinander. »Na, was steht denn da: Lieblingsort in Europa: Wi…«

Weiter kam sie nicht. Mit einem Sprung war ich bei ihr. Sie riss den rechten Arm hoch, der das Papier umklammerte, ich versuchte, ihn so runterzudrücken, dass ich rankommen konnte.

»Hör auf, sonst schreie ich«, zischte Vanessa.

»Gib mir den Zettel«, sagte ich und verstärkte den Griff um ihr Handgelenk.

»Du tust mir weh, du Arschloch.« Mit der freien Hand griff sie mir in mein Hemd, ein oder zwei Knöpfe platzten auf, vielleicht waren sie auch abgesprungen. Hoffentlich kam jetzt keiner der Kollegen den Gang entlang.

»Gib her!« Ich verlor allmählich die Geduld und zog Vanessa, so nah ich konnte, an mich. Sie wiederum streckte den Arm mit der Liste, so weit es ging, nach hinten.

»Gib!« Meine Stimme hatte etwas, das mich selbst erschreckte. Ich knickte Vanessas Arm am Ellbogen ein und merkte, wie sich ihr Gesicht an meinen Brustkorb drückte. Sie schrie etwas wie »Aua«, aber das interessierte mich nicht. Mit meiner anderen Hand und aller Kraft entriss ich ihr den Zettel. Dann trat ich einen Schritt zurück und stieß Vanessa von mir. Sie taumelte wieder, ich versuchte sie festzuhalten, erwischte aber nur den Rand ihres Blazers. Für einen Moment schien der Stoff zu halten, doch dann löste sich der obere Knopf, und der zweite sprang auf. Ich konnte Vanessa nicht mehr halten, und sie plumpste zum zweiten Mal innerhalb weniger Minuten auf den zum Glück mit Teppich ausgelegten *Maxprom*-Flur.

»Du Schwein, du erbärmliches, widerliches Schwein. Ich hasse dich«, zischte sie.

»Vanessa, beruhig dich. Komm, ich helfe dir hoch!« Ich sah mich schnell nach hinten um. Zum Glück war der Gang immer noch leer.

»Geh weg.« Sie richtete den Blazer wie zuvor den Rock und nahm dann doch meine Hilfe in Anspruch. Ich gab ihr erst die rechte, dann die linke Hand und zog sie vorsichtig zu mir hoch. Wir standen sprachlos voreinander, dann nahm ich sie in einem Reflex aus Schuld und peinlicher Berührtheit in den Arm.

»Es tut mir leid«, sagte ich und glaubte für einen kurzen Moment, ihre Lippen an meinem Hals zu spüren. Oder war es ihre Zunge? Ich hatte keine Zeit, darüber nachzudenken.

»Leck mich«, sagte Vanessa, machte sich los und rannte den Gang entlang. Ich knöpfte mein Hemd zu, steckte die Liste diesmal sicher in die Innenseite meines Sakkos und beschloss, sofort nach Hause zu gehen. Bei *Maxprom* hatte ich jetzt sowieso keine Ruhe mehr.

Neunundzwanzig

Es war kurz nach fünf, als ich zu Hause ankam. Von Sarah hatte ich seit unserem kurzen Telefonat nichts mehr gehört, anscheinend hatte sie die Adresse von Frau von Altringen nicht. Dafür hatte mir Friedrich eine E-Mail auf mein Handy geschickt. Ich öffnete sie, nachdem ich endlich einen Parkplatz in unserem dichtbesiedelten Viertel gefunden hatte. »Lieber Daniel«, hatte er geschrieben, »ich habe noch dieses alte Raster gefunden. Mir hat das damals bei den Planungen meines Antrags geholfen. Vielleicht nutzt es Ihnen ja auch. BG.« BG stand für beste Grüße und war die obligatorische Schlussformel bei *Maxprom*. Als Anhang hatte Friedrich eine zweite Liste mitgeschickt, nach der er offenbar seine Anträge entworfen hatte. Ich las sie, während ich langsam die Treppen zu meiner Wohnung hinaufstieg, und wäre fast über einen Schubkarren gestolpert, den das Kind eines Nachbarn vergessen haben musste. Die neue Liste umfasste acht Punkte.

Stadt
Termin
Ort/Schauplatz
Vorbereitungen
Besonderheiten (Beachten!)
Benötigte Dinge
Einleitende Worte
Anschlussprogramm

Wie das klang: Anschlussprogramm. Ich ließ die Mail geöffnet, zog meinen Anzug aus und eine Jeans an, holte ein Weinglas aus dem Wohnzimmer und eine Flasche Spätburgunder aus dem

Kühlschrank. In den Tiefen meiner Bücherregale fand ich das Notizbuch, in das ich die Argumente für und gegen eine Hochzeit eingetragen hatte. Es war ein wenig angestaubt. Ich setzte mich im Esszimmer an den langen Holztisch und schrieb auf die erste freie Doppelseite: »Drei Varianten«. Ich übertrug fein säuberlich das Achtpunkteraster von Friedrich auf jeweils eine Doppelseite, um dabei zu merken, dass ich den Punkt »Einleitende Worte« nicht brauchte. Das würde ich spontan machen. Ich strich ihn einfach durch und begann dann mit dem Kapitel 4.1.: »Idealvariante«.

Stadt: Wien
Termin: Eines der nächsten Wochenenden
Ort/Schauplatz: Spanische Hofreitschule
Vorbereitungen: Karten für Vorstellung besorgen, am besten Loge
Besonderheiten (Beachten!): Dienstreise nach Wien erfinden, mit der Möglichkeit, S. kostenlos mitzunehmen; dann sagt sie unmöglich ab
Benötigte Dinge: Ehering
Anschlussprogramm: Essen im Do & Co.

Während ich das Raster für die Idealvariante ausfüllte, merkte ich, dass auch der Punkt »Benötigte Dinge« überflüssig war, weil die einzigen Dinge, die ich wirklich brauchte, Sarah und der Ring waren. Ich beschloss, auf diese Kategorie zu verzichten.

Ich sah auf mein Telefon, aber ich hatte keine neue Nachricht. Sarah würde mir zumindest eine SMS schicken, bevor sie nach Hause kam, dachte ich. Ich schlug die nächste Doppelseite auf und schrieb unter Punkt 4.2.: »Alternative«:

Stadt: Weimar
Termin: Eines der nächsten Wochenenden

Ort/Schauplatz: Goethes Wohnhaus/Goethes Gartenhaus/Schillers Wohnhaus/Theater
Vorbereitungen: Weimar-Card bestellen, Besichtigungen genau planen
Besonderheiten (Beachten!): Theaterkarten reservieren
Anschlussprogramm: Champagner im Hotelzimmer/Essen im Hotel Elephant

Ich googelte das Programm des Deutschen Nationaltheaters, und fand am überübernächsten Wochenende noch gute freie Plätze für eine Aufführung von Schillers Kabale und Liebe. Ich ergänzte das Datum in der Liste und schrieb bei Vorbereitungen die Telefonnummer des Sofitels auf, das ich von einer Lesereise mit einem Goethe-Biographen kannte. Das Ganze hatte nicht einmal 40 Minuten gedauert, ich kam gut voran. Nächste, letzte Seite. Punkt 4.3. nannte ich »Alternative II«. Bei deren Formulierung halfen mir nicht nur die Liste des Barons und das nächste Glas Wein, sondern vor allem die »Hörzu«, die falsch herum auf dem Esstisch lag. Ein Unternehmen warb dort für Kreuzfahrten auf Segelschiffen, und ich hatte meine letzte Idee an diesem Abend. Dass Sarah eine große Leidenschaft fürs Segeln hatte, hätte ich natürlich auch ohne die Schnüffeleien der *Maxprom*-Schergen gewusst. Mehr als einmal hatte sie mir von ihren tollen Touren über raue Meere und Wellen erzählt, die höher als unser Haus gewesen seien. Kein schönes Thema für mich. Denn neben Flugangst habe ich die, diesmal allerdings genetisch bedingte Veranlagung, seekrank zu werden. Ich glaube, ich erwähnte es schon. In meiner Familie muss man die komischen Kaugummis, die angeblich dagegen helfen sollen, schon bei einem normalen Besuch des Hamburger Hafens kauen. Bei der letzten Hafenrundfahrt, die wir auf das nicht enden wollende Flehen böser Verwandter aus Süddeutschland hin gemacht hatten, hatte sich erst meine Mutter und dann meine Schwester übergeben. Ganz dezent natürlich in eine von zwanzig Papiertüten, die wir mit an Bord genommen hatten. Bei jener Fahrt auf dem heimtückischen Wasser der Elbe war ich der Einzige aus der seekranken Linie meiner Familie, der es nicht zum Äußersten kommen ließ. Aber das nur, weil ich während der gesamten Fahrt die Augen geschlossen und ein in Kamille getränktes Stofftaschentuch vor den Mund gepresst gehalten hatte. Hätte ich es weggenommen, hätte ich genau das gemacht, was meine Schwester an diesem furchtbaren Nachmittag noch genau drei Mal tat.

Das reicht vielleicht als Vorgeschichte zum Punkt 4.3. und beweist, was es mich für eine Überwindung kostete, eine Segeltour über die Ostsee zu planen, auf deren Höhepunkt ich kurz den Reisekrankheitskaugummi aus dem Mund nehmen und Sarah fragen würde, ob wir das Schiff unseres Lebens nicht künftig gemeinsam lenken wollten. Ich fand eine Firma in Gelting, die Segelschiffe mit Kapitän vermietete. Ich füllte die letzte Doppelseite deshalb wie folgt aus:

Stadt: Kappeln/Gelting
Termin: Nächstes Wochenende?
Ort/Schauplatz: Segelschiffvermietung Kapitän Hansen/Gelting
Vorbereitungen: Schiff reservieren, Champagner an Bord, Wetteraussichten checken, vor allem Wind!!
Besonderheiten (Beachten!): Reisekaugummi kaufen! Papiertüten!
Anschlussprogramm: Sonnenuntergang an der Ostsee, vielleicht mit Gitarre (vorher Saiten stimmen!)

Das klang doch gut. Ich ging zum Regal, um die CD zu suchen, mit deren Hilfe ich mir selbst das Gitarrespielen beigebracht hatte. Ich schob sie in den Player und suchte mein Lieblingsstück, »Always look on the bright side of life«. Das passte nicht nur zum Anlass und dem auf gerade einmal drei Wochen geschrumpften Ultimatum, sondern hatte vor allem die gleiche Akkordfolge wie »Danke«, das bekannteste aller Kirchenlieder, und ich könnte am Ostseestrand zwischen beiden immer hin und her wechseln: »Danke für diese schöne Stunde, danke für diesen schönen Tag. Danke, dass du von jetzt an immer bei mir bleiben magst, dummdiddeldumm, Always look on the bright side of life.« Ich drehte die Musik lauter und ergänzte den modifizierten »Danke«-Text in der Rubrik Anschlussprogramm.

»Was machst du da?«

Ich schlug das Notizbuch so schnell zu, dass ich große Teile meiner linken Hand nicht rechtzeitig herausziehen konnte. Ich hatte Sarah nicht kommen hören, wie auch? Der Lautstärkeregler war auf sechs. Ich drehte ihn runter.

»Was machst du denn hier?«, fragte ich.

»Ich wohne hier, schon vergessen?«, sagte Sarah. »Und du?«

»Ich mache mir Notizen.«

»Und worüber?«

»Über ein neues Projekt.«

»Was für ein Projekt?«

»Das kann ich dir nicht sagen.«

»Warum nicht?«

»Weil es eine Überraschung sein soll.«

»Daniel, du hast Geheimnisse vor mir!« Ihre Augen verengten sich. »Hast du eine andere?«

Wie kam sie jetzt ausgerechnet darauf?

»Natürlich nicht. Du weißt doch, dass du die einzige Frau in meinem Leben bist und …«

»Und?« Sarah sah mich misstrauisch an.

Könnte ich jetzt sagen: »Weißt du, was in diesem Notizbuch steht? Das Rezept zu unendlichem Glück – und du hast es in der Hand, das letzte Kapitel zu schreiben.« Sollte ich ihr dann einfach das schmale Heftchen in die Hand drücken, sie lesen lassen und einen Kugelschreiber geben, damit sie »Ja« auf die letzte Seite schreiben könnte und …

»Hallo, Erde an Daniel. Sagst du noch was? Oder bist du in Gedanken jetzt ganz bei der anderen?«

»Ich habe keine andere.«

Jetzt lieber nichts mehr sagen, was nicht genau durchdacht war.

»Und warum tust du dann so heimlich?«

»Weil, weil ...« Ich fing an zu stottern. »Weil ich doch ...«

»Da kommt aber jemand ganz schön ins Schwimmen.« Sarah fing an, zornig zu werden, und ich wurde immer unsicherer. Sollte ich ihr das Notizbuch vielleicht doch zeigen, zum Beweis meiner »Unschuld«? Oder würde sie meine Aufzeichnungen so unromantisch finden, dass sie mich ein für alle Mal ablehnen würde und ...

»Daniel, jetzt sag was!« Sarahs Stimme wurde immer lauter. Ich ließ das Notizbuch fallen und ging einen Schritt auf sie zu.

»Ich, also ...«

»Hör auf mit dem Gestammel. Wenn du eine andere hast, dann sei nicht so feige, sondern sag es. Dann bin ich in einer Minute weg.«

»Ich habe, ich wollte, ich bin ...« Ich zog Sarah an mich, gab ihr einen Kuss auf den Mund, drückte sie an mich und ging dann zum Äußersten: »Ich liebe dich.«

Sie seufzte kurz, drehte ihren Kopf leicht nach links, um dann plötzlich laut zu schreien: »Du Schwein!«

»Ich was?«

Sarah hatte mich von sich gestoßen. Ihre Augen füllten sich mit Tränen, ihre Lippen zitterten, der Zeigefinger ihrer linken Hand zeigte auf meinen Hals.

»Was ist das?«

Ich sah an mir herunter, und ich sah nichts.

»Was meinst du?«, fragte ich.

Sarah reagierte überhaupt nicht mehr auf das, was ich sagte. Ihr Zeigefinger verharrte in der ausgestreckten Position.

»Ich meine das Rote da, an deinem Hals. Das ist doch ...« Da habe ich mir wohl doch nicht umsonst Sorgen gemacht, was? Fehlt nur noch, dass ich auch an deinem T-Shirt Lippenstiftspuren finde.« Sie knöpfte mir schnell das Hemd auf, zog es mir wie eine Zwangsjacke über den Oberkörper, blickte erst auf die rechte und dann auf die linke Schulter und fing wieder laut an zu schreien. Vom Schlüsselbein zog sich eine feine, immer schwächer werdende Linie nach unten. Ich konnte nicht sehen, wo sie endete, ich wusste aber, wem ich sie zu verdanken hatte. Vanessa, diese Schlange. Sie musste bei unserem Gerangel Spuren ihres Lippenstifts an mir hinterlassen haben, die jeder dritte männliche Kollege bei *Maxprom* schon auf ganz anderen Körperteilen gehabt hatte. Und was ich vorhin an meinem Hals zu spüren geglaubt hatte, waren wirklich ihre Lippen.

»Das kann nicht sein, das kann nicht sein. Das ist wie in einem dieser schlechten Filme. Daniel, das darf nicht wahr sein.« Sarah liefen die Tränen die Wangen herunter.

»Erst die Sache mit der Wohnung, und jetzt das.«

Ich bekam Panik. Wie sollte ich erklären, wie die roten Spuren an meinen Hals und an mein T-Shirt gekommen waren, ohne vom Zwischenfall mit Vanessa und damit von Vanessa selbst zu erzählen? Ich fing an zu schwitzen und stammelte nur noch.

»Sarah, dadas glaubst duhu dodoch selber nicht, was, also, nun hör mal auf, das ist doch ...«

Ich musste versuchen, normal zu sprechen oder zumindest wie einer, der sich nichts vorzuwerfen hat. Und ich hatte mir nichts vorzuwerfen, außer, dass ich einer widerwärtigen Kollegin im Zweikampf einen Zettel entrissen hatte, um mir grundsätzliche Überlegungen über einen Heiratsantrag für jene Frau zu machen, die in mir jetzt einen ekelhaften Betrüger sah.

»Ich habe keine Ahnung, was das für ein Strich ist ...«, sagte, nein, log ich.

»Wie in einem schlechten Film ...«

»Wirklich nicht, und guck mal, das sieht überhaupt nicht aus wie Lippenstift ...«

»... einem sehr, sehr schlechten Film ...«

»... und warum sollte eine Frau mit ihren Lippen mein T-Shirt heruntergleiten?«

»Ja, warum nur? Vielleicht, weil ihr eigentliches Ziel etwas weiter unten liegt? Hast du an deinen Boxershorts auch Lippenstift? Wollen wir gleich mal gucken?«

Ich riss mir die Hosen herunter und war froh, dass auf meinen Shorts nur kleine grüne Frösche leuchteten.

»Und, bist du jetzt beruhigt?«

Sarah war es nicht. Sie fing an zu wimmern. Ich zog die Hose wieder hoch, das T-Shirt aus und hielt es gegen das Licht, als würde ich die Spuren darauf sonst nicht sehen können. Ich brauchte jetzt eine sehr, sehr, sehr, sehr gute Idee, wenn ich nicht bald allein und arbeitslos sein wollte.

»Ich habe ehrlich gesagt keine Ahnung, wo das herkommen kann«, sagte ich, um Zeit zu gewinnen.

»Du lügst.«

»Nein, ehrlich nicht. Ich weiß nicht ...«, mein Blick fiel auf das Familienfoto, das meine Mutter mir zum Einzug geschenkt hatte, und vor allem auf die knallig roten Lippen meiner Schwester. Sie ging nie aus dem Haus, ohne dass ihr Mund so rot war wie die Notfallhämmer in den Zügen der Deutschen Bahn. Sarah hatte sich im Wohnzimmer auf dem Sofa zusammengerollt. Sie wimmerte immer noch. Ich nahm das Familienfoto von der Kommode und hielt es ihr vor das Gesicht.

»Meine Schwester«, sagte ich, »die muss das gewesen sein. Die trägt immer so dick Lippenstift, hier siehst du, auf dem Foto. Und vorhin haben wir uns getroffen, um über ihre Hochzeit zu sprechen ...«

»Du hast dich mit deiner Schwester getroffen?«, fragte Sarah schluchzend.

»Ja, habe ich dir das nicht erzählt?«

»Nein, Daniel, hast du nicht.«

»Na, egal, auf jeden Fall haben wir uns vorhin im Büro getroffen, und sie hatte diese neuen, hochhackigen Schuhe an, die sie für die Feier einlaufen muss, und …«

Sarah hatte sich aufgesetzt: »Und was?«

»… und dann ist sie bei unserer Begrüßung umgeknickt und wäre hingefallen, wenn ich sie nicht im letzten Moment aufgefangen und an mich gezogen hätte. Dabei muss das«, ich zeigte auf mein T-Shirt, »passiert sein. Warte.« Ich rannte ins Schlafzimmer, zog eines der Familienalben unter dem Bett hervor, das meine Mutter mir jedes Jahr zum Geburtstag schenkte, und lief zurück.

»Hier, mein Schatz, guck, meine Schwester hat ein Faible für dick aufgetragenen Lippenstift, es gibt kein Foto, wo ihr Mund nicht leuchtet wie eine rote Ampel. Was meinst du, wie viele Anzüge sie mir damit schon versaut hat!« Das hatte Mara tatsächlich, und um einen weiteren Beweis zu haben, holte ich meinen Smoking aus dem Schrank, aus dessen Revers eine ihrer kussfesten Farben nie ganz rausgegangen war.

»Siehst du, das sieht sogar nach zweimal Reinigen fast noch genauso aus wie hier.« Ich hielt den Smoking an mein T-Shirt, und zum Glück war tatsächlich eine Ähnlichkeit zu erkennen, zumindest, wenn man so verheulte Augen hatte wie Sarah.

»Mmh«, sagte sie.

»Wenn du willst, kann ich dir noch zwei weitere Beispiele zeigen. Ein Hemd musste ich sogar mal wegwerfen.« Das stimmte wirklich, meine Schwester färbte ab wie sonst nur Blaubeereis.

»Mmh.«

»Und überhaupt, wie kannst du mir so etwas nur zutrauen?«

»Mmh.«

»Sollen wir meine Schwester anrufen?« Das war riskant, weil ich sie ja erstens nicht getroffen hatte und sie zweitens überhaupt nichts von Sarah wusste. Zum Glück sagte Sarah:

»Nein. Aber du kannst sicher sein, dass ich sie nach ihrem Lippenstift fragen werde, wenn ich sie irgendwann einmal kennenlernen sollte. Und bis dahin«, sie fing an, mir Hemd und T-Shirt auszuziehen, »behalte ich das hier als Beweisstück.« Ihre Gesichtszüge entspannten sich, die letzte Träne war mindestens zwei Minuten her. Ich stand mit nacktem Oberkörper vor ihr. Sie begutachtete mich ein letztes Mal und war dann offensichtlich beruhigt.

»Keine weiteren Spuren?«, fragte ich.

»Keine weiteren Spuren. Kannst dich wieder anziehen. Ich habe nur noch eine Frage.«

O nein. Jetzt cool bleiben. »Und die wäre?«

»Was steht in diesem Notizbuch?« Sie zeigte auf das schwarze Teil, das ich in dem Wirrwarr längst vergessen hatte.

»Da steht alles Mögliche drin – vor allem aber die Planung für eine kleine Reise, mit der«, ich sah sie so verliebt wie nur möglich an, »ich dich überraschen wollte.«

»Eine Reise?«, fragte Sarah.

»Eine Reise«, echote ich.

»Das ist ja lustig.«

»Wieso lustig?«

»Weil ich auch etwas für uns geplant habe und eben schon dachte, ich müsste alles absagen. Aber jetzt fahren wir am Wochenende ins Ferienhaus meiner Eltern.«

Dreissig

»Dumm sein und Glück haben.«

Das ist auch so ein Spruch bei *Maxprom*, und er bezieht sich in der Regel auf TV-Prominente, die allein durch ihre Fernsehpräsenz zu Bestsellerautoren, gut bezahlten Vortragsreisenden und Autohauseröffnern wurden und mit denen wir einen nicht unwesentlichen Teil unseres Geldes verdienten.

»Dumm sein und Glück haben.« Der Baron hatte den Satz zu mir gesagt, als ich ihn wie verlangt über meine Planungen informiert und damit geschlossen hatte, dass das erste Projekt schon am Wochenende starten würde, Kennenlernen der Eltern inklusive.

»Dumm sein und Glück haben.« Von Tolken wiederholte sich. Er schüttelte langsam den Kopf, fing dann an zu grinsen und nickte mir schließlich zu. »Das hört sich gut an, Daniel, sehr gut. Vielleicht haben wir alle nach diesem Wochenende ein paar Probleme weniger.«

»Wir alle außer FBI«, antwortete ich.

»Und die nette Kollegin Martens«, sagte der Baron.

»Hat sich da eigentlich etwas ergeben?«

»Sie meinen, in unseren, sagen wir mal, Recherchen über eventuelle Verbindungen der beiden, die über Maxprom hinausgehen?«

»Ja.«

»Noch nicht. Aber wenn es da etwas gibt, das wir wissen sollten, wird es unser«, der Baron räusperte sich, »Rechercheur herausfinden. Machen Sie sich deswegen keine Sorgen. Brauchen Sie für das Wochenende noch Informationen?«

Ich stutzte. »Wie meinen Sie das, Baron?«

»Nun ja, über die Eltern, über das Ferienhaus, über …«

»Haben Sie denn so etwas auch?«

»Ich könnte das leicht besorgen lassen.«

»Nein danke, nicht nötig.« Allmählich wurde mir von Tolkens Begeisterung für Bespitzelungen unheimlich.

»Ich glaube, den Rest schaffe ich allein.«

»Das hoffe ich. Sehen wir uns Montagmorgen hier wieder? Neun Uhr? Wenn alles gut gelaufen ist, können Sie gleich zu Elfriede.«

»Ich werde da sein«, sagte ich und klang dabei, wie Edelmänner in historischen Filmen klingen, wenn sie sich zu einem Duell verabreden. »Meinen Sie, ich darf heute ein bisschen früher gehen?«

»Ich halte Sie sicherlich nicht auf, junger Freund.«

So kam es, dass ich die *Maxprom*-Zentrale kurz nach 13 Uhr verließ, unbemerkt von den Kollegen, die um diese Zeit meist in Geschäftsessen steckten. Sarah hatte gefragt, ob wir nicht schon am Freitagnachmittag in Richtung Ferienhaus fahren könnten. Ihre Eltern würden zwar erst am Abend kommen, aber dann hätten wir Zeit, um schon einmal alles für den Aufbau der Schränke im Badezimmer vorzubereiten. Das war nämlich leider der entscheidende Grund, warum sie mich an diesem Wochenende mitnehmen wollte. Unsere Ikea-Einkäufe sollten endlich aufgestellt werden, und Sarah zweifelte daran, dass ihr Vater (Zitat: »Wenn einer zwei linke Hände hat, dann er«) das allein hinbekommen würde. »Du kannst so was doch, oder, Daniel?«, hatte sie gefragt und mir damit große Angst gemacht. Denn wenn ich eins nicht kann, ist es, etwas zusammenzubauen. In der Regel bekomme ich schon Schweißausbrüche, wenn ich nur die Anleitung durchlese, und verwechsle grundsätzlich Regale mit Türen, Rück- mit Seitenwänden und Schrauben mit Nägeln. Das sagte ich Sarah so natürlich nicht. Ich sagte: »Kein Problem« und bekam dafür ein Küsschen: »Wusste ich es doch.« Ich hoffte inständig, dass mir mein Antrag gelingen würde, bevor es ans Zusammenschrauben ging. Denn danach würde sie wahrscheinlich alles sagen, nur nicht ja zu einem Mann, der nicht einmal einen Papierkorb fehlerfrei aufstellen kann.

Wir brauchten knapp zwei Stunden, um von Hamburg nach Kronsgaard zu kommen, einem winzigen Dorf in der Nähe Kappelns, und, für mich viel wichtiger, nur unweit von Gelting entfernt. Dort hatte ich mich mit Kapitän Hansen am nächsten Tag um 15 Uhr verabredet. Er sollte an der Geltinger Mole auf uns warten, mit einer gut gekühlten Flasche Champagner und zwei Gläsern unter Deck, keinesfalls aus Plastik. Weil er »schon schlechte Erfahrungen mit solchen Aktionen gemacht« hatte, musste ich die Hälfte der geforderten 800 Euro vorher überweisen und ihm den Beleg faxen. Ich tat es, rief noch einmal an, um zu fragen, ob er alles erhalten habe und, so nebenbei, ob die Ostsee denn auch ruhig sein würde. Kapitän Hansen lachte nur und sagte, ruhiger sei das Wasser nur in seiner Badewanne. Das klang vielversprechend. Vielleicht würde ich das Reisekaugummi nicht brauchen. Ich steckte es trotzdem in den kleinen grauen Rucksack, in dem ich auch den Ring verstaute.

Sarahs Familie gehörte in Kronsgaard ein mehr als hundert Jahre altes Reetdachhaus, dessen Türen so niedrig waren, dass ich mir gleich dreimal den Kopf stieß. Zum ersten Mal, als ich ihren Vater formvollendet begrüßen wollte. Der kommentierte das Aufschlagen meiner Stirn auf Holz knapp mit den Worten: »Passiert mir hier auch dauernd.« Die Mutter lachte bloß, wahrscheinlich, weil man die Beule an meinem Kopf schon sehen konnte, und ich hoffte, sie würden mich nach diesem Zwischenfall nicht für einen Trottel halten, der alles verdiente, aber auf keinen Fall ihre Tochter.

»Das ist Daniel«, sagte sie.

»Das bin ich«, sagte ich, und es musste für ihre Eltern klingen, als hätte mich der Türstoß größere Teile meines Sprachzentrums gekostet.

»Und das sind meine Eltern«, sagte Sarah. Zum Glück fiel mir gerade noch rechtzeitig ein, dass man in solchen Momenten die rechte Hand ausstreckt. Der Vater drückte sie, als wolle er mit einem neuen Schmerz den alten vergessen machen. Vielleicht war das sogar eine wissenschaftlich belegte Therapie, und er, der Arzt, wollte mir damit helfen. Sarahs Mutter lachte immer noch und drückte mich leicht an sich: »Freut mich, dass Sie mitgekommen sind. Sie haben unserer Tochter ja aus einer großen Notlage geholfen.«

Die Wohnung. Deswegen war sie so freundlich.

»Auf jeden Fall schön, Sie kennenzulernen«, sagte die Mutter, und das fand ich angesichts der Ereignisse der vergangenen Wochen auch.

Am nächsten Morgen, dem Morgen!, wachte ich als Erster auf. Was nicht viel hieß. Es war kurz vor elf. Ich schaukelte die schlafende Sarah sanft hin und her und flüsterte:

»Aufstehen.«

»Was, jetzt schon?«, grummelte sie zurück.

»Es ist fast elf.«

»Ich will noch schlafen.«

»Nichts da, wir müssen hoch. Deine Eltern sind bestimmt schon lange wach«, sagte ich und zog die Vorhänge auf. Das Wetter war sensationell. Die Sonne schien direkt auf Sarah, der Himmel war mittelblau, ich konnte nicht eine Wolke sehen. Ich öffnete ein Fenster und streckte meinen Arm hinaus, um den Wind zu spüren. Ich spürte nichts. Dieser Tag war ideal, um als Seekranker auf einem Schiff einen Heiratsantrag zu machen. Ich zog Sarah langsam die Decke weg.

»Hoch jetzt, du verpennst den schönen Tag.«

»Und ein schönes Mittagessen.« Sarahs Mutter steckte den Kopf ins Zimmer. Ich hatte nicht bemerkt, dass sie die Tür aufgemacht hatte, und konnte mich gerade noch so von ihr wegdrehen, dass sie meine Morgenerektion nicht sah.

»Wir können in einer Stunde essen, kommt ihr?« Sie hatte einen Auflauf mit vegetarischem (!) Gyros gemacht. Ich aß gut und viel, smalltalkte für meine Verhältnisse brillant, half beim

Abräumen, ohne etwas fallen zu lassen, und trocknete schließlich gemeinsam mit Vater und Tochter ab. Dabei ist mir der Henkel einer Kaffeetasse abgebrochen. Aber erstens bemerkte das niemand, und zweitens konnte ich die Blutung an meiner linken Hand unauffällig mit nassem Toilettenpapier stillen.

Das war die einzige Panne. Es schien alles nach Plan zu laufen, als sich Sarahs Eltern um Punkt 14.30 Uhr zu einer Radtour aufmachten. Sie hatten uns gefragt, ob wir mitkommen wollten, und ich war kurz zusammengezuckt. Aber Sarah hatte natürlich keine Lust. Ich half ihrer Mutter beim Aufpumpen eines platten Reifens und winkte ihr und ihrem Mann hinterher, als sie in Richtung Ostsee davonradelten. Uhrenvergleich: 14.40 Uhr. Es wurde höchste Zeit.

Ich zog den Ring und die Reisekaugummis aus dem Rucksack, steckte beides in die Potasche meiner Jeans und rief nach Sarah, die sich nach dem Abwasch hinter dem Haus in die schon ziemlich warme Sonne gelegt hatte: »Kannst du mal kurz kommen?«

Doch sie kam nicht. Ich rief noch zwei Mal, dann ging ich durch den alten Stall selbst in den Garten. Ich konnte von Sarah nur die Unterschenkel sehen. Sie hatte sich in einen Strandkorb gesetzt, der mir bis dahin gar nicht aufgefallen war.

»Hast du mich nicht gehört?«, fragte ich und ging auf den Strandkorb zu.

»Doch«, sagte sie seltsam leise.

»Und warum bist du dann nicht gekommen?« Ich war nur noch drei Schritte von ihr entfernt.

Sie antwortete nicht, sondern kicherte nur.

»Sag mal, sprichst du nicht mehr vernünftig mit mir, oder was ist …«

Dann war mein Sprachzentrum blockiert. Ich stand direkt vor dem Strandkorb und sah das T-Shirt und die kurze Hose, die Sarah getragen hatte, bevor ihre Eltern gegangen waren, auf dem Boden daneben. Sie war nackt.

»Wir müssen uns beeilen«, sagte Sarah. »Wer weiß, wann meine Eltern zurückkommen.«

Ich hatte einen ganz anderen Grund, auf Eile zu drängen. Es war zehn vor drei. Wir konnten es noch nach Gelting schaffen, aber knapp wurde es auf jeden Fall.

»Also, ich weiß wirklich nicht, ob das jetzt der geeignete Zeitpunkt ist, um …«, sagte ich.

Sie begann, an meinem Gürtel zu fummeln.

»Ist das denn gut, dass du völlig nackt im Strandkorb liegst, du holst dir noch einen Sonnenbrand an bestimmten Stellen …«

Sie hörte einfach nicht auf. Ich machte mich mit einem Ruck von ihr los, doch sie war mit einem Sprung wieder neben mir. Ausgerechnet ihre Uhr hatte sie noch an. Auf der war es jetzt 5 vor 3.

»Sarah, wollen wir nicht lieber …«

»Pssst.« Sie legte mir den Zeigefinger ihrer rechten Hand auf den Mund.

»Ich meine ja nur. Das Ferienhaus, deine Eltern, die Nachbarn …«

»Hier sieht uns doch keiner, und die nächsten Nachbarn sind fünfzig Meter weg.«

»Aber wir hören deine Eltern gar nicht, wenn sie wiederkommen, und …«

»Daniel?«

»Ja? Wollen wir nicht lieber nach …«

»Halt jetzt endlich deinen Mund!«

Als ich ihn wieder aufmachen durfte, war es kurz vor 16 Uhr. Ich gab vor, auf Toilette zu müssen, rannte ins Haus und rief Kapitän Hansen an. Er ging nach dem dritten Klingeln ran.

»Moin, Hansen hier.«

»Hier spricht Daniel Stiller. Herr Hansen, es tut …«

»Wad bin ich froh, dass ich wenigstens die Hälfte der Kohle schon habe. Ich hadde gleich son ungudes Gefühl. Findste das etwa widzig, Landradde?«

»Herr Hansen, es ist etwas dazwischengekommen, wir könnten jetzt aber sofort losfahren, und ...«

»Eine Dreivierdelstunde habe ich gewarded, jetzt binnich wech. Bis Ende der Woche will ich den Rest des Geldes aufem Kondo sehen, sonst gibbts Ärger, und wenn ich bis nach Hamburch kommen muss.«

»Aber, Herr Hansen, meine Frau, ich meine, Freundin ...«

»Und den Champus bezaalen nich vergessen, Alder.«

»Herr Hansen, ich kann ... Herr Hansen?« Er hatte aufgelegt.

Dass ich trotzdem an jenem Tag noch auf ein Schiff kam, hatte ich ein paar von Sarahs Segelfreunden zu verdanken. Die riefen am frühen Abend an und fragten, ob wir nicht Lust auf ein paar Drinks in Flensburg hätten. Sarah hatte Lust, und ich fuhr mit, lernte vier Brüder kennen, von denen mindestens zwei in Sarah verliebt gewesen waren und die uns um kurz vor Mitternacht unbedingt noch die tolle neue Yacht ihrer Eltern zeigen wollten. Da die sicher vertäut im Flensburger Hafen lag, hatte ich eigentlich keine Angst davor, an Bord zu gehen. Bis ich sah, dass es keine Treppe oder Leiter zum Deck gab, sondern dass die sportlichen Kerle sich einfach auf einem herunterhängenden Anker abstießen und nach oben zogen. Das sah bei ihnen leicht aus und hätte auch bei mir nicht allzu peinlich gewirkt, wenn ich nicht genau im Moment des Abstoßens einen Krampf im rechten Bein bekommen hätte. Ich hing wie ein nasser Sack kurz vor der Reling und hatte es ausgerechnet Sarahs glühendstem Verehrer zu verdanken, dass ich nicht direkt in die Ostsee fiel.

Sarah lachte über meinen Anblick noch, als wir längst wieder zu Hause bei einer Flasche Wein mit ihren Eltern saßen. Sie hatte ihnen die gesamte Geschichte erzählt und sie mit folgendem Satz beendet: »Na ja, wenigstens waren Daniel und ich endlich mal zusammen auf einem Segelschiff.«

Ich hatte gehofft, dass sie das am Ende dieses Tages sagen würde. Aber nicht so.

Das Projekt 4.3 war gescheitert und ich am Morgen des nächsten und letzten Tages an der Ostsee in Gedanken dabei, wie ich dem Baron die Situation erklären sollte. Er hatte mir eine SMS geschrieben, die nur aus einem Wort bestand: »Und?« Ich hatte nicht geantwortet und würde morgen im Büro sagen, dass wir im Ferienhaus ein Funkloch gehabt hätten. Auf eine Lüge mehr oder weniger kam es jetzt nicht mehr an.

Womit wir bei den Badezimmerschränken wären. Denn die mussten, gescheiterter Heiratsantrag hin und her, am Sonntag natürlich noch aufgebaut werden. »Du hast es versprochen, Daniel«, hatte Sarah gesagt, »und du willst doch nicht im Ernst, dass mein armer alter Vater mit seinem schlimmen Rücken das ganz allein macht, oder?«

Also knieten ihr armer alter Vater, der gerade in etwas weniger als einer Stunde die 30 Kilometer nach Süderbrarup hin und zurück mit dem Fahrrad gefahren und dabei nicht mal ins Schwitzen gekommen war, und ich im Wohnzimmer und machten uns an Aufbau Nummer eins, einen kleinen Schrank mit dem Namen Helmsett. Sarahs Vater ließ mich zunächst die verschiedenen Schrauben, Nägel, Dübel und Scharniere sortieren und ging dann die Anleitung durch, die aus 17 Einzelschritten bestand.

»Du schwitzt ja jetzt schon«, sagte Sarah, die sich am Kopf des Zimmers auf einen Holzstuhl gesetzt hatte, um uns zu beaufsichtigen.

»Es ist ja auch tierisch warm. Kann nicht mal jemand ein Fenster öffnen?«, sagte ich und tat es gleich selbst. Ich spürte, dass mein Polohemd kurz über meinem Hintern festklebte.

»Das dürfte kein Problem sein, so etwas habe ich schon öfter zusammengebaut«, sagte Sarahs Vater und wirkte so selbstbewusst wie Barack Obama bei seiner Rede an der Siegessäule.

Das machte mir Mut. Ich nahm zwei Schraubenzieher und einen Gummihammer und sagte: »Am besten, wir teilen uns die Arbeit. Einer geht die Anleitung durch und sagt dem anderen, was er tun muss.«

Ich war gern der andere und fing an, die ersten Schrauben einzudrehen. Es ging viel leichter, als ich gedacht hatte, nach zehn Minuten waren wir schon bei Arbeitsschritt elf. Sarah mahnte uns zwar, bei aller Schnelligkeit die Sorgfalt nicht zu vergessen, schien aber zufrieden und verließ für ein paar Minuten ihren Beobachtungsposten, um mit der Mutter in der Küche abzuwaschen.

Ein schwerer Fehler.

Denn in dieser Zeit verwechselten der Vater und ich Vorder- und Rückseite sowohl des Bodenteils als auch des Deckels, was dazu führte, dass der Schrank oben eine nicht vorgesehene Lücke und unten eine unlackierte Leiste bekam. Das begriffen wir leider erst, als Sarah es mit einem lauten Aufschrei (»Das kann doch nicht wahr sein!«) bemerkt und uns aufgefordert hatte, den Schrank sofort wieder auseinanderzubauen. Was nicht ging, weil die Herren Ikea-Designer Schrauben entwickelt haben, die sich mit ihren Gewinden unwiderruflich in das Holz bohren. Zumindest haben wir sie nicht mehr herausbekommen, und so steht der kleine Schrank im kleinen Badezimmer und hat ein Luftloch, aus dem, wie der Vater und ich zur Entschuldigung vorbrachten, »schlimme Gerüche entweichen könnten«, welcher Art die bei frisch gewaschenen Handtüchern auch sein mochten.

Nach dem Missgeschick gelang uns immerhin der Aufbau des dreimal so großen Schranks für das andere Badezimmer perfekt. Allerdings wurden wir diesmal auch von Sarah und ihrer Mutter ohne Pause kontrolliert. Die beiden thronten wie zwei Schiedsrichter beim Tennis über uns und gaben Kommentare ab.

Warum ich diese, eine weitere Verlierergeschichte nun auch noch erzähle? Sicherlich nicht, weil ich nach dem Festdrehen der letzten Schraube (eine kleine literarische Anspielung für Kenner) vor den Eltern um Sarahs Hand angehalten hätte. Nein, am Abend erfuhr ich ein neues, nicht unwichtiges Detail über meine, bitte, bitte, künftige Frau. Nachdem wir alle gemeinsam noch das gesamte Ferienhaus mit uralten Spachteln von Efeu befreit und alle tischtennisballgroße Blasen an den Händen hatten, setzten wir uns auf weitere ein, zwei, drei, vier Flaschen Wein wieder im Wohnzimmer zusammen. Und genau dabei gelang es mir, das Gespräch auf Ähnlichkeiten zwischen Mutter und Tochter zu bringen. Was ich dabei vor allem erfuhr, war, dass Sarah wie ihre Mama Überraschungen in etwa so sehr liebte wie ich Flugreisen. »Wir finden das fürchterlich«, sagte die Mutter und erzählte unter anderem davon, wie ihr Mann ihr zum Geburtstag zwei Gänse geschenkt hätte, weil sie mal gesagt hatte, dass sie die ganz niedlich fände. »Die musste er noch am selben Tag zurückbringen. Und den Gutschein für Prag, den er mir später geschenkt hat, habe ich bis heute nicht eingelöst.« Nein, für so etwas Ungeplantes sei sie nicht, das habe sie von ihrer Mutter, und Sarah habe es von ihr, alles eine Linie.

Das stellte mich ausgerechnet jetzt vor ein neues Problem: Wie sollte ich Sarah einen Heiratsantrag so machen, dass er für sie keine Überraschung war? War nicht eines der Grundprinzipien, dass die Frau eben nichts von den Plänen ihres künftigen Gatten wusste? Ich zumindest hatte noch von keinem Mann gehört, der seine Freundin explizit zu einem Essen mit anschließendem Heiratsantrag oder einem romantischen Wochenende auf Mallorca inklusive Frage aller Fragen eingeladen hatte.

Als wir wieder zu Hause waren, holte ich heimlich mein Notizbuch hervor, strich die Seite mit der Beschreibung des Segelprojekts mit einem dicken roten Edding durch und schrieb auf die zwei verbleibenden Antragspläne (klingt wie Anschlagspläne): KEINE ÜBERRASCHUNGEN.

Einunddreissig

»Ich habe eine gute und eine schlechte Nachricht. Welche wollen Sie zuerst hören?«

Ich war zeitgleich mit dem Baron in der *Maxprom*-Zentrale angekommen. Sarah hatte mich vorbei- und von Tolken auf dem Firmenparkplatz fast umgefahren. »Pass doch auf«, hatte sie in Richtung des Barons gezischt und mich dann direkt vor der Tür rausgelassen. »War ein schönes Wochenende«, ich bekam einen flüchtigen Kuss auf die Wange. »Fanden meine Eltern übrigens auch.« Ein schwacher Trost, aber immerhin. In meiner Situation musste ich nehmen, was ich bekam.

»Also, was wollen Sie zuerst hören?« Ich saß um Punkt neun Uhr im Büro des Barons und wiederholte meine Frage. Beim ersten Mal hatte er nicht reagiert, jetzt atmete er tief durch.

»Wenn Sie schon so anfangen, muss ich nach der schlechten Nachricht nicht mehr fragen. Sie hat nein gesagt.«

»Nein.«

»Wie nein? Nein oder nicht nein?«

»Nein, sie hat nicht nein gesagt.«

»Und was hat sie gesagt?«

»Gar nichts.«

»Wie, gar nichts? Sie muss doch reagieren, wenn ihr Freund sie fragt, ob sie ihn heiraten will.«

»Ich habe sie nicht gefragt.«

»Sie haben was nicht, Daniel? Es nutzt die beste Vorbereitung nichts, wenn Sie am Ende nicht diese einfache Frage stellen und …«

»Es ist etwas dazwischengekommen. Wir haben das Segelboot verpasst und dann …«

»… haben Sie aufgegeben?«

»Nicht so direkt. Ich habe, na ja, ich dachte, wenn das Surrounding nicht stimmt«, diese FBI-Aussetzer häuften sich, »ich meine, wenn das Umfeld nicht passt, die Stimmung nicht da ist …«

»… das Segelboot weg ist …«

»Ja, so was halt. Dafür habe ich mich sehr gut mit ihren Eltern verstanden, und die Mutter hätte, glaube ich, nichts dagegen, wenn wir beide, na, Sie wissen schon.«

»Das ist aber nicht die gute Nachricht?«

»Doch, das ist sie.«

»Hm.« Der Baron holte noch einmal tief Luft. Er sah älter aus als sonst, aber wahrscheinlich galt das nach dem misslungenen Wochenende auch für mich. »Ich habe mir so etwas gedacht. Bei Friedrich ist damals … Egal.« Er zog eine Schublade an einem kleinen Schrank neben seinem Schreibtisch auf, griff hinein und hielt mir einen braunen A4-Umschlag entgegen.

»Was ist das?«, fragte ich, während ich den Umschlag nahm.

»Die Teilnahmeunterlagen für den European Editors Congress in Wien. Geht übermorgen los. Ich habe ein Doppelzimmer für Sie reservieren lassen.«

»Vielen Dank, aber was soll ich da? Ich bin …«

»Ich habe mich nicht darauf verlassen, dass es gleich beim ersten Mal klappt, Daniel, und ich habe Ihren Projektplan gelesen. Da stand etwas davon, dass Sie einen Grund brauchen, um nach Wien zu kommen. Also, jetzt haben Sie einen Grund, und Sarah kann mitkommen und auf unsere Kosten dort wohnen. Auf die 500 Euro kommt es jetzt auch nicht mehr an. Der Rest liegt bei Ihnen.«

Ich nickte.

»Das war das«, sagte der Baron. »Kommen wir jetzt zu meiner guten und meiner schlechten Nachricht. Welche wollen Sie zuerst hören?«

»Die gute, natürlich. Von schlechten habe ich erst mal genug.«

»Okay.« Der Baron nahm den Telefonhörer ab, wählte eine

Nummer, murmelte etwas, das ich nicht verstand, und legte wieder auf. Eine halbe Minute später war Friedrich im Büro.

»Er ist der Überbringer der guten Nachricht«, sagte der Baron, und immerhin gelang ihm ein kleines Lächeln.

»Leider nie in eigener Sache«, sagte Friedrich, während er mir schlaff die Hand schüttelte. »Wir haben herausgefunden, was Sandra Martens und FBI miteinander zu tun haben. Sie sind …«

»… ein Paar?« Das wäre meine Rettung. Der frisch verheiratete Vorzeige-Ehemann FBI vögelt die Partnerin, die mich loswerden will, beide fliegen auf, müssen sich scheiden lassen und machen den Weg frei für …

»Das wäre zu schön, um wahr zu sein.« Friedrich riss mich aus meinen Gedanken. »Nein, ein Paar sind die beiden nicht. Aber doch eng miteinander verbandelt. Denn die Frau, die FBI geheiratet hat …«

»… ist die Schwester von …«

»Daniel, nun lassen Sie ihn ausreden.« Der Baron klang genervt. Ich schluckte.

»Ich mach's kurz«, sagte Friedrich. »FBI hat Sandras beste Freundin geheiratet. Sie ist sogar Trauzeugin gewesen, aber das haben die beiden bewusst geheim gehalten. Und bei der Bildershow an seinem ersten Tag war die Martens natürlich auch nirgendwo zu sehen.«

»Das erklärt vieles.«

»Sie sagen es.«

»Und die schlechte Nachricht?«

»Das ist die schlechte Nachricht, Daniel.« Der Baron übernahm wieder. »Denn es ist ja nicht verboten, nicht einmal bei Maxprom, dass die beste Freundin eines Partners jemanden heiratet, der später in die Firma einsteigt.«

»Aber das ist doch ein abgekartetes Spiel.« Ich wurde wütend. »FBI heiratet die beste Freundin der Martens, die macht sich bei der Rosenthaler für ihn stark, schanzt ihm das TV-Projekt zu, dreht an der Sache mit der Universums-Tante und …«

»Und wir können gar nichts beweisen, junger Freund. Wenn wir damit zur Rosenthaler gehen, wird die nur sagen: Wäre es nicht besser, wenn sich der Kollege Stiller um seine eigenen Aufgaben kümmern würde?«

»Aber …«

»Bitte nie wieder ein Aber, Daniel. Es ist gut, dass wir die Verbindung von Sandra und FBI kennen, und vielleicht nutzt uns das noch. Doch im Moment können wir damit nichts anfangen. Es wäre so viel einfacher gewesen, wenn die beiden … Sie wissen schon.«

»Eine kleine Chance gibt es ja noch.« Friedrich sprach den Satz, ohne aufzugucken.

»Wie meinen Sie das nun wieder?«, fragte ich zurück.

»Darf ich?« Friedrich blickte zum Baron. Der nickte.

»Also, unsere Rechercheure«, er grinste, »haben Hinweise dafür gefunden, dass FBI seiner Frau eventuell tatsächlich nicht treu ist. Sie haben ihn mit einer anderen gesehen, konnten die aber bisher nicht zuordnen. Kann eine Schwester sein, muss aber nicht. Mal sehen, was da noch kommt.«

»Sie meinen, Sie lassen ihn weiter beobachten?«

»So würde ich das nicht nennen, Daniel. Es geschieht im Rahmen allgemeiner Aufträge für die Firma«, sagte der Baron. »Und jetzt«, er sah auf die Uhr, »muss ich euch bitten, mich allein zu lassen. Viel Glück in Wien.« Er stand auf und wies zur Tür.

»Und wenn es herauskommt?«, fragte ich.

»Wenn was herauskommt?«

»Dass Sie, dass wir FBI beschatten lassen?«

»Das kommt nicht raus. Und wenn, dann muss sich Elfriede eben zwei neue Partner suchen.« Der Baron sagte es, als wäre es das Normalste auf der Welt. Für einen Moment war ich gerührt. Der Mann riskierte für mich seine Karriere. Oder zumindest Teile davon.

»Danke, Baron.«

»Vermasseln Sie es nicht, Daniel. Sie haben nur noch zwei Chancen.«

Ich hatte sein Büro kaum verlassen, als ich Sarahs Handynummer wählte. Ich wollte sie sofort fragen, ob sie mit nach Wien kommen könnte. Es war besetzt. Ich versuchte es auf dem Weg in mein Büro immer wieder und wäre dabei fast erneut mit Vanessa zusammengestoßen.

»Kannst du denn nie aufpassen?«, zischte sie, und ich überlegte für einen Moment, sie zur Rede zu stellen für die Sache mit dem Lippenstift, ließ es dann aber. Es gab Wichtigeres.

Bei Sarah war immer noch besetzt. Ich plumpste auf meinen schwarzen Ledersessel, rollte ein Stück hinter dem Schreibtisch hervor und drückte auf die Wahlwiederholungstaste. Endlich, frei. Es tutete drei Mal, dann hörte ich ihre Stimme.

»Ja, bitte?«

»Sarah, ich bin es, Daniel.«

»Hey, was verschafft mir die Ehre?«

»Ich habe …« Beinahe hätte ich wirklich gesagt, dass ich eine Überraschung für sie habe. Das war knapp.

»Ich meine, ich wollte dich fragen … Moment.« Das Bürotelefon klingelte.

»Ja?«

»Frau Jauch.« Vanessa war auf der anderen Leitung. »Ich stell durch.«

»Moment, ich telefoniere gerade auf dem …«

»Daniel, bist du das?« Meine Mutter. So nah waren Sarah und sie sich noch nie gewesen. Die eine in meiner linken, die andere in meiner rechten Hand.

Ich musste mich entscheiden. Der Daumen meiner linken Hand zuckte kurz.

»Mutter, ich habe dich doch gebeten, nur in Notfällen im Büro anzurufen.«

»Dies ist ein Notfall, mein Sohn, und ich würde nicht versuchen, unter diesem albernen Decknamen zu dir durchzukommen, wenn es nicht wirklich wichtig wäre. Und auf meine unzähligen Anrufe bei dir zu Hause reagierst du ja nicht. Dein Anrufbeantworter geht auch nicht mehr.«

Ich hatte ihn abgeschaltet, damit meine Mutter keine kompromittierende Nachrichten (»wann heiratest du endlich?«) darauf hinterlassen und Sarah diese durch Zufall abhören konnte. Mein Handy klingelte, und es war sehr wahrscheinlich, dass es eine ziemlich wütende Sarah war.

»Mutter, ich bekomme schon wieder einen Anruf. Bitte mach es kurz.«

»Bitte mach es kurz, du bist mir ein schöner Sohn. Manchmal muss man auch mal miteinander reden, Daniel, vor allem, wenn es um die Vorbereitungen für die Hochzeit deiner Schwester geht.«

Die hatte ich völlig verdrängt. Das Handy klingelte immer noch.

»Und? Was ist mit denen?«

»Was mit denen ist? Dein Vater und ich haben unsere Liste abgearbeitet, deine Tante und dein Onkel auch, die Trauzeugen sowieso. Der letzte Haken, der fehlt, ist in der Spalte, über der Daniel steht. Also?«

»Also was?« Das Handy war verstummt. »Ein Anruf in Abwesenheit« blinkte auf dem Display.

»Hast du die Hochzeitszeitung fertig?«

Daran hatte ich überhaupt nicht mehr gedacht. Ich hatte aus Versehen sogar ein paar der Heiratsantrags-E-Mails gelöscht. Schließlich hatten sie mir auch nicht geholfen.

»Fast.«

»Was heißt bei dir fast? Heißt es das, was ich befürchte?«

»Was befürchtest du denn?«

»Dass du noch nicht einmal angefangen hast. Daniel, tu mir das nicht an, die Hochzeit ist in knapp fünf Wochen, und das einzige ...«

»Wirklich?!«

»Wie, wirklich? Bitte sag mir jetzt nicht auch noch, dass du den Termin vergessen hast, das steh ich nervlich nicht durch.«

»Ganz ruhig, ganz ruhig. Ich wollte sagen: Wirklich, manchmal ist es schon komisch, was du mir zutraust. Ich bin natürlich fast fertig, es fehlen nur ein paar Kleinigkeiten.« Ich hatte parallel begonnen, die gelöschten Mails in meinem E-Mail-Verzeichnis zu suchen und wiederherzustellen. Fünf hatte ich schon gefunden.

»Hast du es drucken oder nur kopieren lassen?«

»Natürlich wird das Ganze gedruckt, Mutter, auf echt gutem Papier, mit einer Hochglanztitelseite.« Ich hoffte, das könnte für kleines Geld die Werbeagentur machen, mit der ich manchmal zusammenarbeitete.

»Puh, da fällt mir ja ein Stein vom Herzen. Wie dick wird die Zeitung denn?«

Ich überschlug die bisher gefundenen E-Mails, es waren etwa zwanzig, viele davon ziemlich lang.

»Bestimmt an die dreißig, nein, mindestens vierzig Seiten.«

»Bei der Hochzeit von Noeldgens Sohn war die Zeitung fünfzig Seiten dick.« Noeldgens waren die besten Freunde und Nachbarn meiner Eltern.

»Ich schaffe mindestens einundfünfzig, das verspreche ich dir, Mutter. Jetzt muss ich aber auflegen, weil …«

»Ist ja schon gut. Frau Jauch zieht sich zurück. Und, Daniel?«

»Ja?« Bitte jetzt nicht noch eine Debatte.

»Fünfundfünfzig wären auch nicht schlecht.«

»Tschüs, Mutter.«

»Bis hoffentlich bald, mein Sohn.«

Ich legte schnell auf, weil ich befürchtete, dass noch etwas nachkommen könnte, und begann, die E-Mails auszudrucken. Sie ergaben achtundvierzig Seiten, aus denen man mit einer etwas größeren Schrift leicht fünfundfünfzig machen könnte. Ich überflog die Heiratsanträge und erkannte die meisten wieder.

Wie leicht es andere Menschen doch gehabt hatten. Und ich? Ich musste dringend Sarah zurückrufen, mir eine Erklärung für den Abbruch unseres Gesprächs (einfach: »Akku war alle«) und eine Einladung für die Reise nach Wien einfallen lassen, die sie nicht ablehnen konnte. Und ich musste sicherheitshalber Weimar im Hinterkopf behalten, meinen letzten Plan B. Aber wie? Ich dachte nach und blätterte nebenbei in den E-Mails, bis ich eine in der Hand hatte, die mir bisher nicht aufgefallen war. Sie stammte von einem Armin und war ziemlich kurz.

»Ursprünglich hatte ich meiner heutigen Frau den Heiratsantrag auf dem Markusplatz in Venedig machen wollen«, schrieb er. »Aber wenn ich ihr gesagt hätte, dass ich mit ihr für ein Wochenende nach Venedig fahren will, hätte sie natürlich sofort Lunte gerochen. Also habe ich die Venedig- als Dienstreise getarnt und sie gefragt, ob sie nicht mitkommen und wir danach ein Wochenende am Gardasee verbringen wollen. Dort haben wir uns nämlich kennengelernt. Zum Glück sagte sie ja, und zum Glück hatte ich Venedig UND den Gardasee. Denn ausgerechnet auf der Fahrt in einer Gondel in Richtung Markusplatz bekam Suse einen schrecklichen Migräneanfall. Wir mussten sofort zurück und lagen zwei Tage lang in einem abgedunkelten Hotelzimmer, das 300 Euro die Nacht kostete. Erst am Gardasee ging es ihr besser … Ja hat sie am Abend bei einem Champagnerdinner am Rande des Sees gesagt, das ich sicherheitshalber auch im Voraus gebucht hatte. Es hat sich gelohnt.«

Sicherheitshalber. Es schien das Wort des Tages. Ich mochte Armins Schreib- und Denkstil, weil er mich an meinen erinnerte und weil er mich auf eine Idee gebracht hatte. Ich öffnete eine E-Mail und schrieb:

»Liebste Sarah,

verzeih, dass vorhin die Verbindung abgebrochen ist. Mein Akku ist leer, und dann rief auf dem Festnetz auch noch einer meiner Chefs an, um dringend etwas mit mir zu besprechen. Aber wahrscheinlich ist es sowieso besser, wenn ich dir das, was ich sagen wollte, schreibe: Du weißt doch, dass ich neulich, als diese unsägliche Sache mit dem Lippenstift meiner Schwester passiert ist, an einer Überraschung für dich gebastelt habe. Jetzt, wo ich dank deiner Mutter weiß, dass du Überraschungen nicht so magst, wollte ich sichergehen und dir von meinen Plänen erzählen. Aber inzwischen sind auch die schon über den Haufen geworfen worden.

Der Reihe nach: Eigentlich wollte ich dich am übernächsten Wochenende zu einer kurzen Reise nach Weimar einladen. Weil du doch mal gesagt hast, dass du Goethe so bewunderst« – hier stockte ich und hoffte, dass ich diese Information wirklich von ihr und nicht nur aus dem Schnüffelprotokoll des Barons hatte – »und da ich ja mit vielen unserer Autoren schon oft da war« – das stimmte wirklich – »und die Stadt gut kenne« – na ja – »dachte ich, ich zeige dir mal die schönsten Ecken. Das war der ursprüngliche Plan. Aber dann hat mir einer meiner Chefs offenbart, dass ich morgen für zwei Tage zu einem Kongress nach Wien muss, und da dachte ich: Da müssen wir doch auch mal zusammen hin, oder? Zumal die Firma mir dort sowieso ein Doppelzimmer bezahlt und alle Spesen bis zu einer Höhe von 500 Euro. Klingt doch gut, nicht wahr? Nun würde ich es aber schändlich finden, wenn ich einfach Wien gegen Weimar tauschen würde, und frage dich deshalb: Diese Woche Wien, nächste Weimar? Dicker Kuss, dein Daniel.«

Ich las die Mail noch einmal durch, druckte sie, Achtung!, sicherheitshalber aus und schickte sie ab. Hinterher sandte ich dem Baron eine Kopie.

Seine Antwort kam zuerst: »Nicht schlecht, junger Freund, obwohl ich das Wort schändlich schon seit Jahrzehnten nicht mehr gelesen habe. Meine Mutter würde sagen: Da schlagen Sie zwei Fliegen mit einer Klappe.«

»Das würde meine Mutter auch sagen«, schrieb ich zurück und setzte ein Smiley darunter.

»Und was sagt die Braut in spe?«, fragte der Baron.

Ich schickte ihm Sarahs Antwort, die etwa eine halbe Stunde später kam: »Erst Wien, dann Weimar. Solche Überraschungen liebe ich.«

Zweiunddreissig

»Wien ist für mich eine der romantischsten Städte der Welt«, sagte ich, als wir kaum zwölf Stunden später in der Abflughalle des Hamburger Flughafens standen. Ich hatte die üblichen Schweißausbrüche und einen Puls jenseits von 130 Schlägen pro Minute, aber die Angst, in nicht einmal zwei Wochen meinen Job zu verlieren, war noch größer. Ich wischte mit dem rechten Oberarm über meine Stirn und legte den linken um Sarahs Schulter: »Ich finde, in Wien muss jeder Mann mit der Frau seines Lebens einmal gewesen sein.« Das war jetzt natürlich nicht nur als Kompliment, sondern vor allem als deutlicher Hinweis gemeint und hieß übersetzt: Wenn du mit mir nach Wien fliegst, musst du damit rechnen, dass wir als Verlobte zurückkommen. Ich hoffte, so meinem neuen Grundsatz (KEINE ÜBERRASCHUNGEN!) Genüge getan zu haben. Sarah grinste frech und flüsterte mir ins Ohr: »Das ist ja süß. Und was macht deine Flugangst?« Frauen haben ein untrügliches Gespür dafür, zur falschen Zeit das Falsche zu sagen. Zum Glück dauerte der Flug gerade einmal eine Stunde, und zum Glück hatte ich ein frisches Hemd im Handgepäck, das ich kurz vor der Landung auf der Toilette anzog, bevor die Anschnallzeichen aufleuchteten.

In Wien fuhren Sarah und ich erst ins Hotel Do & Co, in dieses schweineteure Designerteil am Stephansdom, das angeblich die zweite Heimat von Niki Lauda sein soll. Oder gehört es ihm sogar? Dann bummelten wir durch die Stadt. Sicherheitshalber (!) führte ich an verschiedenen, für einen Antrag geeigneten Orten ein paar Tests durch. In der unglaublichen Bibliothek der Habsburger in der Hofburg nahm ich Sarah von hinten lange in den Arm, gab ihr einen Kuss in den Nacken, löste mich langsam und atmete tief durch, als wolle ich etwas die Welt Bewegendes sagen. Im Hotel Sacher sah ich ihr bei zwei Stück Torte mit Schlagobers tief in die Augen, streichelte ihre ringlose Hand und flüsterte, wie schön es mit ihr wäre.

Hier wie dort wirkte sie völlig entspannt, gelassen, bereit. Ich war mir sicher, sie hatte verstanden, warum ich sie mit nach Wien genommen hatte. Um wirklich jedwede Überraschung auszuschließen, fragte ich sie am Abend, als wir im Restaurant des Do & Co tatsächlich Rücken an Rücken mit Niki Lauda aßen, ob wir nicht am nächsten Tag eine Führung durch die Spanische Hofreitschule machen wollten. Die Antwort war eindeutig, die Schnüffler des Barons hatten ganze Arbeit geleistet.

Am folgenden Morgen verschwand ich nach dem Frühstück angeblich zum European Editors Congress, nicht ohne Sarah zwischen zwei Küssen den selten dämlichen Satz »Erst die Arbeit, dann das Vergnügen« zuzuraunen. Ich hatte zwei Stunden Zeit, um alles über den Ablauf der Führungen in der Spanischen Hofreitschule herauszubekommen. Sicherheitshalber, jetzt aber zum letzten Mal dieses Wort, hatte ich gleich drei Karten bestellt, zwei für den Nachmittag und eine für den Morgen. Diesmal wollte ich perfekt vorbereitet sein und stapfte deshalb mit einer Gruppe Italiener und Spanier erst einmal allein durch die heiligen Räume der Reiterei.

Die Führung bestand aus zwei Teilen, dem Besuch der Spanischen Hofreitschule, wie sie die meisten Menschen aus dem Fernsehen kennen, und jenem der Ställe. Mir wurde schnell klar, dass sich die prunkvolle Halle, in der die Lipizzaner ihre Vorführungen machten, für einen einigermaßen intimen Antrag nicht eignen würde. Dafür passten die Ställe mit ihren langen Gängen, den vielen Nischen und dem Geruch aus frischem Stroh und gestriegelten Pferden viel besser. Ich merkte mir die Nummern von ein paar Boxen, die etwas versteckter lagen, nein, ich notierte mir die Ziffern sogar in meinem Handy und wurde zweimal von der Führerin streng angeguckt, weil ich mich immer wieder von der Gruppe absetzte. Ich blickte unschuldig zurück und gab dem jungen Wiener Mädchen am Ende fünf Euro Trinkgeld. »Eine wirklich tolle Führung«, sagte ich.

»Und ich dachte schon, dem Herrn hätte es nicht gefallen. Baba«, wienerte sie zurück und drehte sich so schnell um, dass ihr der Fünfeuroschein aus der Hand fiel. Als sie sich danach bückte, blitzte aus ihrer edlen schwarzen Reiterhose ein, ich weiß nicht, ob man das in Wien auch so nennt, Arschgeweih. Das passte zu dem Ort wie ein freundlicher Ober zum Café Central (Wien-Reisende werden wissen, was ich meine).

Vier Stunden später war ich wieder da, nur diesmal mit meiner künftigen Frau an der rechten Hand und dem Ring in der linken Hosentasche. »Wir gehen übrigens auch in die Ställe, vielleicht können wir da mit einem der Lipizzaner ja mal ganz allein sein«, sagte ich zu Sarah. »Das wäre doch ein einzigartiger Moment, oder?« Ganz ehrlich: Mehr Hinweise kann Mann nicht geben. Soll keiner behaupten, vor allem Sarah nicht, sie hätte von nichts gewusst, wenn ich gleich vor Box Nummer 25 (oder alternativ Nummer 9) niederknien würde.

Die Vorbereitung schien mir auch deshalb perfekt, weil der einzige Zeuge des Heiratsantrags ein Pferd sein würde. Dass das ganz wichtig war, hatte mir nach der Schrankaufbau-Aktion in Kronsgaard Sarahs Mutter gesagt: »Wir mögen es beide nicht, im Mittelpunkt zu stehen. Wenn plötzlich um uns so ein großes Aufhebens gemacht wird, fürchterlich.« Daran war unter anderem Sarahs Ex mit seinen Heuballen und Trompetern gescheitert.

Unsere Hofreitschulgruppe war überschaubar und wurde sogar noch geteilt, nach Deutsch- und Englischsprechenden. Ich überlegte einen Moment, ob wir uns vielleicht den Engländern anschließen sollten, zog Sarah dann aber doch zu den Deutschen. Ein Fehler, denn die Führerin war, wie am Morgen, das Arschgeweih. Ich duckte mich instinktiv, als sie bei der Begrüßung ihre Augen über die Teilnehmer wandern ließ, und tatsächlich schien ihr nicht aufzufallen, dass der Typ von vorhin wieder da war. Glück gehabt.

Wir gingen, wie beim Probelauf, zuerst in die große Halle, in der ich mich bewusst im Hintergrund hielt, und dann durch das Tor in Richtung Ställe. Es roch immer noch nach frischem Stroh, die weißen Pferde standen alle genau so da, wie ich sie in Erinnerung hatte. Eines der älteren schnaubte, als wollte es sagen: Er schon wieder! Ich nickte ihm zu und legte den Zeigefinger auf meine Lippen: Ruhig, Brauner, ich meine natürlich, Weißer.

Während das Arschgeweih anfing, etwas über die sorgenfreie Kindheit der Lipizzaner auf einem Gestüt zu erzählen, entfernte ich mich unauffällig von der Gruppe und bezog vor einem Gitter Position, hinter dem ein fast dreiundzwanzig Jahre alter, gutmütig dreinblickender Hengst stand. Die Nummer 9. Ich streichelte ihm liebevoll über die Nüstern und flüsterte in die aufgestellten Ohren: »Mein Lieber, da bin ich wieder. Mit etwas Glück wirst du gleich mein Trauzeuge.« Dann sah ich, dass Sarah mich suchte, und winkte sie herbei. Sie kam langsam und inspizierte jede einzelne Box, so dass ich Zeit genug hatte, den Ring aus meiner Hosentasche zu puhlen. Als Sarah direkt vor mir stand, versteckte ich ihn hinter meinem Rücken.

»Warum bist du denn hier hinten?«, fragte sie.

»Ich finde das Pferd so schön. Guck mal, das muss eines der Ältesten im ganzen Stall sein.« Über allen Boxen hingen Schilder mit den Namen der Tiere und ihren Geburtsjahrgängen.

»Ja«, sagte Sarah. »Das stimmt.«

»Was stimmt?«

»Dass der hier einer der Ältesten ist – und dass er besonders schön ist.«

»Du bist auch besonders schön, weißt du das?«

»Nein, das weiß ich nicht.« Sie lächelte verlegen.

»Vielleicht sollten wir uns später auch ein Pferd kaufen.« Ich war auf dem richtigen Weg, der Rest der Gruppe hatte sich in die andere Richtung des Stalls aufgemacht, immer dem Arschgeweih nach.

»Wann später?«

»Später, wenn wir …«, ich spürte einen dicken Kloß in meinem Hals. Jetzt.

»Liebe Sarah, du hast mich vorhin gefragt, warum ich allein hierhergegangen bin, und …«

»Was hast du da eigentlich hinter dem Rücken?«

»… und ich will dir sagen …« Wie, was ich hinter dem Rücken habe? Ich hatte den Ring ganz vergessen, und leider auch den Lipizzaner. Er hatte sich an mich herangepirscht, wahrscheinlich weil er dachte, ich hätte etwas zu essen in der Hand, und war gerade dabei … aber hören wir Sarah zu.

»Was immer du auch in der Hand hast«, sagte sie, »der Herr hinter dir versucht gerade, es sich zu schnappen.« Erst jetzt registrierte ich, dass das Kalte, Nasse an meinen Händen nicht mein Angstschweiß, sondern das Maul des Kleppers war. Ich drehte mich blitzschnell um und konnte so immerhin verhindern, dass er mir den Ring direkt aus der Hand schnappte. Nicht verhindern konnte ich, dass er auf den Boden der Box flog. Ich wurde panisch, fiel in völlig falscher Mission auf die Knie und versuchte, durch die Gitterstäbe und an den prustenden Nüstern vorbei an den Ring zu kommen.

»Was ist denn nun los?«, fragte Sarah, und neben ihr drohte eine zweite, leider nicht unbekannte Stimme:

»Was machen Sie denn da?« Das Arschgeweih hatte beim Durchzählen ihrer Gruppe offensichtlich gemerkt, dass zwei Besucher fehlten.

Dass waren zu viele Fragen für einen Mann in meiner Situation. Ich griff beherzt ins Stroh, fühlte erst etwas weiches Warmes und dann, kurz daneben, etwas hartes Rundes. Ich zog heraus, was ich für den Ring hielt, sprang wieder auf und steckte es hinter meinem Rücken in die rechte Hosentasche, um dann aus der linken mein Telefon zu holen.

»Entschuldigung, mir ist mein Handy in die Box gefallen. Kommt nicht wieder vor«, sagte ich, sah erst die Führerin und dann die peinlich berührte Sarah an und fragte, als sei nichts passiert: »Wo geht es bitte jetzt hin?«

»Kennen wir uns nicht?«, fragte das Arschgeweih, und ich schüttelte schon bei der ersten Silbe meinen Kopf, als würde ich dafür bezahlt.

»Ihr Gesicht kommt mir bekannt vor. Na, egal, hier entlang«, sagte das Arschgeweih und schritt fortan wie eine Gefängnisaufseherin hinter Sarah und mir her.

Die traute sich offenbar nicht mehr, laut zu sprechen. Als wir in die Sattelkammer kamen, flüsterte sie mir ins Ohr: »Das war ja mal wieder ein echter Daniel. Wie kann dir denn das Telefon in die Pferdebox fallen, das gibt es doch nicht.«

Ich hob nur entschuldigend die Schulter an und flüsterte zurück: »Kann doch mal passieren.«

»Das kann echt nur dir passieren, mein kleiner Trottel. Aber mal was anderes: Du wolltest mir doch etwas sagen, bevor …«

Die Führerin sah streng zu uns herüber. Wahrscheinlich waren wir zu laut.

»War nicht so wichtig«, murmelte ich.

DREIUNDDREISSIG

Ich hatte Angst, den Baron zu treffen, fast schon Flugangst. Er hatte mir eine aus nur zwei Worten bestehende Mail geschrieben (»Alles klar?«), und ich hatte erneut einfach nicht geantwortet. Sarah und ich hatten noch eine schöne Zeit in Wien gehabt, waren am Abend nach dem Hofreitschulendebakel im Keller eines Heurigen versackt und hatten viel über meine Schusseligkeit vor der Box Nummer 9 gelacht. Na ja, Sarah hatte gelacht, und ich hatte es ihr aus naheliegenden Gründen gleichgetan, mich in Wirklichkeit aber über mich, das Arschgeweih und darüber geärgert, dass ich es nicht noch einmal bei Box 25, dem eigentlichen Favoriten, versucht hatte. Wie konnte man so dämlich sein?

Wahrscheinlich wäre das genau die Frage, die mir der Baron stellen würde, wenn er mich das nächste Mal zu Gesicht bekam. Ich wollte die Begegnung, so weit es ging, hinauszögern und beschloss, am Freitag nach unserer Rückkehr aus Wien nicht mehr ins Büro zu gehen. Doch inzwischen war es Montag geworden, und auf meiner Armbanduhr war es fünf vor zwölf, und ich lag immer noch im Bett, allein natürlich, weil Sarah am Morgen pünktlich um neun Uhr in die Redaktion gefahren war. Ich starrte auf die Uhr, und ich starrte auf mein Telefon, auf dem immer noch die Mail des Barons im Posteingang auf eine Antwort wartete.

Vielleicht sollte ich aufstehen, mich anziehen und wie ein Mann den Fragen meines Chefs stellen und mit ihm die nächsten, die letzten Schritte besprechen. Denn immerhin gab es noch Weimar, mit einem Ja konnte ich diese ganze verdammte Ultimatumsgeschichte doch noch für mich entscheiden, so wie Werder Bremen die verdammte Bundesliga-Saison mit einem

3:1 im Pokalfinale gegen Bayer Leverkusen zu einem versöhnlichen Ende gebracht hatte. (Ups, ich bin wieder bei den Fußballvergleichen, ich entwickele mich zurück, zum heiratsunwilligen Junggesellen, diesmal aber mit dem drohenden Zusatz: arbeitslos.)

»Nicht aufgeben, Daniel«, murmelte ich vor mich hin, »nicht aufgeben, nicht aufgeben, niemals aufgeben.« Ich griff nach der Fernbedienung meines CD-Spielers, drückte auf Play und sackte wieder in die Kissen zurück. »Nicht aufgeben«, ich flüsterte nur noch, und dann sprang die Musik an. Es war ausgerechnet Xavier Naidoo, und natürlich sang er nichts von »was wir alleine nicht schaffen, das schaffen wir dann zusammen«, sondern von dem Weg, der kein leichter sein wird, ach, noch viel schlimmer: »Dieser Weg wird steinig und schwer.« Ich drückte auf die Stopp-Taste der Fernbedienung, und als der CD-Spieler nicht sofort reagierte, schmiss ich mit Sarahs Stoffdackel nach dem Gerät, um schließlich aufzuspringen und die Power-Taste mit dem rechten Fuß auszukicken. Ich riss mir dabei den Nagel des großen Zehs ein, aber das war jetzt auch egal. »Scheiße, Scheiße, Scheiße«, brüllte ich und sah im Schlafzimmerspiegel zwei Augen, die sich mit Wut füllten. Ich stürmte zum CD-Regal im Wohnzimmer, zog vier, fünf Hüllen heraus, bis ich die richtige gefunden hatte, rannte ins Schlafzimmer zurück, kickte die Power-Taste wieder an, wechselte die CD aus und drehte den Lautstärkeregler, so weit es ging, nach rechts. Vier Sekunden später dröhnte »Eye of the tiger« durch weite Teile Uhlenhorsts und Winterhudes, und ich wippte wie Rocky Balboa auf den Fußspitzen, die Arme in der Luft und die Augen weit aufgerissen. Langsam kam die Kraft zurück. »Nicht aufgeben, nicht aufgeben, nicht aufgeben«, sagte ich, viel lauter als vorhin, und meine Arme schnellten nach vorn, als würden sie einen unsichtbaren Hochzeitsverhinderer niederschlagen wollen. »Nicht aufgeben, nicht aufgeben.« Ich wurde immer lauter, ich wurde immer schneller, und als der letzte Ton des Liedes erklang, sank ich auf die Knie, reckte die Fäuste gen Zimmerdecke und brüllte: »Niemals.«

Fünf Minuten später war ich geduscht, zehn Minuten später angezogen, und eine Viertelstunde später hatte ich die Büronummer des Barons gewählt. Leider war Vanessa dran.

»Daniel hier. Ich wollte den Baron sprechen.«

»Dein Freund ist nicht da.«

»Er ist nicht mein Freund, sondern mein Chef. Und deiner übrigens auch. Wann kommt er wieder?«

»Morgen. Er ist auf einer Dienstreise.«

»Wo?«

»Ich glaube nicht, dass ich dir das sagen muss. Gedenkt der Herr denn auch noch, an seinem Arbeitsplatz zu erscheinen?«

»Und ich denke nicht, dass ich dir das sagen muss.«

»Leck mich.«

»Das hättest du wohl gern.«

Damit war das Gespräch beendet. Anstatt ins Büro fuhr ich in die Innenstadt, in das größte Thalia-Geschäft Hamburgs und kaufte vier Bücher über Weimar. Nicht, dass ich die Stadt bei meinen unzähligen Besuchen mit vermeintlichen Schriftstellern nicht schon gut genug kennengelernt hätte. Aber ich wollte alles, wirklich alles wissen und diesen Tag nutzen, um mich maximal vorzubereiten. Wenn ich eins konnte, dann das.

Das erste Buch arbeitete ich im Fleur de Piment, einem kleinen Café in Eppendorf, durch, in dem man als Gast mitten in der Küche sitzt und das aufgetischt bekommt, was halt gerade so gemacht wird.

Das zweite Buch las ich zu Hause auf dem Sofa, es frischte mein Wissen über Goethe und seine Häuser in Weimar auf, ich lernte viel Neues über Schiller und selbst über Liszt, dessen Wohnhaus bei möglichen Heiratsantragsorten aber unter ferner liefen kam. Als ich gerade mit dem dritten Buch begonnen hatte (»Weimars kleine Geheimnisse«), rief Sarah an, um zu sagen, dass sie erst ziemlich spät nach Hause kommen würde. Ich tat, als sei ich traurig, doch heute war es mir recht. Es war 18 Uhr, und ich hatte noch anderthalb Bücher vor mir.

Ich hatte mich gerade in das Kapitel über die Lieblingstreffpunkte von Goethe und Charlotte von Stein vertieft, als mein Telefon erneut klingelte. Die Nummer auf dem Display kannte ich nicht. Sie war lang. Ich ignorierte die ersten sechs Klingelfolgen, bei der siebten ging ich ziemlich genervt ran.

»Ja?«

»Daniel, how are you?«

Das durfte nicht wahr sein. Das klang nach FBI. Aber den hatte ich mit Namen gespeichert und …

»Hello, Daniel. It's me, Bill Pennington. Did you forget about me?«

Der Amerikaner. DER Amerikaner. Natürlich hatte ich ihn nicht vergessen, wie oft hatte ich mir gewünscht, dass er endlich anrufen und mir sagen würde, dass der Vertrag fertig und unterschrieben sei. Ich hätte dringend ein Erfolgserlebnis gebraucht oder zumindest eine Antwort auf die unzähligen Mails, die ich ihm geschrieben hatte. Aber nichts. Bis jetzt.

»Yes, Bill … I am …«

»Es tut mir leid, dass Sie so lange nichts von mir gehört haben«, unterbrach mich Mr. Pennington. »Viel Stress hier, die Wahl und so, Sie wissen schon.«

»Kein Problem«, sagte ich, »ich dachte nur …«

»Nein, nein, das ist ein Problem, das gehört sich nicht. Es heißt, ein Mann, ein Wort und nicht ein Mann, kein Wort. Aber es hat bei uns alles ziemlich lang gedauert. Tut mir leid, sorry, Daniel.«

»Never mind«, sagte ich.

»Sie können ruhig Deutsch sprechen«, sagte er. »Ich muss mich sowieso langsam dran gewöhnen. Denn künftig werden wir uns öfter in Deutschland sehen.«

»Werden wir das?«

»Ja, Daniel. Jetzt kann es losgehen. Ich habe den endgültigen Vertrag unterschrieben in Ihr Büro gefaxt. Faxen Sie ihn zurück, und Sie haben das exklusive europäische Vermarktungsrecht für alle unsere ehemaligen US-Präsidenten.«

»Auch für …?«

»Auch für den. 400 000 Euro pro Auftritt, fünfzehn Prozent für Maxprom. Wann kriege ich den Vertrag zurück?«

»So schnell es geht. Ich melde mich.«

»See you, my friend.«

Ich weiß nicht, ob ich jemals so schnell ins Büro gefahren bin. Ich benötigte nicht einmal vier Minuten, was wiederum der Beweis dafür war, dass ich weder ein Auto noch einen Firmenparkplatz gebraucht hätte. Denn selbst zu Fuß lag *Maxprom* von unserer – oh, Premiere – Wohnung gerade fünfzehn Minuten entfernt. Ich beeilte mich, weil diesmal nichts mehr zwischen mich und einen der wichtigsten Vertragsabschlüsse kommen sollte, die die Firma in den vergangenen Jahren gemacht hatte. Mit jedem Auftritt eines US-Präsidenten würden wir runde 60 000 Euro verdienen, das machte bei vorsichtig geschätzten fünf Terminen innerhalb Europas mindestens 300 000 Euro im Jahr. Und wenn Obama erst einmal … FBI konnte einpacken.

Bei *Maxprom* brannte nur in wenigen Büros Licht. Mir sollte es recht sein, denn ich wollte möglichst nicht gesehen werden, wie ich kurz vor 21 Uhr zum ersten Mal an diesem Tag zur Arbeit kam. Ich ging direkt in den kleinen Raum, in dem die Drucker und Faxgeräte standen, und hoffte, dass der Vertrag aus den USA dort unberührt liegen würde. Er lag! Ganz oben, handschriftlich adressiert »To Daniel Stiller«. Ich nahm Seite für Seite heraus, es waren genau 47, und sah am Ende die Unterschrift von Bill Pennington. Jetzt konnte nichts mehr passieren. Yes, we can.

Ich ging in mein Büro, fuhr den Computer hoch und schrieb eine Mail an den Amerikaner, dass alles angekommen sei und dass er den Vertrag so schnell wie möglich zurückbekommen würde, ich ihn nur noch mit den Partnern abstimmen müsste. Was reine Formsache, im Moment aber schwierig wäre, weil es in Deutschland mitten in der Nacht sei, und so weiter. Ich bekam fünf Minuten später eine kurze, aber eindeutige Antwort: »Ok. C U.« Wir waren, ich war im Geschäft, und zum ersten Mal seit langer Zeit hatte ich das Gefühl, dass alles gut werden könnte. Dies war endlich meine Woche, die mit einem Millionendeal, hochgerechnet, beginnen und mit einem Hochzeitsversprechen sowie der Partnerschaft bei *Maxprom* enden würde. Ich surfte zu YouTube und gab »Sing halleluja« ein und tanzte dann zu Dr. Alban vor meinem Schreibtisch, bevor ich auf »The winner takes it all« von Abba wechselte, um schließlich die Titelmelodie von »Rocky« zu hören. Erst danach meldete ich mich ab, klappte den Laptop zusammen, machte das Licht aus und schlenderte mit dem Vertrag in der linken Hosentasche Richtung Ausgang.

Ich weiß nicht, was es war, ein Geräusch, eine Stimme oder einfach der schmale Lichtstrahl, der auf den hinteren, ansonsten dunklen Teil des Flures fiel, aber etwas davon hielt mich ab, direkt zum Ausgang zu gehen. Wahrscheinlich hatte nur einer der Kollegen vergessen, das Licht auszumachen, und das Geräusch hatte ich mir eingebildet. Trotzdem schlich ich den Flur entlang, bis ich zwei, drei Meter von einer leicht geöffneten Tür entfernt war. Ich war zuletzt vor ein paar Monaten hier gewesen, damals, als ich nach den Ursprüngen des Rosenthalerschen Hochzeitsgebots gesucht hatte. Dass um diese Zeit im Unternehmensarchiv noch Licht brannte, war ungewöhnlich. Ich überlegte kurz, einfach reinzuschauen, stoppte aber nach dem ersten Schritt, weil ich wieder ein Geräusch zu hören glaubte. Da war es wirklich. Ein leises Wimmern, nein, ein Seufzen, dann wieder Wimmern, es klang atemlos, und schließlich, das konnte doch nicht, das war doch? Über dem Wimmern, das immer deutlicher zu einem Hecheln wurde, hörte ich das regelmäßige, fast rhythmische Stöhnen eines Mannes und ganz fein darunter das Geräusch, das Fleisch macht, wenn es auf Fleisch trifft. Hinter der Tür liebten sich zwei – Kollegen? Oder traf sich eine der Putzfrauen hier heimlich mit ihrem Lover? Der Raum war ideal für solche und andere Dinge, weil er keine Fenster hatte. Um ungestört zu sein, gerade um diese Zeit, musste man nur die Tür vernünftig zumachen und das Licht am besten gar nicht erst an. Aber die zwei wollten wohl sehen, mit wem sie es da und vor allem wie sie es zu tun hatten. Und genau das wollte ich jetzt auch. Auf Zehenspitzen pirschte ich mich an und versuchte, durch den Türspalt zu linsen.

Ich konnte nur einen nackten Unterschenkel in schwarzen Pumps erkennen, der sich auf den Boden drückte. Das Hecheln und Stöhnen nahm zu, ich musste mich beeilen. Eigentlich hätte ich einfach die Tür aufdrücken und empört fragen können, was hier denn los sei, aber erstens traute ich mich das nicht, zweitens wäre mir dann eine einmalige Gelegenheit entgangen, und drittens konnte ich mir denken, was nach dem schwarzen Schuh und dem vollschlanken Unterschenkel kam. Deshalb ließ ich die Tür, wie sie war, zog mein Handy aus der Hosentasche, suchte die Videokamerafunktion, aktivierte sie und hielt das winzige Objektiv vorsichtig um das Türblatt herum in den Raum hinein. Ich hoffte, die beiden waren so miteinander beschäftigt, dass sie das kleine graue Gehäuse mit der braunen Hand daran nicht bemerken würden, und schwenkte ein paar Mal hin und her, bis aus dem Hechel-Stöhn-Mix ein klassischer »Ja, ja, ja«-Chor wurde. Ein spitzer Schrei beendete die Dreharbeiten. Spätestens jetzt war ich mir sicher, wer die Frau bei diesem Duett gewesen war.

Ich steckte das Telefon in die Tasche, ging vorsichtig fünf, sechs Schritte rückwärts, aus dem Raum war nur noch schwerer Atem zu hören, drehte mich dann um und war innerhalb von anderthalb Minuten bei meinem Auto. Ich startete den Motor und fuhr vom Firmenparkplatz aus in die nächste Seitenstraße. Dort schaltete ich das Licht aus und zog das Telefon wieder hervor. Ich atmete tief durch und drückte auf Play.

Zehn Minuten später hatte ich das kleine Filmchen an den Baron geschickt. »Entschuldigen Sie, dass ich mich nicht gemeldet habe, aber mir ist etwas dazwischengekommen«, hatte ich dazu geschrieben. »Wien hat leider nicht geklappt, aber wir haben ja noch Weimar. Und endlich gibt es auch mehr gute Nachrichten als schlechte: Der Vertrag mit den amerikanischen Präsidenten ist perfekt, ich habe ihn in meiner Tasche. Und der Kollege FBI könnte demnächst ein Problem bekommen – mit Maxprom und mit der Busenfreundin seiner Frau. Aber sehen Sie selbst und staunen Sie, wie ich es getan habe.«

Der Film war nicht besonders gut geworden und zeigte in mehr als der Hälfte der Passagen einen mit Büchern und Akten vollgestopften Raum. Aber auf dem Rest waren ziemlich gut ein Mann mit heruntergelassener Hose und eine Frau mit einem weit hochgeschobenen Rock und großen Brüsten zu erkennen. Erst war sie auf den Knien vor ihm, dann er auf den Knien vor ihr, und schließlich lag sie rücklings auf einem hektisch freigeräumten Schreibtisch, und er stand vor ihr, die Kniescheiben noch roter als das Gesicht. FBIs Gesicht. Den Körper vor ihm hätte einer von drei Männern bei *Maxprom* nur durch Fühlen erkannt: Vanessa durfte eine neue Kerbe in ihre Ablage machen, und was für eine. Ich glaube, ich war noch nie so erregt beim Betrachten eines Films gewesen, wobei die Erregung weniger sexueller als allgemeiner Natur war. FBI hatte sich gerade ins Aus gestoßen, Entschuldigung, geschossen, und Vanessa hatte er dabei mitgenommen. »You made my day«, flüsterte ich vor mich hin und hätte mir gewünscht, dass FBI es gehört hätte.

Der Baron antwortete nicht, aber es war auch schon spät und wahrscheinlich, dass er sein Telefon ausgeschaltet hatte. Ich sah mir mein Filmchen noch zwei, drei Mal an, lachte über die Ungelenkigkeit von FBI und die dreiste Offenherzigkeit Vanessas, die einmal mehr einen ihren Vorgesetzten in die Knie gezwungen hatte. Ob das schon länger mit den beiden ging? War Vanessa deshalb noch ärgerlicher auf mich als sowieso schon? Auf jeden Fall würde sie alles dafür tun, dass FBI Partner würde, das war spätestens jetzt klar. Ich schickte mir den Film sicherheitshalber (ich werde das Wort nicht mehr los) an meine E-Mail-Adressen bei *Maxprom* und bei gmx. Erst dann fuhr ich nach Hause.

Ich kam fast zeitgleich mit Sarah an, die sich etwas darüber wunderte, wie schnell ich über sie herfiel und warum ich, kaum dass sie nackt war, vor ihr auf die Knie sank. »Das geht doch nicht«, säuselte sie. Ich sagte nichts, ich dachte bloß: »Und wenn du wüsstest, wie das geht.«

Am nächsten Morgen war ich einer der Ersten in der Firma. Ich wartete auf dem Parkplatz, bis ich Vanessa mit dem Fahrrad ankommen sah, und stieg so aus, dass ich fast zeitgleich mit ihr am Eingang war.

»Guten Morgen«, sagte ich, »da ist aber jemand sehr spät dran. Hat die Dame gestern etwa noch Überstunden gemacht?«

Vanessa sah mich aus schmalen Augen an, als hätte ich kein Recht, sie anzusprechen.

»Von guten Morgen kann keine Rede sein, wenn ich dich sehe«, sagte sie und versuchte mir die Tür vor der Nase zuzuschlagen. Ich bekam gerade noch meinen Fuß in den Spalt.

»Da hat aber jemand schlechte Laune.« Ich grinste so breit, dass man meinen letzten Weisheitszahn sehen konnte.

»Ich hab es dir schon mal gesagt, Daniel: Leck mich.«

»Später, vielleicht«, sagte ich. »Erst mal muss ich mit FBI sprechen.«

Sie zuckte ein bisschen zu auffällig.

»Wie, mit FBI sprechen? Worüber?«

»Nicht über dich, Vanessa. Geschäfte, nur Geschäfte. Oder was hast du gedacht?« Damit und mit sicherlich dunklen Vorahnungen ließ ich sie stehen.

Der Tag hatte begonnen, wie der Abend geendet hatte. Endlich glaubte ich wieder an mich, endlich schien sich das Blatt zu wenden. Der Baron hatte auch geschrieben. Er käme erst am frühen Nachmittag rein, wolle mich dann aber sofort sehen. Ich nutzte die neu gewonnene Energie, um den Vertrag mit den Amerikanern durchzuarbeiten und die Heiratsantragszeitung für meine Schwester mit Hilfe einer Word-Präsentation zu layouten. Mit beidem war ich gegen 15 Uhr fertig und damit zwei Minuten bevor der Baron in mein Büro trat, Friedrich einen Meter dahinter. Als die Tür ins Schloss fiel, fing Letzterer an zu grinsen. Der Baron blieb sachlich, aber er sah entspannter aus als zuletzt.

»Ich wusste gar nicht, dass Sie Hobbyfilmer sind, junger Freund.«

»Das wusste ich bis gestern Abend auch nicht. Aber Gelegenheit macht …«

»… Regisseure. Ihr kleiner Streifen ist wirklich sehr interessant und unterhaltsam. Und vor allem«, zwinkerte der Baron etwa?, »vor allem lässt er wenige Fragen offen.«

»Was machen wir damit?«

»Erst einmal gar nichts. Die wichtigsten Sequenzen werden gerade etwas aufgearbeitet, nachgeschärft und zusammengeschnitten, wodurch sie weiter an Eindeutigkeit gewinnen dürften. Außerdem werden wir heute Nacht Videokameras im Unternehmensarchiv einbauen lassen, das wollten wir sowieso machen, weil der Raum schlecht einsehbar ist. Vielleicht gibt es ja eine Neuauflage, und dann haben wir nicht nur gute Bilder, sondern können auch problemlos erklären, wie sie entstanden sind.«

»Aber …«

»Nichts aber, Daniel, das wissen Sie doch. Es bringt wenig, wenn wir jetzt damit zur Rosenthaler rennen. Sie wird sich den Film ansehen und empört sein. Aber gleichzeitig wird das nichts daran ändern, dass sie von Ihnen«, er sah auf seine IWC, »innerhalb der nächsten sechs Tage eine Nachricht bekommen sollte, spätestens am Montag, bevor sich die Partner zu ihrer obligatorischen Runde treffen. Und wenn die Nachricht nicht ja lautet, werden weder Sie noch FBI Partner. Verstanden?«

»Verstanden!«

»Ich habe jetzt keine Zeit, mit Ihnen über Wien und die Fehler, die Sie gemacht haben, zu sprechen. Aber das ist auch egal: Sie haben nur noch eine Chance, und Sie haben mit Friedrich jemanden, dem es damals genauso gegangen ist. Reden Sie mit ihm und bringen wir diese ganze verdammte Geschichte endlich hinter uns. Okay?« Er tätschelte mir die Wange.

»Okay.«

»Ich wünsche Ihnen Glück. Und falls wir uns nicht mehr wiedersehen sollten: Ich habe immer große Stücke auf Sie gehalten.«

Ich schluckte. »Wie meinen Sie das, Baron, falls wir uns nicht mehr wiedersehen sollten?«

»Wenn Sie noch einmal scheitern, Daniel, gehe ich davon aus, dass Sie wenigstens so viel Ehre im Leib haben, dass Sie sich hier nicht mehr sehen lassen. Viel Glück, zum letzten Mal.«

Er hielt mir die Hand hin, ich nahm sie, und er drückte zu, als ginge es darum, die klemmende Tür eines Regionalzuges aufzubekommen. Als er mein Büro verlassen hatte, drehte ich mich zu Friedrich um, hob die Schultern und sah ihm hilfesuchend in die Augen. Er holte tief Luft, baute sich vor mir auf, und ich rechnete mit einem minutenlangen Vortrag über die Technik des finalen Heiratsantrags. Doch er sagte nur ein Wort: »Hier«, und schob mir einen Zettel in die Hand, auf dem in der feinen Schrift des Barons ein Name, eine Adresse und eine Uhrzeit standen: »Kovacevic, Lehmweg 23, ab 20 Uhr.«

»Was ist das?«, fragte ich Friedrich.

»Fragen Sie nicht. Gehen Sie hin, heute noch. Der Baron hat alles arrangiert. Sie haben nichts mehr zu befürchten.«

VIERUNDDREISSIG

Lehmweg 23 war ein schöner Altbau. Ich war etwas zu spät dran, weil ich keinen Parkplatz gefunden hatte. 20 Uhr 10. Kovacevic stand ganz oben. Ich klingelte, und nach kurzer Wartezeit hörte ich eine Frauenstimme aus der Gegensprechanlage: »Hello?«

»Hallo, hier ist Daniel Stiller.« Keine Reaktion. »Der Baron schickt mich.«

»Oberst Stock. Warten auf Fahrstuhl.« Der Summer ging, anderthalb Minuten später öffnete sich die schmiedeeiserne Tür eines historischen Lifts. Ich überlegte kurz, die Treppen zu nehmen, stieg dann aber doch ein.

Oben, unter dem Dach, erwartete mich eine offene Tür. Dahinter Kerzenlicht und eine Einzimmerwohnung mit kleiner Kochnische. Alles zusammen vielleicht vierzig Quadratmeter, mehr nicht. Und, mittendrin, auf einer Schlafcouch: eine Frau mit langem, sehr langem dunklen Haar, das erst kurz vor dem Hintern aufhörte. Sie hatte fast schwarze Augen, ein etwas fülliges Gesicht, sah ansonsten aber recht gut aus für Ende 30. So alt schätzte ich sie. Sie trug ein einfaches blaues Kleid.

»Hello«, sagte sie.

»Hallo«, sagte ich.

»Kommen spät.« Ich hatte mich an der Eingangstür nicht verhört. Sie sprach nur gebrochen Deutsch.

»Tut mir leid«, sagte ich langsam, »ich habe keinen Parkplatz gefunden.«

»Nein, nicht jetzt. Überhaupt.«

»Wie, überhaupt?«

»Baron sagt, kommen bald. Das drei Wochen her.«

Ich verstand gar nichts mehr.

»Sie kennen den Baron?«

»Kurz. Ist Freund von Freund von Freund.«

»Aha.«

»Setzen ruhig, Daniel. Wollen etwas trinken?« Sie zog einen winzigen Kühlschrank auf und zeigte auf ein paar Flaschen Bier und eine Flasche Wein.

»Ein Bier, vielleicht«, antwortete ich reflexartig und ärgerte mich sofort. Was machte ich hier? Was sollte das Ganze? Warum war ich nicht zu Hause bei Sarah? Die Frau drückte mir das Bier in die Hand.

»Bitte.«

»Danke.«

»Ich mich entschuldigen muss. Deutsch nicht gut. Ich Unterricht jeden Tag.«

»Sie sprechen sehr gut«, versicherte ich, wie man es als politisch korrekter Deutscher immer tut, wenn ein Ausländer auch nur ein Wort in unserer Sprache herausbekommt.

»Danke«, sagte sie. »Noch nicht lange hier. Wollen Sitz haben?« Sie deutete auf den Platz neben sich. Ich setzte mich und wusste selbst nicht warum. Sie hatte sich auch ein Bier geöffnet, allerdings alkoholfrei.

»Schön, dass endlich kennenlernen«, sagte sie. »Schon viel gehört von Daniel.«

»Sie haben schon viel gehört von mir?«

»Wollen wir sagen du? Ist besser.« Sie setzte ihre Bierflasche ab. Ich reagierte nicht. Dann sagte sie den Satz, der mich in einer Sekunde alles verstehen ließ:

»Also, ich Sarah.«

Der Baron beziehungsweise seine Leute hatten offensichtlich in halb Europa nach einer heiratswilligen, leicht zu habenden Sarah gesucht. Diese hier hatten sie gefunden. Ich habe nicht herausbekommen, was sie ihr geboten und wie sie sie nach Hamburg gelockt hatten, nur so viel: Sie war bereit zu heiraten, wenn ich wünschte, gleich morgen. Sie könne saubere Papiere vorweisen, sei seit drei Jahren geschieden und würde sich »freuen sehr« auf neue Aufgabe.

»Was du sagen?«

Ja, was sagte ich? Ich trank mein Bier aus, stand auf, ging zur Tür und drückte die Klinke. Bevor ich die Wohnung verließ, drehte ich mich noch einmal um: Sarah Kovacevic hatte ihr Kleid ausgezogen. Darunter trug sie nur einen Slip. Ich schloss die Tür und rannte die Treppenstufen bis ins Erdgeschoss hinunter.

Ich musste an die frische Luft. Ich ließ mein Auto auf dem Parkplatz und lief ziellos durch Eppendorf. Es war ein schöner, ein sternenklarer Abend, aber ich hatte weder einen Blick für den immer noch hellen Himmel noch ein Gefühl für die verlängerte blaue Stunde. Ich wurde das Bild nicht los von der Frau, die im Slip auf ihrem Bett sitzt und darauf wartet, dass ich sie heirate. Ich stoppte vor einem kleinen Park, ging ein paar Schritte hinein, setzte mich auf eine Bank und schloss die Augen. Neben der Frau waren auf einmal der Baron, daneben Friedrich, und dann ganz viele Menschen, die ich nicht kannte, mit Listen und Fotoapparaten und Videokameras, und der Baron schickte den einen hierhin und den anderen dorthin. Es wurden immer mehr, die kleine Wohnung war längst voll, aber von überall her kamen neue Gesichter, und Sarah Kovacevic lächelte mir zu, und der Baron hielt mir einen Kugelschreiber und ein amtlich aussehendes Papier entgegen. Ich drückte die Augenlider zusammen, dass es weh tat, als könne ich damit das Bild löschen. Aber es ging nicht. Ich brauchte einen anderen Gedanken, ein schönes Bild, und ich riss die Augen auf, um sie gleich wieder zu schließen, und dachte an Sarah, an meine Sarah. Es funktionierte. Da war sie, wie in einer Dia-Show: Beim Flugangstseminar, bei unserem ersten Essen, in ihrer Wohnung, vor dem Gasthof bei der Hochzeit der Universums-Tante, beim Schränkeaufbauen mit ihren Eltern. Ich spürte, wie sich meine Gesichtszüge entspannten, wie sich mein Körper entkrampfte. Aber ich spürte auch, dass ich, Daniel Stiller, ein anderer geworden war. Noch vor drei Monaten hätte ich die Frau auf dem Bett ohne Bedenken geheiratet, ihr von meinem neuen, hohen *Maxprom*-Gehalt die Miete für eine größere Wohnung bezahlt und ansonsten mein Leben als professioneller Junggeselle weitergelebt. Jetzt, wo es wirklich darauf ankam, wo innerhalb der nächsten Tage nicht nur mein Privatleben, sondern vor allem meine Karriere auf dem Spiel stand, war es mir egal. Nein, es war mir nicht egal. Ich wollte heiraten. Aber die richtige Sarah. Oder keine.

Fünfunddreissig

Ich ging nach dem Abend im Lehmweg nicht mehr ins Büro. Ich ignorierte die E-Mails vom Baron und von Friedrich, und ich ging nicht ran, als sie bei mir anriefen. Für mich gab es jetzt nur noch Sarah – und Weimar.

Die Stadt war mir zum ersten Mal in einem Allgemeinwissenstest aufgefallen, den ich für das Praktikum bei *Maxprom* hatte absolvieren müssen. »Nennen Sie fünf bekannte Persönlichkeiten, die in Weimar gelebt haben«, hatte eine von etwa dreißig Aufgaben gelautet, und mir fielen nur die zwei ein, die wahrscheinlich fünfundneunzig Prozent der Deutschen eingefallen wären: Johann Wolfgang von Goethe und Friedrich Schiller. Peinlich, aber immerhin stehe ich dazu.

Nach meinem Tag mit den Weimar-Büchern wusste ich natürlich, dass neben den beiden Dichterfürsten unter anderem Johann Gottfried Herder, nach dem eine Kirche benannt ist, Martin Wieland, die Maler Lucas Cranach der Ältere und der Jüngere, der verrückte Philosoph Friedrich Nietzsche mit seiner ähnlich berühmten Schwester, Komponist Franz Liszt und Johann Sebastian Bach in der Stadt gelebt hatten – um die Wichtigsten zu nennen. Hugo von Hofmannsthal ist nämlich ebenfalls zu Gast gewesen, Adolf Hitler, der den Balkon des berühmten Hotels Elephant mit seinen Hetzreden entweiht hat, leider auch. Es gab sogar eine Erinnerungsstätte für Albert Schweitzer, obwohl der nachweislich zu den wenigen großen deutschen Männern und Frauen zählte, die nie in Weimar weilten. Die Stadt faszinierte mich mit jeder Information mehr, weil sie so etwas wie der Klappentext der deutschen Geschichte ist, eine Zusammenfassung mit den absoluten Höhen (Goethe/Schiller) und Tiefen (das Konzentrationslager Buchenwald wenige Kilometer entfernt). Die Vorstellung, dass Friedrich Schiller nur rechts aus seinem Haus hinaus- und dann wenige Hundert Meter weiter den Frauenplan hochgehen musste, um sich mit Goethe zu treffen, beeindruckte selbst mich Lesemuffel.

Jetzt war Weimar meine letzte Hoffnung.

Ich hatte ein Doppelzimmer im Sofitel gebucht, neben dem Elephant eines der nobelsten Hotels der Stadt. Ich hatte um einen Raum mit Blick auf Goethes Wohnhaus gebeten, aber den gab es nicht mehr. Nur wenn ich mich aus dem Fenster beugte, konnte ich einen Teil davon sehen. Ich überlegte kurz, ob ich mich beschweren sollte, ließ es aber. Dafür war keine Zeit.

»Dann wollen wir mal«, sagte ich, während ich das Fenster schloss.

»Dann wollen wir was?«, fragte Sarah aus dem Badezimmer, in dem sie seit unserer Ankunft steckte.

»Los, Weimar angucken.«

»Jetzt gleich?«

»Natürlich, sonst schaffen wir mein Programm nicht.« Ich hatte mit Hilfe der Bücher einen straffen Besichtigungsmarathon organisiert. Schillers Wohnhaus, Goethes Gartenhaus, ein Spaziergang durch einen oder mehrere Parks, die Herder-Kirche, eventuell die Wohnhäuser von Liszt und Nietzsche, ein Essen im Elephant, vielleicht das eine oder andere Schloss und, als Höhepunkt, Goethes Wohnhaus am Frauenplan. Letzteres war mein Favorit für den Antrag. Denn welche Frau kann schon sagen, bei Goethe daheim um ihre Hand gebeten worden zu sein, außer vielleicht Goethes Frau Christiane selbst? Außerdem hatte ich ja Karten für Schillers »Kabale und Liebe« im Nationaltheater reservieren lassen.

»Es gibt hier so viel zu sehen«, rief ich in Richtung Badezimmer. »Da sollten wir keine Zeit verschenken.«

»Wir sollten aber auch nicht die ganzen Tage in Museen verbringen. Da habe ich echt keine Lust zu, Daniel«, sagte Sarah, als sie aus dem Badezimmer kam.

Nun war leider genau das meine Idee, weil ich natürlich möglichst viele Heiratsantragsgelegenheiten haben wollte, sozusagen mehrere letzte Chancen. Im günstigsten Fall, »Kabale und Liebe« eingerechnet, war ich auf zehn gekommen. Aber Sarah schien sich nicht für solche Berechnungen zu interessieren. Sie wollte sich erst einmal von der Reise ausruhen, und ich hatte große Mühe, sie am späten Nachmittag wenigstens zu einem Besuch von Schillers Wohnhaus zu überreden. Das stand auf meiner Liste der besten Heiratsantragsorte in Weimar nach Goethes Wohn- und Goethes Gartenhaus auf Platz drei.

Es war kurz nach 16 Uhr, als wir uns auf den Weg machten. Ich musste einmal kurz umkehren, weil ich doch tatsächlich den Ring im Hotel vergessen hatte. Ich rannte aufs Zimmer, holte das immer noch unbenutzte Teil aus dem Kulturbeutel und steckte es in die Innentasche meiner Jacke. Als ich zurück in die Hotellobby kam, war Sarah halb auf einem Sofa eingenickt.

»Nicht schlafen, Weimar entdecken«, sagte ich und rüttelte an ihr. Sie zog sich langsam an meinem Arm hoch und schlurfte neben mir aus dem Sofitel. Leider war in Weimar ein großes Blumenfest, und wir mussten uns durch selbst für diese Stadt ungewöhnliche Besuchermassen quälen. Sarah hasste Massen, aber sie schätzte die kleinen Stände, von denen viel zu viele genau die getrockneten Blumenkränze anboten, von denen wir inzwischen in der Wohnung an jeder Tür einen hängen hatten. Ich bat sie, nicht überall stehen zu bleiben, weil das Schiller-Haus nicht mehr lange geöffnet haben würde, aber sie ließ sich Zeit.

»Das Haus läuft uns ja nicht weg«, sagte sie und: »Nun bleib mal ganz ruhig, mein Lieber. Du bist schon die ganze Zeit so angespannt. Was ist denn los mit dir?«

Was los mit mir war? Ich drohte nach den Ereignissen der vergangenen Monate und Wochen endgültig zu verkrampfen. Alle fünf Minuten griff ich an die Jacke, um zu kontrollieren, ob der Ring noch da war. Jeden Moment dachte ich an den nächsten (also Moment), der vielleicht der entscheidende sein konnte.

Ich ging den Ablauf des Weimarbesuchs in Gedanken wieder und wieder durch, strich dort Besichtigungen, baute hier neue ein und hatte ständig Angst, für eine der großen Attraktionen keine Karten mehr zu bekommen. Ich fing an zu schwitzen. Meine Zähne knirschten, der Nacken verspannte sich. Ich hätte dringend zwei Aspirin oder zumindest eine Massage gebraucht. Aber ich musste durchhalten. Weiter, weiter, weiter, hämmerte es durch meinen Kopf, es muss klappen, es muss!

»Nichts ist los mit mir, ich möchte dir doch nur Schillers Wohnhaus zeigen«, sagte ich so gelassen, wie ich konnte. Als wir nach einer Dreiviertelstunde endlich da waren, ging ich erst einmal auf die Toilette. Vor lauter Aufregung hatte ich Durchfall. Ich kaufte Eintrittskarten, besorgte uns zwei Audioführer und gab schließlich völlig sorglos Sarahs und meine Jacke ab, als mich die Dame am Eingang so nett nach beidem fragte.

Das war natürlich ein kapitaler Fehler, den ich aber erst als solchen erkannte, als wir im obersten Stock des Hauses im Vorzimmer zu Schillers Schreibstube standen und Sarah und ich das erste Mal während der gesamten Besichtigung allein waren. Jetzt!, schoss es durch meinen Körper und kurz darauf: Nein! Denn der Ring, den ich hier oben gebraucht hätte, war nach wie vor in der Jacke, und die hing an Haken Nummer 35.

»Was ist, Daniel? Warum antwortest du mir nicht?«

Offenbar hatte Sarah mir eine Frage gestellt.

»Entschuldigung, ich denke nach«, sagte ich, und das tat ich ja tatsächlich, allerdings nicht über Sarahs Frage.

»Also, das kann ja nicht so schwer sein. Du musst doch wissen, ob du von Schiller schon etwas gelesen hast.«

Ach, darum ging es.

»Natürlich habe ich etwas von Schiller gelesen«, sagte ich und hoffte, dass sie nicht fragen würde, was.

»Und was?«

Warum sollte auch mal einer meiner Wünsche in Erfüllung gehen, und sei es ein ganz simpler?

»Kabale und Liebe auf jeden Fall, und Götz von Berlichingen auch.«

»Ist Götz von Berlichingen nicht von Goethe?«, fragte Sarah, drehte sich, ohne eine Antwort abzuwarten, um und ging weiter in den nächsten Raum, mitten in eine Schulklasse hinein. Ich überlegte, ob ich hinunterlaufen, den Ring holen und darauf hoffen sollte, dass bei meiner Rückkehr die Schulklasse weg und Sarah noch da wäre. Ich überlegte zu lange.

»Kommst du, Daniel?«, rief sie herüber, und weil es leicht genervt klang, trottete ich hinterher.

Zehn Minuten später waren wir raus aus dem Haus, und die Chance für einen schillernden Antrag war vorbei. Ich hätte heulen können.

Dann kam noch Pech dazu. Denn ich hatte nicht bemerkt, dass der zweite Tag in Weimar nicht nur ein Freitag war, sondern Freitag, der 13. Nun bin ich normalerweise nicht abergläubisch, aber diesmal machte mir das Datum Angst. Ich versuchte mir einzureden, dass alle anderen Tage, an denen ich mit meinen Plänen gescheitert war, keine Freitage, die 13., gewesen waren und dass Minus mal Minus doch immer Plus ergäbe und deshalb der unglückliche Termin und der unglückliche Daniel … Es ging nicht. Ich musste das Datum nur auf meiner Uhr sehen und war blockiert. »Dir bleibt noch der ganze Sonnabend und die erste Hälfte des Sonntags«, dachte ich, aber wirklich beruhigend war auch das nicht. Mit jeder Stunde, die in Weimar verging, wurde ich panischer.

Abends im Nationaltheater konnte ich mich kaum an der Vorstellung erfreuen, dass genau hier auch der Herr Goethe gesessen und seine eigenen Stücke gesehen hatte. Ich dachte nur an den nächsten Tag, der schon in vier Stunden beginnen würde, an Goethes Wohn- und an Goethes Gartenhaus, an meine Knie, die auf sein Parkett knallen würden, nein müssten!, und an den Ring, den das Zimmermädchen hoffentlich nicht entdecken und als nette Erinnerung an den Gast von 251 mitnehmen würde. Ich wurde so nervös, dass ich in der Pause vier Gläser Sekt in der gleichen Zeit trank, in der Sarah ein halbes schaffte.

»Da hat aber jemand großen Durst«, sagte sie.

»Ich werde ja wohl noch mal etwas trinken dürfen«, erwiderte ich. »Auf uns, Geliebte!« Ich lallte leicht und stieß mit Sarah so doll an, dass der Sekt aus ihrem Glas schwappte.

»Auf uns«, grinste sie. »Aber du bist echt ein bisschen durch den Wind, mein Sektmonster. Dabei haben wir doch hier eine so schöne, entspannte Zeit.«

Am liebsten hätte ich geantwortet: Du hast eine schöne, entspannte Zeit. Ich habe Herzrasen wegen des Sekts, einen Ring, der den Weltrekord im Nicht-getragen-Werden brechen würde, und wie ein Zweijähriger Schwierigkeiten damit, einen Fünfwortsatz fehlerfrei zu bilden (eins: Willst, zwei: du, drei: meine, vier: Frau, fünf: werden). Außerdem bin ich bald arbeitslos oder muss eine gekaufte Osteuropäerin heiraten.

In der Nacht hatte ich immer wieder den gleichen Traum. Goethes Wohnhaus in Endlosschleife, der Weg durch die langen Korridore bis zu seinem Arbeitszimmer und zur Bibliothek, die durch die Gittertür geschützt ist. Ich hatte mir alles genau auf einem virtuellen Rundgang im Internet eingeprägt. Alle vier, fünf Schritte blieb ich stehen, sah mich um, sah Sarah an, fiel auf die Knie. Dann ging es weiter, in den nächsten Raum, wieder diese Blicke, das Parkett, der Ring … Ich war froh, als Sarah mich am Morgen wach rüttelte.

»Wollen wir gleich nach dem Frühstück in Goethes Wohnhaus?«, fragte sie.

»Ja, unbedingt«, sagte ich und schluckte.

Eine Stunde später hielt ich Sarah die Tür auf, durch die er so oft gegangen sein musste. Alles, was in den Minuten danach passierte, habe ich nur verschwommen in Erinnerung. Ich weiß nicht mehr, wie lange wir brauchten, um vom Eingang zu den Treppenstufen zu kommen, die in den Wohnbereich führen. Ich weiß nur noch, dass ich kurz davor stehen blieb, aus dem Fenster auf den Frauenplan sah und Sarah in den Arm nahm. Ich schloss die Augen, drückte sie an mich und fing leicht an zu zittern. Oben hörte ich Stimmen von anderen Besuchern, aber hier unten waren wir beide allein. Ich glaube, ich habe Sarah angesehen, lange angesehen, und sie guckte zurück, als sei etwas nicht in Ordnung, als würden hinter mir der ehemalige Hausherr stehen und Schiller noch dazu, oder, noch schlimmer, FBI, Vanessa, die Rosenthaler, der Baron und Sarah Kovacevic.

Ich weiß nicht, ob wir geredet haben oder schwiegen. Ich weiß nur noch, dass mein Körper gespannt war wie ein Seil, das die Queen Mary II im Hamburger Hafen halten soll.

In Sekundenschnelle liefen die Bilder der vergangenen Monate vor meinem inneren Auge ab (meinem inneren Auge? Ich musste wirklich verrückt geworden sein): das Flugangstseminar, Barack Obama und Sissi (wieso hatte ich in Wien eigentlich nichts mit Sissi gemacht, ich Idiot?), das Segelschiff, der Strandkorb, Ikea, Vanessas gespreizte Beine …

Ich stoppte den Film mit letzter Kraft, sah auf die Frau in meinen Armen, griff in meine Hosentasche …

Und an dieser Stelle halten wir die Geschichte einmal an. Das kennt man aus dem Fernsehen, und wer mag, kann jetzt auf Toilette gehen oder eine neue Tüte Erdnüsse holen und überlegen, wie es weitergeht. Es gibt mehr Möglichkeiten als originelle Heiratsanträge im Internet:

Ich habe den Ring schon wieder vergessen, diesmal im Hotel.

Ich habe den Ring auf dem Weg zu Goethes Wohnhaus verloren.

Der Ring ist mir beim Warten vor der Kasse gestohlen worden.

Ich kugele mir beim Kniefall die Kniescheibe aus.

Sarah ist während meines Nachdenkens schon längst ins nächste Stockwerk gegangen, und ich habe es nicht einmal bemerkt.

Ihr Handy klingelt, und die Mutter ist dran und will wissen, was sie gerade macht und wie es in Weimar ist.

Sarah zieht ihr Handy aus der Tasche und ruft ihre Mutter an, um ihr zu erzählen, was sie gerade macht und wie es in Weimar ist.

Die Tür geht auf, und eine Gruppe japanischer Touristen kommt herein und fotografiert, als würde das Haus in spätestens einer Minute abgerissen.

Ich frage Sarah, ob sie meine Frau werden will, und sie sagt ja.

Na?

Wahrscheinlich gibt es irgendwo, in einem mindestens zwölf Flugstunden entfernten Land, ein Fotoalbum, in dem ein Bild von dieser Szene zu finden ist. Zwei Langnasen, der eine fast so groß wie Dirk Nowitzki und ähnlich verschwitzt wie dieser bei seinem Auftritt als Fahnenträger der deutschen Olympia-Mannschaft in Peking, die andere bildschön und erwartungsvoll, sind darauf zu sehen, und vielleicht auch das Entsetzen in seinen Augen. Ich hatte schon zur Frage angesetzt, als eine Reiseführerin die Tür aufstieß und unzählige kleine Füßchen über Goethes Parkett tippelten. Das konnte nicht wahr sein! Ich erstarrte und verfiel dann in eine Art Heiratsantragsdelirium, das andauerte, bis wir das ganze Haus durchquert hatten und in den Garten kamen.

Dort bäumten sich der Heiratsantragssteller, der Am-Job-Hänger und vor allem der Wirklich-Verliebte in mir noch einmal auf, wollten sich einen Ruck geben, weil doch jetzt, hier, in Goethes Garten, das sei auch nicht schlecht ... Doch ich konnte nicht mehr. Es war vorbei. Ich hatte versagt, und ich gehörte bestraft.

Wie in Trance ging ich mit Sarah vom Wohn- in Richtung Gartenhaus und machte nicht einmal den Versuch, sie dort hineinzulocken. Wir spazierten durch den Park an der Ilm, und es hätte wunderschöne Stellen gegeben für, ja, genau dafür, aber ich tat – nichts.

Sechsunddreissig

Es war kurz vor Mitternacht. Ich hatte ein letztes Mal aus dem Hotelfenster auf Goethes Wohnhaus geblickt, das so schön vom Vollmond und einer alten Straßenlaterne angestrahlt wurde. Ich konnte den Garten erkennen und die Rückseite des Hauses, und wären wir im frühen 19. Jahrhundert gewesen, hätte ich mit etwas Glück auch ihn gesehen, wie er am Fenster steht und ein neues Kapitel eines Theaterstücks oder Romans diktiert. Vielleicht wäre ich einfach hingegangen und hätte gewinkt, und vielleicht hätte Johann Wolfgang von Goethe aufgesperrt und mir einen guten Abend gewünscht.

»Guten Abend, Herr von Goethe«, hätte ich dann gesagt.

»Was machen Sie hier?«, hätte er möglicherweise gefragt.

»Ich weine meinen verlorenen Möglichkeiten nach.«

»Was haben Sie denn verloren, mein trauriger Herr?«

»Meine Arbeit, meine Frau, meine Ehre, mein Leben. Es wäre leichter aufzuzählen, was ich nicht verloren habe.«

»Das klingt wie bei meinem Werther. Sie werden doch nicht …?«

»Ich werde was nicht?«

»Nun, ihr jungen Männer neigt zur Melancholie, die Nacht ist schaurig, der Vollmond hat magische Kraft. Ich ermahne Sie, junger Freund …«

Junger Freund? Goethe klang wie der Baron.

»… tun Sie das nicht. Das ist keine Frau wert.«

»Und kein Job?«

»Was ist ein Job?«

»Meine Arbeit geht dahin, Herr Geheimrat«, sagte ich und hoffte, das würde nach frühem 19. Jahrhundert klingen.

»Ich verstehe Ihn nicht«, sagte Goethe. »Erzählen Sie mir, was Sie so plagt.«

»Ich will Ihre kostbare Zeit nicht rauben, mein Dichterfürst. Meine Sorgen sind banal im Vergleich zu Ihren Aufgaben.«

»Sie schmeicheln mir, und Sie interessieren mich. Sind Sie in eine Dame verliebt, die schon vergeben ist? In eine gute Freundin, der Sie sich nicht anvertrauen können? In eine Frau, die unter Ihrem Stande ist?« Goethe lehnte sich weit aus dem Fenster und machte hinter seinem Rücken eine Handbewegung. Konnte es sein, dass er meinetwegen Eckermann, sein Faktotum, bat, ihn in Ruhe zu lassen? Ich ging zwei Schritte auf ihn zu.

»Ich muss heiraten, Herr Minister (denn das war er ja schließlich auch, wenn ich mich recht erinnerte). Nein, ich will heiraten. Aber, es geht nicht.«

»Sie kommen nicht von hier, oder? Ich habe Sie noch nie im Theater gesehen.«

»Wir kommen aus dem Norden.«

»Dann haben Sie einen weiten Weg zurückgelegt, um hier bei uns um die Hand eines Fräuleins anzuhalten.«

»Wir sind sogar nur wegen des Antrags hier, aber das weiß sie nicht. Ich wollte sie in Ihrem Hause fragen, Herr von Goethe, sie verehrt Sie nämlich sehr ...«

»Sie wollten sie in meinem Hause fragen? Wie soll ich das verstehen?« Goethe wirkte irritiert und leicht befremdet.

»Ich meine natürlich: vor Ihrem Haus, auf dem Frauenplan.« Er konnte ja nicht wissen, dass sein Heim einmal eine Touristenattraktion sein würde.

»Die Frau auf dem Frauenplan. Ein schöner Titel, ich verstehe. Hat *sie* nicht verstanden, junger Freund?«, sagte er, ohne eine Antwort abzuwarten. »Wie kann das sein, bei einem Mann wie Ihnen. So groß und stattlich, dass ich froh bin, im Fenster hier droben zu stehen, weil ich sonst wohl nur imstande wäre, Ihnen auf die Manschettenknöpfe zu gucken. Ich kann nicht begreifen, dass eine Frau Ihnen widerstehen mag. Hat sie, die Unglückliche, tatsächlich nein gesagt? Dann wäre sie des Wahnsinns fette Beute.«

Ich war beeindruckt von Goethes Redegewandtheit, wobei ich mir nicht sicher war, dass er tatsächlich eigene Zitate verwandte. Ich kam mir klein und unbedeutend vor, als ich erwiderte: »Nun, um der Wahrheit ihren Platz zu geben, bisher habe ich sie noch gar nicht wirklich um ihre Hand gefragt.«

Goethe richtete sich auf, blickte über mich hinweg, lächelte und sagte: »Dann sehe ich betroffen den Vorhang zu und alle Fragen offen.« Er machte eine Pause. »Im Ernst, mein unglücklicher Freund. Es ist spät, aber noch nicht zu spät. Denken Sie an meine Worte. Gute Nacht.« Er schloss das Fenster. Dann war er weg.

Ich drehte mich um und sah zu Sarah, die auf dem weißen Laken des Kingsize-Bettes lag. Sie hatte schon ihren Pyjama an und las in einer Zeitschrift.

»Alles in Ordnung?« Sie fragte es, ohne aufzusehen. Ich wusste nicht, was ich antworten sollte.

»Hey, Daniel«, jetzt legte sie die Zeitschrift zur Seite, »du siehst aus, als hättest du gerade draußen Goethe vorbeigehen sehen.« Sie grinste. »Komm mal her.« Ich setzte mich auf das Bett neben sie. »Was ist denn los? Wir haben hier eine so schöne Zeit, wohnen in einem Top-Hotel, und du wirkst, als wärst du gerade arbeitslos geworden.«

Ich sackte bei diesem Satz zusammen und hoffte nur, dass Sarah es nicht merken würde. Umsonst.

»Nein, o Daniel, das sollte nur ein Scherz sein, ein Witz. Das ist es doch nicht, oder?«

»Nein, natürlich nicht«, sagte ich, aber sie schien mir nicht zu glauben.

»Und wenn, dann wäre es auch egal. Was ist schon ein Job«, Sarah streichelte mir über die Wange, »gegen einen Menschen, den man liebt.«

Sie hatte mich. Es war vorbei. Ich sank in ihre Arme, sie streichelte meine Wange, wir küssten uns. Ich sah sie an, sie sah mich an, und in mir ordneten sich die Dinge, die ich ihr gleich sagen würde. Die ganze Geschichte, von Anfang an. Ich würde nichts auslassen, weder die Sache mit der Wohnung noch die andere Sarah aus dem Lehmweg, selbst die Geschichte mit Vanessa und dem Lippenstift würde ich erzählen, und dass ich morgen arbeitslos sein würde und wie egal mir das wäre. Ich würde die Partnerschaft verlieren, aber Sarah gewinnen. Das war auf einmal das Einzige, was mich interessierte.

»Lässt du mich mal kurz raus?« Sarah löste sich sanft aus meinen Armen.

»Aber …«

»Ich bin gleich wieder da, keine Angst. Muss nur mal für kleine Mädchen.« Sie stand auf, tippelte ins Badezimmer, fand den Lichtschalter nicht, warf etwas um und fluchte kurz. Ich registrierte es, wie ein guter Fußballer beim Elfmeterschießen die Zehntausende Menschen um sich herum registriert. Also eigentlich gar nicht. Ich war zu sehr mit meiner Beichte beschäftigt, mit den Sätzen, die ich sagen …

»Daniel, was ist das denn?« Sarah stand vor dem Bett und streckte mir ihre rechte Hand entgegen. Ich brauchte etwas, um zu erkennen, was darauf lag. Sie setzte sich wieder neben mich und hielt mir das kleine Schächtelchen unter das Gesicht.

»Ist …«, ich sah, wie ihre Lippen leicht vibrierten, »ist es das, was ich glaube?«

Sarah musste auf der Suche nach dem Lichtschalter im Badezimmer meinen Kulturbeutel von der Ablage gestoßen haben. Anscheinend war der Reißverschluss wieder einmal nicht richtig geschlossen, denn zumindest ein Teil war aus dem Beutel gefallen. Der Ring. Ihr Ring.

»Ist das für mich?«

Was sollte ich sagen, was sollte ich machen? Ich nahm ihr das Etui aus Hand, klappte es auf und nahm den Ring heraus. Ich spürte ein Zittern, das von meinem Arm aus den Rest des Körpers erfasste. Vor meine Augen schob sich ein Schleier. Ich fühlte mich wie jemand, der minus fünf Dioptrien und dem man gerade die Brille abgenommen hat. Mein Mund war trocken, und mir war heiß.

Sarah hatte die ganze Zeit weder etwas gesagt noch sich gerührt. Sie sah mich nur an. Bin ich über sie rübergekrabbelt? Bin ich einmal außen herum ums Bett gegangen? Ich weiß es nicht. Ich weiß nur, dass ich plötzlich vor ihr kniete, in Boxershorts und weißem T-Shirt, den Ring in der Hand und ... Ich wüsste so gern, was ich gesagt habe: Willst du meine Frau werden? Willst du mich heiraten? Willst du für immer mit mir zusammen sein? Ich werde es nie erfahren, weil sich dieser Moment außerhalb meiner Wahrnehmung abgespielt hat, in einer anderen Welt. Welche Worte ich auch immer gesprochen habe, sie gingen nicht den normalen Weg. Mein Mund öffnete sich, aber mein Herz sprach. Ich hoffte, dass Sarah diese Stimme, die sie und ich niemals gehört hatten, verstehen würde. Mir war, als würde ich gleich in Ohnmacht fallen, als löse sich das Zimmer und mit ihm das Hotel um uns herum auf. Ich fühlte mich Sarah so nah wie nie zuvor und wollte gerade meine letzten Kräfte mobilisieren, um wieder zu ihr aufs Bett zu steigen, sie in die Arme zu nehmen und niemals wieder loszulassen, als die Wirklichkeit wie ein Blitz zurückkam. Sie hat nicht ja gesagt, war die Botschaft des Blitzes, sie hat gar nichts gesagt.

Mir wurde heißer, ich versuchte, Sarah zu fixieren, konnte sie aber immer noch nicht richtig erkennen. Warum antwortete sie nicht? Es kam mir vor, als seien Stunden vergangen, als könne mein Arm die Last des Rings nicht eine Sekunde länger tragen. Ich holte tief Luft, um die Frage zu wiederholen, weil man die, die mit dem Herzen sprechen, vielleicht doch nicht so gut versteht. Ich spürte, wie mein Kopf meinem Mund den Befehl gab, sich zum Wort »willst« zu formen, als ich plötzlich ganz, ganz leise und ganz, ganz sanft Sarahs Stimme hörte.

»Ja«, sagte sie. »Ja, ich mach's.«

Ich brauchte lange, um zu begreifen, was gerade geschehen war. Der Moment hatte mich, nein, er hatte uns überrollt. Nichts war so gekommen, wie ich es mir überlegt hatte, und doch war alles perfekt.

Wir sagten und wir taten eine Viertelstunde gar nichts. Dann bemerkte ich, dass der Ring immer noch in meiner Hand war. Ich nahm Sarahs linken Arm, versuchte ihn ruhig zu halten und schaffte es im dritten Anlauf, ihr den Ring über den Ringfinger zu schieben.

»Das ist verrückt«, flüsterte sie.

»Was ist verrückt?«, fragte ich und muss dabei erschrocken geklungen haben.

»Du hast es schon länger geplant, oder?«

»Was geplant?«

»Mich zu fragen. Tu nicht so. Warum hast du sonst einen Ring in deinem Kulturbeutel?« Sie zuckte. »Oder war der etwa gar nicht für mich?«

»Natürlich war der für dich.« Das war nun wirklich einmal nichts als die Wahrheit.

»Und dann schmeiß ich deinen Kulturbeutel vom Regal, finde das Etui – und du machst mir einen Antrag in Boxershorts, in einem Hotelzimmer.«

»Und du sagst ja.«

»Und ich sage ja. Wundert dich das?«

Ehrlich bleiben: »Ja.«

»Mich auch.« O nein …

»Wie, dich wundert das? Du hast aber …«

»Ja, ich habe ja gesagt. Nein, ich habe nicht ja gesagt …«

»Hast du doch!« Ich befürchtete, dass sich die Situation wieder in die falsche Richtung entwickeln könnte.

»Lass mich doch mal ausreden. Nein, ich habe nicht ja gesagt, ich konnte in diesem Moment nicht anders. Verstehst du das? Es war wie damals, als Jan mir den Antrag gemacht hat.«

»Den mit den Heuballen und den Trompetern.«

»Genau, den du jetzt so bravourös mit Boxershorts und Hotelbett überboten hast. Damals konnte ich nicht ja sagen, es ging einfach nicht, auch, wenn so viel dafür gesprochen hätte, auch, wenn ich es gewollt hätte. Es war, als hätte eine fremde Macht mir die Entscheidung abgenommen. Und diesmal war es genauso. Ich hätte nicht nein sagen können, Daniel, verstehst du das? Ich musste ja sagen …«

»Das heißt, du wolltest nicht?«

»Doch ich wollte, in diesem Moment mehr als alles auf dieser Welt, aber ich kann dir nicht erklären, warum. Ich hätte nie gedacht, dass ich einmal einen Mann heiraten könnte, den ich gerade mal ein paar Monate kenne und mit dem ich nur zusammenwohne, weil ich aus meiner Wohnung geschmissen wurde.«

»In Japan hat eine Frau einen Mann geheiratet, den sie vier Tage vorher zum ersten Mal getroffen hatte.« Das hatte ich in der Zeitung gelesen und immer darauf gewartet, es einmal anbringen zu können.

»Wahrscheinlich hat die von Altringen in ihren Büchern doch recht.«

»Womit?«

»Mit dem Schicksal und der Vorherbestimmtheit und dass es irgendwer für jeden so einrichtet, dass er in seinem Leben die richtigen Entscheidungen trifft.«

»Ohne nachzudenken …«

»Ja, ohne nachzudenken. Wenn ich lange nachgedacht hätte, Daniel …«

»… dann hättest du nicht ja gesagt?«

»Wahrscheinlich nicht. Zumindest jetzt noch nicht.« Sarah stand auf und ging zum Fenster, um es zu öffnen. »Aber weißt du, das ist auch keine Frage, über die man nachdenkt, bei der man abwägt. Du denkst nach, ob du dir einen Golf oder einen BMW kaufst, ob du nach Hamburg oder Berlin ziehst, ob du eine Riester-Rente abschließt oder doch lieber einen Immobilienfonds. Aber du denkst doch nicht darüber nach, ob du einen Mann heiratest. Das weißt du, oder du weißt es nicht.«

Ich hätte heulen können.

Siebenunddreissig

Als ich am Montag in die *Maxprom*-Zentrale kam, stand der Baron in der Eingangstür. Er breitete die Arme aus wie ein Vater, der seinen verloren geglaubten Sohn nach Jahren endlich wiedersieht. Ich hatte keine Chance.

»Ich habe es schon weitergeleitet, Daniel, verzeihen Sie mir«, rief von Tolken mir zu. »Elfriede ist entzückt und lässt Ihnen herzliche Glückwünsche zur bevorstehenden Vermählung ausrichten. Wir wollen nachher mit allen Partnern darauf anstoßen.«

Ich glaubte nicht, was ich da hörte. Ich war nicht in die Firma gekommen, um mich als künftigen Bräutigam und Partner feiern zu lassen. Ich wollte Schluss machen mit *Maxprom* und dem ganzen Irrsinn, wollte meinen Schreibtisch räumen und ein neues Leben mit Sarah beginnen. Mindestens das war ich ihr schuldig, denn ich würde ihr niemals erzählen können, wie meine Hochzeitsambitionen begonnen hatten.

Und jetzt das.

»Aber wie kommen Sie darauf, dass ich ...«, der Baron ließ mich nicht ausreden.

»Lassen Sie es mich mal Intuition nennen«, sagte er. »Und Ihre Hochzeit ist ja nicht die einzige gute Nachricht.« Er zog mich in sein Büro und senkte die Stimme.

»Sie haben es wirklich noch einmal getan.«

»Wer hat was noch einmal getan?«, fragte ich.

»FBI und die Dame vom Empfang, wie heißt sie gleich noch?«

»Vanessa.«

»Genau. Gleicher Ort, gleicher Ablauf. Nur die Bilder sind diesmal besser. Ich sah mich gezwungen, sie ebenfalls sofort Elfriede vorzulegen. Sie war entsetzt.«

»Sie haben ihr diese Bilder, ich meine, also ...«

»Ich hielt es für meine Pflicht, Daniel, die Gründerin dieses Unternehmens, die so viel Wert auf Anstand und Moral legt, über die Verfehlungen eines Mitarbeiters zu informieren, der sich anschickte, einen anderen«, er trank sein Glas leer, »also Sie zu diskreditieren. Sie hat FBI fristlos gekündigt.«

»Und Vanessa?«

»Ist noch nicht entschieden. Aber wahrscheinlich kommt sie mit einer Abmahnung davon. Elfriede glaubt, dass FBI seine Position ausgenutzt hat. Vielleicht sollten Sie auch gleich mit ihr sprechen. Sie kann ein bisschen Aufmunterung gebrauchen.« Ehe ich reagieren konnte, hatte der Baron die Nummer von Rosenthalers Büro gewählt. Die Seiffert, ihre Sekretärin, ließ ausrichten, dass ich in einer Viertelstunde kommen könne. Frau Rosenthaler habe gerade noch eine wichtige Besprechung mit Sandra Martens.

»Worum es da wohl geht …«, sagte der Baron, und jetzt lachte er richtig fies.

Ich stieß fast mit der Martens zusammen, als ich genau fünfzehn Minuten später vor Elfriede Rosenthalers Büro wartete. Sie wirkte, als hätte sie geweint, und ich traute mich nicht, guten Morgen zu sagen. Sie sah mich nicht an, aber als sie direkt neben mir stand, glaubte ich, etwas wie »Das wird Ihnen noch leid tun« zu hören. Was konnte ich bitte schön dafür, dass der Mann ihrer besten Freundin die Empfangsdame von *Maxprom* vögelte? Außerdem wollte ich der Rosenthaler nur sagen, dass ich nicht mehr für sie arbeiten würde.

Ich zupfte meinen Anzug zurecht und war dabei, mein Telefon auf stumm zu stellen, als eine E-Mail von Sarah kam: »Mein Bräutigam, mein geliebter, baldiger Ehemann, du hast mich zur glücklichsten Frau der Welt gemacht. Ich liebe dich. Deine Sarah.« Ich schluckte.

Dann klingelte das Ding. Die Nummer kannte ich nicht. Ich nahm an und hörte am anderen Ende der Leitung eine Stimme, mit der ich nun überhaupt nicht gerechnet hatte.

»Herr Stiller. Endlich, endlich erreiche ich Sie.«

Frau von Altringen. Die Universums-Tante. Sie musste unter meiner Büronummer angerufen haben, das Gespräch war aufs Mobiltelefon umgeleitet worden.

»Sind Sie das, Frau von Altringen?« Ich war mir relativ sicher, fragte aber trotzdem nach.

»Entschuldigen Sie, ich habe mich ja gar nicht gemeldet. Ja, Frau von Altringen ist hier, und sie hat ein schlechtes Gewissen. Ein sehr schlechtes Gewissen.«

Noch jemand.

»Warum denn das?«

»Weil ich einen Fehler gemacht habe, Herr Stiller. Und ihn erst jetzt erkannt habe.«

Ich hatte eigentlich keine Zeit für die Fehler anderer Leute. Ich musste meine eigenen korrigieren.

»Sie erinnern sich doch sicher noch, wie wir auf meiner Hochzeit miteinander gesprochen haben?«, fragte sie.

»Natürlich«, sagte ich.

»Gut. Als wir am Morgen danach aufgeräumt haben, stieß ich auf Ihr kleines Exposé und den Vertragsentwurf. Und ich muss sagen, beides hat mir gut gefallen.«

»Warum haben Sie sich dann nicht bei mir gemeldet?«

»Das wollte ich doch. Aber Ihre Visitenkarte war nicht dabei, und auf dem Exposé stand nirgendwo ein Name oder eine Durchwahl. Nur die Adresse von Maxprom.«

Allmählich fing ich an zu verstehen.

»Wo Sie dann angerufen haben ...«

»Genau, wo ich dann angerufen und den Herrn verlangt habe, der auf meiner Hochzeit zu Gast war und mir das Angebot zu einer Zusammenarbeit gemacht hatte.«

»Und die Dame von der Vermittlung hat Sie dann mit einem Herrn Ilmenau verbunden?« Vanessa hatte FBI zu dem Auftrag verholfen.

»Richtig, woher wissen Sie das? Ich konnte mich überhaupt

nicht mehr an einen Namen erinnern, aber der Herr tat so, als würden wir uns kennen und als hätte alles seine Richtigkeit.«

»Er schickte Ihnen den endgültigen Vertrag zu und Sie unterschrieben.«

»Ja, leider. Aber er hatte auf dem Anschreiben handschriftlich ein paar Worte an mich beigefügt, und natürlich fiel mir auf, dass die Schrift eine ganz andere war als die, die auf dem Exposé gestanden hatte. Das hat mich nicht losgelassen, und deshalb habe ich heute noch mal in Ihrer Firma angerufen.«

»Wie haben Sie diesmal meine Nummer bekommen?«

»Ich hatte wieder diese junge Dame dran, die mich erneut mit Herrn Ilmenau verbinden wollte. Aber diesmal habe ich Stopp gesagt und ihr erklärt, dass ich einen anderen Herrn suchen würde, nämlich den, den Maxprom zu meiner Hochzeit geschickt hätte. Ich habe versucht, Sie zu beschreiben. Und als mir nicht viel mehr einfiel, als dass Sie ziemlich groß gewesen und dunkles, lockiges Haar gehabt hätten, da hatte ich die rettende Idee.«

»Welche Idee?«, fragte ich.

»Na, ich erzählte Ihrer Empfangsdame, dass Sie mit der Sarah Mahr von Woman da gewesen wären.«

Mir wurde heiß.

»Sie haben ihren vollen Namen genannt?«

»Ja, zum Glück ist mir wenigstens der eingefallen.«

»Was hat unsere Empfangsdame gesagt?«

»Sie bat mich, den Namen zu wiederholen, ich musste ihn sogar buchstabieren. Dann hat sie mich gefragt, ob ich mit Woman diese Frauenzeitschrift meine, und ich habe ja gesagt, und außerdem wollte sie noch wissen, ob die Redaktion nicht in Hamburg sitze, und auch daran glaubte ich mich zu erinnern.«

Ich war schon auf dem Weg zum Auto.

»Ja, und dann nannte sie Ihren Namen, Daniel Stiller, und mir fiel alles wieder ein, und Sie war so nett, mir Ihre Durchwahl zu geben …«

Ich startete den Motor, und ich hatte nur noch eine einzige Frage: »Frau von Altringen, wann war das?«

»Wann war was, Herr Stiller? Hihi, lustig, eine zweifache Alliteration, haben Sie es gemerkt?«

Mir war nicht nach Sprachscherzen.

»Wann haben Sie mit unserer Empfangsdame gesprochen?«

»Vielleicht vor einer Stunde, vielleicht ist es auch etwas länger her. Danach habe ich bestimmt vier Mal versucht, Sie zu erreichen, aber es ist ja nie jemand rangegangen. Bis jetzt. Nun wird alles gut.«

»Genau das befürchte ich leider nicht«, sagte ich und legte auf.

Zehn viel zu lange Minuten später fuhr ich vor dem Redaktionsgebäude von Woman unweit des Hamburger Hafens vor. Ich stellte den Wagen mitten an der Zufahrtsstraße ab, ignorierte einen älteren Mann, der »so können Sie doch hier nicht stehen bleiben« grummelte, und rannte durch die Eingangstür des Hochhauses. Der Empfang der Redaktion war im dritten Stock. Ich hämmerte auf alle Fahrstuhlknöpfe gleichzeitig und betete, dass ich noch rechtzeitig kommen würde. Ich hatte die ganze Zeit überlegt, ob ich Sarah anrufen sollte, fand dann aber, dass ich das, was ich ihr zu sagen hatte, nicht am Telefon sagen konnte.

Wo blieb der Fahrstuhl? Ich drückte noch einmal einen der Knöpfe. Endlich leuchtete die Anzeigentafel in der Ecke auf. Der Fahrstuhl kam aus dem dritten Stock. Ich stellte mich direkt davor, um sofort hineinzuspringen, wenn sich die Tür öffnete. Aber als sie das tat, konnte ich mich keinen Millimeter bewegen.

»Wen haben wir denn da?« Vanessa kam aus dem Fahrstuhl direkt auf mich zu und blieb einen halben Schritt vor mir stehen. Ihr Grinsen wirkte, als hätte sie seit Jahren dafür gespart. Mir war schlecht, und ich musste aufstoßen.

»Has... hasssst... duhu... sag mihir...«, stotterte ich. Es hatte keinen Sinn. Nichts hatte mehr einen Sinn. Vanessa trat so nah an mich heran, dass sich unsere Fußspitzen berührten. Ihre Augen verengten sich. Aus ihrer Stimme wurde ein Zischen.

»Wer zu spät kommt, den bestraft Vanessa«, sagte sie, und es fühlte sich an, als würde sie mich mit jedem Wort anspucken. »Deine Sarah weiß alles. Das war es, Daniel. Und jetzt lass mich vorbei.«

Weil ich mich nicht rührte, schob sie mich zur Seite, als sei ich ein alter Stapel Zeitschriften. Ich leistete keinen Widerstand und sah Vanessa nach, wie ein Hund seinem Herrchen nachsieht, das ihn gerade ausgesetzt hat. Kurz vor der Eingangstür drehte sie sich noch einmal um und rief: »Ich habe dir doch gesagt, dass ich dich fertigmache.«

Das Ende

Vier Wochen später saß ich allein am Hochzeitstisch. Es war kurz nach zwei, und die meisten der Gäste waren entweder betrunken oder schon gegangen oder beides. Mein Vater hatte den DJ von seinen Plattentellern vertrieben und legte ein paar seiner alten Scheiben auf, vor allem die Beatles. »Let it be«, grölte die verbliebene Halbhundertschaft. Mich schien die Gesellschaft vergessen zu haben. Ich hatte meinen Platz nur einmal kurz verlassen, um die Ankunft der Hochzeitszeitung zu verkünden und die Exemplare an den Tischen zu verteilen. Danach war ich wieder auf den Stuhl zurückgekehrt, auf dem ich jetzt vor meinem vierzehnten Glas mit Mineralwasser saß. Ich hatte mir geschworen, keinen Alkohol zu trinken, bis ich Sarah zurückhatte.

»Darf es für Sie noch eine Flasche Wasser sein?« Der Ober musste mich für einen Anonymen Alkoholiker halten. Ich nickte, und zwei Minuten später stand der nächste Liter auf dem Tisch. Ich wunderte mich, dass ich noch nicht auf die Toilette gemusst hatte. Anscheinend war bei mir nichts mehr normal. Ich trank das Glas aus und schenkte mir nach, als würde dadurch irgendetwas besser. Mein Vater spielte »All you need is love«. Auch das noch. Ich begann, an dem Flaschenetikett herumzuknibbeln, wie es Menschen machen, die auf einer Feier niemanden kennen und niemanden kennenlernen werden. Plötzlich spürte ich eine Hand auf meiner Schulter.

»Na, mein Sohn?« Meine Mutter setzte sich rechts neben mich. »Und?«

»Was und?« Wollte sie wissen, wir mir die Hochzeit gefiel? Dazu konnte ich nun wirklich nichts sagen.

»Hat sie sich gemeldet?«

Ich hatte keine Lust zu reden, ich wollte hier sitzen, am Etikett knibbeln und nachher vielleicht noch eine … Was hatte sie gefragt?

»Wie meinst du das, wer soll sich wie gemeldet haben?«

»Sarah, wer sonst.«

Ich verschüttete fünfzig Milliliter kostbarsten Sprudelwassers und sah meine Mutter an, als hätte sie mir gerade gebeichtet, dass sie gar nicht meine Mutter sei.

»Hast du wirklich geglaubt, ich habe nichts von ihr gewusst? Daniel, ich bin deine Mutter, und Mütter wissen alles. Na ja, fast alles.« Sie machte eine Pause und legte dann beide Hände sanft um meinen Hals. »Stimmt das wirklich?«

Mein Kopf war dabei, noch die vorvergangene Information zu verarbeiten: Meine Mutter wusste von Sarah. Woher?

»Daniel, ich habe dir eine Frage gestellt.« Sie rüttelte leicht an mir.

»Ich … woher weißt du von Sarah?«

Sie rollte mit den Augen. »Wir haben telefoniert.« Sie nahm die Hände von meinem Hals.

»Du hast … Sie hat mir nie davon erzählt, dass ihr …«

»Ich habe sie inständig darum gebeten«, unterbrach mich meine Mutter. »Ich habe ihr gesagt, dass sie dir auf keinen Fall davon erzählen sollte, dass wir uns kennen und manchmal tele…«

»Manchmal? Wie oft, Mutter?«

»Vielleicht drei, vier Mal.«

Ich sackte in meinem Stuhl zusammen.

»Sie ist mal rangegangen, als ich bei dir angerufen habe. Und da wollte ich natürlich wissen, wer sie ist. Wir haben uns echt gut verstanden. Sarah ist eine tolle Frau, Daniel, und sie wäre eine sensationelle Schwiegertochter geworden. Womit wir beim Thema wären. Schenkst du mir auch mal ein, oder ist das Wasser nur für dich?«

Sie schob mir ein frisches Glas hin, und ich merkte, dass ich zitterte, als ich ihr eingoss.

»Also, Daniel, zum letzten Mal: Stimmt das?«

»Stimmt was?«

»Dass du Sarah nur heiraten wolltest, weil du sonst nicht Partner bei deiner komischen Firma geworden wärst?«

»Nein, ja … ach, so einfach ist es nicht.«

»Was nun? Wolltest du Sarah heiraten, weil du sonst den neuen Job nicht bekommen hättest? Hat es diese Geschichte mit dem Ultimatum wirklich gegeben? «

»Ja, verdammt, die hat es gegeben.«

»Kein Grund, um auf einer Hochzeit zu fluchen. Und du hast das Spiel mitgespielt?«

»Ja, ich habe das ver…, ich habe das Spiel mitgespielt. Am Anfang ging es mir um den Job, um die Kohle und darum, dass FBI … ach, das sind Details. Aber am Ende wollte ich Sarah unbedingt heiraten, um ihrer selbst willen. Ich habe mich verliebt, Mutter, kannst du dir das vorstellen? Ich, dein Sohn. Ganz aufrichtig verliebt. Doch das glaubt mir natürlich keiner mehr.«

»Wundert dich das?«

»Nein. Aber ich hatte ja bisher nicht einmal die Chance, Sarah die ganze Sache zu erklären.«

»Sie hat sich also nicht bei dir gemeldet?«

»Nein, hat sie nicht. Sie hat nicht einmal ihre Sachen abgeholt. Ich habe seit vier Wochen nichts von ihr gehört. In der Redaktion erreiche ich sie nicht, auf dem Handy erreiche ich sie nicht, auf E-Mails antwortet sie nicht. Ich habe zwei Tage im Auto vor der Redaktion auf sie gewartet, aber es muss noch ein anderer Ausgang existieren. Nein, Mutter, sie hat mir keine Chance gegeben.«

»Das kannst du wohl auch kaum erwarten. Sie hat mir erzählt, dass es da einen Film gibt, auf dem …«

»Du hast mit ihr gesprochen?«

»Sie hat mich angerufen, an dem Tag, an dem deine komische Kollegin …«

»Diese Schlampe!«

»… also, an dem diese Person bei ihr in der Redaktion aufgeschlagen ist, ihr diese seltsame Geschichte erzählt und diesen Film gezeigt hat.«

»Diesen Film« kannte ich inzwischen auch. Vanessa hatte ihn mir eine halbe Stunde nach der fatalen Begegnung in der »Woman«-Zentrale per E-Mail geschickt. Es zeigte eines der Gespräche, die der Baron, Friedrich und ich über das Ultimatum und mein Vorgehen geführt hatten. Ich hatte keine Ahnung, wie sie daran gekommen war, aber das spielte auch keine Rolle. Ich war genau zu sehen, und es war genau zu hören, worum es ging. Vanessa hatte nur einen Satz dazu geschrieben: »Du bist nicht der Einzige, der heimlich Filme machen kann.«

»Sie hat dich angerufen?«, fragte ich meine Mutter und hoffte, dass es nicht zu erstaunt klingen würde.

»Da musst du mich gar nicht so ungläubig ansehen, mein Sohn. Deine Sarah hat offenbar mehr Vertrauen zu mir als du.« Sie winkte den Ober heran. »Ich glaube, ich brauche jetzt doch einmal einen Magenbitter«, sagte sie, um sich dann wieder mir zuzuwenden: »Sie hat mich angerufen, und sie hat bitterlich geweint. Wir«, sie sah mir direkt in die Augen, »haben uns noch am gleichen Abend getroffen. Ich habe sie abgeholt von der Redaktion, und ich habe auch dein Auto davor gesehen. Das Gebäude hat aber noch drei weitere Eingänge, mein Junge.«

»Du hast sie abgeholt, ihr habt euch getroffen, und du hast mir nichts davon erzählt?«

»Habe ich doch.«

»Hast du nicht, Mutter.« Ich wurde allmählich böse.

»Habe ich doch, gerade eben. Dabei habe ich Sarah versprochen, mit dir niemals über unser Treffen zu sprechen.« Der Magenbitter kam. »Oh, danke«, sagte meine Mutter und kippte das Zeug in einem Zug hinunter. »Aber ich dachte, vielleicht hat sie sich inzwischen ja selbst schon bei dir gemeldet und …«

»Hat sie nicht.«

»Schade.«

»Schade? Das ist eine Katastrophe, Mutter. Zum ersten Mal in meinem Leben verliebe ich mich in eine Frau, und dann will ausgerechnet die nichts mehr mit mir zu tun haben. Und arbeitslos bin ich auch.«

»Du bist was?« Meine Mutter winkte den Ober ein weiteres Mal heran. Diesmal orderte sie einen Sambuca auf Eis.

»Ich habe bei Maxprom gekündigt, kurz nachdem Vanessa …«

»Wer ist Vanessa?«

»Die dumme Kuh, die mir zuvorgekommen ist …«

»Die dir zuvorgekommen ist? Die mit dem Film?«

»Ja, die mit dem Film. Ich wollte Sarah die ganze Geschichte nämlich selbst erzählen.«

»Das wolltest du?«

»Das wollte ich. Aber ich kam zu spät, verdammte zehn Minuten zu spät.«

»Und deshalb hast du gekündigt?«

»Nein, gekündigt hätte ich so oder so. Ich bin am Montag nur noch in die Firma gefahren, um meinen Chefs zu sagen, dass ich ihr Spiel nicht mehr mitspiele. Das war das Einzige, was ich für Sarah tun konnte.«

»Weiß sie das?«

»Dass ich gekündigt habe?«

»Ja.«

»Nein. Mir war es zu billig, ihr das zu schreiben. Außerdem ist es ja auch gar nicht so eine tolle Leistung. Partner wäre ich bei Maxprom sowieso nicht mehr geworden.«

»Warum nicht?«

»Mann, Mutter, weil ich nicht verheiratet bin.«

»Ach so, das hatte ich fast schon wieder vergessen. Was ist das für eine unglaubliche Geschichte. Dass es so etwas heute noch gibt … Wenn ich es nicht besser wüsste, könnte man glauben, dass die Idee von mir stammt.«

»Die Idee, dass ich heiraten muss, um Partner zu werden? Mutter, mach mich nicht schwach …«

»Nein, mein Sohn, da hatte ich ausnahmsweise einmal nicht meine Finger drin. Auch wenn ich mich sehr gefreut hätte, wenn …«

»… ich endlich geheiratet hätte. Ich auch, Mutter, ich auch. Aber es ist vorbei.«

»Nichts ist vorbei, mein Sohn. Es sei denn, du willst, dass es vorbei ist.«

»Natürlich will ich das nicht, Mutter. Ich will Sarah, alles andere ist mir egal. Scheißegal.«

»Bist du auch ehrlich?«

»So ehrlich, wie ein arbeitsloser Mittdreißiger sein kann.«

»Es ist nicht nur verletzter Stolz?«

»Nein, Mutter. Es ist, also, es …« Es war mir peinlich, das Wort ausgerechnet vor meiner Mutter auszusprechen.

»Na, sag es.«

»Es ist Liebe, Mutter.« Ich sah, wie ihr Tränen aus den Augen rannen. Sie stand auf, ich stand auf, und dann umarmten wir uns so fest, dass sie dabei eines ihrer Gläser umstieß. Als wir uns wieder voneinander lösten, hatte ich einen Kloß im Hals.

»Was soll ich nur machen, Mutter?«

»Schreib die gesamte verdammte«, sie bekreuzigte sich, »Geschichte auf. Jedes Detail. Lass nichts weg, beschönige nichts, und schreibe vor allem, was du mir eben über deine Gefühle zu Sarah gesagt hast.«

»Was soll das nutzen? Sie wird sich weigern, auch nur eine Zeile davon zu lesen, geschweige denn, mir zu verzeihen.«

»Das, mein Sohn, lass meine Sorge sein.«

Danke

Ohne meine Frau hätte es natürlich auch dieses Buch nicht gegeben. Danke für die unzähligen unvergesslichen Momente und dass du meinen Boxershorts-Antrag wirklich angenommen hast!

Sehr geholfen hat mir Sörens ehrliche und offene Kritik an der ersten Version: Du hattest recht. Auf den richtigen Weg gebracht hat mich wie bei »Die Praktikantin« mein Lektor Andreas. Seine Schuld ist, dass aus einem harmlosen ein verrückter Roman geworden ist. Wie machst du das?

Vielen, vielen Dank an all die Verwandten, Bekannten und Freunde, die mir ihre Hochzeits- und Antragsgeschichten erzählt oder aufgeschrieben haben. Sie sind fast alle irgendwie in das Buch eingeflossen. Selbstverständlich bekommt ihr ein Freiexemplar.

Und natürlich großen Dank an all jene, die helfen und geholfen haben, Yannik Mahr bekannt zu machen: Julia, Pit, Armin, Jan, Agneta, Tobi, Meik, Jürgen, Klaus, Ulrike, Marita, Oma Elisabeth, Christian, Anne, Nils, Duci, Günther, Anika, Meiken, Frank, Johan, Henri, Kerstin, Stefan, Martin, Sven, Ralf, Matthias, Euke, Vanessa, Birgit, Chrischie, Genny, Dennis, Alexander, Nicole, Karim, Tim, Steffi … um nur ein paar zu nennen. Allen voran natürlich Boris und Sven, die die Filmrechte am ersten Buch erworben haben – und hoffentlich auch dieses gut finden.

Ich sinke vor euch auf die Knie.